# Estrada para a segunda chance

Estrada para a
segunda chance

# ROBYN CARR

## Estrada para a segunda chance

Tradução
Natalia Klussmann

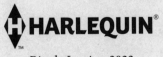

Rio de Janeiro, 2022

Copyright © 2009 by Robyn Carr. All rights reserved.
Título original: Second Chance Pass

Todos os personagens neste livro são fictícios. Qualquer semelhança com pessoas vivas ou mortas é mera coincidência.

Direitos de edição da obra em língua portuguesa no Brasil adquiridos pela Editora HR LTDA. Todos os direitos reservados. Nenhuma parte desta obra pode ser apropriada e estocada em sistema de banco de dados ou processo similar, em qualquer forma ou meio, seja eletrônico, de fotocópia, gravação etc., sem a permissão do detentor do copyright.

Direitos exclusivos de publicação em língua portuguesa cedidos pela Harlequin Enterprises II B.V./ S.À.R.L para Editora HR Ltda.

A Harlequin é um selo da HarperCollins Brasil.

Contatos: Rua da Quitanda, 86, sala 218 — Centro — 20091-005
Rio de Janeiro — RJ
Tel.: (21) 3175-1030

Diretora editorial: *Raquel Cozer*

Editora: *Julia Barreto*

Copidesque: *Thaís Carvas*

Revisão: *Julia Páteo e Ingrid Silva*

Adaptação de capa: *Renata Spolidoro*

Diagramação: *Abreu's System*

---

CIP-Brasil. Catalogação na Publicação
Sindicato Nacional dos Editores de Livros, RJ

C299e
    Carr, Robyn
        Estrada para a segunda chance / Robyn Carr ; tradução Natalia Klussmann. – 1. ed. – Rio de Janeiro : Harlequin, 2022.
        400 p.    (Virgin river ; 5)

        Tradução de: Second chance pass
        ISBN 978-65-5970-180-3

        1. Romance americano. I. Klussmann, Natalia. II. Título. III. Série.

22-78030
                CDD: 813
                CDU: 82-31(73)

---

Gabriela Faray Ferreira Lopes – Bibliotecária – CRB-7/6643

*Este romance é dedicado a Valerie Gray, minha editora e amiga.
Seu empenho e apoio tornaram tudo possível. Sua dedicação no trabalho
tornou tudo melhor. Seu carinho tornou tudo mais doce.*

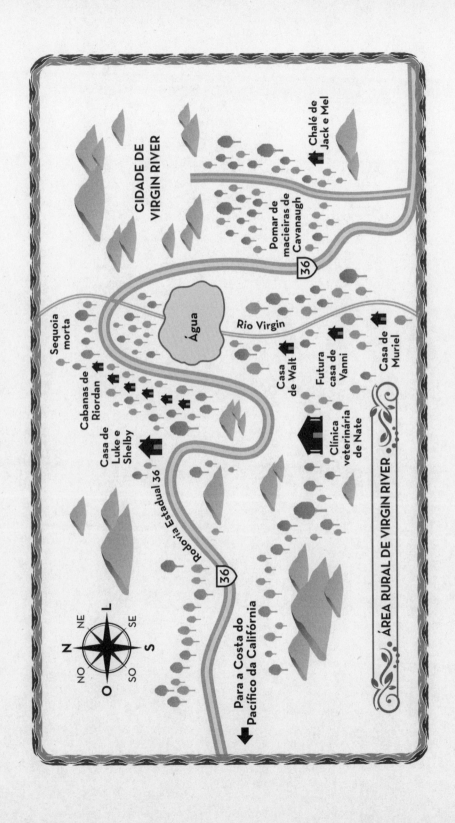

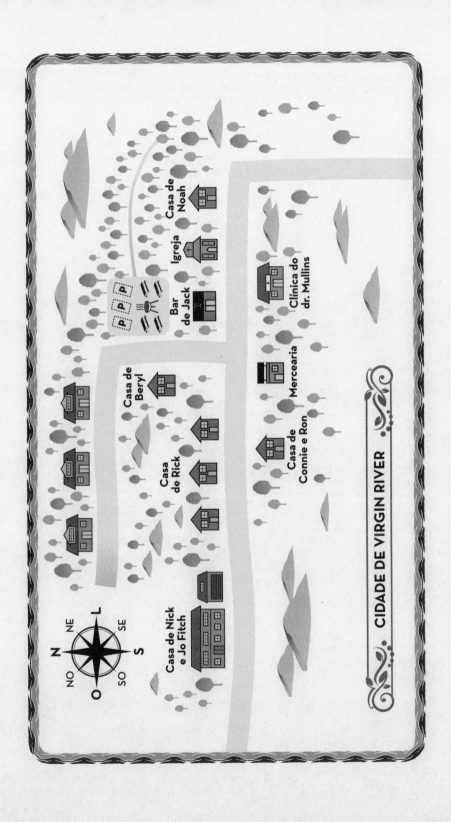

# *Prólogo*

Paul Haggerty tinha, enfim, voltado a Grants Pass depois de ficar quase seis meses em Virgin River, e sentia um aperto no peito que não passava. Os últimos seis meses foram infernais.

Ele tinha ido a Virgin River no último outono, para ajudar Jack Sheridan a terminar a obra em sua nova casa. Para surpresa de Paul, ele descobriu que Vanessa Rutledge estava morando na cidade com o pai e o irmão mais novo, enquanto o marido, Matt, servia no Iraque. Ela estava grávida, e mais linda do que nunca. Vê-la tinha feito com que Paul se lembrasse do "lance" sério que teve por Vanessa desde a primeira vez que pousou os olhos nela, havia muitos anos. Mas quem acabou se casando com ela foi o melhor amigo dele. Então, depois disso, a vida se tornou simplesmente uma sucessão acelerada de fatos.

Pouco antes de o bebê nascer, eles fizeram uma chamada de vídeo com Matt. A ligação foi mais para que Matt e Vanni pudessem se falar, já que fazia seis meses desde a última vez que os dois tinham se visto. Mas todo mundo conseguiu dar um "oi" rapidinho, e Matt disse a Paul:

— Se acontecer alguma coisa comigo, cuide da Vanni.

E as coisas que aconteceram não poderiam ter sido piores. Matt morreu na primeira semana de dezembro, em uma explosão em Bagdá. Foi um período horrível, e Vanni pediu para Paul ficar em Virgin River até que o bebê nascesse — o que significava mais dois meses. Óbvio que ele aceitou, e, durante todo esse tempo, segurou as pontas e foi o apoio de Vanni.

Acontece que a tensão da situação, o amor secreto que ele sentia por Vanni e o luto pelo melhor amigo começaram a consumi-lo.

Paul pensou que ir para casa, em Grants Pass, aliviaria a dor ou, pelo menos, afastaria aqueles sentimentos, mas, em vez disso, a pressão continuava aumentando. Sair para beber com algumas pessoas da sua equipe de construção e ficar dolorosamente bêbado só serviu para acrescentar uma dor de cabeça infernal ao seu coração machucado. Ele se sentia como um homem morto, arrastando-se pelos dias, se virando na cama ao longo das noites em claro.

Sem pensar muito, ele telefonou para Terri, uma mulher com quem tinha saído algumas vezes. Ele precisava se distrair com alguém que não tivesse relação com seu drama. O que qualificava Terri para ser essa pessoa era o fato de que a amizade entre eles era leve, sem apegos nem expectativas. Além disso, ela costumava fazê-lo rir. Era, simplesmente, uma mulher muito legal, de 29 anos, enquanto Paul tinha 36 anos. Terri foi a única mulher com quem ele ficou nos últimos anos, mas havia seis meses que eles não se falavam. Isso, no mínimo, deveria significar alguma coisa para ele, só que Paul não estava prestando atenção.

Ele começou a conversa dizendo:

— Oi, Terri. Quanto tempo!

E então a convidou para jantar, mas não sem antes confirmar que ela não estava saindo com alguém — ele não queria complicar a vida dela.

Terri riu disso.

— Quem me dera — respondeu. — Nenhum namorado, Paul. Na verdade, eu mal saí nos últimos meses. Vamos para um lugar calmo e sem agito, só para colocar o papo em dia.

Ele se sentiu muito grato, pois aquela era a resposta que estava esperando.

Paul tocou a campainha do apartamento dela e, quando Terri abriu a porta, ele notou que tinha se esquecido do quanto ela era bonita. Baixa, com o cabelo castanho-escuro na altura do ombro e olhos grandes. Ela lhe lançou aquele sorriso radiante e sensual que tinha chamado sua atenção da primeira vez, um ano antes. Ela deu aquela risada solta que era sua marca registrada e o abraçou, jogando os braços ao redor do pescoço dele.

— Meu Deus, que maravilha ver você! Mal posso esperar para ouvir qual é a sua desculpa por ter sumido tantos meses!

— Ei, você se lembra do restaurante Rosa? Aquele que é uma portinha e serve comida mexicana? Que tal irmos lá?

— Acho uma ótima — respondeu ela.

Paul dirigiu até o restaurante olhando o tempo todo para a frente, com a mandíbula travada. Ele tamborilava os dedos no volante e se remexia no assento. *Talvez essa não seja uma boa ideia*, pensou. Quando eles passaram pela porta, Terri apontou para uma mesa num canto escuro e disse:

— Lá trás. — E, quando eles se sentaram, completou: — Você não é um cara muito falante, Paul, mas está na cara que tem alguma coisa errada.

— Eu acabei de chegar da Califórnia. Estou um pouco por fora de tudo.

Terri balançou a cabeça.

— Não, é mais do que isso. Dá para ver que você está chateado e nervoso. Eu não ia dizer nada, mas você está cheio de olheiras, como se não estivesse conseguindo dormir. Como tem um bom tempo que não nos falamos ou nos vemos, sei que a culpa não é minha. Parece que você acabou de sair da cadeia. Pode falar… Eu sou uma ótima ouvinte.

Foi o que bastou. Paul pediu uma cerveja para ele e uma taça de vinho para Terri e desabafou. O melhor amigo morto. A esposa do melhor amigo grávida. Ele ficando por lá, se esforçando ao máximo para segurar a barra dela.

— Misericórdia — comentou Terri, balançando a cabeça de novo. — Você podia ter me ligado, sabe. Quer dizer, passar por uma coisa horrível dessas e não ter com quem falar pode tornar tudo muito pior.

— Eu estou me sentindo um verdadeiro babaca despejando tudo isso em cima de você — admitiu Paul.

— Nem vem. Eu sou uma mulher, e as mulheres conversam sobre as tragédias que vivem e as dores que sentem. Se você não botar para fora, isso vai fazer um buraco dentro de você.

— A sensação é essa mesmo — confessou Paul. — Parece que eu tomei ácido corrosivo. Matt e eu éramos melhores amigos desde o ensino médio. Eu tenho dois irmãos, mas Matt era filho único, então ele passava mais tempo na minha casa do que na dele. Nós servimos juntos na Marinha…

Ele ficou na ativa enquanto eu fui para a reserva. Acho que minha mãe e meu pai sentiram a morte dele tanto quanto eu. Mas a esposa dele... Ah, Terri. Eu nunca vi nada tão doloroso. Ela estava lá, prestes a dar à luz o primeiro filho deles, e chorava até ficar fraca e sem lágrimas. Tudo que eu pude fazer foi abraçá-la. Mas era pior à noite, quando o único som que dava para ouvir na casa era o da Vanni soluçando na cama.

Terri estendeu o braço para alcançar a mão dele.

— Paul...

Ele segurou a mão dela enquanto falava.

— Quando chegou a hora, ela quis que eu acompanhasse o parto. Porque o Matt não poderia estar lá, acho. Foi a melhor e a pior coisa que já fiz na vida, ver aquele bebê nascer. Eu fiquei tão orgulhoso de segurar o filho do Matt. — Ele desviou o olhar e piscou, para conter a emoção. — Na lápide, eles colocaram Matt Rutledge, marido, pai, irmão, filho e amigo amado. A parte do irmão... Isso foi para mim, para nós, os irmãos de armas. Não parece que ele se foi. Mas a verdade é que ele não está mais aqui, e não consigo superar essa perda. Se eu estou me sentindo assim, então a Vanni deve estar em mil pedaços.

Bem nessa hora, a comida chegou, mas eles não comeram muito. Paul bebeu mais uma cerveja e contou como foi crescer com Matt, jogar futebol americano com ele, dirigir o carro dos pais em alta velocidade, tentar conquistar as garotas sem muito sucesso, se alistar na Marinha depois de dois anos na faculdade e como os pais de Matt piraram completamente com a notícia.

— Os meus pais não ficaram felizes, mas os do Matt ficaram loucos. A mãe dele tinha certeza de que tinha sido eu quem o convencera a fazer aquilo, mas a verdade é que era a vontade dele. Ponto. Eu fui junto porque não queria que ele entrasse nessa sozinho. Ou porque, quem sabe, eu não queria ficar para trás, sem ele. Minha mãe costumava dizer que parecíamos gêmeos siameses.

Os pratos dos dois foram levados embora e eles pediram um café enquanto Paul continuava a contar as histórias de que se lembrava. O tempo passou rápido e, logo, já estavam naquela mesa do canto do salão havia algumas horas.

— Eu nunca perdi ninguém tão próximo assim — disse Terri, com os olhos marejados. — Não consigo imaginar como deve ser difícil. Você devia ter me ligado, Paul. Você não precisava ter segurado essa barra sozinho, sem apoio.

Ele apertou a mão de Terri.

— Quando eu te telefonei, não tinha qualquer intenção de vomitar tudo isso em cima de você. Pelo menos não conscientemente. Eu achei que você me faria pensar em outras coisas durante um tempo. Mas conversar com alguém que não está no meio da situação ajuda — constatou ele. — Todo mundo lá em Virgin River ficou em frangalhos... Vanni, o irmão mais novo e o pai dela... Eu não podia baixar a guarda nem por um segundo. Mesmo quando estava com a minha própria família... minha mãe começava a chorar assim que alguém falava o nome do Matt.

— Você deve estar se sentindo prestes a explodir — disse ela.

— Sabe o que eu queria? — perguntou Paul. — Eu sei que isso é uma loucura... mas eu queria ter estado lá com Matt. Queria que tivesse sido eu, em vez dele.

Ela balançou a cabeça mais uma vez.

— Não. Ai, meu Deus, não.

— Ele tinha família. Devia estar com eles. Você não tem ideia do homem que ele era... sua lealdade estava em outro patamar. Eu sempre podia contar com Matt.

— Ele também podia contar com você. Ele pediu para você cuidar da esposa dele...

— Ele nem precisava pedir.

— Paul, você fez pelo Matt o que ele teria feito por você.

Ele ficou pensativo por alguns instantes ao perceber que aquela mulher, com quem tinha saído algumas vezes e ido para a cama em certas ocasiões graças a um status de "amizade colorida", com o qual os dois haviam concordado, poderia oferecer tamanho conforto e compreensão.

— Eu estou lhe devendo, Terri — disse Paul. — Eu não tinha percebido o quanto precisava conversar com alguém a respeito de tudo o que aconteceu.

Ela sorriu.

— Homens — respondeu, balançando a cabeça em repreensão. — Todo esse estoicismo acaba com o seu estômago. E geralmente dá enxaqueca.

Ele sorriu para ela, sentindo-se quase humano.

— Eu nunca tive enxaqueca, mas acho que a minha dor de cabeça está melhorando. Pela primeira vez em algum tempo.

— Dê uma olhada ao redor — sugeriu ela. — Só tem mais um casal aqui, e eles estão comendo. Vamos dar o fora antes que eles comecem a colocar as cadeiras viradas em cima das mesas e a varrer o chão.

— É — concordou ele. — Eu já te aluguei muito. E obrigado. Por me escutar.

Quando ele subiu as escadas para acompanhá-la até a porta do apartamento, no segundo andar, Terri se virou e perguntou:

— Quer entrar?

Paul balançou a cabeça, sem hesitar. Terri tinha feito muito por ele naquela noite, apenas deixando que ele desabafasse. Ele não tiraria vantagem da situação.

— Acho melhor não. Mas obrigado.

Ela respondeu com um sorriso. Então o puxou pela mão, fazendo com que Paul entrasse em seu apartamento.

— Acho melhor não — repetiu ele, só que em um tom de voz mais baixo.

E, quando a porta se fechou, ele encontrou as próprias mãos na cintura dela, a boca buscando a dela. E, exatamente como tinha acontecido da última vez que estiveram juntos, Terri ficou na ponta dos pés para envolvê-lo, os braços ao redor do pescoço dele enquanto aproximava o corpo.

— Não — disse ele mais uma vez, a boca contra a dela. — Eu estou todo ferrado. Diga não para mim.

Ela chegou o corpo ainda mais perto e usou a língua para afastar os lábios de Paul.

— Eu odiaria fazer isso.

E ele se perdeu. Seu cérebro congelou. Não era capaz de realizar um julgamento, não tinha qualquer força de vontade. Paul era pura necessidade, dor e gratidão. Foi o momento em que se sentiu mais leve nos últimos meses, e estava fraco depois de ter carregado aquele peso terrível por tanto tempo. Antes mesmo que um minuto se passasse, ele já tinha deitado Terri no sofá, beijando-a, tocando-a, escutando ela dizer *isso, isso, isso, isso.*

Ele experimentou um momento de sanidade antes de deslizar a mão por baixo da blusa de tricô dela.

— Terri, essa não é uma boa ideia... Eu não liguei para você por causa disso... Eu não planejei isso...

— Nem eu — sussurrou ela, deixando os olhos se fecharem. — Meu Deus, como senti sua falta.

O cérebro de Paul saiu para dar uma voltinha. Tudo que ele registrava eram as sensações físicas. Ele era rígido, ela era suave. Ele estava desesperado, ela era quente, estava cheia de desejo e ali, embaixo do corpo dele, parecia tão carente quanto ele mesmo se sentia. Paul se lançou contra ela, o seio nu na mão dele, a língua de Paul trilhando um caminho no pescoço de Terri. As mãos dela estavam no fecho do cinto dele, depois passaram para o zíper da calça; as mãos dele puxavam as roupas dela enquanto ela se remexia e gemia. Os lábios dele estavam no mamilo dela; a mão dela o envolveu, e ele quase não conseguiu resistir. Esticando a mão e enfiando-a no bolso, ele tirou de dentro da carteira uma camisinha velha e, em um sussurro rouco e desesperado, perguntou:

— Você está se protegendo de algum jeito?

— Com a pílula, lembra? — respondeu ela, sem fôlego. — Ai, Deus, meu Deus.

Paul sentiu os batimentos diminuírem um pouquinho. O cavalheiro que morava dentro dele precisava ter certeza de que ela não estava sendo negligenciada, então ele parou um pouco, deslizou o dedo no nó erótico bem no meio da intimidade daquela mulher, ao mesmo tempo que os lábios sugavam o seio dela; quando os suspiros de Terri quase se transformaram em gritos, Paul a penetrou, empurrando o quadril de maneira ritmada, e esperou até que o prazer fizesse com que ela travasse os quadris contra os dele e perdesse o fôlego. Então ele deixou todos aqueles meses de sofrimento jorrarem de dentro dele.

A primeira coisa que sentiu, enquanto ainda arfava e tentava recuperar o fôlego, foi um alívio avassalador. Um alívio físico básico e primitivo, tão potente quanto um narcótico. Em seguida, sentiu-se culpado. Não deveria ter feito aquilo. Apesar de os dois terem um acordo, Paul sentia que Terri se importava com ele mais do que deveria. Por qual outro motivo, afinal, ela escutaria o que ele tinha a dizer com tamanha sensibilidade, o traria para dentro do apartamento e concordaria com esse encontro?

Acontece que ele amava outra pessoa.

*Haggerty, você é um idiota desmiolado!*, pensou.

Mas, ainda assim, ele colocou a mão no cabelo dela, ajeitando-o atrás da orelha, enquanto ela voltava devagarinho para a Terra e seus olhos se abriam.

— Tudo bem? — perguntou ele.

Ela fez que sim com a cabeça e sorriu.

— Meu Deus, eu senti tanto a sua falta.

Ele a beijou na boca com delicadeza.

— Eu não deveria ter deixado isso acontecer. Estou perturbado demais. Mas obrigado.

Ela pousou a mão espalmada no rosto dele.

— Foi um prazer — disse, baixinho e sorrindo.

Ele sustentou o corpo com os braços, para não pesar sobre Terri, e, muito embora se sentisse culpado e um idiota, conseguiu abrir um sorriso para ela. Depois de um bom tempo, ele disse:

— Sinto muito, mas não posso ficar. É melhor eu ir.

— Eu sei. Mas tente não demorar mais seis meses para me ligar de novo.

— Não vou — prometeu ele.

Ele telefonaria para ela, a convidaria para beber alguma coisa e tentaria explicar que, muito embora ele não tivesse qualquer motivo para ser otimista em relação a isso, seu coração estava preso a outra pessoa. E, enquanto ele se sentisse assim, não seria correto ter um momento de intimidade com Terri como aquele. Ela era uma pessoa boa. Merecia alguém melhor.

# *Capítulo 1*

Vanessa Rutledge estava na frente do túmulo do marido, segurando o casaco com firmeza para se proteger da brisa gélida de março, o cabelo ruivo balançando ao vento.

— Eu sei que esse pedido vai parecer meio esquisito… mas não sei com quem mais eu posso falar. Matt, você sabe que eu te amo, que vou te amar para sempre, que vejo você nos olhos do nosso filho todos os dias. Mas, querido, eu vou amar de novo, e preciso da sua bênção. Se você me permitir isso, eu gostaria que você também desse um empurrãozinho no homem que o futuro me reserva. Avise a ele que está tudo bem. Por favor? Avise a ele que ele é muito mais do que…

— *Vanessa!*

O pai dela, que estava no deque atrás da casa, segurava o bebê bem longe do corpo, como se o menino tivesse acabado de fazer cocô na roupa que ele usava para ir à missa. Já tinha passado da hora de partir. O pequeno Matt nascera seis semanas antes e, naquela manhã, mãe e filho tinham ido ver Mel Sheridan para a primeira consulta de rotina desde o parto. O pai de Vanessa, o general aposentado Walt Booth, ia servir de motorista para eles, de modo que, enquanto Vanessa era examinada, ele podia cuidar do bebê.

— Estou indo, pai! — gritou ela. Então, voltou-se para o túmulo mais uma vez: — Vamos conversar melhor sobre isso mais tarde.

Depois de mandar um beijo carinhoso na direção da lápide, ela desceu a pequena colina, passou o estábulo e subiu até a casa.

O último lugar do mundo em que Vanessa esperaria estar era em uma cidadezinha montanhosa de seiscentos habitantes. Quando o pai escolheu aquela propriedade alguns anos antes de se aposentar do Exército, ela e Matt foram dar uma olhada no lugar. O marido logo se apaixonou.

— Quando eu morrer — disse ele —, quero que me enterre ali naquela colina, debaixo daquela árvore.

— Para com isso! — riu ela, dando um tapa no braço dele, sem que soubessem como aquelas palavras seriam proféticas.

Houve um tempo, alguns anos antes de ela conhecer Matt, em que Vanni se imaginava como uma ultrapoderosa âncora de jornal televisivo; exercendo a profissão em que se formara na faculdade. No entanto, antes de se comprometer com uma carreira que exigiria uma dedicação de oitenta horas semanais, ela resolveu experimentar um ano sabático e, num capricho, foi trabalhar como comissária de bordo. Um ano se transformou em cinco, porque ela amava o trabalho, as viagens e as pessoas. Ela ainda estava trabalhando na companhia aérea quando Matt partiu para o Iraque. Foi graças à solidão e à gravidez avançada que ela fez as malas e foi para Virgin River. Vanessa pensou que aquela seria uma solução temporária — ela teria o bebê, esperaria até o marido voltar da guerra e partiriam juntos para a próxima fase. No entanto, em vez disso, Matt foi levado até aquela pequena colina com a árvore no topo.

Ela não chorava tanto quanto nos primeiros dias, embora ainda sentisse muita saudade dele; sentia falta das gargalhadas e das longas noites em que eles ficavam conversando até tarde. Sentia falta de ser abraçada, de ter alguém sussurrando em seu ouvido.

Walt trazia a bolsa do bebê pendurada em um dos ombros e seguia na direção do carro.

— Vanessa, você passa tempo demais conversando com aquele túmulo. Acho que a gente devia colocar o Matt em outro lugar. Tirá-lo da nossa vista.

— Ai, ai — disse ela, erguendo uma das sobrancelhas em uma expressão de curiosidade, o canto da boca se contorcendo em um sorriso. — Matt não tem reclamado que eu estou enchendo o saco dele, tem?

— Não tem graça — respondeu o pai.

— Você se preocupa demais — disse ela, pegando o bebê dos braços do pai e colocando-o na cadeirinha do carro. — Eu não estou remoendo minha tristeza. É que tem umas coisas que só Matt pode escutar. E, nossa, ele é tão prático...

— Vanessa! Pelo amor de Deus! — Ele respirou fundo antes de continuar: — Você está precisando de umas amigas.

Ela riu.

— Eu tenho muitas amigas. — Era verdade: ela tinha um monte de amigas da época em que voava e, embora elas não morassem perto, eram muito boas quando se tratava de visitar e manter contato, e isso dava a Vanessa muitas oportunidades de conversar sobre Matt, luto e, também, sobre o bebê e a recuperação do parto. — Você ficará feliz em saber que Nikki vem me visitar no fim de semana — anunciou ela. — Uma amiga.

Walt entrou no carro e sentou-se no banco do motorista.

— Nós temos visto a Nikki muitas vezes nos últimos tempos. Ou ela não consegue ficar muito tempo longe do bebê, ou as coisas não vão lá muito bem entre ela e aquele... aquele... — Walt pareceu não conseguir completar a frase.

— Ela não consegue ficar muito tempo longe do bebê e, não, as coisas não andam muito bem com o Craig. Estou vendo que já, já vai ter uma separação — respondeu Vanessa.

— Eu nunca gostei dele — admitiu Walt, resmungando um pouco.

— Ninguém gosta dele. Ele é um babaca — disse Vanessa.

A melhor amiga dela, que era um docinho, queria casar e ter filhos, mas, em vez disso, estava presa em um relacionamento que já tinha ficado morno havia muitos anos, sentindo-se quase tão sozinha quanto Vanni.

Vanni tinha outras amigas que não eram comissárias de bordo. Ela começou a ficar mais próxima de algumas mulheres da cidade — Mel Sheridan, sua enfermeira obstetra; Paige, que trabalhava com o marido no único bar e restaurante da cidade; Brie, que era cunhada de Mel. Ainda assim, havia coisas que somente Matt conseguiria entender.

Quando você mora em um lugar como Virgin River, onde o consultório médico só tem consultas agendadas às quartas-feiras, é capaz de apostar com certa folga que não vai ficar esperando. Evidentemente, Mel estava em pé, aguardando a chegada deles na entrada da clínica. Seu rosto se iluminou de alegria quando eles entraram e, na mesma hora, ela esticou o braço na direção do bebê.

— Aaaaah, vem aqui — disse ela, praticamente cantando. — Deixa a tia Mel ver você! — Ela pegou o bebê no colo, de tal jeito que parecia estar calculando o peso dele. A seguir, ela o aconchegou juntinho de si. — Ele parece estar muito bem, Vanni. Ficando lindo e gordinho. — Ela olhou para Walt e perguntou: — Como é que está o vovô?

— O vovô podia dormir mais — resmungou Walt.

Vanessa fez uma cara feia.

— Não tem motivo nenhum para ele se levantar. Ele com certeza não consegue me ajudar a amamentar.

— Eu simplesmente acordo. E se eu estou acordado, e a Vanni também, então posso muito bem ir até lá para ver se ela precisa de alguma coisa.

Mel sorriu.

— Esse vovô é ótimo — comentou ela. — Já, já esse garoto vai estar dormindo a noite toda.

— Quando foi que o David passou a dormir a noite toda? — perguntou Vanni, referindo-se ao filho de 1 ano de idade de Mel.

— Você quer saber quando ele dormiu a noite toda pela primeira vez ou quando foi a última vez que ele fez isso? — devolveu Mel. — Talvez você não queira saber a resposta… Lá em casa, nós temos um problema com o sono. E agora Jack deixa David ficar na cama com a gente. Quer um conselho? Não faça isso!

Vanessa deu uma olhada na barriga de Mel, que estava cada vez maior. David tinha acabado de fazer 1 ano e eles teriam o segundo bebê em maio.

— Espero que a cama de vocês seja bem grande — respondeu ela.

— Vai ter espaço de sobra depois que eu chutar Jack para fora dela. Vamos lá… Vamos dar uma olhada no Mattie primeiro e cuidar das vacinas dele.

Mel levou o bebê no colo até a sala de exames e Vanessa os seguiu.

A enfermeira tinha ajudado Matt a nascer no quarto de Vanessa, e o vínculo entre elas havia ficado mais intenso e mais forte. Não levou muito tempo para que fosse constatado que o bebê estava com um bom peso e em perfeitas condições de saúde.

— Eu vou deixar Mattie lá fora com o Walt enquanto você veste o avental de exames, pode ser?

— Obrigada — disse Vanessa.

Alguns minutos depois, Mel voltou.

— Seu pai levou o bebê para tomar um café no bar do Jack. E para estreitar os laços com a ala masculina da cidade, imagino.

Vanni se posicionou na mesa de exames e Mel verificou a pulsação, aferiu a pressão e a preparou para realizar um exame pélvico.

— Está tudo ótimo. Você teve um parto maravilhoso, Vanni... Está em excelente forma. E, nossa, você perdeu peso bem rápido. A amamentação é milagrosa, não é?

— Mas eu ainda não voltei a caber na minha velha calça jeans.

— Aposto que você está quase lá. Certo, pode se sentar — orientou Mel, oferecendo a mão para ajudá-la. — Tem alguma coisa sobre a qual devemos conversar?

— Muitas coisas. Posso fazer uma pergunta bem íntima para você?

— Sempre — respondeu Mel enquanto escrevia algo na ficha.

— Sei que antes de se casar com o Jack, você era viúva...

Mel parou de escrever. Ela fechou a ficha médica e olhou para Vanni com um sorriso simpático.

— Eu já esperava que esse assunto fosse aparecer — disse Mel.

— Quanto tempo demorou? — perguntou Vanni, e Mel sabia exatamente a que ela estava se referindo.

— Conheci o Jack nove meses depois de meu marido morrer. E me casei com ele seis meses depois de o conhecer. E, se você conferir com os historiadores e fofoqueiros da cidade, vai descobrir que eu já estava grávida há pelo menos três meses quando isso aconteceu. Quase quatro, na verdade.

— Temos historiadores na cidade?

— Uns seiscentos deles — respondeu Mel, dando uma gargalhada. — Se quiser guardar um segredo, é melhor se mudar para outro lugar.

— Matt morreu há poucos meses, mas ele já estava longe há quase um ano... Mel, ele não viajou a negócios. Ele estava combatendo, fora de contato.

Eu falei com ele, no total, três vezes, vi o rosto dele só uma vez, numa ligação de vídeo. As cartas eram curtas e esparsas. Já faz um tempão mesmo que...

Mel tocou o joelho de Vanni.

— Não tem uma regra, Vanessa. Tudo que eu li sobre viuvez, e eu li bastante sobre o assunto, dizia que, quando as pessoas entram em outro relacionamento depois de perder o cônjuge há relativamente pouco tempo, isso indica que elas foram felizes no casamento. O casamento foi uma boa experiência para elas. — Mel sorriu.

— Eu ainda nem tinha certeza de que estava grávida quando Matt foi para o Iraque em maio. Não estou pensando em me casar de novo, é lógico — explicou Vanessa. — Mas eu tenho... Bom, o que eu tenho pensado é que eu não quero ficar sozinha para sempre.

— É claro que você não tem que ficar sozinha para sempre. Você ainda tem muita vida para viver.

Foi a vez de Vanni sorrir.

— Será que é hora de pensar em métodos contraceptivos?

— Podemos conversar sobre isso. Você não vai querer estar tão despreparada quanto a sua enfermeira obstétrica. Sobretudo se você tem um bebê para cuidar. Acredite em mim. — Ela respirou fundo e passou a mão na barriga imensa. — Eu não me *permiti* pensar nessas coisas com antecedência! Lembro quando a minha irmã disse: "Eu conheço pessoas que ficaram viúvas, se casaram de novo e são felizes". Eu quase voei no pescoço dela. Fiquei chocada. Não tinha nenhuma esperança de que a vida pudesse seguir em frente.

— Mas com certeza foi o que aconteceu com você — comentou Vanni.

— Meu Senhor. Eu vim para cá totalmente determinada a viver meus dias sozinha e infeliz, mas o Jack, aquele maldito... ele armou uma emboscada para mim. Eu acho que me apaixonei por ele no segundo em que nos conhecemos, mas lutei contra esse sentimento. Na época, eu achava que poderia, de algum jeito, estar sendo infiel à memória do meu marido se seguisse em frente, o que era um absurdo. Meu marido com certeza gostaria que eu tivesse amor na vida, e eu aposto que o seu também.

— Você não deixa um homem ir para a guerra sem conversar sobre certas coisas... meus pais me ensinaram isso. Um dos primeiros indícios que meu irmão e eu notávamos quando o general estava a caminho de uma possível missão com o Exército era quando a papelada saía. Testamentos, papéis de fundos de investimentos etc. Não só para o caso de alguma coisa acontecer a ele, mas também para o caso de ele estar longe, numa zona de guerra no meio da selva ou do deserto, e alguma coisa acontecer à mamãe. E aí? — Vanessa sorriu com certa melancolia. — Matt não pensava muito no pior, mas era prático e ia direto ao ponto. Ele disse que eu não era o tipo de mulher que se afunda e que ficaria decepcionado se eu acabasse fazendo isso. Ele deixou algumas orientações: onde ele queria ser enterrado, o que eu deveria fazer com seus itens pessoais favoritos, visitar os pais dele com frequência, principalmente se nós tivéssemos filhos. E ele disse que, se um homem bom aparecesse na minha vida, eu não deveria hesitar. — Ela respirou fundo. — As orientações que deixei para ele foram quase as mesmas. — Ela se sentou com as costas eretas. — Se eu tiver a sorte de encontrar outro homem tão maravilhoso quanto Matt, eu preciso estar pronta.

— Com certeza. E isso não é nada impossível, mesmo aqui, na boa e velha Virgin River. Vamos proteger você com alguma coisa bem segura enquanto você está processando tudo isso. Você quer que eu prescreva uma pílula que você pode tomar enquanto está amamentando? Podemos também pensar num diafragma ou num DIU, que tal? Você já considerou essas opções?

Vanni sorriu, agradecida. Claro que ela já tinha refletido sobre o assunto.

— Já pensei, sim. Quero o DIU, por favor.

— Vamos ver os modelos — disse Mel. A seguir, deu um sorriso. — À propósito, você já está liberada para ter relações sexuais. Se você encontrar alguém...

Vanni deu uma risada.

— Obrigada.

— Você tem bom senso. É só ter certeza de que haja uma camisinha envolvida na história. Nós não queremos a transmissão de nenhuma...

— Eu tenho bom senso — repetiu Vanni. — E muito bom gosto.

Havia, sim, um homem na cabeça de Vanessa, e ele era o motivo pelo qual ela se encontrou implorando pela ajuda e pelas bênções de Matt. E esse homem era o melhor amigo do marido; o melhor amigo dela também. Paul.

Ele passara meses em Virgin River, dando apoio e a confortando. Até passara o Natal longe dos pais, irmãos e suas famílias. Ficaram muito tempo conversando sobre Matt, chorando por Matt, perdidos em horas de recordações sentimentais. Sem a força de Paul, ela nunca teria passado pelo pior momento. Ele era a fortaleza de Vanni.

O relacionamento deles era muito anterior a isso, claro. Eles não ficaram amigos porque Matt morreu. Na verdade, na noite em que ela conheceu Matt, muito tempo atrás, quem tinha chamado sua atenção do outro lado do salão havia sido Paul. Ele era tão alto, tinha pernas tão compridas e as mãos tão grandes que era difícil que não se destacasse em meio à multidão. Havia ainda aquele cabelo rebelde cor de areia que precisava ser mantido curto porque, caso contrário, desafiaria qualquer tipo de penteado. Não que Paul fosse do tipo de homem que usava o cabelo para se exibir — mesmo de longe, era bastante óbvio que ele se atinha ao básico. Ela reparou na sua masculinidade; ele parecia um lenhador que tinha tomado banho para ir à cidade. E havia aquele sorriso cativante; um dos dentes da frente levemente lascado e, na bochecha esquerda, ele ostentava uma covinha. Sobrancelhas escuras e grossas, olhos castanhos e profundos — eram detalhes que ela descobriu mais tarde, é claro. Ela nem sequer tinha notado a presença de Matt...

No entanto, foi Matt quem a fez delirar de desejo, quem a tirou do prumo, quem fez ela gargalhar, fez ela *corar*. Enquanto Paul ficou nos bastidores, tímido e em silêncio, Matt a encantou até o último fio de cabelo. E, logo depois do encantamento, ele fez com que ela o desejasse loucamente, o amasse profundamente. Ele estava bem longe de ser um prêmio de consolação — ele era um dos melhores homens do mundo. E um marido dedicado, completamente apaixonado por ela.

Antes da morte de Matt, ela amava Paul, mas depois esse amor ficou mais profundo. Quando o pequeno Mattie nasceu, ela dissera a Paul:

— Eu nunca vou amar outra pessoa além de Matt.

Acontece que, conforme as semanas passaram, ela percebeu que não precisava deixar de amar Matt, assim como Paul não precisava deixar de amar o amigo. Matt estaria com eles para sempre. E o fato de Paul entrar em cena agora parecia ser a ordem natural das coisas. Mas não havia qualquer sinal da parte dele que indicasse um sentimento para além de uma amizade especial. Ela não tinha dúvida de que Paul a amava, e também ao pequeno Matt, mas aquele não parecia ser o tipo de amor que pudesse aquecê-la nas noites frias.

Ela telefonou para Paul várias vezes desde que ele voltara para Grand Pass, e os dois tiveram conversas educadas e agradáveis sobre o bebê, a cidade e os amigos dele por lá, sobre o pai e o irmão de Vanni e, até mesmo, sobre Matt em algumas ocasiões.

— O bebê já ganhou setecentos gramas — contou ela. — Ele já está tão diferente.

— Com quem ele se parece? — perguntou Paul. — O cabelo dele ainda está escuro ou já ficou cor de fogo, como o da mamãe?

— Ainda é uma miniatura do Matt — respondeu ela. — Eu quero que você o veja. Que pegue ele no colo.

*Quero que você me coloque no colo!*

— Eu vou tentar ir até aí.

Ele ainda não tinha vindo visitar. E nunca demonstrou nenhum indício de saudade. Nem uma pontinha de desejo vazava daquelas linhas telefônicas.

Vanessa se sentia uma idiota por sequer desejá-lo. Mas não havia como negar — ela sentia muita saudade dele. E não do jeito que uma jovem viúva sente saudades de ter um homem em sua vida. Mas do jeito que uma mulher deseja um homem que mexe com ela, que a mobiliza.

Quando Mel acompanhou Vanni até a sala de espera da clínica, Vanni viu a namorada de seu irmão mais novo aguardando para ser atendida.

— Brenda! — disse Vanni, indo até a garota e dando um abraço nela. — Acho que, já que todas as consultas são às quartas-feiras, as chances de a gente esbarrar com todas as nossas amigas aqui são bem altas — comentou ela, rindo.

— Acho que sim — concordou Brenda, dando de ombros e corando um pouco.

— Eu tenho que resgatar o meu pai antes que ele encontre uma fralda suja. Ele está com o bebê no bar do Jack. Vejo você depois... provavelmente no jantar de hoje?

— Claro — disse Brenda. — Até mais tarde.

Vanni saiu porta afora e Brenda afundou na cadeira. Antigamente, a sala de espera havia sido a sala de estar da velha casa, e a decoração do lugar ainda era exatamente igual. Cortinas pesadas de veludo cor de creme cobriam as janelas da frente, mas normalmente ficavam presas com faixas para permanecerem abertas. Um sofá e um chaise longue antigos, estofados em veludo cor de vinho, eram flanqueados por duas poltronas *bergères* com os pés de madeira curvados. O tecido das cadeiras era um brocado amarelo que tinha perdido o brilho havia muito tempo. Também era possível encontrar algumas cadeiras de palhinha espalhadas pelo cômodo que, raramente, ficava cheio. Somente Mel e o dr. Mullins faziam os atendimentos, então, a não ser que alguém acabasse vindo sem agendar, as consultas eram marcadas com uma diferença confortável de tempo entre elas.

Brenda estava com um dos cotovelos apoiados no joelho enquanto a testa repousava em sua mão.

— Aff — disse ela num sopro de voz. — Claro que eu tinha que dar de cara com a Vanessa. Que droga.

Mel pegou a ficha de Brenda e, dando uma risadinha, foi até a adolescente, colocando-a de pé.

— Não se preocupe com isso. Venha, vamos ver como você está.

— Mas ela é a irmã do Tommy! E se ela vier me perguntar o que eu estava fazendo aqui?

— Brenda, Brenda, isso não vai ser um problema. — Mel a conduziu até a sala de exames. Enquanto a menina aguardava na porta, a enfermeira trocou o papel que protegia a cadeira do exame. A seguir, entregou uma camisola à garota. Mel abriu a ficha e falou: — Quer dizer que você está preocupada com o fluxo da sua menstruação, que é intenso...

— Estou, mas...

— Eu sei — disse Mel. — Mas que, fora isso, tudo bem.

— Tudo bem, sim — repetiu Brenda, morta de vergonha. — Eu preciso de uma pílula anticoncepcional...

A adolescente olhou para o chão e Mel colocou um dedo no queixo dela e ergueu o rosto da menina.

— Claro. Eu sei — começou Mel. — Mas, se Vanessa algum dia perguntar por que você esteve aqui, você só vai dizer que estava preocupada com a sua menstruação, então eu a examinei e disse que estava tudo bem. Que tal?

— Sério?

— Eu não falo sobre os assuntos dos pacientes — explicou Mel. — Vista a camisola. Vamos fazer um exame. E conversar para saber por que realmente você veio aqui. E, Brenda... vai ficar tudo bem.

— Minha mãe não sabe que eu estou fazendo isso — confessou a garota. — Ela acha que vim aqui por causa da minha menstruação.

— Certo — disse Mel, mas ela sabia que Sue Carpenter era muito arguta. As chances de que a mãe de Brenda soubesse exatamente o que estava acontecendo eram bastante altas. Afinal de contas, Tommy e Brenda estavam firmes desde o começo do ano letivo e ninguém duvidava que o relacionamento dos dois era bem sério. — Volto daqui a cinco minutos — avisou Mel, deixando a sala.

Poucas meninas de 17 anos se sentiam confortáveis para discutir métodos contraceptivos com a mãe, mesmo aquelas que tinham uma relação bem próxima com a mãe. Quando Mel voltou e Brenda já estava vestida e pronta, ela disse:

— Tenho que atualizar o seu exame de Papanicolau e, se você não se importar, gostaria de fazer uns exames de IST, só para ter certeza de que não tem algo que deveríamos tratar. Precisamos conversar sobre contracepção de emergência?

— Quê?

— Você teve relações desprotegidas recentemente?

— Não — respondeu ela. — Tommy não vai chegar nem perto de mim se eu não estiver usando o meu próprio método para evitar gravidez, mesmo ele tendo... você sabe...

— Camisinhas — completou Mel.

— Isso. Ele diz que só camisinha não é o suficiente.

— Bom, graças a Deus por ele — observou Mel.

Aquela doce menina, estudante talentosa que muito provavelmente receberia uma porção de ofertas de bolsas integrais de estudo, tinha sido vítima de abuso sexual havia menos de um ano, antes de Tom se mudar para a cidade. Ela fora a uma chopada na floresta com um bando de adolescentes, com a intenção de beber cerveja escondido, e três meses depois descobriu que estava grávida sem ter a menor ideia de como aquilo tinha acontecido. Como se isso já não fosse ruim o suficiente, Brenda teve um caso violento de clamídia, que talvez tenha contribuído para o aborto espontâneo que sofreu.

Mel realizou o exame, fez alguns testes e deu a Brenda pílulas anticoncepcionais suficientes para três meses e uma receita, então disse:

— Eu quero te dar os parabéns por cuidar da sua saúde, Brenda. Eu sei que pode ser assustador pedir esse tipo de ajuda quando a gente é jovem. Mas você está sendo muito esperta ao se prevenir.

— E se minha mãe perguntar a você sobre isso?

— Ela provavelmente não vai, mas, se o fizer, vou dizer que você está muito bem.

— Você acha que vai funcionar?

— Ah, querida, eu fiquei muito, muito boa em não contar as coisas. Pergunte ao Jack — acrescentou ela, dando uma risada. — Você pode começar a tomar agora mesmo, mas elas só vão fazer efeito daqui a duas semanas. Tente se lembrar de tomar sempre no mesmo horário todos os dias… tipo logo antes de ir dormir ou assim que acordar de manhã. Isso vai aumentar a confiabilidade.

— Ele está indo embora, sabe — disse Brenda, um pouco emocionada.

— Logo depois que se formar, ele vai para a formação básica do Exército, em West Point.

Mel pousou a mão no cabelo lindo e macio da menina.

— Em primeiro lugar, você não ia querer nenhum outro tipo de namorado: ele é ótimo em tudo o que faz e será um tremendo sucesso. Ele é a nata da nata. Em segundo lugar, só porque você vai tomar pílula não significa que tenha que fazer qualquer coisa para a qual ainda não está preparada. Está entendendo?

Ela assentiu.

— Ele vai voltar quando estiver de licença e para passar as férias. Vocês vão trocar muitas cartas… cartas maravilhosas.

Ela assentiu de novo, mas corrigiu:

— E-mails.

— Também serve. Você vai tomar essa pílula por causa da sua saúde e para se proteger, Brenda. Ele não tem que ir embora com alguma lembrança. Não se sinta pressionada.

— Ah, não estou me sentindo pressionada. Entendo o que você está falando — garantiu a jovem, em um tom de voz suave. — Tom jamais me pressionaria. Além disso, eu o amo.

Mel sorriu.

— Fico feliz por você. Ele é um garoto muito especial. E você, minha querida, é uma garota muito especial. E que tem controle total sobre o seu corpo... Lembre-se sempre disso.

Nikki Jorgensen parou em frente ao rancho da família Booth e deu uma buzinadinha antes de sair do carro. Quando ela entrou na casa, Vanni estava sentada no chão ao lado do bebê. O pequeno Matt se encontrava deitado em um tapetinho e ao seu redor havia diversos brinquedos, com os quais ele com certeza ainda não tinha idade para conseguir brincar.

— Corre aqui — chamou Vanni. — Ele está *rindo*!

Nikki largou a bolsa em uma cadeira e se ajoelhou no chão, no lado oposto de onde estava Vanni. Elas eram tão diferentes — Vanni era uma ruiva esculultural e Nikki era mignon, a pele escura e um cabelo preto que descia até quase a altura da cintura em um manto liso e sedoso. Vanni era ousada; Nikki era calma e detestava brigas. Nikki gostava de contar que, no ensino médio, enquanto ela estudava os cortes de cabelo da moda, Vanni, a filha de militar, estava aprendendo a empacotar todas as coisas de uma casa em seis horas e a passar pelo setor de imigração de outros países.

Elas ficaram alguns minutos fazendo caretas para o bebê até que, finalmente, Vanni disse:

— Mal posso esperar para contar ao Paul que ele está rindo de verdade.

E isso foi o suficiente para mergulhá-las no silêncio.

— Paul tem dado notícias? — perguntou Nikki, enfim, em um tom de voz repleto de delicadeza.

Vanni balançou a cabeça em uma negativa e desviou o olhar.

— Bom, eu liguei para ele. Algumas vezes por semana. Mas ele só ligou para cá uma vez.

— Ah, Vanni — disse Nikki, solidária.

— Deixa para lá. Ele provavelmente está aliviado por não ter mais nenhuma obrigação para com a Viúva Rutledge…

— Tenho certeza de que não é isso — respondeu Nikki, fazendo um carinho na cabeleira vermelha e abundante da amiga.

— Uns meses atrás, eu nunca teria pensado que nutriria sentimentos por ele. Quer dizer, *esse* tipo de sentimento. Eu pensava nele como meu porto seguro, minha rocha. E, então, devagarzinho, ele começou a significar mais do que isso para mim. Desde que ele foi embora… Eu sinto tanta saudade dele. E não só porque ele era um amigo para todas as horas.

— O que pode ser mais a sua cara do que se sentir atraída por alguém que sente tanta saudade de Matt quanto você? Que ama o pequeno Mattie tanto quanto o próprio Matt amaria? Além disso, você não acabou de conhecê-lo… Paul está na sua vida desde o dia em que você conheceu o Matt! Você o conhece melhor do que ninguém. Com certeza não precisa se perguntar que tipo de homem ele é.

— Eu só estou com medo… não sei muito bem se estou pronta para abrir mão do Matt.

Nikki deu uma gargalhada.

— Vanni, você não precisa abrir mão do Matt, assim como Paul também não. Ele vai fazer parte da vida de vocês para sempre.

Vanni deu um sorriso grato à amiga, erguendo uma das sobrancelhas claras.

— É nisso que eu tenho pensado ultimamente. Eu não tenho que escolher, né?

— De jeito nenhum, amiga.

— Então, como é que vão as coisas entre você e Craig?

O sorriso de Nikki sumiu.

— Na mesma. Nada bem. Eu dei um ultimato a ele: ou ele se compromete, ou está tudo acabado. Ele fica dizendo que precisa de tempo. Mas quanto tempo? Já se passaram cinco anos. Ele sabe que eu quero uma família, e meu relógio não para.

Vanni balançou a cabeça, duvidosa.

— Ele nunca vai desistir de você — disse Vanni, mas a verdade era que ela sentia medo de que a Nikki jamais terminasse com ele, mesmo se Craig não desse um décimo do que a amiga precisava.

Nikki ergueu o queixo.

— Ah, é? Você quer apostar?

— Nikki, você está falando sério dessa vez? Jura?

Nikki tocou o pé do bebê.

— Eu não vou passar por essa vida sem nem ao menos tentar isso — garantiu ela. — Sou egoísta. Eu quero tudo. E as coisas têm sido inegociáveis com o Craig nesses quesitos.

Paul estava de volta a Grants Pass havia pouco mais de seis semanas. Ele tinha passado aquela noite com Terri e prometera que manteria contato. Quando ela veio vê-lo no trabalho e perguntou se ele poderia dar uma escapada para conversar, Paul deduziu que o motivo de ela estar ali era porque ele não tinha telefonado como disse que faria.

Só que não.

Ele encolheu as longas pernas dentro do pequeno Toyota que estava estacionado em frente ao escritório onde ele trabalhava e disse:

— O que houve?

Em meio a lágrimas repletas de nervosismo, ela explicou que estava grávida e que não tinha estado com ninguém além dele.

— Grávida? — repetiu ele, atordoado. — Grávida?

— Sim — disse ela. — Aconteceu quando você voltou para a cidade. Você se lembra. Foi uma noite bem intensa. Não é possível que tenha esquecido.

— Mas como foi que isso aconteceu? Você disse que estava tomando pílula. Eu usei camisinha.

— Sei lá — respondeu ela, fungando. — Provavelmente a culpa é minha. Desculpe.

— Sua culpa? — perguntou ele. — Como assim?

— Fazia tanto tempo que eu não saía com alguém, que eu acabei ficando meio desleixada na hora de tomar a pílula, às vezes até esquecia. Você me ligou... E foi uma surpresa. Eu não tinha notícias suas fazia um bom tempo e não podia perder a oportunidade de ver você. Mas você tinha camisinha e eu estava convicta de que ficaria tudo bem... Não sei o que houve de errado. Devem ter sido as pílulas que eu esqueci de tomar, você devia ter uma camisinha com defeito... Não consigo pensar em nenhuma outra explicação.

— Minha nossa — disse ele. E respirou fundo. — Certo — continuou, contendo o pânico. — Certo, diga do que você precisa — pediu ele, tomando a mão dela e segurando-a entre as suas.

— Alguma possibilidade de casamento passa pela sua cabeça?

Ele nem sequer tinha pensado naquilo. Havia outra pessoa; havia alguém fazia muito, muito tempo.

— Meu Deus, Terri, nós não podemos nos casar. Do que foi mesmo que você nos chamou... amigos com benefícios? Somos dois adultos que consentiram no ato e que se gostam e se respeitam, e isso significa muito, mas, ao mesmo tempo, não é o suficiente. Você é importante para mim, mas nós não temos nenhum tipo de relacionamento que levaria a um casamento. Que nos manteria casados.

— Isso é um pouco irrelevante agora — disse ela.

— A gente não se conhece. Não de verdade.

— A gente se conhece bem o bastante para que eu esteja grávida.

— Estou entendendo, então, que você decidiu que quer ter o bebê, certo?

— Eu estou com quase 30 anos — respondeu ela, com certa agressividade na voz. — Eu não vou me livrar do bebê.

— Certo, certo, tudo bem — respondeu Paul, aliviado, embora o senso comum estivesse lhe dizendo que aquele assunto poderia ser resolvido; aquilo poderia desaparecer. Ele *não* queria estar naquela posição, mas também não queria que o bebê desaparecesse. — Eu posso ajudar financeiramente. Posso dar o meu melhor para apoiar você emocionalmente. Juro que vou ficar ao seu lado. Só que, Terri, qualquer coisa além disso seria o maior erro de todos para nós dois.

— Por quê? — perguntou ela, com lágrimas brotando nos olhos.

Ele passou o braço ao redor dela e a abraçou o melhor que pôde, considerando o espaço apertado dentro do carro de Terri.

— Por muitos motivos. Para começar, antes de qualquer coisa acontecer entre a gente, nós tivemos uma conversa sobre as nossas vidas... e nenhum de nós estava querendo alguma coisa séria. Nós estivemos juntos, o quê? Três vezes em um ano? Quatro? Meu Deus, sinto muito, Terri, mas, na noite em que isso aconteceu, foi quando estivemos mais próximos um do outro, e apenas porque eu estava confuso e você foi amável o bastante para me escutar. Querida, nós só não estamos apaixonados.

— Como você sabe que eu não estou? — indagou ela.

— Nós conversamos uma única vez nos últimos seis meses. Se você sentia alguma coisa, eu nunca desconfiei. — Ele apertou seu abraço. — Terri, você é muito especial e maravilhosa. Mas aqui estamos nós: duas pessoas que conseguem passar seis meses sem se falar, sem se ver. — Ele balançou a cabeça. — Eu sabia que aquela noite foi um erro. Eu fui muito fundo nos meus sentimentos e você se apegou demais. Mas não é a coisa de verdade. Foi a minha crise e a sua compaixão que nos trouxeram até aqui, onde estamos hoje. Se nos casássemos, isso só impediria que você descobrisse do que realmente precisa. E, pode acreditar, você não precisa de mim.

— O que é que eu vou fazer?

Ele pensou, de maneira egoísta: *o que é que eu vou fazer?*

— Você vai fazer o que quiser, e eu vou ajudá-la de todos os jeitos que puder. Eu sinto muito, mas você merece ter um marido que a ame tanto quanto você o ama.

— Mas eu vou ter um filho seu! — argumentou ela, desesperada.

— Eu vou fazer tudo o que eu puder, Terri, menos me casar com você. O relacionamento não duraria. Isso pode fazer com que nos tornemos inimigos, e nós precisamos fazer melhor do que isso.

— Eu sou uma escolha tão horrível assim para esposa? — perguntou ela, chorosa.

Não havia absolutamente nada de errado com Terri, nada. O problema era com *ele*. Paul achava Terri atraente, desejável, divertida e amável, e tinha sido por isso que ele ficara com ela enquanto Vanni estava casada com o seu melhor amigo. Ele daria qualquer coisa para se apaixonar. Quando pensava em Vanni, sua pressão sanguínea aumentava e seu coração disparava. Quando pensava em Terri, um sorriso tomava seus lábios, porque ela era uma gracinha, porque ela o fazia gargalhar e porque ela era simplesmente uma pessoa boa. Quando pensava em Vanni, enchia-se de medo, desejo e de uma esperança ridícula. Paul gostava de Terri; mas era completamente louco por Vanni, e se sentia assim havia muitos anos. Ele não sabia o porquê. Desconfiava de que uma maldição fazia com que ele desejasse algo que jamais poderia ter.

Não seria justo com Terri; não era o caminho mais fácil, mas também não era certo. Seus níveis de testosterona aumentavam quando ele estava com Terri porque ela era atraente, bonita, disponível e ele estava sozinho. Paul era apenas um homem; às vezes, era bom ter uma mulher em sua vida. Foi um tremendo erro telefonar para ela depois que Matt morreu, sendo que a única mulher no mundo com quem ele queria estar era Vanni. Mas ele vinha se sentindo tão desesperado por compreensão, por amizade.

— Eu acho que você vai ser uma esposa maravilhosa para alguém, quando encontrar o homem certo — disse ele. — Eu não sou esse cara, mas vou fazer tudo que for preciso para honrar com minhas obrigações, Terri. Eu não vou fugir, não vou me esconder. E, meu Deus, sinto muito. Garanto que não queria que isso tivesse acontecido.

Fazia cerca de dez anos que Joe Benson projetava casas para a Empreendimentos Haggerty, e ele estava um pouco preocupado com Paul. Ele tinha visto o amigo em alguns canteiros de obra e eles falaram sobre se encontrar para beber uma cerveja, mas Paul vinha se mostrando evasivo, distraído, taciturno e, provavelmente, deprimido. Não é de se admirar — Paul tinha passado por poucas e boas com a morte de Matt. Joe desconfiava que havia ali uma panela de pressão. Então, ele fez o que os bons amigos fazem: pressionou. Já era hora de Paul extravasar, assim poderia seguir adiante.

Joe marcou de encontrar Paul em um barzinho escuro e silencioso. Joe tinha escolhido o lugar — ali um homem poderia conversar com privacidade sobre as coisas que o corroíam por dentro. Ele olhou várias vezes para o relógio em seu pulso, se perguntando se Paul lhe daria o bolo. Pediu uma cerveja e estava pensando em tentar ligar para o amigo ou simplesmente ir embora quando Paul, enfim, entrou se arrastando, de cabeça baixa, com aquela aparência que vinha apresentando fazia tempo demais agora. O homem estava arrasado.

— Uma cerveja — pediu ele ao bartender antes mesmo de dizer "oi".
— Uma Heineken.

— E aí — cumprimentou Joe, erguendo seu copo de cerveja quase vazio. — Você está péssimo.

Paul ficou quieto por um instante, esperando até que chegasse sua cerveja. Quando o copo chegou, ele bebeu um longo gole antes de dizer:

— Um caco.

— Escuta, eu achei que poderíamos beber uma cerveja juntos, conversar sobre isso...

— Acredite em mim, você não quer conversar sobre isso, Joe.

— Os negócios estão ok? — perguntou Joe, abordando a situação pelas beiradas. A família de Paul era dona de uma empreiteira que fazia construções de boa qualidade. Enquanto Matt tinha sido o melhor amigo de Paul desde a juventude, Joe tinha sido o amigo mais próximo dele desde a Guerra do Golfo, quando eles foram designados à mesma unidade de reservistas da Marinha. Joe e Paul tinham trabalhado juntos desde então e também voltaram juntos para o Iraque.

— Os negócios estão bem — respondeu Paul. — O problema não é esse.

Joe apertou o ombro do amigo com a mão forte.

— Você não tem sido você mesmo ultimamente, meu amigo. Está com dificuldades de seguir em frente depois do que aconteceu com o Matt... Ele não ia querer isso, você sabe.

— Eu sei...

— Talvez tenha mais coisa além do Matt — comentou Joe. — Eu tenho a sensação de que alguma coisa está corroendo você por dentro de verdade.

— É mesmo? — respondeu Paul, dando uma risada sombria. — Jesus, você é vidente. — E bebeu mais um longo gole de cerveja.

— Alguma chance de você simplesmente continuar e botar o que te aflige para fora, assim a gente pode parar para analisar o que está acontecendo? Porque se você vai beber nessa velocidade, vai me deixar para trás rapidinho.

Paul balançou a cabeça.

— Eu ferrei as coisas para valer, Joe. Eu me enfiei numa confusão da qual não vou conseguir sair.

Joe olhou para o amigo durante um bom tempo. Então, bateu com o copo no balcão do bar e, quando o bartender veio, disse:

— Me dá mais um desse, tá? — E, enquanto esperava pela nova bebida, virou-se para Paul e perguntou: — Você tem alguma ideia do quão confuso você está soando neste momento?

— Tenho. Você devia achar pessoas mais estáveis para beber com você.

— Bom, até eu conseguir achar alguém…

Passou um momento antes que Paul finalmente dissesse:

— Eu engravidei uma mulher…

— Não — respondeu Joe, chocado. — Não, você é esperto demais para isso…

Paul deu uma risada.

— Acho que não sou, não. Talvez eu devesse processar a Jontex, hein?

— Ai, Minha Nossa Senhora — comentou Joe. — Ai, meu Deus. É alguém especial? Espero que sim.

— É uma moça legal — respondeu Paul, dando de ombros. — Mas não era… Ah, cara. Era… Nós não estamos… Merda. Foi só uma dessas coisas. Sabe? A gente se conhece há mais ou menos um ano, mas só saí com ela algumas vezes. Não tem nada rolando entre a gente de verdade, a não ser…

— Ai, Minha Nossa Senhora — repetiu Joe.

Paul se virou para Joe.

— Enquanto eu estava em Virgin River, no fim do ano passado, não falei nem uma vez com essa mulher… O lance é casual mesmo. Voltei aqui várias vezes, para ver como estavam os negócios, o meu pai, os meus irmãos, mas nunca nem sequer telefonei para ela. E ela também não me ligou. Só que…

— Só que…?

— Só que eu voltei para casa com um nó no estômago depois de tudo o que aconteceu em Virgin River e liguei para ela. Acho que foi instintivo. E adivinha só o que foi que aconteceu?

— Que droga — disse Joe. — O que você vai fazer?

— Quais são as minhas opções? — perguntou Paul, deixando a cabeça tombar para a frente. — Eu vou cuidar dela, do meu filho. O que mais posso fazer? — Ele balançou a cabeça, com tristeza. — Eu quero esse bebê — disse. — Eu sei… é uma idiotice. Eu talvez devesse tentar alguma coisa, tipo pagar para ela ficar quieta. Tentar convencê-la a fazer um aborto... Mas, se vou ter um filho, quero fazer parte disso. Eu estou louco, não estou?

Joe sorriu, cheio de paciência.

— Não sei. Talvez você não esteja louco a respeito disso... mas e quanto à mãe? Ela é uma pessoa com quem você vai conseguir lidar com esse assunto?

— Não sei dizer — respondeu. — Ela quer se casar, mas não posso fazer isso. Meu plano é me casar só uma vez, então tem que ser com alguém que eu ame tanto a ponto de não conseguir me segurar. Se eu me casar com ela, eu vou ferrar aquela mulher, mais do que ela já está ferrada. Eu não posso fingir um amor... não uma coisa assim. Você não se casa com alguém rápido assim.

— É um passo enorme e definitivo — disse Joe. — Só você pode ser capaz de saber se consegue fazer uma coisa como essa dar certo. E se não der, você faz a segunda melhor coisa que pode fazer — continuou ele. — Seja forte e cuide dela.

— A verdade é que eu dormi com ela, mas amo outra pessoa. Por que diabos fiz isso? Que tipo de filho da mãe infeliz faz uma coisa dessas? No que eu estava pensando?

Àquela altura da conversa, Joe estava completamente perdido. Paul amava outra pessoa? Homens durões não se encontravam e conversavam sobre as mulheres por quem eles se sentiam atraídos — eles simplesmente não faziam isso. Eles mal falavam sobre como se sentiam, ponto-final. Joe conhecia Paul tinha muito tempo, e houve raríssimas mulheres na vida do amigo. Ele era um dos mais quietos; se continha. Mesmo na época em que eles estavam fora do país juntos, na guerra, com um monte de tensão para descarregar, Paul nunca forçava a barra com as mulheres.

O bartender entregou a Paul mais uma cerveja, da qual ele bebeu um grande gole.

— Você ama outra mulher? — repetiu Joe.

— Eu estou tão ferrado...

— Você ama outra mulher?

— Isso está errado, só isso. Eu não tinha nada que...

— Paul. Você *ama* outra mulher?

— Amo. Eu fui um verdadeiro melhor amigo de merda durante anos. Vanni. Não deu para evitar. Eu não queria que fosse assim, mas...

Joe deu um longo gole. Ele estava preparado para ajudar Paul no que quer que fosse, mas não havia imaginado aquela situação. E por que não? Provavelmente porque ele teria feito por Paul o que Paul fez por Matt: teria ficado com a viúva ao longo de todo o processo.

— Uau — disse ele, enfim. — Que merda.

— Que merda — repetiu Paul.

— Vanni?

Paul fez que sim com a cabeça, arrasado.

— Você quer tentar imaginar o tanto de culpa que sinto por isso? Eu tentei de tudo para me convencer a sair dessa situação. Às vezes, cheguei bem pertinho disso. Fiquei longe deles, sabe? Porque eu conseguia conversar numa boa com Matt, mas, se eu visse a Vanni, meu coração queria explodir... Ai, meu Deus! — Ele colocou a cabeça entre as mãos. — E agora eu engravidei outra mulher. Será que daria para as coisas ficarem ainda piores?

Joe balançou a cabeça, mas ele estava pensando que sim. O amigo poderia ter morrido, e isso seria pior.

— Você tem certeza de que esse bebê é seu? — perguntou Joe. — Talvez não seja.

— Eu pensei nisso — respondeu o outro. — Então, cheguei à conclusão de que essa ideia não passava de uma esperança que eu nutria. Ela disse que fazia muito tempo que não saía com alguém, e que foi por isso que acabou dando mole na hora de tomar a pílula certinho. E o que eu tinha? Uma porcaria de camisinha velha na carteira que eu achei que nunca fosse sair daquela embalagem. Eu provavelmente abri a droga de um buraco nela só de entrar e sair da caminhonete. Não, o bebê é meu.

— Mas você vai se certificar disso antes de abrir uma poupança no nome da criança, certo?

— Vou, com certeza. Só que, neste exato momento, eu não quero fazer muita pressão em cima dela. Ela está arrasada... chorando e se sentindo miserável. Se ela achar que eu não vou chegar junto... Quem sabe o que pode fazer? Não quero que ela faça um aborto só porque está com medo de que eu não me responsabilize. Agora, só vou presumir que o bebê é meu, já que a probabilidade de isso ser verdade é grande. Depois a gente resolve os detalhes.

— O que é que você vai fazer em relação à Vanni?

— Pô, o que posso fazer? A Vanni está sofrendo à beça. Você acha que se eu contar que a amo desde o primeiro segundo em que a vi, mas que eu fui lá e engravidei outra mulher que mal conheço, isso vai ajudar a acabar com essa dor que ela está sentindo?

Joe não pôde conter um sorriso.

— Talvez seja bom a gente trabalhar na maneira como você vai contar isso a ela, amigo. Paul, foca aqui... você não traiu a Vanni. Ok?

— Então por que sinto como se tivesse feito isso?

— Você está com as emoções todas misturadas com culpa e arrependimento aí dentro. Para começar, você tem que se libertar dessa coisa em relação ao Matt. O que você sente por Vanni nunca atrapalhou o casamento deles ou a amizade de vocês.

Bem devagar, Paul tornou a olhar para Joe.

— Apesar de não ter a menor chance com a Vanni, quero abrir o jogo com ela e dizer como eu me sinto. Ainda é cedo demais depois do que aconteceu com Matt. Acredite em mim: eu nunca quis que nada de ruim acontecesse com ele.

Joe segurou firme no braço de Paul.

— Claro que você nunca quis isso. Mas, sobre esse lance com a Vanni... Você merece saber onde está pisando antes de entrar nessa enrascada.

— Pois é — disse ele, deixando a cabeça pender de novo. — Eu tenho certeza de que ela vai tentar me rejeitar da maneirar mais gentil possível...

— Repito: nunca se sabe — disse Joe, dando de ombros. — Talvez as coisas deem certo para você, para variar. Se for o caso, logo depois que ela disser "Eu também te amo", você vai precisar falar "Eu vou ser papai já, já". Ufa. — Joe deu uma risadinha sem muito entusiasmo. — Essa vai ser difícil. Eu acho, meu amigo, que você está lascado. De um jeito ou de outro.

Paul ergueu os olhos para Joe, então disse:

— Vamos precisar de muito mais cerveja aqui.

# *Capítulo 2*

Mike Valenzuela era o agente de segurança de Virgin River e, como tal, passava boa parte do tempo dirigindo pelas estradinhas vicinais das montanhas que ficavam ao redor da cidade, absorvendo os contornos da terra. Era importante conhecer os habitantes, as estruturas, os veículos. Não havia forma melhor de identificar se algo estranho estava acontecendo. Ele saiu de seu Jeep e caminhou um pouco por entre as árvores e arbustos, mantendo-se, durante a maior parte do tempo, fora da vista. Ele tinha encontrado um semitrailer parcialmente enterrado e um armazém feito de metal que ele nunca vira antes por ali, e por isso estava de olho. Havia um gerador entre a construção e o trailer, além de uma tela de camuflagem que se estendia logo acima dos dois, presa nas árvores, o que caracterizava a área como um local que lidava com maconha, embora ele nunca tivesse visto qualquer atividade suspeita ali. Mike manteve-se distante — às vezes, lugares como aquele tinham armadilhas.

Desta vez, viu um veículo saindo do local. E ele o reconheceu — uma caminhonete Ford, escura, de vidro fumê. O motorista era conhecido nas redondezas como um plantador ilegal de maconha.

Esse cara tinha sido visto por ali em algumas ocasiões nos últimos anos. As notas em seu bolso eram altas e fediam a *marijuana* recém-colhida. Quando Mel mal tinha chegado a Virgin River, ele a sequestrou e a levou até um trailer, localizado em uma plantação ilegal como aquela, para fazer o parto de uma mulher que estava com dificuldades. Não muito tempo depois, Paige, a esposa de Preacher, cozinheiro de Jack, tinha sido levada à força por seu ex-marido abusivo e aquele cara entrou na história, deu um golpe na cabeça do homem e ajudou a resgatá-la. No entanto, o momento mais significativo foi quando, alguns meses antes, Mike viu o mesmo cara se encontrar com um detetive do departamento do xerife em um local isolado. Mike testemunhara o encontro por mero acaso. Os dois homens provavelmente tinham escolhido o lugar a dedo — Virgin River tinha a fama de ser uma cidade livre de drogas —, nem Mike nem qualquer outra pessoa da região conhecia um plantador ilegal por ali. Era um ótimo lugar para um encontro secreto.

Mike decidiu dar uma olhada no trailer. Aquele cara tinha algum tipo de ligação com um policial e Mike queria descobrir o que estava acontecendo ali. A mais de seis metros de distância, ele conseguia ver que o cadeado do semitrailer tinha ficado aberto. *Que desleixo*, foi seu primeiro pensamento. Ele chegou mais perto, devagar e com cuidado, atento ao ruído de um clique ou de um fio ativador de armadilhas. Um princípio básico dos plantadores ilegais é que eles queriam proteger sua plantação de outros plantadores, mas não queriam de jeito nenhum matar ou machucar um agente da lei, nem mesmo um pobre agente de segurança não oficialmente reconhecido como Mike. Isso traria uma enxurrada de policiais até a região, esquadrinhando uma área que, se não fosse por isso, passaria despercebida ou seria ignorada.

Mike, porém, não viu nada; não havia qualquer fio ativador de armadilhas, então ele retirou o cadeado e abriu a porta bem devagar. O lugar estava quase vazio. Havia umas plantas de tamanho mediano pertinho da porta, mas eram tão poucas que o homem poderia cultivá-las legalmente, sem precisar de prescrição médica ou permissão do Estado. Mas todos os equipamentos para um cultivo de proporções maiores estavam ali — vasos, tubos de irrigação, luzes, fertilizante. Aquele homem sem dúvida tinha comprado o que um plantador precisaria ter para uma operação das grandes, só que não existia uma plantação real. Ele, portanto, parecia um plantador, mas não estava plantando nada.

*Jesus*, pensou Mike. O cara era da Narcóticos. Ou ele era um policial infiltrado, ou um informante secreto. Ele tinha montado um esquema para parecer que comandava uma plantação ilegal, mas aquilo não passava de um truque. Só existia uma razão para alguém se estabelecer como um plantador ilegal quando, na verdade, não era: procurar outros plantadores.

Levava muito tempo para uma pessoa conseguir sequer trocar um aceno de cabeça com outros plantadores. Mesmo quando estabelecem uma amizade, eles se mantêm a uma distância segura, a não ser que estejam fazendo negócios juntos, e nunca mostram suas plantações secretas para os outros. Eles se encontram na loja de ferramentas e materiais, no viveiro, comprando materiais, ou carregando a caçamba das caminhonetes com sacos de excrementos de galinha. Mas não fazem jantares de confraternização em suas plantações.

Além disso, os agentes da lei da região não conseguiam acompanhar as plantações ilegais; os recursos humanos e materiais eram limitados. Eles deixavam uma porção de casos de lado quando se tratava de delitos pequenos demais para causar algum impacto ou até mesmo para gerar uma condenação. Quando surgia um chamado a respeito de uma cabeleireira que dirigia um Hummer e tinha um gerador atrás da casa e algumas janelas com vidro fumê, ficava bastante óbvio o que ela estava fazendo, só que os policiais tinham peixes maiores para pegar — eles precisavam achar mais de mil pés de maconha para conseguirem forçar uma condenação, ou mais de dez mil pés para caracterizar a prática como um crime federal. Caso contrário, não passaria da perda do precioso tempo deles.

Então, esse homem, plantando na área, tornando-se conhecido como um plantador ilegal… Ele devia estar procurando alguma coisa. Mike saiu lentamente do trailer e, uma vez do lado de fora, olhou ao redor com cautela. A seguir, deu uma olhada no cadeado. Aquilo, obviamente, tinha sido um descuido por parte do seu camarada, o cara da caminhonete. Se Mike avaliasse que aquilo não comprometeria a operação, encontraria o homem, diria a ele que sabia o que estava acontecendo ali e o aconselharia a ser mais cuidadoso. Só que, em vez disso, retirou o cadeado e o guardou no bolso. Ele pensaria um pouco sobre o assunto antes de fazer qualquer coisa.

Paul se sentou em um pequeno restaurante italiano em Grants Pass, encarando uma caneca de café e esperando. Então, quando Terri entrou no local, ele ergueu o olhar e franziu o cenho levemente; não existia qualquer motivo para que ele não se sentisse atraído por ela. Terri era uma mulher linda e cheia de ternura. Tinha uma aparência bastante atraente que, muito em breve, desabrocharia com a maternidade.

Quando seus olhares se encontraram, ele sorriu e começou a se levantar. Sim, ela era adorável, só que não aumentava os batimentos cardíacos como Vanni fazia. A química que havia entre eles era boa, mas não explosiva.

Ele puxou uma cadeira para que ela se sentasse.

— Está tudo bem, Paul? — perguntou ela, um tanto nervosa.

— Claro — disse ele. — Ótimo. Nós não nos falamos desde a semana passada. Desculpe por isso... Eu queria ter ligado antes.

— Sem problemas. O que houve?

— Eu pensei que seria bom se conversássemos um pouco. Acho que o choque e as lágrimas nos impediram de resolver qualquer coisa da última vez que nos vimos. — Ele estendeu a mão por cima da mesa e deu uma batidinha carinhosa na mão dela. — Eu não sei como poderíamos ter evitado isso.

— Resolver? — ecoou ela.

— Você não me explicou de verdade o que acha que posso fazer por você neste momento.

— Bom — começou ela —, eu mesma acabei de descobrir a gravidez, então também ainda não pensei muito no assunto. Quero dizer, a melhor das hipóteses para mim não vai acontecer, né?

Ele segurou a língua, sem querer entrar naquele assunto novamente, mas olhou para baixo, desconfortável. Mesmo que as coisas nunca dessem certo com Vanni, que era o que ele temia, ele não sentia por Terri o tipo de paixão necessária para se casar com alguém — isso seria injusto com os dois. Ainda assim, ele acabaria se comprometendo com ela durante boa parte da vida por causa da criança.

— E quanto a um plano de saúde? Obrigações financeiras?

— Eu tenho um bom emprego, Paul. Os benefícios que tenho lá vão me sustentar durante a gravidez, embora eu ainda não tenha contado para o meu chefe. Mas acho que não vai ser esse tipo de apoio que vou precisar.

— Como você está se sentindo?

— Bem — disse ela. — Excelente.

Um garçom veio até a mesa deles, ofereceu os cardápios, anotou o que eles gostariam de beber e desapareceu de novo.

— Vá em frente — incentivou Paul. — Dê uma olhada no que você gostaria de comer.

— Eu, ahn, não estou com fome agora — respondeu ela.

— Bom, você precisa se alimentar, Terri. Agora você come por dois. E um deles está crescendo. — Paul abriu um sorriso gentil. — Eu sei... eu também estou um pouco nervoso. Acho que a gente vai ter que superar esse nervosismo, se quisermos fazer com que isso dê certo.

— Claro — respondeu ela, estudando o cardápio em suas mãos. Ela o segurava de tal jeito que Paul não conseguia ver seu rosto, e ele reparou um movimento que sugeria que, atrás do cardápio, ela enxugava as lágrimas antes de deixar que ele a visse de novo. — Eu vou querer uma salada — concluiu ela.

O garçom já estava ao lado deles, trazendo água e chá gelado.

— Eu vou querer a lasanha — pediu Paul. — E pão. E traga também uma sopa minestrone para senhorita, junto com a salada. — Depois que o garçom foi embora, ele disse: — Não se preocupe, Terri. As coisas vão ficar mais fáceis.

— Não sei se vão.

— Você já contou para os seus pais?

Ela olhou para baixo.

— Eu contei para minha mãe. Ela e o meu pai são divorciados e eu não tenho muito contato com ele. — Envergonhada, ela tornou a erguer o olhar. — Ela gostaria de conhecer você, algum dia desses.

— Claro — disse ele, recostando-se na cadeira. — Assim que tivermos tido tempo de resolver um pouco as coisas, tá?

Terri fez que sim com a cabeça. Aquela mulher não parecia em nada a pessoa cheia de energia que ele conhecera um ano antes. Ali, no restaurante, ela estava se controlando, agindo de maneira constrangida e submissa. Paul não a conhecia muito bem, mas, naquele instante, era como se ele não a conhecesse de jeito algum. Por mais que ele não quisesse que aquilo estivesse acontecendo, era impossível não notar que a situação era mais difícil para Terri. Ela tinha sido tão boa para ele; Paul odiava saber que a tinha machucado.

— Você contou para os seus pais?

Ele deu uma risadinha.

— Não — respondeu. — Eu acho que é melhor segurar a notícia por um tempo.

— Eles vão pirar?

Ele riu de novo.

— Ah, eu acho que a notícia vai ser uma surpresa para eles. Na verdade, talvez seja melhor eu relembrar minhas técnicas de massagem cardíaca.

— Eita — disse ela, colocando a mão sobre a barriga.

Na mesma hora, Paul alcançou a outra mão de Terri e a segurou, em um gesto de apoio.

— Terri, você não precisa se preocupar, eles não vão ser um problema para você. Meus pais são pessoas muito decentes. Mesmo que fiquem muitíssimo decepcionados comigo, eles vão tratar você e o seu filho com carinho. Com respeito.

— O nosso filho — corrigiu ela, falando baixinho, depois de ficar um instante em silêncio.

Ele não respondeu e ficou quieto. Ele chegaria lá em algum momento, mas isso ainda não tinha acontecido. Paul pensava naquela criança como o filho dela ou o filho dele, mas não como o filho *deles*.

— Você foi ao médico?

— Só uma vez, para confirmar o que eu já sabia. Eu não estou grávida de muito tempo, sabe.

Ele sabia *exatamente* havia quanto tempo ela estava grávida. Quase podia precisar os minutos.

— E para quando é… ?

— Novembro. Dia vinte.

— Você está feliz com seu médico?

— Ela é legal. — Terri deu de ombros. — Ela foi recomendada…

Para o grande alívio de Paul, a comida chegou. Ele esperou que Terri comesse um pouco antes de começar a comer também; se pegou vigiando Terri, só para ter certeza de que ela estava se alimentando. Os dois ficaram ali, em um silêncio desconfortável. Depois de alguns minutos, ele tirou um cartão do bolso de sua camisa, virou para conferir se era mesmo o certo, e o deslizou na mesa.

— Aqui estão os meus telefones de casa, do trabalho e o celular — explicou. — Eu tenho o telefone da sua casa, mas não sei onde você trabalha. Você é secretária, não é?

Ela confirmou, balançando a cabeça.

— Secretária jurídica. Estou pensando em me inscrever em um curso para virar paralegal.

— Ei, que ótimo — disse ele.

— Bom, eu estava pensando nisso, antes de...

Ele gostava de saber que ela tinha metas, alguma coisa pelo que ansiar, já que ele não estava dando nada a ela nesse departamento. E Terri deveria aumentar seu potencial de renda, pensou ele. Porque ela seria uma mãe que trabalharia fora. Ou... Talvez ela não precisasse trabalhar. A cabeça dele começou a girar.

— Escuta, sei que é difícil fazer planos a longo prazo quando se tem uma complicação a curto prazo, mas se isso for uma coisa que você realmente quer fazer, não desista da ideia. Não ainda. As coisas sempre parecem se resolver do jeito que devem ser. Você ficaria surpresa.

— Agora está um pouco difícil de resolver as coisas. Coisas feito essa...

— Que outras coisas lhe preocupam? — quis saber ele.

— Bom, eu moro em um apartamento de um quarto, no segundo andar. É um bom apartamento... Você esteve lá. Mulheres solteiras preferem morar em um lugar assim, é mais seguro. Tem menos entradas, para começar. Mas uma mãe solo provavelmente tem dificuldades com coisas assim. Os bebês vêm com um monte de parafernálias... sabe?

Carrinho, bolsa de fraldas, cadeirinha para o carro, balanço, berço portátil etc. Ele tinha passado alguns anos observando os irmãos entrarem aos tropeços na casa dos pais, arrastando todas aquelas tralhas de bebê. As escadas que levavam ao apartamento dela eram íngremes. Ela deveria morar em uma casa, pensou ele. Em uma vizinhança segura. E, ao refletir sobre essas coisas, Paul sentiu uma enxaqueca chegando. A primeira de sua vida.

— Eu não tenho nenhuma reserva — disse ela. — Ganho um salário decente, mas não é maravilhoso. A licença-maternidade lá no meu escritório é de seis semanas, com a opção de estender esse tempo para até seis meses, mas aí não seria remunerada. E eu já sinto que seis semanas não são suficientes. Não quando se trata de um bebê chegando. E depois... tem a creche. Como vai ser? Eu ainda nem senti esse bebê mexer... e já estou pensando em deixar o bebê com uma pessoa desconhecida. Ou a bebê. Ele ou ela.

Paul deu um sorrisinho carinhoso.

— Tente não se preocupar com essas coisas ainda, Terri. Você não vai precisar tomar essas decisões sozinha. Não perca o sono por isso. Eu vou contribuir.

— Contribuir? Como?

— Bom, em termos financeiros e, se tudo der certo, ajudando a tomar conta do bebê.

— Vai me ajudar a pagar pela creche? É isso?

— E tomar conta de verdade — disse ele, sorrindo.

— Você está pensando em deixar o bebê com sua mãe?

— Eu sou muito bom com bebês — explicou ele. — Eu estava pensando em passar um tempo com ele. Ou com ela.

— Ah — disse ela. — Obrigada. É gentil da sua parte.

*Gentil da minha parte*, pensou ele, envergonhado. Ela estava falando como se esperasse seguir em frente sozinha, já que ele não queria casar com ela, e isso quase fez com que as bochechas de Paul pegassem fogo. Ele era tão responsável quanto ela ali naquela situação. Terri pode ter sido relapsa na hora de tomar as pílulas, mas ele usou uma camisinha que estava carregando por aí havia meses, fazendo com que ficasse cada vez mais fina todas as vezes que ele se sentava em uma cadeira.

— Eu já disse... você não está nessa sozinha. Você consegue pensar em alguma coisa em que eu possa ajudar neste momento?

— Para dizer a verdade, só o fato de você demonstrar um pouco de interesse já ajuda muito. Apoio moral, sabe.

E então, pela primeira vez desde que havia se sentado, Terri sorriu.

— Ah — comentou ele. — É o seguinte: eu sei que você acha que não tem muitos motivos para sorrir agora, principalmente no que diz respeito a mim. Eu vou fazer tudo o que eu puder. Mas vai ajudar se você me disser do que precisa.

— Neste exato momento? Eu quero que o meu bebê tenha um pai. Um bom pai. Eu só preciso que você se importe.

— Eu me importo com o que está acontecendo com você e com o bebê. Sou meio atrapalhado com as palavras, Terri. E posso ter ficado um pouco abalado demais para dar o tipo de conforto que você precisava quando fiquei sabendo sobre a gravidez, e sinto muito por isso. Mas é assim que eu me sinto: eu acho que seria um erro se tentássemos transformar em casamento uma amizade ótima, mas, se vou ter um filho, serei comprometido com essa criança. Para o resto da vida. Vou fazer a minha parte porque é o que eu quero fazer. Você pode ficar tranquila em relação a isso.

— Como é que os seus pais vão se sentir a respeito dessa situação? — perguntou ela.

— Eles vão se sentir do mesmo jeito — respondeu ele. — Terri… eu tenho 36 anos. Já passei da fase de pedir autorização dos meus pais. O que precisamos é dar um jeito de trabalharmos juntos. — Ele engoliu em seco. — Nós temos que colocar as necessidades da criança em primeiro lugar.

Terri suspirou.

— Meu Deus — disse ela, com lágrimas brilhando em seus olhos. — Eu nunca esperei que você fosse agir assim. Achei que você fosse cair fora ou negar minha gravidez. Mas você é um homem bom, Paul. Um homem bom de verdade…

*Se eu valesse alguma coisa, você não estaria grávida e solteira*, pensou ele.

— Eu tenho certeza de que vou deixar bastante a desejar, mas vou dar o meu melhor.

— Obrigada — agradeceu ela. — Você não faz ideia do quanto isso significa para mim.

Quando eles terminaram de almoçar, ele foi caminhando com ela até o carro e, ali, Terri o abraçou.

— Só de ter você por perto… isso é muito reconfortante — garantiu ela. — Eu achei que nunca mais fosse ouvir falar de você de novo. Às vezes, essa situação é muito solitária. — Então, encarou-o e continuou: — Mesmo que eu não tenha um marido, sinto que tenho um parceiro. Obrigada, Paul.

— Hum... Claro. Vamos trabalhar nisso juntos, para garantir que vamos dar conta de tudo...

Os braços dela ainda estavam ao redor da cintura de Paul quando, olhando para cima, para ele, com aqueles olhos imensos e tristonhos, ela disse:

— Talvez eu possa fazer um jantar para você neste fim de semana...

Ele já estava balançando a cabeça antes mesmo de ela terminar a frase.

— Nós não podemos perder a perspectiva da coisa, Terri. Nós vamos ser pai e mãe juntos, imagino eu. Mas aquele relacionamento que tínhamos, do jeito que era? Ele não pode mais existir. Não dá. Só vai complicar ainda mais uma situação que já é complicada.

A expressão dela desmontou. Ela olhou para baixo.

— Entendo — murmurou.

Ele colocou um dedo sob o queixo dela, erguendo seu rosto para se olharem nos olhos.

— Estamos nessa juntos, mas não somos um casal. Nunca fomos.

Ela respirou fundo.

— Se eu vou carregar esse bebê, seria bom também receber algum carinho.

Ele pousou um beijo delicado na testa de Terri.

— Você já tem isso. Como mãe do meu filho.

— Você tem certeza absoluta de que nada pode florescer entre a gente? Já que vamos ter esse bebê juntos?

— Terri, a minha intenção é ser bom para você e ser um bom pai. Mas se existia algo a mais entre nós, acho que saberíamos antes disso, antes dessa situação. O que podemos ser é bons amigos, bons pais. Vamos focar nisso, tá?

— Claro — disse ela, dando um sorriso triste. — Claro. É alguma coisa, acho.

— Sinto muito, Terri. É tudo o que posso oferecer. E, até aquela noite em que eu liguei para você, eu acho que era tudo o que você também podia oferecer. Pense nisso... Nós nem sequer nos telefonamos. Simplesmente não estávamos conectados. Vamos seguir em frente. Vamos ver se conseguimos fazer isso funcionar pela criança.

— Acho que isso vai precisar ser o suficiente — respondeu ela, desfazendo o abraço nele.

Pela primeira vez, Paul pensou: *e se ela levar essa criança para longe de mim? E se ela encontrar outra pessoa, algum cara que esteja disposto a ser um marido e um pai? E se isso me tirar de cena? Preciso me informar melhor sobre essas possibilidades,* concluiu. *Tenho que saber o que posso fazer a respeito disso.*

— Isso é tudo que eu posso pedir. — Então, ele apertou os ombros dela de leve, em um gesto amigável. — Vamos manter contato.

Vanessa tinha espalhado na cama quase todas as peças de roupa que possuía. Ela estava tentando fazer as malas para uma viagem até Grants Pass, para visitar os pais de Matt, e queria estar impecável. Ela perguntou à sogra, Carol, se poderia convidar Paul para o jantar. Não via o amigo desde que o bebê nascera e queria chamar sua atenção. No entanto, quando se olhou no espelho, Vanessa viu uma cintura ainda muito grossa, seios pesados demais para caberem em suas camisetas e coxas que a lembravam troncos de árvores. Ela não conseguia entrar em nenhuma de suas roupas antigas e se sentiria execrável se usasse uma de suas roupas de grávida. O bebê já tinha quase dois meses de idade.

Vanessa sempre fora segura de si. Sua mãe a chamava de determinada, o pai a proclamara difícil, suas melhores amigas da companhia aérea diziam que era extrovertida e destemida e contavam com ela para lidar com as situações mais difíceis com os pilotos ou passageiros. Matt a chamava de sua raposa de cabelos de fogo.

Perto da sogra, contudo, ela perdia a confiança. Carol era chique, perfeita, bem-sucedida e levava o conceito de autoconfiança a outro patamar. Vanessa e Carol pareciam discordar em tudo, e Carol sempre conseguia fazer as coisas do jeito dela estampando no rosto o mais envolvente dos sorrisos. Carol Rutledge era, provavelmente, a única mulher no mundo a quem Vanessa tinha dificuldades de fazer frente. E, além de tudo isso, Vanessa não estava mais confortável com o próprio corpo.

Frustrada, ela vestiu uma calça jeans com uma faixa de elástico na cintura e suas botas de montaria. E encontrou o pai no salão da casa.

— Ei, pai. Matt está dormindo e não deve acordar nas próximas duas ou três horas. Você pode ficar de olho nele enquanto eu dou uma voltinha a cavalo? Não vou demorar.

— Pode ir sem pressa — respondeu ele, mal tirando os olhos do livro que lia.

— Obrigada.

Pelo menos Vanni já tinha sido liberada para andar a cavalo. O exercício e o clima glorioso da primavera faziam bem ao espírito dela. Ao chegar ao estábulo, notou que a porta da sala de ferramentas estava entreaberta. Ouviu um barulho e torceu para que não fosse um rato. Ela empurrou a porta para abri-la um pouquinho e viu seu irmão mais novo, Tom, sentado no banco, folheando um livro.

— O que é que você tá fazendo? — perguntou ela.

Ele deu um pulo com o susto, fechou o livro de repente e o escondeu às costas. Suas bochechas se avermelharam e parecia que ele queria morrer. Ela entrou na sala e esticou a mão na direção das costas do irmão, até alcançar e pegar o livro. Ele estava com um exemplar de *Os prazeres do sexo*.

— Esse livro é meu? — perguntou ela.

Ele deu de ombros.

— Isso é *meu*! — constatou ela.

— Qual é, Vanni. Leve na esportiva, sim?

— Onde foi que você achou isso?

— Eu tive que limpar a garagem para o papai — explicou ele.

— Mas esse livro devia estar encaixotado com as minhas coisas — argumentou ela. — Você não está, você sabe… usando isso para… Ah, você sabe.

— O quê? — perguntou ele, unindo as sobrancelhas, confuso. Então ele entendeu o que ela estava insinuando; Vanessa pensou que ele estava usando as imagens para se masturbar. — Não! Meu Deus, claro que não!

— Bom, então está usando para quê?

Ele deu de ombros.

— Eu estava um pouco curioso. Só isso.

Ela folheou o livro. Era uma obra antiga, mas com ilustrações bem explícitas.

— Você e Brenda não estão aproveitando o suficiente?

Ele franziu o cenho. Às vezes, detestava a irmã, e aquele era um desses momentos.

— Não, se você quer mesmo saber.

— Ela sugeriu que você fizesse um deverzinho de casa?

— Vanni, a gente ainda não fez *aquilo*, tá legal?

Ela levantou a cabeça de repente, surpresa. Sorriu, com um tom de ironia em sua expressão, e ergueu uma sobrancelha.

— Sério? — perguntou, ainda rindo.

Ele a detestava.

— Sério — respondeu ele.

— Você é virgem?

— Vanni, pelamor...

Ele era. Tinha chegado aos 18 anos com a virgindade intacta? *Ufa*, pensou ela. Ou o irmão não era tão motivado quantos os meninos da mesma idade, ou era terrivelmente bem-comportado.

— Hum — disse Vanessa. E, então, se deu conta: ela e o pai iriam para Grants Pass com o bebê durante o fim de semana. — Oh-oh.

— Nem vem — advertiu ele.

— Você vai sair com alguém neste fim de semana, Tommy? — perguntou ela.

Ele apoiou a cabeça nas mãos.

— Meu Deus, por que eu não tive um irmão mais velho...

— Suponho que você já tenha garantido a proteção? — perguntou ela.

— Eu juro, se você disser alguma coisa a alguém, principalmente...

— *Já garantiu*? — repetiu ela, um pouco irritada.

Ele olhou para a irmã, com uma expressão que beirava o tédio.

— É só se perguntar... o filho do general conhece o que é responsabilidade sexual? Ele tem uma gaveta cheia de preservativos e todas as informações disponíveis para todo o Exército norte-americano sobre métodos contraceptivos? Esse garoto sabe alguma coisa sobre ISTs? Dá um tempo, né? Quem é o seu pai, hein?

— Tá, certo — respondeu ela. O pai deles provavelmente tinha começado a conversar sobre esse tipo de coisa quando Tom tinha 3 anos de idade. — Eu vou lhe dar esse crédito. — Ela passou as páginas. A seguir, ao achar o que estava procurando, devolveu o exemplar para o irmão, com o texto virado para ele. — Leia esta página. Decore o que está aí. Eu vou dar uma voltinha a cavalo.

Ela colocou a sela em um dos cavalos e o conduziu por uma trilha que margeava o rio, pensando como já fazia tempo desde que ela vivera a expectativa de fazer amor. Matt tinha partido fazia quase um ano e jamais voltara. Ela sentiu inveja de Tom e, para ser sincera, ficou muito surpresa por saber que ele ainda era virgem.

Bom, se Tom e Brenda iam dar aquele passo, ela esperava que seu irmãozinho fizesse um trabalho decente. A primeira vez de Vanessa tinha sido uma perda de tempo. Mas, assim ela esperava, sua cunhada se daria melhor — a página que ela mostrara a Tom explicava tudo sobre o clitóris.

Carol e Lance Rutledge tinham ido a Virgin River duas vezes nos últimos meses. Primeiro, em dezembro do ano anterior, para enterrar o filho na propriedade do general, em um evento que foi compreensivelmente doloroso. Como se não bastasse a dor de perderem o único filho, o casal não pôde opinar sobre o lugar onde ele seria enterrado, e Carol se sentia contrariada e irritada com as decisões que, ela achava, Vanessa tinha tomado sozinha.

Os Rutledge voltaram à cidadezinha logo depois que o bebê nasceu, para conhecerem aquele que era e que para sempre seria seu único neto. Aquelas visitas tinham sido tensas até o momento em que Carol amoleceu por causa do pequeno Matt. Lance, porém, era muito parecido com o filho que se fora: tranquilo, boa praça e bem-humorado. Carol era fria; uma avó bem elegante e sexy que dizia "Eca" quando o bebê regurgitava em sua roupa.

Agora que o bebê tinha quase dois meses, Vanni e Walt estavam indo visitá-los pela primeira vez. Vanessa sempre detestara essas visitas, mesmo quando o marido ainda estava vivo. Lance Rutledge era uma pessoa fácil de lidar, muito sereno. E, como fazem os homens, ele e o filho ficavam juntos durante aquelas visitas e ignoravam ou ficavam alheios a qualquer desavença que houvesse entre as mulheres.

Vanni não era a única que tinha dificuldades de se relacionar com a sogra. Ela e Matt riram bastante quando Carol culpou Paul por ter convencido Matt a largar a faculdade para se alistar no Corpo de Fuzileiros. Paul tinha voltado para a faculdade e recebido o diploma em engenharia, enquanto Matt permaneceu com os Fuzileiros.

A casa dos Rutledge era grande demais para apenas duas pessoas e ficava no alto de uma colina, com uma longa entrada para automóveis. Lance era um odontologista e Carol trabalhava havia muitos anos como corretora de imóveis e era uma poderosa influenciadora no mundo dos negócios de Grants Pass. Eles, com certeza, tinham sucesso o bastante para se aposentar, mas ambos adoravam o trabalho, a vida social e as férias que tiravam.

Carol Rutledge não aparentava a idade que tinha. Estava em ótima forma e seu cabelo, que ela mantinha em um corte curto, era grosso e castanho-avermelhado, as unhas estavam sempre feitas e seu guarda-roupa era um arraso. Além disso, embora provavelmente fosse um segredo, ela se beneficiou de um *lifting* facial que a fez parecer mais com uma jovem senhora na casa dos 50 do que uma mulher já com seus 60. Antes de engravidar e de dar à luz, Vanni se sentia do mesmo jeito, mas, naquele momento, com os seios apertados na camisa, os quadris largos demais e as unhas cortadas bem curtinhas, ela se sentia desajeitada e insegura.

Quando eles chegaram, Lance pegou o bebê na mesma hora, entusiasmado por estar fazendo um chamego na criança, enquanto Carol permaneceu ao lado dele, fazendo um carinho contido no menino. Vanni entrou na casa imensa e ricamente decorada. À certa altura, ela caminhou pelo corredor para dar uma espiada no quarto que fora de Matt quando era adolescente, vendo as recordações que estavam por toda a parte — fotos, cartas dos times da escola, troféus, pôsteres, modelos de aviões. O lugar não tinha sido preservado, mas sim restaurado, como se fosse um santuário. Um pequeno porta-retratos com a foto do bebê agora repousava em cima da cômoda, como se Matt fosse voltar ali. Isso quase fez Vanni chorar.

Naquela noite, enquanto Lance virava os cortes de carne na grelha com Walt e as mulheres faziam companhia a eles no deque, Vanni descobriu que Carol tinha reservado ao menos uma surpresa para ela.

— Eu tenho mais um convidado para o jantar de amanhã, Vanessa — comentou Carol. — Um amigo nosso... um jovem médico que eu conheci no trabalho. O nome dele é Cameron e ele é simplesmente adorável.

— Carol, você não está armando um encontro para mim, está?

— Claro que não! Só não acho que seja cedo demais para você conhecer alguém. Se vocês dois se derem bem, quem sabe no futuro...

— Ela está armando um encontro para você — disse Lance.

— É o que parece — concordou Walt.

— Ai, meu Deus — disse Vanni, dramaticamente.

— Podem parar, todos vocês. Nós já recebemos Cameron para jantar antes, e ele é um charme. Eu gosto dele.

— Mas, Carol, Paul também vai estar aqui.

— Eu sei, querida — disse ela, cheia de jovialidade. — Tenho certeza de que eles vão se dar bem. Eu sei que, se Matt estivesse aqui com a gente, *ele* gostaria de Cameron.

Como ela conseguia fazer aquilo tão bem? Fazer Vanni se sentir culpada, como se Matt fosse querer que ela conhecesse o tal de Cameron? Na mesma hora, Vanni sentiu como se a calça que usava estivesse mais apertada, sua barriga, mais redonda, seus seios, mais pesados e as unhas, mais malcuidadas. Ela não só estaria desconfortável na frente de Paul, mas também na frente de *outro* homem. Ela havia tentado se preparar para tudo quando se tratava de Carol, mas não contava com uma coisa destas: uma recém-viúva com um bebê de dois meses de idade — e dois solteirões no jantar. Sendo que, de um deles, ela vinha sentindo saudade. Muita saudade.

— A gente devia conversar sobre o que vamos fazer agora, Vanessa — disse Carol, com suavidade. — Se você tiver o menor interesse no mercado imobiliário, eu posso colocá-la na nossa empresa. Você teria um horário flexível para ficar com o bebê, o mercado está ótimo no momento e isso seria o começo de uma carreira de sucesso. — Ela sorriu com entusiasmo. — Eu poderia te acompanhar até você pegar o jeito.

Vanni queria morrer. Ela preferia levar uma machadada na cabeça a trabalhar todos os dias com Carol.

— Eu… ah… acho que não gosto muito do mercado imobiliário.

— Não é possível que você esteja pensando em voltar a voar — disse Carol. — Sério, eu posso ajudar. Pelo menos dê uma chance.

— Obrigada — respondeu ela. — Ainda está cedo demais para pensar nisso. Mas eu aviso assim que decidir.

— Boa menina — incentivou Carol, dando um tapinha carinhoso no joelho da nora e sorrindo.

Vanni estava muito longe de entender Carol. Ela dava a impressão de ser prestativa, mas passava por cima de cada "Não, obrigada" educado, e fazia tudo do jeito que bem entendia. As interferências de Carol haviam transformado o casamento de Vanni em um pesadelo. A mãe de Vanessa tinha morrido fazia muito pouco tempo, e Carol quis ajudar nesse sentido, só que acabou assumindo totalmente o controle. Carol não tinha gostado das cores dos vestidos das madrinhas; preferia coral em vez de verde-claro. Ela achou que, se conseguisse que as madrinhas entrassem em consenso sobre o assunto e que se ela pagasse pelos vestidos de que gostara, o problema estaria resolvido, só que Vanni tinha *odiado* as roupas escolhidas. Quando ela apelou a Matt, ele disse:

— Mas qual o problema com laranja, ou sei lá que cor é aquela? As meninas estão bonitas e gostaram dos vestidos.

— A cor não combina com o meu cabelo! — argumentou Vanni, com os olhos cheios de lágrimas. — As fotos…

— Olhe — disse Matt, o pacificador. — Ela não tem uma filha… por que você não deixa minha mãe cuidar de alguns detalhes do jeito dela?

Então, Vanni deixou, e Carol trocou os copos-de-leite, que eram as flores favoritas de Vanessa, por rosas brancas e gipsófilas. Ela acrescentou ainda centenas de nomes à lista de convidados e conduziu a festa e a recepção, como se o casamento fosse dela, comandando com mão pesada os funcionários do bufê e os floristas, como um faraó egípcio.

— Tente não se aborrecer com esses detalhes — aconselhou Matt. — Sério, ela só está tentando ajudar. Ela só quer que tudo fique lindo para nós dois.

Isso deixou Vanni em uma posição desconfortável em que ou brigaria com o futuro marido ou com a futura sogra.

No jantar de sábado à noite, Cameron chegou uma boa meia hora antes de Paul, para beber um pouco. Vanni desconfiou que Carol dissera ao médico para chegar às seis e a Paul, para chegar às seis e meia, e por causa disso, Vanni não deu qualquer crédito a Carol por ter armado um encontro para ela com um cara bem legal.

Mas o homem que estava diante dela não tinha qualquer desculpa para ainda estar solteiro aos trinta e cinco anos. Ele era tão bonito que poderia fazer uma mulher ter um treco. Ele tinha cerca de um metro e oitenta, cabelo preto e cheio, sobrancelhas expressivas, covinhas sensuais nas bochechas quando sorria e dentes tão brancos que quase faziam as pessoas piscarem quando ele ria. E ele abriu um sorriso bem largo ao conhecer Vanessa.

— Fiquei sabendo que você é médico — disse Vanni.

— Uhum. Pediatra — respondeu ele.

Vanessa pensou: *Carol se superou*. O que pode ser mais sexy do que isso? Lindo, gostoso e ama crianças.

— E mesmo assim você não tem filhos?

— Não tive tempo de providenciar isso antes. E, agora que posso, todas as mulheres legais parecem já estar comprometidas. Mas, ei, eu ainda posso ser pai. Você não acha? — E sorriu.

*Ah, com certeza*, pensou ela. Ele provavelmente poderia ser pai de muitas crianças.

Carol os conduziu até duas poltronas macias e confortáveis na sala de estar, que estavam viradas em uma diagonal, de modo que ficavam quase de frente uma para a outra, separadas por uma mesinha lateral. Ali, eles poderiam se sentar e conversar para se conhecerem melhor. Depois das apresentações, Walt e Lance voltaram para o deque, de modo que o casal que não estava em um encontro armado — até parece que não! — poderia curtir aquela sessão de conversa íntima. Carol serviu drinques e, então, alegou que precisava cuidar da cozinha, deixando-os sozinhos.

Assim, Vanni teve uma conversa que acabou sendo bastante agradável com Cameron Michaels. Ela teria reconhecido que ele era um médico logo de cara — muito embora ele tivesse ombros largos e musculosos e estivesse vestido como se fizesse parte de um anúncio de uma revista de moda. Mas um pediatra? Ele deveria ter um pouco de gorfo no ombro ou um pouco de cocô no sapato para ser convincente nesse quesito.

Ele trabalhava com um grupo de pediatras na cidade e tinha acabado de comprar sua primeira casa — graças aos serviços de Carol, é claro. O imóvel era grande demais só para ele, mas Cameron não pôde resistir. E ele não achava que era tarde demais para encher o lugar com uma família, se a mulher certa aparecesse. Ele fez perguntas a respeito de Virgin River e do bebê e ficou fascinado ao saber que ela tivera um parto domiciliar com uma enfermeira obstétrica. Vanessa se rendeu ao fato de que não existia nada naquele homem que não fosse gostável quando a campainha tocou, e então ela começou a se levantar.

Carol saiu às pressas da cozinha, parecia um foguete, e foi em direção à porta.

— Fique onde está... eu atendo. Deve ser Paul. Cameron, você vai *adorar* Paul — comentou ela, ao passar pelos dois.

Vanni olhou ao redor. Aquelas duas cadeiras estavam isoladas do restante da sala; formavam um cantinho aconchegante. Não havia lugar para que Paul se sentasse e se juntasse a eles. Mais uma vez ela pensou: *eu sempre subestimo a minha sogra. Ela tem tudo esquematizado. O plano dela deve ser levar Paul para ficar no deque, com Walt e Lance, logo depois de fazer as apresentações.* Só que não era isso que Vanni tinha em mente.

Ela se levantou.

— Com licença — disse a Cameron, e caminhou até a porta no exato instante em que Paul entrava na casa.

Assim que ela o viu, sentiu-se mais viva. Paul não era tão bonito quanto Cameron, nem mesmo se comparava a Matt nesse quesito. A beleza de Paul era mais bruta. Media perto de um metro e noventa, com braços muito fortes graças a anos de trabalho físico atuando na construção de casas, um cabelo cor de areia grosso e cortado bem curtinho, no estilo militar. Ele era bronzeado, tinha mãos grandes e gentis, uma mandíbula forte e, quando ele a viu, os olhos escuros brilharam. Ela praticamente correu até ele, dando um abraço bem apertado. Ele retribuiu e a levantou do chão.

— Meu Deus — disse Paul. — Que bom ver você. — E a colocou de volta no chão. — Deixa eu dar uma olhada em você. Ah, Vanni... você está maravilhosa. Nem parece que teve um bebê!

— Mas que tremendo mentiroso — gargalhou ela.

— Posso ver o pequeno Matt?

— Com certeza — respondeu ela, pegando a mão de Paul e o conduzindo pelo corredor, deixando Carol de pé junto à porta, ignorada em sua recepção ao jovem. Embora o bebê estivesse dormindo, ela o pegou no colo para passá-lo ao amigo. — Aqui — sussurrou.

Paul não hesitou; pegou a criança e a segurou afetuosamente.

— Ele está tão grande. — Então, olhou Vanni nos olhos. — Ele é a cara do Matt, não é?

— É, sim. — Ela sorriu. — Eu comparei com as fotos de quando ele era bebê e é um Mattzinho da cabeça aos pés.

A cabeça de Carol apareceu na porta do quarto.

— Venham, vocês dois — pediu ela, com um tom de alegria na voz. — Nós temos companhia.

A seguir, ela saiu, obviamente esperando que os dois a seguissem, como ela mandara.

Paul lançou um olhar questionador. E Vanni suspirou antes de responder:

— Carol está tentando arrumar alguém para mim — sussurrou.

— Sério? — perguntou Paul. — E o que você está achando disso?

— Não estou animada. Mas o cara não tem culpa… e ele parece ser uma pessoa bem legal. Mesmo assim…

— Ainda não está pronta? — completou.

— Não para ele — respondeu ela, fazendo uma pequena careta. — Vamos lá, é melhor socializarmos ou vamos ser punidos. Paul… — começou ela, tocando o braço dele: — Eu senti tanta saudade de você. Tommy também está com saudades. Você tem que voltar logo a Virgin River, ouviu?

— Claro — garantiu ele, dando um sorriso.

Ela pegou o bebê do colo de Paul e o colocou de volta no berço. Depois, puxando o homem pela mão, seguiu até a sala de estar. Quando chegaram lá, Cameron se levantou. Carol interceptou Paul, forçando Paul e Vanni a soltarem as mãos, e o puxou para a frente.

— Cameron, este é Paul Haggerty… ele era o melhor amigo do meu filho. Ele e Vanni são como irmãos.

Os homens trocaram um aperto de mãos, mas ficou óbvio que os dois assumiram uma postura reticente — Carol não estava conseguindo enganar ninguém ali. Vanni decidiu puxar uma cadeira do outro lado da sala para que Paul se juntasse a eles, e com o canto do olho viu quando a sogra fez uma expressão de descontentamento. Quando todos foram chamados para jantar, Carol fez com que eles se sentassem conforme tinha planejado — ela e Lance ocuparam as cabeceiras, Paul se sentou ao lado de Walt e Vanni ficou ao lado de Cameron. E foi assim que eles continuaram ao longo da refeição.

Outro talento que Carol tinha era manter a conversa fluindo, e ela conseguiu atingir esse objetivo tão rápido que não houve qualquer tensão à mesa. Parecia até que tinha um caderninho a seu lado, com perguntas e tópicos de conversa para cada convidado, de modo que todos tivessem oportunidade de falar. Ela deu um jeito de dizer diversas vezes durante a conversa que Paul era o melhor amigo de Matt, que Paul e Vanessa eram amigos havia muitos anos, que Paul trabalhava na construção civil e, sim, claro, que Cameron era *médico*.

Um tópico que Carol não conseguia controlar era Virgin River, e naquela mesa existiam três pessoas que amavam a cidadezinha e que exaltavam as virtudes do lugar — desde as florestas de sequoias, as montanhas, os vales e rios até o pequeno bar e restaurante comandado por Jack, que era frequentado por amigos e vizinhos, recebia as reuniões dos fuzileiros navais e também os caçadores e pescadores.

Depois da sobremesa e do café, Paul foi o primeiro a ir embora, o que Vanni pensou que deixaria Carol muito feliz. Mas estava tudo bem, porque Vanni o acompanhou até o lado de fora. Eles se abraçaram.

— Eu não vejo você como um irmão — explicou ela.

Ele deu uma gargalhada.

— E eu não vejo você como uma irmã.

— Eu queria que ela não tivesse dito isso.

— Carol faz o que quer. Ela sempre foi assim. Nós entendemos isso — disse Paul.

— Eu queria passar mais tempo com você. Como estão as coisas, de verdade?

— Estou bem. E você? De verdade. Como você está lidando com a saudade que sente dele?

— Eu vou sentir saudade dele para sempre. Eu sinto tanta falta dele quanto você sente, Paul.

— É — disse ele, deixando a cabeça pender por um instante. — Não dá para evitar, não é?

— Mas tenho chorado menos por ele. Matt não ia querer isso... foi exatamente isso que ele me disse... ele me fez prometer. E Mattie demanda muita energia e me traz muita alegria. Eu voltei a andar a cavalo, o que é uma distração maravilhosa. Venha nos visitar, Paul. Para passar um fim de semana. Venha logo. Vamos cavalgar juntos... brincar com o bebê.

A cabeça de Carol apareceu na porta da frente.

— Vanessa? Eu acho que escutei o bebê.

Vanni respirou fundo.

— Bom, Carol, você pode pegar Mattie no colo se ele estiver chorando. Ou pode pedir para o meu pai... ele sabe o que fazer.

— Ah — disse Carol. — Claro. Mas você vai entrar daqui a pouco?

— Daqui a *pouco* — respondeu Vanni, com uma nota de irritação na voz.

A porta se fechou delicadamente e Paul deu uma risadinha.

— Meu Deus — comentou Vanni, massageando as têmporas com a ponta dos dedos. — Essa mulher...

— É só a Carol. Ninguém a leva a sério.

— Por sua conta e risco — rebateu Vanni. Então, olhou para Paul. — Por favor, venha logo para Virgin River. Todos nós estamos com saudades. Principalmente eu.

— Tá, vou fazer isso. E aí... o que achou do cara? Pelo menos ela encontrou um médico para você.

Vanessa gargalhou.

— Ela merece esse crédito, né? — E, dando de ombros, completou: — Ele parece uma pessoa ótima... e não tem culpa que ela tentou empurrá-lo para alguém que não está interessada.

— Algum dia você vai estar pronta.

*Eu estou pronta agora*, era o que ela queria dizer.

Ele a beijou na testa.

— Eu vou ligar para você. Podemos combinar alguma coisa... para nos encontrarmos em breve.

— Por favor — pediu ela, muito consciente do fato de que vinha sendo ela quem telefonava para ele desde que o bebê nascera.

Então ela o viu partir. *Eu posso não considerar Paul um irmão, mas ele ainda pensa em mim como a esposa do seu melhor amigo.* Vanessa temia que isso nunca mudasse.

Tommy e Brenda tinham passado por poucas e boas para conseguirem ficar uma noite inteira sozinhos na casa dos Booth enquanto o general e Vanni estavam fora, em Grants Pass, mas o tiro acabou saindo pela culatra. Brenda estava irritadiça. Talvez assustada. Não estava pronta para aquilo. Passados quinze minutos, Tom podia dizer que a coisa não estava indo do jeito que ele havia imaginado. Da forma como ela tinha dito que queria que acontecesse.

Então, ele recuou.

— Relaxa — disse ele. — Vamos só assistir a um filme. A gente não precisa fazer nada.

— Você vai ficar decepcionado — rebateu Brenda.

— Não, não vou — mentiu ele. — Eu já disse mil vezes… Nós não vamos até o fim até você estar pronta para isso. Vamos apenas assistir a um filme juntinhos. E dormir de roupa. Eu não vou forçá-la a nada.

— Desculpe. Eu não sei por que estou me sentindo assim. Eu achei que estava decidida.

— Você não tem que pedir desculpas para mim, Bren. Eu acho bom que esteja pensando bastante no assunto. Quando chegar a hora, quero que você tenha certeza, porque, depois que rolar, eu espero que você fique feliz, e não toda ferrada e cheia de culpa. Não tem como ser de outro jeito, não entre a gente. Já que você vai passar a noite aqui… vamos surrupiar umas cervejas do general e assistir a um filminho?

— Vamos — disse ela, em uma gargalhada.

— Você escolhe o filme, eu pego a cerveja.

Claro que tinha que ser um filme todo meloso; um tremendo de um clichê. Mas, caramba, se aquilo fazia Brenda feliz, ele também ficava feliz. Quando eles estavam na metade do filme e da cerveja, os dois começaram a se beijar e ele pensou: *Obrigado, Deus, pelos filmes melosos.* Eles podiam ser chatos, mas com certeza deixavam as mulheres no ponto.

Eles se reclinaram no sofá e deixaram seus corpos bem unidos, em beijos ardentes, de boca aberta, as línguas se entrelaçando feito loucas. Ele ficou excitado, claro. Àquela altura, ela já estava acostumada com aquilo e até gostava, se roçando bastante contra ele, também experimentando sensações maravilhosas com aquilo. Esse tipo de coisa já vinha acontecendo entre eles fazia algum tempo, e era muito gostoso. E, ao mesmo tempo que Tom não queria que ela tomasse nenhuma atitude da qual pudesse se arrepender, ele definitivamente queria experimentar as coisas que tinha aprendido na página noventa e sete do livro. Aquilo: o botão mágico. Ele queria tocar naquele botão mágico uma única vez. Só por um segundo. Só para ver o que aconteceria.

Ele levantou a camisa de Brenda, abriu o fecho do sutiã e sentiu aqueles seios macios. Ela adorava quando ele fazia isso, e respondia com gemidos e movimentos. Ela estava ficando tão excitada que ele se perguntou se...

— Bren... — disse ele, sem fôlego, e colocou a mão entre as pernas dela, pelo lado de fora da roupa. — Posso só colocar a mão aqui? Só a minha mão? Nada mais... só a minha mão?

— Uhum — concordou ela, contra os lábios dele. — Se você quiser.

Ele pensou que fosse morrer de tanta excitação. Então, abriu o botão da calça jeans de Brenda e foi descendo a mão, deslizando pelo corpo dela, cada vez mais, e mais, devagar e com delicadeza, pela barriga lisa, pelo monte macio logo abaixo, depois só um pouco mais adiante, em um lugar que era escuro, secreto, quente e úmido, procurando pelo ponto descrito na página noventa e sete como o gatilho para o orgasmo feminino. Ele tocou em um nó pequeno e rígido que havia ali e, quando isso aconteceu, ela suspirou e pressionou o corpo contra a mão dele. No mesmo segundo em que ele encostou ali, Brenda se eletrizou.

— Tommy — disse ela em um sussurro débil.

— Sim, meu amor — devolveu ele, com os lábios pressionados contra os dela. — Isso é gostoso, não é?

— Aaaaah — gemeu ela, movendo-se para a frente e para trás, para cima e para baixo. — Meu Deus...

*Vai nessa, Brenda*, pensou ele. *Vai nessa.* Ele usou um pouco mais de vigor para estimular o local, alcançou um pouco mais fundo, se aproximando da abertura da garota com apenas um dos dedos enquanto o outro permanecia no botão mágico. Ele deu uma atenção muito especial àquilo — provocando-a, tocando-a com delicadeza, esfregando só um pouco o dedo naquela região, tudo de acordo com as sugestões do livro. Os gemidos que Brenda emitia faziam parecer que estava chorando; arfando, se contorcendo, se remexendo. E então, *cabum!* Ela ficou imóvel, prendeu a respiração e ele sentiu, ali em sua mão, a mais incrível pulsação.

— Ai, meu Deus — murmurou ele. — Ai, meu Deus.

— Tom — disse ela sem fôlego. Um fiapo de voz que emanava exaustão e felicidade. Ela se desfez no abraço dele. — Como é que você sabia fazer isso? Essa coisa maravilhosa que você acabou de fazer?

Ele não ia contar que a irmã dele tinha dado a dica.

— Todo mundo sabe fazer isso — mentiu. Ele se perguntou se metade da população masculina do mundo era tão terrivelmente desinformada quanto ele fora. — Vamos — chamou ele, levantando-se do sofá. — Vamos ficar mais confortáveis e repetir a dose.

— Eu nem sei se vou conseguir ficar em pé — respondeu ela, relaxada e satisfeita.

— Vamos lá — riu ele, puxando-a para ajudá-la a se levantar.

Ele a levou para o quarto, o filme meloso ainda ligado ao fundo. Eles caíram na cama dele, se beijando. Ele tirou o suéter que usava e, na sequência, a camisa dela, abraçando-a bem junto do seu corpo e sentindo os seios dela contra o seu peito. E pensou: *eu esperei uma eternidade para sentir isso.* Não levou muito tempo para que ele a convencesse a tirar a calça jeans, porque ela queria sentir a mão dele mais uma vez. Já quando foi a vez de ele tirar a calça, a história foi outra. Quando ele começou a removê-la, ela disse:

— Eu não estou muito certa disso.

— É só me avisar quando você estiver, porque eu já passei da certeza...

— Que tal se você chegar perto? Se me tocar lá embaixo um pouco. Quero dizer, sem colocar lá dentro ainda, mas me tocar um pouco, me deixar à vontade com a ideia...

— Eu posso fazer isso, sim — disse ele, mas Tom tinha certeza de que aquilo que ela estava pedindo estava muito além das possibilidades.

De qualquer modo, aquela ideia permitia que ele pudesse tirar a calça, e ele estava desesperado.

Os dois nunca tinham ido tão longe assim antes, mas ela sempre dissera que queria que a primeira vez fosse especial. Mas, se o que ela tinha feito no sofá não tinha sido especial, Tom não conseguia imaginar o quão mais especial aquilo poderia se tornar.

Ele pegou uma camisinha na gaveta e rasgou a embalagem.

— Brenda, nós vamos fazer tudo com toda a segurança, amor. Não vamos chegar tão perto assim sem dobrar a segurança, tá?

— Tudo bem — respondeu ela, deitando-se de costas, os olhos fechados, pronta para sentir de novo aquele prazer.

Ele não conseguiu conter uma risada.

— Você gosta, não gosta?

— Gosto, sim.

Protegido e pronto, sentindo que, se não descarregasse, ele andaria com três pernas pelo resto da vida, ele se abaixou para tocá-la no local em que ele a penetraria se tivesse recebido permissão, e a seguir pousou os dedos no botão mágico e começou a trabalhar. *Esse negócio é um milagre*, pensou ele. A resposta era instantânea. Mais do que instantânea. Ela estava gemendo, se contorcendo, arfando, se segurando. O esforço estava começando a fazer a cabeça dele pulsar. Ele estava se sentindo completamente miserável enquanto ela, claramente, se aproximava mais uma vez do êxtase. Enfim, ele perdeu a cabeça.

— Ai, me deixa entrar — implorou ele. — Pelo amor de Deus, Brenda, me deixa entrar.

Ela ergueu um pouco a pélvis e ele deslizou um pouco mais fundo, e colocou uma das mãos sob as nádegas de Brenda, enquanto a massageava com os dedos.

— Tudo bem — disse ela. — Tudo bem.

— Tem certeza?

— Tenho.

Ele deslizou para dentro dela devagar e descobriu que era tudo aquilo que tinha sonhado. Tom estava rodeado pelo corpo apertado, quente e maravilhoso de Brenda, que o envolvia de maneira firme. Mas ele não era louco de largar aquele botão miraculoso. Ele o circulou e, sob o corpo dele, ela ficou enlouquecida. Não demorou muito para que se erguesse de novo, indo ao encontro dele, ficasse imóvel, prendesse a respiração em um suspiro. Os espasmos que ele sentira antes em sua mão não eram nada se comparados ao que ele sentiu quando ela se contraiu enquanto ele estava ali, dentro dela. Brenda saiu de órbita, como se fosse um míssil, e, embora ela talvez não tivesse a menor consciência do fato, a mesma coisa aconteceu com ele. Foi a experiência mais incrível de sua jovem vida. Aquilo o abalou de tal maneira que todo o seu corpo tremeu. Ele pulsou até esvaziar seu cérebro.

— Aaaah — disse ela.

*Isso foi muito mais especial*, pensou ele. E disse em uma voz rouca:

— Deus do céu.

— Ai, Tom — disse ela, nada infeliz. — Nós fizemos.

— Nós fizemos — repetiu ele, sem fôlego.

— Isso foi… Caraca, Tommy. Isso foi incrível.

— Incrível — concordou ele, quase desmaiando.

— Vamos fazer de novo — pediu ela.

E foi quando ele aprendeu que, para as mulheres, todas as coisas eram possíveis, enquanto para os homens era preciso tempo. Envolvia uma recuperação. As mulheres, ao que parecia, eram capazes de voltar para aquele ônibus rapidinho, já os homens eram deixados ali, para lidar com um pneu furado. Ele gravou isto na memória: aquelas criaturas lindas não precisavam de tempo algum para estarem prontas de novo.

— Acho que você vai ter que me dar uns minutinhos.

— Quanto tempo? — perguntou ela, impaciente.

— Bom, Bren, nós sempre podemos cronometrar…

Ela deu uma risadinha.

— Você sabia que ia ser tão maravilhoso assim?

— Se eu soubesse, acho que não teria conseguido esperar tanto quanto esperei.

— Eu te amo — sussurrou ela.

— Eu também te amo — respondeu ele, dando um beijo suave nela.

E então pensou: *quem diria!* Essa garota, que vinha se guardando, esperando por aquele momento especial, tão nervosa a respeito da coisa toda…

bem, bastou um pouco de estímulo para que ela ficasse engatilhada feito uma pistola. Pegando fogo. Completa e totalmente naquela onda, dando e dando, confiando, desenfreada e maravilhosa. E as pessoas diziam que a primeira vez não era tão boa para uma garota. Rá!

Ela chegou mais perto dele e deu uma risadinha.

— O que é tão engraçado? — perguntou ele.

— No fim, você implorou.

Ele suspirou.

— Sim, eu implorei. Desculpe... eu jurei que nunca ia implorar.

— Está tudo bem por mim agora — disse ela e gargalhou. — Acho que você não vai mais precisar implorar.

— Isso é um alívio. — Ele a beijou de novo. — Quero dizer uma coisa para você. — E ao falar isso, afastou o cabelo dela do rosto. — Quando eu for para o Exército, pretendo ser fiel a você enquanto estiver fora. Até você me dizer que quer ficar livre de compromissos ou que tem outra pessoa ou algo do tipo, você continuará sendo minha namorada.

— Ah, Tom. Você tem certeza disso?

— Amor, tenho certeza absoluta. Eu já tinha essa certeza há muito tempo. Não estou dizendo isso para me dar bem com você, Brenda. Acho que você sabe que eu não sou o tipo de cara que quer sair por aí transando. Isso tem um significado para mim. E eu te amo muito.

— Eu quero ser sua namorada — disse ela. — Eu amo ser sua namorada.

— Talvez, algum dia, quando formos mais velhos, quando tivermos terminado a faculdade, quem sabe nós vamos ser mais do que isso...

— Talvez eu goste disso. — Ela sorriu. — Eu ia guardar em segredo para fazer uma surpresa, mas que se dane. Eu me candidatei a bolsas de algumas universidades. A maior parte das minhas candidaturas foi para Nova York.

— Perto da Academia?

— Uhum. Eu não quero ficar longe de você, Tom. Não mais do que já tenho que ficar.

— Brenda — disse ele, puxando-a para perto de si. — Que notícia maravilhosa. — Ele deslizou a mão pelo corpo dela e colocou os dedos ali. — Você está cronometrando?

— Não. Por quê?

— Eu acho que já passou tempo suficiente...

— Que bom — disse ela. — Isso é bom. Ah, isso é muito, muito bom.

O general, Vanni e o bebê voltaram para casa no domingo à noite. Tom tinha lavado toda a roupa de cama, limpado a casa, cuidado dos cavalos e estava fazendo dever de casa quando eles chegaram. Vanni parecia estar extremamente cansada e irritada, então ele foi direto até ela e pegou Mattie no colo.

— Foi divertido? — perguntou ele.

— Depende do que você considera divertido — respondeu ela, caminhando pelo corredor até o quarto.

Tom a seguiu.

— O que foi?

— Eu perguntei se Carol poderia convidar Paul... não o via desde que o bebê nasceu. E ela disse que sim, claro, só que convidou outro cara também. Ela está tentando arranjar alguém para mim. Foi muito desconfortável. Eu nem consegui conversar com Paul direito.

— Que tipo de cara? — quis saber Tom, segurando o bebê bem junto ao corpo.

— Um cara legal. Em outras circunstâncias, eu teria gostado de conhecê-lo. Médico. Um pediatra lá de Grants Pass.

Tom deu uma gargalhada.

— Bom, eu acho que se você se apaixonasse por ele, poderia se casar com um cara que é *alguém* na vida, se mudar para Grants Pass, ficar perto da vovó e fazer com que ela fique bem na fita.

Uma expressão de choque tomou conta do rosto dela.

— Meu Deus, é isso! Ela estava tentando me fazer ficar com um cara de lá... para nos controlar de novo! Mas então... — Ela parou por um instante, pensativa. — Por que ela não tenta me juntar com Paul?

— Paul trabalha na construção civil. Ele é um fuzileiro alistado. Vanni... este cara novo é um *médico*! Além disso — Tom deu de ombros e continuou —, Paul não engoliria as merdas de Carol. Eu conheço ele. Ele não faria isso. Não por muito tempo, pelo menos.

Carol nunca tinha aprovado o fato de que o filho não tinha terminado a faculdade para fazer carreira nos fuzileiros navais; ela era muito esnobe quando se tratava de dinheiro, status, prestígio. Ela sempre pensara, em seu íntimo, que a decisão de Vanni de trabalhar como comissária de bordo, muito embora ela tivesse um diploma, era uma afronta. Ela sempre perguntava o que Vanni estava planejando fazer *depois*.

— Você conhece a Carol — disse Tom, em meio a uma gargalhada. — Quanto antes ela puder arrumar para você alguém que seja do agrado dela, menos ela vai ter que se preocupar com a possibilidade de você se apaixonar por alguém e se mudar com ele para a Flórida. Ela sempre pensa nos mínimos detalhes, controla tudo. — Ele colocou o bebê deitado no berço. — Como ele se comportou na viagem?

— Ótimo. Ele é um bom companheirinho de viagem.

— E como está meu amigo Paul?

— Está bem. Eu fico implorando para ele voltar aqui, mas ele não vem. Ei, como foi o seu fim de semana?

Tom baixou a cabeça.

— Bom — respondeu. — Nós assistimos a um filme.

— Você parece estar bem relaxado — comentou Vanessa, com um sorriso.

— Eu não vou contar nada para você — disse ele.

— Tudo bem, cara. Mas ficou tudo certo por aqui enquanto estivemos fora?

— Sim. — Ele saiu e deixou a irmã no quarto. Mas então enfiou a cabeça na abertura da porta e disse: — Sabe aquilo que falei sobre querer um irmão mais velho? Retiro o que disse.

E, então, desapareceu.

# Capítulo 3

Menos de uma semana depois de ter visitado Grants Pass, Vanessa abriu a porta da casa de seu pai e encontrou Cameron Michaels de pé na soleira.

— Nossa, oi — disse ela, surpresa.

— Oi — respondeu ele, exibindo aquele sorriso sensual e com covinhas. — Eu decidi dar uma olhada nesta cidadezinha, para ver o motivo de toda essa agitação a respeito dela.

— É sério? Você devia ter telefonado. Poderíamos ter pensado em alguma programação.

— É tarde demais? Porque tudo que planejei foi dirigir por aí, pela região. Quem sabe parar naquele bar sobre o qual você e Paul ficaram falando. Se você não estiver ocupada...

— É uma viagem e tanto para só vir dar uma olhada...

Ele deu de ombros.

— Eu tenho uns dias seguidos de folga, que eu consegui porque fiquei de plantão no outro fim de semana, e então pensei: que se dane! Vale a pena tentar. Não planejei, foi uma ideia que surgiu.

Ela levantou uma sobrancelha e cruzou os braços na frente do peito.

— Você conseguiu achar a casa sem nenhum problema.

Ele teve a elegância de dar uma risadinha e desviar o olhar, pois fora desmascarado.

— Carol — explicou ele.

— Olha, você tem que entender uma coisa. Eu respeito a minha sogra, mas ela é do tipo que força um pouco a barra e...

Ele pousou a mão no braço de Vanessa, para impedi-la de continuar a falar.

— Ei, Vanni... eu que perguntei a ela. E não telefonei de propósito. Eu não queria te dar tempo para pensar em uma desculpa. Achei que, se eu aparecesse sem avisar, você poderia ceder. E passar umas horinhas comigo. Depois você pode me dar uma bronca por ter sido mal-educado.

Ela sorriu para ele.

— Mal posso esperar.

— Então, você tem um tempinho livre? — perguntou ele.

— Não é que eu esteja propriamente ocupada, só que tenho um bebê que ainda mama bastante.

Ele inclinou a cabeça e sorriu.

— Eu fico muito confortável perto de bebês.

— É. Claro que fica, né. Bom, entre.

Ele aceitou o convite e olhou ao redor.

— Uau — comentou. — Que casa ótima. Do lado de fora parece só uma casa normal.

— Meu pai fez uma reforma geral aqui dentro enquanto estava em viagem servindo pelo Exército. No meio do ano passado, ele e meu irmão Tommy se mudaram, e eu me mudei pouco tempo depois, perto do fim do ano.

Ela entrou no amplo salão e encontrou suas botas ao lado da poltrona. Sentou-se para calçá-las enquanto Cameron foi até a janela e olhou para o estábulo, o curral e o pasto lá fora.

— Você monta? — perguntou ela.

— Já montei, mas faz tempo. Eu não subo em um cavalo desde que era adolescente.

— Você gosta de cavalos?

— Eu tenho um grande respeito por eles. Na última vez que estive perto de um, ele pisou no meu pé e o quebrou.

— É, os cavalos deveriam apitar ao andar para trás. Você tem que ficar esperto. — Ela se levantou e alisou a calça jeans. — Mattie deve acordar a qualquer segundo. Eu posso amamentar, trocar a fralda, implorar para ele se comportar e então nós podemos dar uma volta por Virgin River. O que acha?

— Era exatamente o que eu queria.

— Você é muito presunçoso, sabia? — disse ela, embora tenha sorrido. Cameron devolveu o sorriso. Confiante.

— Você é muito bonita, sabia?

Ela sentiu as bochechas ficarem quentes na mesma hora.

— Fique à vontade e sirva-se de uma bebida na cozinha. Eu vou ver o bebê.

— Sem pressa. Deixe ele bem-humorado.

Quarenta e cinco minutos depois, eles estavam a caminho da cidade na grande Tahoe de Walt. Cameron tinha vindo a Virgin River de Porsche e não havia espaço para uma cadeirinha de bebê. Ela seguiu dirigindo pela rodovia 299, passou em meio às sequoias, depois seguiu até o rio que dava nome à cidade, onde havia apenas alguns pescadores, já que não era a melhor época do ano para pescar. Ela explicou sobre os esportes sazonais — durante o verão, tinha a pesca com mosca, no outono e no inverno era melhor a pesca do salmão, de setembro a outubro havia a temporada de caça a ursos e cervos, e de outubro a janeiro era a temporada de caça às aves aquáticas, como patos e gansos. Os incêndios florestais iam de junho a outubro. No verão, era possível encontrar por todos os lados praticantes de trilha e fãs de acampar.

Enquanto visitavam os pontos turísticos, ela descobriu que Cameron era de Portland, cursou faculdade de medicina em Stanford, seus pais estavam vivos e tinha um irmão e uma irmã morando em Portland, ambos casados e com filhos. Ele fez a residência em medicina da família, e depois decidiu que pediatria era o seu primeiro amor.

— Eu decepcionei os meus pais no quesito "netos", mas acho que eles não vão me considerar um caso perdido tão cedo.

— Com certeza não — respondeu ela. — Mel, minha enfermeira obstétrica, e o marido dela, Jack, só se casaram depois que ele já tinha 40… e agora eles estão esperando o segundo filho. Jack diz que cada bebê fez com que ele se sinta mais jovem. Mel faz uma cara feia quando ele diz isso. Eu acho que os bebês têm uma diferença de idade pequena demais para o gosto dela.

— A faculdade de medicina e a residência tomam muito tempo. Eu tinha 30 anos quando estava pronto para começar a praticar medicina, e não foi simples. As contas a pagar eram altíssimas e não estava sendo fácil encontrar uma clínica em Oregon que precisasse dos meus serviços.

— E tinha que ser em Oregon, é? — perguntou ela.

— Na época, eu achava que sim. Fiquei muito mais flexível desde então.

— Mas você gosta da clínica onde você trabalha?

— Ah, gosto, tem bons médicos lá. Uma mulher e dois homens... médicos excepcionais.

Vanni continuou o passeio e levou Cameron até o pé das montanhas, onde ovelhas e o gado pastavam, depois passaram pelos vales onde as vinícolas começavam a ganhar vida depois do inverno e, finalmente, quando a tarde chegava ao fim, eles terminaram o dia no bar do Jack. Quando chegaram lá, Matt estava agitado e querendo jantar. Antes que ela conseguisse pegá-lo, Cam já tinha tirado a criança da cadeirinha e a balançava contra o peito. Ele também estava com a bolsa do bebê pendurada no ombro, assumindo o controle. Não seria qualquer homem que faria aquilo — precisava ser alguém especial para se sentir tão confiante daquele jeito com um bebê. Naquele momento, Vanni percebeu que estava se sentindo muito sozinha, mesmo com o apoio contínuo do pai. Sentia falta do marido. Gostaria de ter um parceiro. Gostaria que Mattie tivesse um pai.

Quando eles entraram no bar de Jack, ela ficou feliz ao ver que as pessoas ali jantando incluíam o seu pessoal, seus amigos. A primeira ordem do dia era apresentar Cameron a Jack.

— Este é Cameron Michaels, dr. Michaels, um amigo dos pais de Matt. E Cameron, este é Jack.

Cameron segurou o bebê com destreza enquanto os dois trocaram um aperto de mãos.

— Prazer — disse ele. — Ouvi falar muito deste lugar. Achei que valia pegar o carro e vir até aqui para conhecer.

— Seja bem-vindo — respondeu Jack. — O que você vai querer?

— Que tal uma cerveja?

— Pode deixar. Cameron, esta é Paige — apresentou Jack no momento em que Paige voltava dos fundos do estabelecimento. — Ela é casada com o cara que realmente comanda este lugar... nosso cozinheiro, Preacher.

— Prazer em te conhecer — disse o recém-chegado. — Parece que a cegonha está chegando.

— Falta pouco agora... no verão — respondeu ela, sorrindo com uma expressão de doçura.

Jack colocou uma cerveja no balcão do bar e Vanni disse:

— Paige, posso abusar da sua hospitalidade por alguns minutos? Tenho que amamentar Mattie... nós passamos a tarde toda dirigindo por aí e ele está com fome.

— Claro. Você já conhece o caminho.

Vanni estendeu os braços para pegar o bebê e disse:

— Jack, você pode apresentar Cameron para o pessoal? Volto daqui a pouco.

Ela foi até o apartamento de Preacher e Paige, atrás do bar, se acomodou na poltrona de couro e amamentou o filho. Apesar de sua determinação para se manter forte a respeito dos eventos que moldaram seus dias, ela sentiu as lágrimas arderem em seus olhos. Aquele cara tinha dirigido desde Grants Pass só por uma chance de vê-la. Vanni tinha passado um dia muito agradável com ele. Mas onde estava Paul? Ela teria dado qualquer coisa para ver o amigo, mas ele nem sequer tinha telefonado. *Porque*, ela lembrou a si mesma, *não sou uma mulher para ele. Sou apenas a esposa do melhor amigo dele; ele me ama como se eu fosse uma irmã, mesmo que não admita isso. Não foi sempre assim?*

Cameron foi apresentado a Preacher, que foi muito acolhedor em sua recepção, apesar de estar um pouco distraído pelo jantar que estava preparando. Na cozinha com ele estava Christopher, que foi apresentado como se fosse seu filho, muito embora a criança o chamasse de John. Então, chegou a vez de Mike Valenzuela e da irmã de Jack, Brie. Cameron se sentou um pouco com eles e descobriu que Mike era um ex-detetive da polícia e sargento das Forças Armadas, e Brie era uma ex-promotora. Ele não esperava conhecer profissionais com tanta sofisticação acadêmica e experiência em um lugarzinho como aquele.

Ofereceram a Cameron um lombinho de porco com purê de batata com alho e vagem, mas ele escolheu esperar até que Vanessa tivesse terminado de cuidar do bebê. E, enquanto aguardava, uma grávida linda entrou no lugar, seguida por um senhor que carregava uma criança. A mulher se debruçou no balcão para beijar Jack e, então, o homem assumiu imediatamente os cuidados com a criança. Cameron logo foi apresentado ao dr. Mullins e Mel Sheridan. Eles juntaram mais algumas mesas e se sentaram com o restante do grupo enquanto Jack, com o filho apoiado no quadril, pegava a cadeirinha de refeição do bebê na cozinha.

— Mel, estou fascinado pelo seu trabalho. Disseram que você cuida da maioria dos partos da cidade — comentou Cameron.

— Não é para tanto. Eu faço isso para as mulheres que não têm um plano de saúde muito bom. Ou para casos especiais, como o de Vanni. Pode não parecer, mas ela é meio natureba... quis ter o bebê na casa do pai, e fez um trabalho fantástico. Foi um parto de livro. Tivemos até uma festa para comemorar o nascimento.

— Uma festa? — perguntou Cameron.

— Acabou acontecendo. Quando eu fui chamada, Jack deixou escapar que ela estava em trabalho de parto, então Preacher e Paige pegaram a comida do jantar aqui da cozinha e fecharam o bar. Mike e Brie foram ajudar, caso precisassem cuidar de alguma criança. Com o general e Tommy, Jack e Davie e, claro, Paul, que ajudou na hora do parto, tivemos uma casa cheia e animada. Foi bem divertido.

— Não foi um pouco melancólico? Por ser o filho do falecido marido de Vanni?

— Essa é grande coisa a respeito dos bebês, Cameron... Eles trazem tanta esperança. Tanta alegria. É por isso que amo o que faço.

Ele deu uma gargalhada e disse:

— Você com certeza leva isso para a vida pessoal.

Ela esfregou a barriga protuberante.

— Nem tanto. Jack me prometeu que vamos dar um tempo depois deste aqui. E eu prometi que, se ele não mantiver a palavra, eu vou atirar nele no meio da noite.

Enquanto o dr. Mullins bebia seu uísque, Cameron o encheu de perguntas sobre praticar medicina em uma cidade pequena, perguntou a Mel sobre alguns de seus outros casos e interrogou Mike sobre como era policiar o local. Ele perguntou a Brie que tipo de Direito ela vinha praticando e descobriu que, embora ela tivesse trabalhado como procuradora em Sacramento, agora ela se ocupava de pequenos casos, que incluíam divórcios, fechamento de imóveis, disputas pelo direito de uso da água e coisas do tipo. O procurador assistente do condado solicitava sua consultoria em alguns casos também. Cam ficou completamente fascinado, completamente encantado. Não demorou muito para que Vanni se juntasse a eles, com um Mattie satisfeito e alegre deitado no ombro. Cameron esticou os braços por cima da mesa, para alcançar o bebê, e disse:

— Pegue uma cerveja. Para sua sorte, cerveja é bom para a amamentação.

Quando Jack chegou, todos já estavam prontos para jantarem juntos.

Cameron gostou de seu passeio muito mais do que esperava. Ele tinha usado a desculpa de que queria conhecer Virgin River na esperança de ter uma chance de passar um tempo com Vanni, mas acabou adorando a cidade, as pessoas e as famílias que se reuniam no bar.

— Você vai dormir na casa do general? — perguntou Jack.

— Não, tem um hotelzinho em Fortuna com muitos quartos disponíveis.

— Você pode ficar com a gente — sugeriu Vanessa.

— Ou eu posso oferecer outra opção — sugeriu Jack. — A cabana onde Mel e eu morávamos está vazia e ainda está mobiliada, e ela fica bem aqui, em Virgin River. Temos roupa de cama limpa, toalhas no banheiro, só não tem comida na geladeira. Se você quiser, é sua. Eu posso até mesmo arranjar comida e bebida para você levar... sou bem amigo do cozinheiro daqui.

— Tem certeza? — perguntou Cameron.

— Absoluta. Vou desenhar um mapa para você... a porta está sempre destrancada.

— Ei, isso é incrível da sua parte. Como já está meio tarde, agradeço muito a sua oferta.

— Vou escrever aqui no mapa o telefone da nossa casa e o do bar — disse ele, desenhando no verso de um guardanapo. — Pode me ligar a qualquer hora. Se minha família não estiver nos visitando e usando a cabana, você pode ficar lá.

— Como posso pagar por isso? — perguntou Cameron.

— Não seja ridículo. A cabana está à disposição de amigos e da família. — Ele terminou o mapa e o virou para que Cameron pudesse vê-lo. — Qualquer amigo da Vanni é amigo nosso também.

A noite ainda era uma criança quando Mike e Brie deram boa-noite. Pouco depois, Jack tirou o filho do cadeirão e levou sua família embora. O dr. Mullins também se despediu.

Cameron tinha comido o jantar enquanto segurava Mattie deitado em seu peito; ele tinha adorado ficar olhando para a linda e sensual Vanessa, do outro lado da mesa. Ela parecia a Julia Roberts. Longilínea, de seios fartos, o cabelo tinha um tom de ruivo com mechas loiras, o sorriso dela era incontido e espontâneo, a risada, alta e livre. Ele nunca achou que fosse encontrar uma mulher como aquela na vida.

— O que acha? Hora de você e do bebê irem para casa?

— É — respondeu ela, e sorriu como se tivesse se divertido.

— Vamos indo. Se você não estiver ocupada amanhã, talvez possa me mostrar os cavalos antes de eu voltar para Grants Pass.

— Claro — respondeu ela. — Nós poderíamos dar uma volta a cavalo. Os ursos acabaram de hibernar e estão voltando a circular com seus filhotinhos, e os cervos também estão com seus bebês.

— Eu adoraria. Mas não é perigoso? Você não fica preocupada com os ursos?

— Não precisa se preocupar — disse ela, dando uma grande risada. — Eu levo uma espingarda. Vou cuidar de você. — E, então, deu mais uma gargalhada.

Quando eles saíram até a varanda do bar, Cameron parou e escutou. Olhou para o alto — aquele céu magnífico, límpido e escuro, cravejado por um bilhão de estrelas — e escutou, ao fundo, o dedilhar suave de um violão espanhol. Com uma das mãos, ele segurou o bebê contra seu corpo e passou o outro braço em volta de Vanessa.

— Está ouvindo isso?

— Hum. É o Mike. Miguel, na verdade. Não é lindo?

Ele chegou mais perto dela.

— Eu amo este lugar.

Depois que Jack colocou Mel e Davie na cama, voltou pé ante pé até a cozinha e fez uma ligação interurbana. Paul Haggerty atendeu e Jack disse:

— Ei, sou eu.

— Oi, Jack. O que houve?

— O que houve é aquele médico. Cameron sei-lá-do-quê. Ele está bem aqui, investindo em Vanessa. Paul, não vou dizer duas vezes. É melhor você não deixar isso acontecer.

— Jack, escuta. Ela não está pronta.

— Você tem certeza de que não é você que não está pronto?

— Eu estava lá quando ela conheceu o cara... na casa dos pais de Matt. Ela me disse... que não está pronta.

— Mas o problema é que *ele* está. Amigo, não seja idiota.

— É — disse Paul. — Certo. Obrigado.

Quando eles desligaram, Jack voltou para junto de Mel, deitando-se na cama e deslizando as mãos sob a camiseta que ela usava, para sentir a barriga da esposa. Ela disse:

— Você está fazendo de novo, não está?

Jack suspirou.

— Eu pensei que você estivesse dormindo.

— Você está se metendo nas coisas.

— Mel, eu não ia contar nada para você. Mas vou fazer isso porque você é muito enxerida. Paul ama Vanni.

— Eu sei.

— Bom, então por que você está pegando no meu pé? — perguntou ele.

— Porque eles é que têm que resolver isso. Não você.

— Mas Paul ama Vanni. E esse Cameron... ele é legal, ele é um cara bom, ele é esperto.

— Eles é que têm que resolver.

— Bom, o que você quer eu faça?

— Fique fora disso.

— Mas e se...

— Fique fora disso. Você é uma tremenda mãe coruja.

— Eu devo uma a Paul...

— Jack, se Paul não é esperto, decidido ou apaixonado o bastante para lidar com isso, talvez Vanni fique melhor com o pediatra.

— Como é que você pode *dizer* uma coisa dessas?

— Porque eu sou a pessoa mais esperta neste casamento — disse ela. — E você é muito passional.

— Ahhh.

— Por que você ofereceu a cabana para Cameron se não gosta de ver o cara com Vanni? — perguntou ela.

— Porque sim. Assim ele não dorme na casa do general hoje.

Ela gargalhou.

— Jack Sheridan, você é uma tremenda *cobra*. Nunca te dou o crédito que merece.

Na manhã seguinte, Cameron foi convidado para tomar café da manhã com Vanni e o general e para um passeio a cavalo depois. Era um dia de semana, então Tommy tinha aula, e o general ficou tomando conta do bebê. Vanni saiu com Cameron, apenas os dois. Ela montou Chico, o cavalo de Tommy, que era castrado e muito brincalhão, e deixou para Cameron a égua mais mansinha, que era chamada de Pura, e o nome completo era Pura Confusão. Havia quatro cavalos no estábulo, todos boas montarias, sendo que o garanhão do general, Liberdade, era o mais difícil de controlar. Conforme o prometido, ela levou a espingarda amarrada à sela.

— Você monta, sabe atirar, opta por ter um parto domiciliar... achei que você tivesse crescido na cidade.

— Quando se é criada pelo general, aprende um monte de coisas interessantes. E a minha mãe cresceu em uma fazenda.

— Quando foi que você perdeu sua mãe? — perguntou ele.

— Há alguns anos. Ela era uma mulher linda, forte e muito incrível. Fazia tantas coisas... além de montar e caçar com meu pai, ela também tinha licença de voo e o seguia pelo mundo todo. Quando meu irmão e eu nascemos, papai estava fora, em um conflito atrás do outro. Então, ele perdeu alguns dos momentos mais importantes da família... e ela nunca reclamou ou brigou com ele. Ela o admirava, respeitava o trabalho que ele fazia... Eles eram parceiros de verdade. Minha mãe foi a mulher mais forte que eu já conheci. — Vanni respirou fundo. — Ela morreu em um acidente de carro em Washington, D.C. Que perda, que tristeza.

— Eu sinto muito — disse Cameron. — Você assumiu o lugar dela, não foi?

— Espero que sim. Esse seria o maior elogio que você poderia me fazer.

Eles cavalgaram ao longo do rio durante um tempo, aproveitando o ar fresco, as folhagens da primavera. Abestos e pinheiros de vários tipos se espalhavam enquanto sequoias se erguiam acima deles, cobrindo o sopé das montanhas.

— Você está indo muito bem — observou ela.

— Se esta garota não fizer nenhum movimento rápido, consigo continuar aqui em cima.

A trilha do rio se abriu em um campo, e Vanni parou.

— Olha — sussurrou ela. Do outro lado do campo havia um bando de veados, dois cervos, várias corças e seus bebês. — E não é nem a melhor hora do dia para ver esses bichos. — Uma brisa suave a acariciou; ela tirou o chapéu e puxou o cabelo para o alto, afastando-o do pescoço, para aproveitar o frescor. — Como não amar este lugar, hein?

— É fantástico — concordou ele. — Podemos dar uma parada? Descer dos cavalos e dar uma volta por aí?

— Claro — disse ela, apeando.

Vanessa conduziu Chico até a beira do rio e o animal baixou a cabeça para beber. Cameron fez o mesmo com Pura.

Vanni olhou para uma corça. Ela conseguiu sentir Cameron se movendo atrás dela; o calor do corpo dele bem ali, muito embora ele não a tivesse tocado. Então, a mão dele fez um carinho no braço dela enquanto a outra mão tirava o cabelo de cima da orelha dela.

— Esta foi a primeira vez que eu dirigi mais de trezentos quilômetros para ver uma mulher que eu mal conheci, Vanessa — sussurrou ele.

Vanni mordeu o lábio inferior. Ela não tinha conseguido dormir na noite anterior, pensando. Sabia que Cameron estava interessado nela, mas aquilo não era o suficiente. Ela pensava em Paul.

Ela se virou.

— Eu estou muito vulnerável, Cameron — disse ela, para alertá-lo.

— Eu sei. Serei muito cuidadoso com você.

— Você vai precisar é de muita paciência — disse ela. — Eu não estou preparada para ter nenhum relacionamento além da amizade no momento.

Ele deu uma risada e balançou a cabeça.

— Eu tenho certeza de que quero ver onde isso pode dar.

— Amizade — repetiu ela. — Ou nada.

Ele inclinou a cabeça para um dos lados e sorriu.

— Amigos se beijam? Só para ver se existe... química?

Ela balançou a cabeça.

— Eles não se beijam. Não ainda.

— Mesmo assim, essa é uma resposta muito mais encorajadora do que "nada". Acho que amigos se beijam quando eles se conhecem e existe confiança entre eles. Eu tenho esse direito?

Ela suspirou fundo. Se não fosse por Paul, ela se sentiria atraída por Cameron. Ele era lindo, sensual, carinhoso.

— Ainda é cedo demais. Minha sogra se precipitou ao nos apresentar e...

— Não, não é culpa de Carol. Eu estou me precipitando porque... — Ele deu de ombros. — Porque você é linda e divertida. Então, pode me dar um tiro se quiser.

Ela sorriu para ele.

— Eu não acho que a sua vida esteja em risco por dizer que eu sou bonita e divertida. Isso foi muito gentil. Mas não vou me envolver com você neste momento.

— Você disse que seríamos amigos — argumentou ele, e estendeu a mão para fazer um carinho no cabelo dela.

— Comporte-se como um amigo, Cameron. Como um anjinho.

Ele riu.

— O que você está pedindo é demais para mim. Eu vou me comportar, mas vamos manter a situação em perspectiva. Eu sou um homem. E você é uma mulher muito sexy.

— Eu tenho que me preocupar se você vai ou não vai se comportar? — perguntou ela, erguendo uma sobrancelha.

— Absolutamente não — jurou ele. — Você está no comando.

— Então, nada de tocar em mim até... Nada de tocar em mim.

Ele enfiou as mãos nos bolsos.

— O que você quiser, Vanessa. Eu só vou...

Naquele exato momento, Pura relinchou, se afastou da água e saiu em disparada.

— Droga! — disse Vanni. — Aquela danadinha. — Ela empurrou Cameron para tirá-lo do caminho, agarrou as rédeas do garanhão, saltou para cima da sela e disse: — Já volto. — Ela conduziu o cavalo que montava para que fosse atrás de Pura. — Não vá embora — berrou ela, rindo, como se ele pudesse ir a algum lugar, isolado como estava.

Ela usou a ponta da rédea para bater na anca de Chico.

Vanni começou a galopar em disparada, inclinando-se bem rente à sela e incitando o cavalo com os calcanhares, indo atrás da égua. As corças ergueram a cabeça e partiram em direção às árvores quando Pura passou correndo pela campina, claramente desfrutando da liberdade. Só que Pura não era páreo para Chico, o segundo cavalo mais rápido no estábulo dos Booth. Do outro lado da campina, Vanni alcançou a égua, inclinou-se na direção da sela que ela usava para pegar a rédea solta, segurou a fugitiva e, enfim, conseguiu diminuir a velocidade do bicho.

Ela voltou trotando até onde estava Cameron, devolvendo o cavalo a ele, sem conseguir conter uma risada.

— Esqueci de dizer que ela é fujona. Ela sai de mansinho.

— Isso não foi nem um pouco de mansinho. Foi na cara de pau mesmo.

— Foi — concordou ela, gargalhando. — Quem não gosta de uma mulher ousada?

Vanni já sabia há muito tempo que sua melhor amiga, Nikki, vivia um relacionamento complicado e que não duraria muito. Cameron mal tinha voltado para Grants Pass quando o telefone tocou e Nikki disse:

— Acabou.

— Ah, querida — disse Vanni, em um tom de voz repleto de solidariedade. — Deve ter acontecido alguma coisa grave. Vocês brigaram feio?

Em meio a lágrimas, Nikki respondeu:

— Tudo começou como a briga de sempre... eu estava dizendo que precisava de um relacionamento com futuro e ele respondendo que não estava pronto por causa do casamento horrível e curto que teve anos antes de nos conhecermos. Então, ele soltou a bomba atômica: uns anos atrás, sem me contar nada, sem me consultar sobre o assunto, ele fez uma vasectomia.

— Como é que é? — perguntou Vanni. — Mas como ele pôde ter feito isso sem você ficar sabendo?

— Fiz algumas viagens de pouco mais de uma semana. Ele só precisou de uns dias para se recuperar completamente. Eu nunca desconfiei. — Ela fungou ao telefone. — Craig tinha medo de que eu parasse de tomar a pílula e tentasse engravidar em segredo, sem contar para ele. Ele disse que sentia muito, mas que não queria uma família e que estava cansado de brigar por causa disso.

Vanni afundou na poltrona.

— Isso é simplesmente... *inacreditável.*

— Ele disse que se o que a gente tem não é bom o bastante... assim, do jeito que está... então seria melhor para nós dois se eu simplesmente cumprisse a minha ameaça. Vanni — disse ela. — Quando foi que ele se tornou esse tipo de homem?

Vanni fez uma careta. Era tentador dizer que ele sempre tinha sido daquele jeito — egoísta, insensível, um egocêntrico chato que recebia muito mais do que dava. Mas o coração de Nikki estava partido, então tudo que Vanni disse foi:

— Ah, querida. Eu sinto muito. Que canalha.

— Meu pai me ajudou com a mudança... Todas as minhas coisas estão na garagem dos meus pais. Vou ficar com eles enquanto procuro um apartamento para alugar. Estou ligando de dentro do carro. Tenho uns dias de folga. Posso ir para aí?

— Claro que pode — respondeu Vanni.

Nikki e Vanni eram melhores amigas desde que começaram a trabalhar na companhia aérea. Elas apoiaram uma à outra em dezenas de relacionamentos com namorados horríveis, mas nada se comparava àquilo. Nikki e Craig estavam juntos havia cinco anos.

Nikki tinha sido madrinha no casamento de Vanni e Matt. Vanni teria ficado perdida se não tivesse a amiga para conversar, para apoiá-la, quando Matt partiu para o Iraque. Quando ele morreu, elas passaram horas no telefone. Claro que ela tentaria confortar Nikki naquele momento.

— Eu me sinto uma grande idiota — admitiu Nikki. — Por que me apaixonei por ele?

— Será que é possível controlar o amor que sentimos por alguém? — perguntou Vanni, dando um suspiro. — Só venha para cá. Vamos comer alguma coisa gostosa, brincar com o bebê, implicar com Tom, andar a cavalo e enfiar alfinetes em um boneco com a cara de Craig. Nikki, você sabe que é hora de partir para outra… Ele não é bom o suficiente para você. E o que ele fez… foi tão ardiloso, não dá mais para confiar nele.

— Vanni, qual é o nosso problema? — perguntou a amiga. — Por que ficamos presas amando homens que não amam a gente?

Sentindo um choque com a verdade daquela afirmação, Vanni engoliu em seco. Realmente, *Por quê?*, ela se perguntou. *E depois nos sentimos tão idiotas, como se fôssemos um fracasso. Isso está errado, muito errado.*

— Nós vamos resolver isso, amiga. Nós duas.

Joe Benson recebeu um telefonema de seu velho amigo Preacher, explicando que ele e Paige tinham conversado muito a respeito da família deles, que estava crescendo. Naquele momento, eles estavam morando no velho apartamento de Jack, localizado atrás do bar — um quarto e sala em forma de L projetado para um homem solteiro —, enquanto o filho de Paige, Chris, de 4 anos, estava dormindo no quarto que ficava em cima da cozinha e que, antigamente, pertencia a Preacher. Com o bebê chegando e a possibilidade de mais filhos no futuro, eles precisavam fazer alguma coisa. Tinham cogitado comprar uma casa maior, mas, na realidade, Paige e Preacher adoravam morar no mesmo lugar em que trabalhavam. E, até onde os dois podiam ver, Preacher seria, para sempre, o cozinheiro e gerente do bar de Jack, tendo Paige como seu braço direito.

Preacher já conversara com Jack sobre aumentar o espaço de moradia. Jack achou que aquela era uma boa ideia; no mínimo, dobraria o valor da propriedade. Ele, então, fez um acordo com Preacher — se o amigo construísse o espaço, Jack faria um contrato para tornar Preacher seu sócio integral e proprietário de metade do imóvel. Se o bar e restaurante e o apartamento acoplado fossem vendidos, o lucro seria dividido.

Antes que avançassem em qualquer negociação, um arquiteto teria de ser consultado para ver se a construção seria viável. Espaço havia; a propriedade na qual o bar estava localizado era confortavelmente grande. Preacher queria encontrar uma planta que desse a eles espaço o bastante sem atrapalhar muito os negócios durante as reformas.

Era aí que Joe entrava. Se Joe achasse que era uma boa ideia e pudesse desenhar uma planta, Preacher poderia começar a procurar um empreiteiro.

Joe adorava ter uma desculpa para passar um ou dois dias com Jack e Preacher. E ele ficou feliz quando os amigos pediram sua ajuda; ele sempre dava a eles um desconto nos projetos. Então, disse:

— Vou precisar dar uma olhada no espaço e na estrutura, fazer umas medições. Não é uma terra bruta, Preach. Aumentar um imóvel é sempre complicado... a estrutura básica tem que aguentar a metragem adicional. Vamos fazer o seguinte: eu vou para aí amanhã, passo a noite...

— Amanhã?! Ah, cara, você é demais!

— Por você e por Paige, Preach? É uma honra.

E foi isso que ele fez. Quando a pessoa é arquiteta e dona da própria empresa, ela faz o próprio horário, às vezes projeta às três da manhã, se for a hora em que a inspiração bate. Por isso, ele chegou ao bar na quinta, antes do meio-dia, almoçou demoradamente com Mel, Jack, Preacher e Paige e conversaram sobre a expansão. Para a surpresa de Joe, Preacher foi quem trouxe as ideias mais elaboradas — ele queria um sala de estar espaçosa, integrada a uma sala de jantar, um quarto de brincar para as crianças, um pequeno escritório para ele e um total de quatro quartos. E ele queria a família conectada, não separada como estava agora — naquele momento, eles tinham que passar pela cozinha e subir as escadas dos fundos para chegar ao quarto de Christopher. Preacher queria que o lugar se tornasse uma casa como outra qualquer — com acesso livre para todos os cômodos. E, quem sabe, uma lareira. A única coisa de que não precisavam era uma cozinha.

Joe começou a trabalhar logo depois do almoço, fazendo esboços, medindo, andando pelo apartamento e pelo jardim atrás da casa. Havia algumas árvores lindas e imensas ali atrás que ele preferia não mexer, além de uma churrasqueira enorme feita de tijolos que ele achava melhor deixar onde estava. Conseguia ver o potencial que existia ali para uma casa bacana e espaçosa, ligada ao bar por uma porta para a cozinha, e com duas entradas separadas, independentes do bar. A parte térrea da construção poderia ser aumentada, e teria o tamanho suficiente para comportar a sala de estar e de jantar, a suíte principal e uma bancada embutida com espaço para guardar a louça e que separaria a área da sala de jantar com uma mesa de copa. Ele poderia instalar um forninho elétrico, uma máquina lava-louça, um triturador de lixo e uma pia naquela bancada, para a comodidade da família. Optou por deixar a lavanderia exatamente onde já ficava, logo na entrada da porta que dava para o bar. A adição de um pequeno escritório completaria o primeiro andar e daria suporte adicional para os quartos e um loft no segundo andar. Eles poderiam receber os amigos e fazer as refeições em família ali. As escadas para o segundo andar poderiam ser removidas para aumentar a área térrea e eles poderiam construir uma escadaria aberta na sala de estar.

Havia espaço no andar superior para dois quartos e um loft aberto. Os quartos seriam grandes o bastante para acomodar mais de uma criança e teriam closets espaçosos. O local onde eles moravam naquele momento tinha pouco mais de cem metros quadrados, e Joe poderia aumentar o espaço para que a casa ficasse com duzentos e oitenta metros, sem precisar fazer grandes esforços para isso.

O único inconveniente seria que Preacher e sua família teriam que se mudar durante a maior parte da reforma. Joe sabia que eles tinham algumas opções — uma delas era a cabana de Jack e Mel. O lugar era pequeno, mas poderiam ficar por lá entre quatro e seis meses.

Eram quase cinco horas quando Joe estava preparado para discutir todas essas possibilidades com Preacher, Jack e Paige. Como Jack estava ocupado servindo e Preacher e Paige estavam cozinhando e limpando, ele tomaria uma cerveja enquanto esperava a clientela do jantar. Ele tinha um bloco de desenho grande e um caderno cheio de medidas anotadas, que no momento estava fechado.

Foi quando ele a viu, uma silhueta pequena, com o cabelo castanho--escuro comprido e sedoso que alcançava a metade das costas. Bem ao lado dessa mulher, inclinando-se na direção dela e falando a seu ouvido, estava Vanni. Por um instante, Joe ficou atordoado. Então, recuperando os sentidos, disse:

— Vanni?

Vanni olhou por cima da cabeça da amiga e devolveu a pergunta:

— Joe?

— Isso — riu ele.

Na mesma hora, ela largou a cerveja que estava tomando e a amiga e foi até Joe. Eles já tinham se visto mais que uma vez, sendo o último encontro no enterro do marido dela. Joe conhecia Matt; eles se conheceram em Grants Pass quando Matt voltara para casa, de licença. Paul tinha os apresentado.

— O que você está fazendo aqui? — perguntou ela, abraçando-o.

— Um pequeno projeto para Preacher e Paige — explicou ele. — Eles querem aumentar a casa. Você sabe... Para acomodar o bebê e quem mais vier.

O pensamento que lhe surgiu imediatamente na cabeça foi a conversa que ele e Paul tinham tido algumas semanas atrás. Paul estava apaixonado por aquela mulher e entrara em uma confusão tão grande que, provavelmente, não tinha a menor chance com ela. Joe deu uma olhada na mulher que acompanhava Vanni, mas viu apenas seu perfil. Ela era linda. Bonita além do que as palavras conseguiam definir.

— Nikki — chamou Vanni. — Venha aqui. — Quando Nikki se aproximou, com um sorriso discreto e talvez tímido, Vanni fez as apresentações: — Este é Joe, amigo de Matt e Paul. Joe, esta é a minha melhor amiga, Nikki.

Ele estendeu a mão e ela aceitou o cumprimento.

— Prazer em te conhecer — disse ele.

— Prazer — respondeu ela, olhando para baixo logo a seguir.

— Meu Deus, isso é horrível — disse Vanni. — Se eu soubesse que você estava vindo, teria planejado alguma coisa especial. Eu teria feito um jantar ou algo do tipo.

— Eu ficaria feliz em pagar o jantar aqui no bar, se vocês ficarem — ofereceu ele. — Seria ótimo de verdade.

— Obrigada, isso é muito gentil. Mas deixei meu pai cuidando um pouquinho do Mattie e já pedi para Preacher colocar nossa comida para viagem. Eu ainda estou amamentando... meus passeios são bem curtos. Eu posso pedir para Preacher incluir mais um pedido, se você for lá para casa.

— Eu adoraria, mas tenho que discutir o projeto da construção com esses caras hoje à noite.

— Que droga, Joe. Da próxima vez, por favor, me avise que está vindo. Eu também quero passar um tempo com você!

— Prometo — garantiu ele. — E eu vou voltar. Pode ter certeza.

*Mas será que ela também vai voltar?*, se perguntou Joe. Nikki. Ele não esqueceria esse nome.

Bem naquele momento, Paige saiu com uma sacola enorme contendo o jantar delas. Vanni começou a pegar sua carteira, mas Joe disse:

— É por minha conta, querida. Por eu não ter ligado para avisar que vinha. Um erro que nunca mais vou cometer. — Ele puxou umas notas de vinte do bolso, contou o dinheiro, pousou a quantia necessária no balcão do bar e esticou o braço para alcançar as sacolas com a comida e passá-las à amiga. — Aproveite a melhor refeição que você vai comer na vida — disse ele a Nikki.

Nikki fez um gesto discreto com a cabeça enquanto Vanni disse:

— Nossa, obrigada! Eu não esperava por isso. — A seguir, ela se inclinou na direção de Joe e deu um beijinho na bochecha dele. — Foi muito gentil de sua parte.

— Aproveitem. Prazer em te conhecer, Nikki — disse ele, desejando que ela também tivesse dado um beijinho nele.

O que ele recebeu no lugar disso foi um pequeno aceno de cabeça.

Elas saíram e ele voltou a saborear sua cerveja. Demorou um tempo até que Jack ficasse livre para ir até o canto do bar onde Joe estava, secando as mãos em um pano de prato.

— Como estão as coisas por aí? — perguntou ele, dando uma olhadinha no bloco de desenhos.

— Acho que tive umas boas ideias — respondeu Joe. — Com o empreiteiro certo, isso pode ficar muito bom.

— Esse é o problema, achar o empreiteiro certo. Quando eu estava terminando a minha casa, não consegui encontrar ninguém por aqui. Foi por isso que chamei Paul.

— Bom, conheço umas pessoas — disse Joe. — Eu posso ajudá-los com isso. Primeiro, temos que ver se vocês três gostam das minhas ideias. E, a propósito, quem era aquela mulher que estava com a Vanni?

— Uma amiga dos tempos da companhia aérea. Pelo que entendi, elas são melhores amigas que passaram anos voando juntas e ela está aqui fazendo uma visita.

— Meu Deus — comentou Joe. — Ela é incrível.

— Mora em São Francisco — informou Jack, dando um sorriso. — Está indo para casa amanhã.

— Bom, eu também. — E, erguendo sua bebida, completou: — Um brinde por ter escapado por pouco mais uma vez.

Jack deu uma gargalhada.

Joe deu um longo gole, Jack se afastou e Joe pensou: *eu estive em São Francisco cinco vezes no último ano e nunca vi alguém como aquela mulher por lá. Por que não? Esta cidadezinha tem seiscentos habitantes. Eu não deveria ver alguém tão incrível assim por aqui... deveria ver umas dez ou vinte mulheres tão lindas desse jeito na cidade.*

Jack voltou com uma caneca de café. Joe apenas olhou para o amigo e disse:

— Este lugar. Ele é meio assustador.

— Nem me fale — respondeu Jack, dando um gole no próprio café. — Eu encontrei Mel aqui. Esse tipo de coisa não deveria acontecer.

# Capítulo 4

Paul sabia que Jack estava certo: deveria se fazer presente em Virgin River em breve. Ele não poderia deixar que o médico fosse o único a estar lá com Vanni quando ela saísse do luto e estivesse pronta para seguir em frente. Então, telefonou para o general e perguntou se poderia fazer uma visita à família e ao bebê no fim de semana.

Ele acordou cedo no sábado e fez a viagem em tempo recorde. Parou em frente à casa dos Booth e o que ele viu na entrada de carro o fez parar. Vanni estava usando sua calça jeans surrada, uma camisa de cambraia de linho com as mangas arregaçadas, botas e um chapéu de caubói, de pé diante do túmulo de Matt. Ela tirou o chapéu da cabeça e agitou o cabelo que caía a suas costas. A seguir, enxugou os olhos. *Que droga*, pensou ele. *Eu avisei Jack que ela ainda estava mal.*

Ele saiu da caminhonete e, em vez de ir até a porta da frente, seguiu para o túmulo do amigo. Conforme se aproximou dela por trás, Vanni escutou o som e se virou. Então, rapidamente deu as costas para ele e enxugou os olhos com a parte de trás da mão. Paul chegou mais perto e abraçou Vanni pela cintura.

— Um daqueles dias? — perguntou ele baixinho.

— Sim — respondeu ela. — De vez em quando eu me sinto tão sozinha.

— Eu sei, Vanni. Vai ficar tudo bem.

— Papai se preocupa porque venho até aqui conversar a respeito disso com Matt. — Ela deu uma risada, sentindo-se desconfortável. — Ele gostaria que eu não fizesse isso.

— Mas não tem problema algum em fazer — disse ele.

— Eu não estou obcecada. Sério. É que às vezes eu não consigo pensar em mais ninguém com quem eu possa reclamar.

— Você sempre pode reclamar comigo — disse ele.

Vanni se virou e olhou para Paul; por um instante, os olhos dela brilharam.

— E como é que vou fazer isso? Mal falo com você. Quase nunca te vejo.

— Desculpa, eu não queria ter agido assim. Sei que sumi por um tempo depois que saí daqui. É complicado, Vanni. Eu posso explicar.

— Mais complicado do que perder um marido? — disparou ela, afiada.

— Ai, meu Deus, desculpa. Eu não sei o que deu em mim. Meu Deus, você perdeu seu melhor amigo… Sinto muito, Paul, você não tem que explicar…

— É, acho que tenho, sim. Depois do enterro e do período que passei aqui por causa do Mattie… eu estava me sentindo como uma granada sem o pino de segurança. Eu não tinha descarregado nenhum sentimento e, nossa, como eu precisava fazer isso. Eu estava meio fora do ar, Vanni. Não fiz as melhores escolhas. Tive que dar um tempo, precisava de um pouco de espaço… umas semanas. Eu tinha que colocar a cabeça no lugar, sabe? E eu não queria que tudo que existisse entre a gente girasse em torno do luto por Matt. Tem muito mais do que isso.

— Tem? — perguntou ela, repleta de esperança.

— Bom, meu Deus, nós fizemos um parto juntos. — Ele passou o dedão embaixo do olho da amiga, delicadamente. — Desculpe. Minhas mãos são tão ásperas.

— Não — disse ela. — Suas mãos são ótimas. Você faz ideia do quanto eu senti sua falta?

— Não chega nem à metade do quanto eu senti a sua. Passamos por muita coisa juntos, você e eu. — Ele segurou a mão dela. Paul não poderia se declarar para ela bem ali, naquela hora, em frente ao túmulo de Matt com o general esperando por eles dentro de casa. — Vá se arrumar. Tom deve ter um encontro legal hoje à noite, mas vou levar você e seu pai para jantar.

Ela sorriu.

— Vamos a algum lugar especial? — perguntou ela.

— Ao seu bar e restaurante favorito. Eu fiz uma reserva.

Quando Paul chegou com o general, Vanni e o bebê ao bar, os poucos clientes que jantavam cedo por ali estavam terminando suas refeições e indo embora. As mesas estavam sendo organizadas juntas e a multidão de sempre já se reunia no local. As noites de abril ainda estavam frias, por isso o fogo ardia dentro da lareira. Jack dividia seu tempo entre as mesas e seu lugar favorito atrás do balcão do bar. Paul foi até lá e disse:

— Olha só para sua esposa, meu amigo. Ela é praticamente mais bebê do que mulher. E tem um quê de selvageria nela. As bochechas estão muito rosadas.

— Eu sei — concordou Jack. — Nós acabamos de voltar do médico... John Stone disse que, se virarmos Mel de cabeça para baixo, vamos conseguir ver a cor dos olhos de Emma. Vai vendo só. Ela vai nascer mais cedo. Tenho ficado louco tentando fazer Mel sossegar. Eu gostaria que esse bebê continuasse ali dentro por pelo menos mais algumas semanas.

— Ela está bem animada mesmo. Do jeito como Vanni ficou no dia em que me fez assistir ao filme sobre parto.

— É. Eu não tenho experiência o bastante para saber quando é cedo demais. Pensei em ligar para John... — Então, ele sorriu para Paul e disse: — Vejo que você veio até aqui. Boa decisão. Fez algum progresso com Vanni?

Isso fez com que Paul mudasse de expressão.

— Quando cheguei na casa dela hoje, peguei Vanni lá fora, no túmulo, chorando. Eu te disse, cara... ela ainda está muito abalada.

— Quer um conselho? Que, a propósito, Mel diz que eu, sob a dor da morte, não tenho direito de dar... Enfim, esteja por perto quando esse abalo passar.

— Jack, tenho que conversar com você sobre umas coisas. Toda essa situação com Vanni... ela está ficando mais e mais complicada.

— Ah, é?

— Para começar, eu tenho uma competição bem dura...

— É? Entre para o clube, meu irmão.

— Ah, verdade. O marido de Mel era médico.

— Era — disse Jack. — Um médico emergencista. Um cara que salvava vidas e que, ao que tudo indica, também era perfeito em todos os outros aspectos da vida. — Ele engoliu em seco. — Ele era elegante, inteligente, bem-humorado e, provavelmente, ótimo de cama. A porra de um Deus.

— Você não tinha a menor chance, intelectualmente falando — comentou Paul.

— Eu sei disso — respondeu Jack. — E mesmo assim...

— Eu tenho que conversar com você sobre outra questão — começou Paul. — Quem sabe você consiga me indicar o caminho certo.

— Paul, você não precisa da minha opinião. Você só tem que contar a Vanni o que sente por ela.

Paul deixou a cabeça tombar por um breve instante.

— Não acho que vai ser tão simples assim. Talvez eu possa passar aqui amanhã de manhã. Assim a gente consegue conversar.

— Passe lá em casa, então — convidou Jack. — Eu estou tentando não ficar muito longe esses dias, só tenho vindo ao bar no fim da manhã.

Quando Paul se sentou novamente ao lado de Vanessa, ela olhou para ele com aqueles olhos brilhantes de água-marinha e ele quase derreteu. Então, pensou que veria aqueles olhos ardendo de pura raiva quando ele fizesse sua confissão. Ela tinha um fogo dentro de si, e ele tinha vislumbrado esse fogo mais cedo naquele mesmo dia, quando eles estavam perto do túmulo. Tal lembrança fez com que ele estremecesse. Paul reparou que ela estava com a mão apoiada na coxa, bem pertinho dele, e ele a tomou e ficou ali, segurando-a por debaixo da mesa.

Ainda era cedo quando eles voltaram para a casa do general. Vanni passou um bom tempo sozinha com o filho, amamentando-o e colocando-o para dormir. Enquanto ela estava ocupada, Walt acendeu a lareira, e então seguiu para o corredor, talvez para o próprio quarto, deixando Paul sozinho no salão.

Paul queria beber algo, mas não ousou se servir. Ele temia que o álcool o deixasse mais solto, que fizesse com que falasse demais ou agisse demais. Então, Vanni se juntou a ele. Ela havia penteado o cabelo e os fios desciam em ondas sedosas por cima de seus ombros, brilhando sob a luz do fogo; Paul sentiu vontade de envolver as mechas com os dedos.

— Cadê o papai? — perguntou ela, sentando-se confortavelmente na grande poltrona de couro ao lado dele.

— Ele acendeu o fogo e saiu — respondeu Paul. — É meio cedo para ele ir dormir, não é?

— Talvez ele volte daqui a pouco. Quer beber alguma coisa? Uma saideira?

— Não, obrigado — disse ele, um pouco nervoso. — Então... ouvi dizer que o médico esteve aqui na semana passada.

Ela sorriu.

— Mel estava certa. Se você quiser guardar algum segredo, é melhor sair desta cidade!

— Você queria que isso fosse um segredo? — perguntou ele, erguendo as sobrancelhas.

— Não tenho motivos para isso — respondeu Vanni, dando de ombros. — Eu não o convidei. Sim, ele veio até aqui. Eu mostrei a cidade para ele, jantei no Jack, nós dois andamos a cavalo. Ele não é muito bom nisso — comentou ela, fazendo uma expressão que era meio sorriso, meio careta.

— E como ele é fora de um cavalo? — Paul se ouviu perguntar.

Ela deu uma gargalhada, depois respondeu:

— Cameron parece ser um cara muito legal. Mas nós já tínhamos chegado a essa conclusão.

— Uma mulher na sua situação... você provavelmente estaria muito interessada em alguém como ele — disse Paul.

— Bom, Paul, preciso admitir que é bom enfim ter um homem que presta um pouco de atenção em mim, romanticamente falando. Fazia muito tempo. Eu sei que não estou viúva há tanto tempo assim... mas faz quase um ano desde que...

A voz dela foi sumindo, e Vanni desviou o olhar.

— Desde quê? — instigou ele, falando como se tivesse bebido aquela saideira.

Ela deixou que seu olhar voltasse a ele e trouxe também um meio-sorriso misterioso nos lábios. Vanni quase deu uma risada, se perguntando como o coitado do Paul reagiria se ela dissesse: "Desde que alguém me fez derreter num orgasmo..." Ela deixou escapar uma risadinha abafada. Paul era doce e carinhoso, mas também era taciturno demais. Ela lembrou a si mesma de tratá-lo com gentileza. Ele era muito reservado com as mulheres. Se não fosse assim, já teria se casado anos antes, com uma penca de filhos.

— Desde qualquer coisa rolando nesse sentido, Paul — disse ela. — Qualquer coisa mesmo.

— Desculpe — disse ele, deixando o queixo cair. — Eu não tive a intenção de levar isso para um lado tão pessoal...

Ela riu.

— Paul, você não ficou tímido assim na hora do parto do Mattie. O que está acontecendo?

Ele respirou fundo.

— Vanni, Vanni... Eu tenho algumas coisas para explicar. Coisas difíceis. Eu sei que não pareço ser o tipo de cara que teria complicações na vida. Na verdade, pareço mais com alguém que não tem vida alguma. Mas, antes de Matt... Antes de eu vir até aqui para terminar a casa de Jack... Eu saí algumas vezes, sabe?

Ela deu uma risadinha.

— Paul, mesmo que você não tenha falado nada, e eu sei que você é um pouco tímido quando está perto de mulheres, eu presumi que...

— Idiota — interrompeu ele. — Eu sou um idiota perto das mulheres, na maioria das vezes.

— Inseguro, talvez. Mas, sob as circunstâncias certas...

— Exatamente — concordou ele, quase aliviado. — Sob as circunstâncias certas, coisas que você não espera podem acontecer.

Ela franziu ligeiramente a testa.

— Paul, entendo que você tenha saído com mulheres. Por que não faria isso? Você é lindo e solteiro.

— É um dos motivos por eu ter ficado um pouco ausente desde que Mattie nasceu... eu tenho uma situação para resolver.

— Uma situação em Grants Pass? — quis saber ela.

— É — respondeu ele, esfregando uma mão na nuca suada. Ele respirou fundo. — Antes de eu vir para cá no outono passado, saí algumas vezes com uma mulher. Era casual. Nada sério. Mas aí o mundo inteiro virou de pernas para o ar, Matt morreu, Mattie estava prestes a nascer, eu fiquei aqui com você, nós ficamos muito próximos naquela época. Tudo girava em torno de Matt e do bebê, a princípio, mas isso não tem importância... Nós nos aproximamos muito. Você e eu.

— Ficamos próximos como um irmão e uma irmã? — perguntou ela, baixinho, esperançosa a respeito de como aquilo se desenrolaria.

— Bem mais próximos do que isso, Vanni. Pelo menos na minha cabeça. Então, voltei para Grants Pass e quase nada havia mudado por lá. Eu mudei, nossa, como mudei, mas as coisas por lá, quando voltei...

— Continuavam as mesmas? — perguntou ela. E Vanni pensou: *ele tem uma mulher em Grants Pass. Alguém que, de repente, agora é importante para ele.* — A mulher com quem você saiu algumas vezes... quando foi que você a conheceu?

— Por quê? — perguntou ele, perplexo.

— Quando?

— Meu Deus — disse ele, esfregando as palmas úmidas de suor na calça jeans. — Sei lá. Um ano atrás, eu acho.

— Um *ano* atrás? Nossa senhora, Paul. Por que você simplesmente não me *contou*?

— Contar o quê?

— Que você tem uma mulher na sua vida! Durante todo esse tempo, você tinha uma mulher!

— Não. Não. Eu saí algumas vezes com essa mulher e...

Ela se levantou de repente.

— Isso não seria complicado.

Ele também se colocou de pé.

— Eu tinha que resolver umas coisas, Vanni... Foi por isso que passei um tempo sem entrar em contato. E agora tenho uma situação... inesperada lá onde moro e que preciso dar um jeito, mas vou me organizar e vir para cá muito mais, prometo.

— Ah, pelo amor de Deus — disparou ela. — Fala logo. Você está envolvido com alguém e isso não combina com os seus planos de passar um tempo em Virgin River!

— Não é isso — argumentou ele, nervoso.

— Você sabe tudo sobre mim! Mesmo assim não podia nem sequer comentar, como quem não quer nada, que você está saindo com alguém em Grants Pass?

— Não é nada disso. Escuta, só preciso de um pouco de tempo para resolver a situação. Um pouco de paciência. Porque eu realmente quero te apoiar, mais do que tenho feito. Eu sei que não tenho estado aqui como deveria e...

— Pode parar! — disse ela. — Eu não pedi nada a não ser que você mantivesse contato! Pare de choramingar!

Paul fechou o semblante. Seu pescoço assumiu um tom avermelhado.

— Eu não estou choramingando!

— Bom, você com certeza não estava falando! Cresça!

— Estou tentando! Mas você não para de falar por mim!

Vanni tinha mais algumas réplicas enfurecidas, mas mordeu a língua para segurá-las. E apertou os lábios. Ele passou meses em Virgin River, mas voltava para Grants Pass quase toda semana, ficando por lá um ou dois dias. Ele tinha dito que era para conferir como estava a empresa de construção, que ele deixara nas mãos do pai e dos irmãos. E, talvez, para ver como *a mulher* estava? Deve ter sido muito difícil para essa mulher ser compreensiva com a ausência de Paul, tendo que cuidar da *viúva* do melhor amigo. Imagine só agora, ao saber que ele precisava viajar várias vezes para Virgin River para ter certeza de que a viúva e o bebê estavam bem. Realmente complicado. Bom, Vanessa não estava interessada nesse tipo de relacionamento.

— Eu acho que o que você está tentando me contar aqui é que existe uma mulher em Grants Pass que está contando com você. Você tem compromissos por lá.

— Isso — confirmou ele, em uma voz débil. — Mas, Vanni, também tenho compromissos aqui. Você e Mattie, vocês são muitíssimo importantes para mim...

Ela deveria ter sentido vontade de chorar ao ser mencionada por ele como um "compromisso", mas, em vez disso, ficou furiosa.

— Bom, não preocupe sua cabecinha com isso. Nós estamos nos virando muito bem... melhor a cada dia. Você tem uma vida em Grants Pass. Eu não quero atrapalhar.

— Você não está me escutando! — argumentou ele, subindo o tom de voz para se equiparar ao dela. — Eu quero ficar aqui com vocês, o máximo de tempo possível — disse ele. — Eu estou fazendo o meu melhor, droga!

— Parece que você tem outras coisas, outras pessoas nas quais é melhor prestar atenção.

— Escuta, coisas que você não planejou nem estava esperando podem acontecer!

— Ah, jura? — retorquiu ela, sarcasticamente. — Não me diga.

Vanni não esperava que o marido morresse nem que ela fosse se apaixonar por Paul. Se havia uma coisa que sabia sobre os homens na vida dela — o pai, o falecido marido, Paul e todos os caras que pareciam se reunir ao redor dele — era que eles não se comprometiam levianamente, e, uma vez que a promessa tivesse sido feita, eles *jamais* quebravam um juramento.

— Tenho certeza de que você vai conseguir resolver tudo — disse ela. Ela tentou manter a raiva fora de seu tom de voz, mas foi completamente malsucedida. — Por favor, você não tem *compromissos* aqui. Nós vamos ficar bem. Eu não sei por que você simplesmente não me contou… há muito tempo! Você achava que eu não ia entender que você tinha que voltar para casa porque tinha alguém lá? Alguém que estava contando com você?

— As coisas não são assim!

— Você podia ter me contado!

— Vanessa! Pelo amor de Deus… — tentou Paul.

Walt entrou na sala. Ele parecia abalado, assustado.

— Vocês estão discutindo sobre alguma coisa?

— Não! — responderam os dois em uníssono.

— Ah — comentou Walt. — Estão declamando poemas, imagino. É um tipo novo de poesia?

Vanessa sibilou e Paul apenas balançou a cabeça.

— Estou escutando o bebê — disse ela, deixando a sala.

— Eu também escutei alguma coisa — disse Paul, seguindo na direção oposta, saindo pela porta principal e fechando-a com um estrondo ao passar.

Walt foi deixado sozinho ali no salão, em frente a uma lareira ardente.

— Bem — comentou ele para si mesmo. — Que bom que não era uma discussão.

Vanni xingou a si mesma. Tinha perdido o controle. Ela não dera muitas chances de Paul se explicar, mas, aparentemente, ele levaria uma eternidade para chegar ao ponto de fato. Ela se deitou de barriga para cima na cama, completamente vestida, com as costas da mão sobre a testa. Deu chutes furiosos no ar e grunhiu. Às vezes, tinha o pavio curto, e sabia disso. Era raro que a coisa ficasse feia daquele jeito, mas Paul a deixara muito frustrada. Como você pode amar e odiar uma pessoa na mesma medida? Ela adorava que ele fosse tímido e relutante; que uma mulher precisasse significar o mundo inteiro para ele a fim de que ele sequer falasse, para que ele a abraçasse, sorrisse, beijasse. No entanto, detestava que ele não tomasse as rédeas da situação! Que sustentasse o que dizia! Ele deveria ter contado muito antes de Mattie nascer que existia uma mulher especial em Grants Pass e que precisava voltar para ela!

Vanni não seria como Nikki, que alimentava a esperança de fazer um homem mudar de ideia. Ou de sentimentos. Além disso, ela não queria nada com um cara comprometido!

Então, apesar de ainda sentir as bochechas quentes de raiva, chorou. E depois se censurou por estar chorando.

Paul teve dificuldade para dormir. Havia feito uma tentativa bem ruim e totalmente improvisada de explicar as coisas para Vanni e, em sua idiotice, deixou as coisas inacabadas, ou até mesmo piores. Claro que ter o general logo no fim do corredor, talvez prestes a entrar na sala bem no instante em que Paul anunciasse "Ela está grávida!" não ajudou. No entanto, não havia desculpas.

Ele precisava terminar aquela conversa. Só de pensar, seu estômago se revirou.

Se ele seria pai, então seria um pai participativo. Estava mais do que empenhado a assumir o pequeno Matt e ele esperava que… não, ele *rezava* para que Vanni pudesse aceitar o filho que ele teria como parte do pacote. Contudo, não fazia ideia de como contaria isso a ela. Vanni o deixava apavorado. Ela tinha um temperamento daqueles.

O dia tinha acabado de amanhecer e a casa estava quieta. Paul se vestiu, preparou um bule de café e se serviu de uma caneca, que levou até o estábulo, pensando em ter uma conversa matinal com os cavalos. Talvez eles pudessem lhe dar algum conselho sobre o fato embaraçoso de que ele era um homem de 36 anos que ainda estava tentando descobrir como se aproximar da mulher pela qual era apaixonado havia muito tempo. Sem contar com aquela complicaçãozinha de ter engravidado outra mulher.

Ele estava encostado na baia quando ouviu um ruído. Virou e notou que a porta da sala de equipamentos estava entreaberta. Seu primeiro pensamento foi que o general talvez estivesse acordado, então ele abriu a porta. Ali, sentado no banco, com os cotovelos apoiados nos joelhos e a cabeça abaixada, estava Tom. A jaqueta dele se encontrava jogada ao lado dele no banco e as mangas da camisa que ele usava estavam arregaçadas.

— Oi — disse Paul.

Tom levantou a cabeça. A expressão em seu rosto era de preocupação.

— Oi — respondeu o jovem.

— Você passou a noite toda acordado? — perguntou Paul.

— Eu fiquei na rua até tarde, sim. Depois fui para a casa da Brenda. Cheguei em casa há algumas horas.

— E aí, se divertiu?

Tom estremeceu.

— Sim — respondeu ele, num muxoxo. — Me diverti.

— Qual é o problema, amigo? — quis saber Paul.

— Nada. Só estou pensando.

— É? De repente, se você pensar um pouco mais alto, eu possa ajudar.

Tom observou o homem por um bom tempo.

— Sinceramente, eu duvido, Paul.

— Não custa tentar. Eu sou mais velho. Quem sabe eu já não passei por isso?

— Se você já passou por isso e ainda está solteiro aos 36, então eu não quero seu conselho mesmo — respondeu ele, desanimado.

— Eita — disse Paul. — Mas o que é isso, caramba? Pensando em se casar aos 18 anos?

— Não. Nada disso. É só que… Brenda, cara. Meu Deus, eu amo aquela garota. Eu não achei que eu pudesse amar alguém tanto assim.

— Até agora não me parece uma coisa ruim. A não ser que ela não sinta o mesmo…

— Não — disse Tom. As bochechas dele ganharam um tom rosado e ele balançou a cabeça, em negativa. — Ela sente o mesmo. Nossa.

— Ah… Você ultrapassou aquele limite, não foi?

— Nossa — repetiu ele. Então se levantou, virou-se e secou a palma das mãos úmidas na calça. — Isso devia vir com uma advertência, sabe?

Paul colocou um dos pés em cima do banco e se forçou a bebericar um gole do café fumegante que trazia, sem pressa, tentando se preparar mentalmente para o que pudesse vir. Ele pediu a Deus que ele e Tommy não partilhassem o mesmo problema.

— Ah, é?

— Eu posso conversar sobre isso? Ou serei um tremendo babaca se falar disso? Porque sempre me ensinaram que os homens não falam sobre as mulheres que eles… Meu pai sempre disse que um homem de verdade nunca fala sobre assuntos privados que aconteceram entre ele e a sua garota.

— Isso não vai sair daqui. Nós estamos bem longe de um vestiário, Tom. Acho que você pode confiar em mim.

— É só que… Ah, droga. Ela se divertiu, sabe? E eu fui muito paciente, mesmo quando eu achei que fosse perder a cabeça. Mas não teria parecido certo se ela não tivesse certeza. Nós combinamos todas as regras básicas… nós dois estaríamos protegidos, conversamos muito antes, tínhamos total certeza do que sentíamos um pelo outro. Prometi que eu seria completamente fiel a ela, só a ela, a não ser que ela mudasse de ideia, mas eu não mudaria a minha. E ela disse a mesma coisa para mim. Nós nos amamos, Paul.

— É?

— Eu achei que fosse levar um pouco de tempo, sabe. Para me acostumar. Pensei que seria bem devagar, que talvez ficássemos um pouco atrapalhados. No começo.

— É? — perguntou Paul, querendo saber aonde Tom queria chegar.

Ele baixou a cabeça e depois fez contato visual.

— Não foi.

— Não foi o quê?

— Não demorou nada. Não foi atrapalhado. Foi incrível pra cacete. *Ela* é incrível pra cacete.

Paul balançou a cabeça, confuso.

— Tem algum problema nisso?

— Já, já eu vou embora — explicou o garoto. — Assim que me formar na escola eu vou para o treinamento básico, depois, para West Point. Por *anos*. — E, então, deixou a cabeça tombar.

— Ahh — disse Paul. Então o garoto tinha provado do mel e descoberto que ele era mais doce do que a vida. Queria que aquilo fizesse parte do seu dia a dia pelo resto da vida. E West Point o deixaria preso durante anos: você não pode morar longe da academia, não conseguiria se formar se por acaso se casasse. — Você não vai ficar longe para sempre — argumentou Paul.

— Mas vai parecer que sim.

— Eu sei que vai. Mas, se ela sente por você o mesmo que você sente por ela, vocês têm uma coisa muito boa pela qual esperar. Quando chegar a hora certa. — Paul bebeu um gole do café. — E, cara, mesmo que você não tivesse West Point na sua vida, 18 anos é uma idade muito jovem para essas coisas de "para sempre".

— E isso acontece? Gente feito eu e Brenda se apaixona na adolescência e fica junto?

— Acontece mais do que se pode imaginar — disse ele, dando de ombros. — Sabe meu amigo Zeke, o bombeiro de Fresno? Ele se casou com a namorada da escola e eles têm quatro filhos. Ele conseguiu fazer isso mesmo estando afastado por causa do Corpo de Fuzileiros por pelo menos dois anos. Phillips e Stephens se casaram bem jovens... e têm famílias pequenas e maravilhosas. E eles ainda são loucos pelas esposas, chega a ser ridículo. Você acharia que eles acabaram de se conhecer.

— Eu nunca imaginei isso — confessou Tom. — Eu nunca imaginei que fosse ser assim tão natural, tão maravilhoso. Sinto como se não conseguisse viver sem ela. E fico enjoado só de pensar nela ficando com outra pessoa. Eu não consigo me imaginar com outra garota, nunca. Isso me rasga por dentro.

Paul não pôde se controlar e deu uma risadinha.

— Tommy — disse ele, pousando a mão pesada no ombro do jovem. — Você está falando sobre a coisa que faz os cervos perderem os chifres, os touros botarem as portas do celeiro abaixo só para chegarem até a vaca.

Homens entram em guerras por muito menos. Isso faz você achar que poderia arriscar qualquer coisa, desistir de qualquer coisa, passar a noite em claro suando frio...

— Nossa — disse ele. — Acho que é isso o que as pessoas querem dizer quando falam que o amor dói — concluiu Tom.

— Não, amigo, o amor não dói. Você acabou de dizer para si mesmo... é maravilhoso amar alguém, e fazer amor. Mantenha o foco: as separações doem, os términos doem, a infidelidade dói... mas o amor, ah, cara, nós vivemos por ele. Porque amar é uma *delícia*.

— Parece que você sabe do que está falando — comentou Tom. — Mas não parece que está colocando em prática.

Paul franziu o cenho e apertou o ombro do garoto.

— Eu sei. É que eu ainda não resolvi todos os detalhes.

Às nove horas, Paul jogou a mala na caçamba de sua caminhonete. Ele apertou a mão de Tom e disse a ele para aguentar firme, apertou a mão do general e agradeceu pela hospitalidade. Depois de verificar os olhos de Vanni e notar que a raiva havia abrandado e que ela não iria mordê-lo ou chutá-lo, ele a abraçou pela cintura, beijou sua testa e disse:

— Eu vou ligar para você hoje à noite, quando chegar em Grants Pass. Nós temos umas coisas para conversar. Talvez sem a parte da gritaria.

Ela voltou os olhos brilhantes e azul-turquesa para o rosto dele e respondeu:

— Eu vou esperar.

Antes de pegar a estrada para Oregon, Paul deu uma passada na casa de Mel e Jack. Ele bateu de leve na porta e o amigo atendeu, segurando um David ainda de pijama apoiado em seu quadril.

— Bom dia — disse Jack. — Deixando a cidade?

— Sim. Mas, se você tiver uns minutinhos, eu preciso conversar.

— Claro. Nós podemos nos sentar aqui fora, assim não acordamos a Mel. Ela passou metade da noite em claro com dor nas costas e agora está dormindo até um pouco mais tarde. Eu fiz café. Quer uma caneca?

— Seria ótimo — respondeu ele, embora já tivesse tomado café o suficiente para deixá-lo à beira de um ataque de nervos.

Jack entregou David a Paul enquanto foi buscar o café e uma tigela de cereal matinal sem leite para o filho comer. Eles se acomodaram nas cadeiras-pavão, olhando para o vale abaixo deles. David se sentou no chão da varanda com a tigela de cereal entre as pernas.

— Você não parece estar muito bem — comentou Jack.

— Eu realmente não estou. Estraguei tudo pra valer. Depois que o pequeno Matt nasceu, depois que fui para casa, eu estava muito abalado. Passei todos aqueles meses segurando a barra com a Vanni e não tive espaço para sofrer pela morte do meu melhor amigo, e isso teve seu preço, acho. Posso ter descarregado um pouco esses sentimentos. Tem essa garota lá em Grants Pass...

— Você descarregou o que estava sentindo com essa garota? — perguntou Jack.

— Eu descarreguei nela. Ela está grávida.

— Ora, que merda. Isso é fantástico. No que é que você estava pensando?

— Eu estava pensando que estávamos protegidos. Eu tinha ficado com ela algumas vezes antes. Você sabe... antes de Matt morrer. Que tal o meu *timing* perfeito, hein?

— O que você vai fazer? — quis saber Jack.

— Vou apoiá-la, claro. Ela vai ter o bebê, então eu vou fazer a minha parte. Não vamos nos casar porque eu não... Ah, que droga, isso não ajudaria em nada. Eu a conheci em um bar, um tempo atrás, há pouco mais de um ano. Eu não estava saindo com ela direto. Estou me sentindo péssimo com essa situação.

— Cara — disse Jack.

— Esse é o seu melhor conselho, camarada?

— Há quanto tempo ela está grávida?

— Aconteceu quando eu voltei para Grants Pass. Tem uns meses já. Eu vou ter que contar a Vanni. Logo. Tentei fazer isso na noite passada, mas estraguei tudo. E mesmo sem saber os detalhes ela ficou furiosa, quase arrancou a minha cabeça só porque achou que eu tinha alguém em Grants Pass e que não tinha contado para ela. Cara, ela tem mesmo um pavio curto. E vai me matar. E não é uma figura de linguagem, não... Vanessa é boa de tiro.

— Espera aí — disse Jack. — Uma coisa de cada vez. Você provavelmente deveria fazer uns exames para saber se pegou alguma IST... Faça isso amanhã. Se vocês usaram proteção, não sei... talvez exista uma chance de o bebê não ser seu...

— Eu pensei nisso. Só que ela diz que fazia um tempo que não saía com alguém, então acabou ficando relapsa em relação à pílula e eu usei uma camisinha que carregava comigo há muitos meses...

— Ela sugeriu que vocês se casassem?

— Sugeriu, foi a primeira coisa...

— Escuta, Einstein... E se ela nem estiver grávida, hein? A chance é pequena, mas existe essa possibilidade. Antes de você se comprometer pelo resto da vida em apoiar alguém que você não conhece muito bem, é melhor reunir todos os fatos. Não se precipite, amigo.

— Eu vou ligar para Vanni hoje à noite e contar a ela. Eu a deixei toda confusa e completamente furiosa...

— Paul, você não pode contar isso por telefone — argumentou Jack.

— Mas...

— Paul! Ela vai desligar na sua cara! E então, da próxima vez que você aparecer, vai enfiar uma bala na sua cabeça. E Walt vai ajudar a filha a mirar.

— Bom, o que devo fazer, então? Hein? Ela acha que eu tenho uma namorada em Grants Pass... Ela não me deu a chance de explicar qualquer...

Mel apareceu na porta, o roupão cobrindo sua imensa barriga de grávida. O rosto dela estava lavado, mas o cabelo ainda estava todo despenteado. Ela sorriu para Paul, e então foi direto até Jack e se sentou no colo do marido.

— Bom dia — disse ela a Paul. — Eu ouvi isso. Mal posso esperar para saber por que você vai levar um tiro.

— Ah, cara...

— Relaxa — disse Jack. — Sério, esta aqui é a pessoa com quem você deve conversar. E ela *nunca* conta nada. É irritante.

Paul repetiu a história devagar, constrangido. Ao fazer isso, ficou com o pescoço vermelho. Ele não conseguiu olhar muito para Mel enquanto falava, mas, no fim, ficou impressionado ao olhar para os olhos azuis cristalinos da enfermeira e descobrir que eles não estavam arregalados de surpresa.

— Acho que você já ouviu de tudo, hein? — comentou Paul.

— Praticamente. Isso deve ser muito difícil para você, Paul — disse Mel. — Você está preocupado.

— Você não tem ideia — respondeu ele.

— Claro que tenho. Imagino que sua primeira preocupação seja saber se você é mesmo o pai desse bebê, não é?

— Hum, eu acho que sou... só que...

— Você provavelmente precisa descobrir isso o quanto antes. Lembre-se, Paul... É fácil saber quem é a mãe. Você tem direito de ter a mesma certeza. Peça a ela para lhe dar este direito.

— Mel — disse ele, em um tom de voz suplicante. — Como, em nome de Deus, você sugere que eu faça *isso*?

— De forma direta e honesta — respondeu ela. — Você pode conseguir alguma informação com a ultrassonografia. Esse exame vai mostrar exatamente o tempo da gestação, e se você conseguir delimitar as vezes em que vocês estiveram juntos...

— *Vez* — corrigiu ele. — Foi só uma vez.

— Então você sabe exatamente de quantas semanas ela tem que estar grávida, e a ultrassonografia vai confirmar ou contestar essa informação. Mas se houver outro parceiro envolvido mais ou menos na mesma época, aí você precisará fazer um teste de paternidade. Tipos sanguíneos, DNA, entre outros.

— Eu não quero chateá-la. Ofendê-la.

Mel sorriu com paciência.

— Vamos ver... Vocês dois passaram seis meses sem se falar e, quando enfim se encontraram, a coisa escalou bem rápido para uma relação íntima... estou certa? Paul, se ela se ofender pela sua vontade de confirmar que é o pai dessa criança antes de você assumir o compromisso em termos pessoais e financeiros, nada vai ser fácil para você em relação a essa situação. É um pedido bastante razoável. Se ela tiver certeza absoluta, não tenho dúvidas de que vai cooperar.

— E se ela não fizer isso? — perguntou ele.

— Você diz a ela que vai contratar um advogado para fazer valer os seus direitos paternos. Ela pode ser impedida de realizar um aborto ou entregar o bebê para a adoção, e você será obrigado a dar suporte para a criança, o que imagino que você já esteja pronto para fazer de qualquer forma.

— Se ela vai ter um filho meu, eu vou cuidar dela. É claro.

Mel sorriu.

— Claro que vai.

— E Vanni? — perguntou Paul.

— Ah — disse Mel. — Ela não está lidando bem com a notícia?

— Ela não sabe. Eu tentei contar para ela ontem à noite e só consegui chegar até a parte em que tinha saído com uma mulher em Grants Pass, e aí ela perdeu as estribeiras porque eu não tinha contado nada disso antes.

Mel fez uma careta.

— Cuide disso, Paul. Se você sente alguma coisa por Vanessa, não é justo deixá-la confusa e se perguntando coisas. Ela merece saber a verdade.

— Ela vai me dar um tiro na cabeça — afirmou ele, miserável.

— Duvido. Mas ela pode precisar de um tempo para processar os fatos. — A seguir, ela sorriu com a expressão cheia de paciência. — Paul, você já enrolou demais. Se você se importa com ela, deixe tudo bem claro. Explique. Você não traiu Vanessa, não infringiu a lei. Você tem que se comportar de maneira responsável em relação às duas mulheres... esse é o seu papel nessa história toda.

— Tem razão — concordou ele.

— Vai dar tudo certo. Bebês são milagres da vida... mesmo com circunstâncias extenuantes. Não perca isso de vista.

— Sim — concordou ele de novo. Então se inclinou na direção de Mel, para beijá-la na testa enquanto ela permanecia sentada no colo do marido. — Obrigado, Mel.

— Nada — disse ela. — Boa sorte.

Ele trocou um aperto de mão com Jack, bagunçou o cabelo macio e dourado de David e seguiu até sua caminhonete. Depois que fez a volta e partiu da propriedade da família Sheridan, Mel olhou para Jack e o encontrou com um imenso sorriso no rosto.

— Melinda — disse ele. — Você acabou de se meter no *relacionamento* de alguém?

Ela ergueu uma sobrancelha.

— Você quer mesmo provocar uma mulher que está grávida há uns dezessete meses?

— Eu só estou falando...

— Que tal calar a boca? — advertiu ela. — Se não me engano, *pediram* a minha opinião.

— Você realmente se meteu — disse ele, rindo. — Bem no meio, enfiou as mãozinhas sujas no relacionamento de alguém. Só quero que você admita: é irresistível. Você é tão intrometida quanto eu.

Ela olhou para ele, séria.

— Jack, ninguém é tão intrometido quanto você.


Logo depois que Paul partiu, o telefone tocou na casa de Jack. Ele sabia quem era; se tratava de uma tradição das manhãs de domingo. Ele tirou Mel do colo e correu até o telefone, sorrindo de orelha a orelha.

Havia um garoto em Virgin River que era como um filho para Jack. Ricky. Desde que o menino tinha 13 anos, Jack o colocara debaixo de sua asa, pois o jovem vivia apenas com a avó. Jack o ensinou a caçar e pescar, fez o que pôde para lhe ensinar como lidar com o mundo. Cheio de orgulho, ele viu Ricky crescer e ficar forte, transformando-se em um jovem de caráter impecável que conseguia suportar, mantendo a cabeça erguida, a postura e a hombridade, o que a vida oferecia de mais duro. O garoto tinha ficado próximo de Preacher, Mel e dos amigos do Corpo de Fuzileiros que faziam parte do antigo esquadrão de Jack e que ainda se reuniam ali.

Aos 18 anos, Ricky se alistou. Afinal, o que um jovem protegido de um bando de antigos fuzileiros faria além de se alistar? E o lema dos fuzileiros, *Semper Fi*, sempre leal, combinava com ele. Ricky tinha se destacado. Passara do treinamento básico para o aéreo e então para o de franco-atirador, o de reconhecimento e, enfim, para o SERE, um treinamento de sobrevivência, evasão, resistência e fuga. Tinha sido o melhor em cada um dos programas. Agora, com 19 anos, era um fuzileiro habilidoso, musculoso, orgulhoso e com pelo menos um metro e oitenta de altura. Ele tinha acabado de telefonar para avisar que, dentro de alguns meses, teria dez dias de folga.

E, na sequência, recebera ordens de ir para o Iraque.

— Nada de chororô, Jack — pediu Rick. — Lembre-se de quando esteve lá... Você não quis que seus pais e suas irmãs agissem como se você estivesse indo para a cova, né? Então... vamos beber. Quem sabe podemos fumar um daqueles charutos fedorentos que você e o Preach tanto adoram. Contar umas piadas sujas. Eu posso até deixar vocês roubarem meu dinheiro no pôquer...

— Pode deixar, garoto. Vai ser ótimo. Eu vou até ligar para alguns dos rapazes...

— Ah, eles não precisam vir. Eles são os seus rapazes, não os meus. E não é temporada de caça.

— Vamos ver. Virgin River vai querer celebrar um pouquinho a sua presença aqui. Nós enviamos somente os melhores.

— Obrigado. Mal posso esperar para ver você.

Jack endireitou a postura, respirou fundo e disse a si mesmo que eles teriam que fazer dos dias de folga dele em Virgin River um momento inesquecível e positivo — não haveria espaço para reclamações e preocupação. Afinal de contas, Jack tinha ido à guerra cinco vezes e o único ferimento grave que havia sofrido fora, vergonhosamente, um tiro na nádega. Nem todo mundo que ia para a guerra voltava aleijado. Ou morto. Rick era esperto. E era isso que ele queria fazer.

O garoto tinha crescido rápido demais. Ele perdera os pais em um acidente quando ainda era muito jovem e nem sequer se lembrava deles. Aos 16, apaixonou-se perdidamente por uma menina dois anos mais nova que ele e os dois tiveram um filho juntos, um filho que não sobreviveu.

Mel entrou na cozinha e encontrou Jack debruçado na bancada, olhando para baixo. Ele ergueu o olhar.

— Ricky vem para casa daqui a alguns meses — anunciou ele. — Vai ter dez dias de folga.

— Oh-oh — disse ela, sabendo que havia algo de ruim naquilo.

— Depois ele vai para o Iraque.

Ela ficou quieta por um instante. Seus olhos se encheram de lágrimas. Ela apertou os lábios e, a seguir, disse:

— Que *droga*!

# Capítulo 5

Paul parou para comer quando estava a caminho de Grants Pass e deu uma passada no escritório para verificar se tinha recados ou alguma papelada em sua mesa. Havia alguns recados de Terri, pedindo para que ele lhe ligasse. Já passava das sete quando finalmente chegou em casa, e Terri também havia deixado recados ao longo do fim de semana no telefone residencial, pedindo para que ele entrasse em contato. Então, ele escutou a última mensagem — ela estava toda chateada, chorosa e soluçante, dizendo que não aguentava se sentir tão ignorada, tão sozinha. Ela murmurou alguma coisa sobre aquilo talvez não valer a pena. A bina do telefone mostrava que a ligação havia sido feita uma hora antes. Paul ligou para o número dela e ninguém atendeu, então ele saiu correndo porta afora e foi até a casa de Terri. *Ai, Jesus, não faça isso*, ele foi pensando ao longo de todo o caminho. *Não cometa nenhuma loucura.*

Ela abriu a porta assim que ele bateu; os olhos e nariz dela estavam vermelhos, as bochechas manchadas, como se tivesse chorado o dia inteiro. Terri olhou para Paul e deu meia-volta, entrando de novo no apartamento, deixando a porta aberta com ele ali, de pé. Ele a seguiu até a pequena sala de estar enquanto a mulher se deixou cair no sofá, enroscou-se e chorou segurando um lenço de papel.

— Terri, o que está acontecendo? Por que você não atendeu o telefone?

— Eu desliguei meu celular — disse ela.

— Por que você me deixou uma mensagem daquelas e depois desligou seu celular?

— Porque sim — respondeu ela, assoando o nariz. — Deixei um monte de recados... e você ignorou todos eles. Eu simplesmente não conseguia aguentar mais, ficar esperando o telefone tocar. Era angustiante. Qual o sentido de me dar todos os seus números se você não vai atender às minhas ligações?

Paul se sentou ao lado dela no sofá, mas não chegou muito perto.

— Nós almoçamos na semana passada — começou ele. — Estava tudo bem. Você está com algum problema em relação à gravidez?

— Sim, estou tendo problemas! Porque eu não tenho ninguém para conversar e me sinto sozinha para cacete!

— Eu estava viajando — disse ele. — Só pude ver seus recados quando voltei.

— E o seu celular estava desligado? — perguntou ela, furiosa.

— Não tem sinal no lugar para onde eu fui... nem fiquei com o celular por perto. Deixei na caminhonete durante todo o fim de semana. Eu estava em Virgin River, nas montanhas. Desculpe... eu não sabia que você ia precisar de mim. E ainda não entendi por que você achava que precisava de mim.

— Eu estava chateada! Você não disse que estava nessa comigo? Eu precisava de alguém ao meu lado para conversar. E se fosse algo mais grave? Quanto tempo você ia demorar para perceber? Talvez eu devesse me livrar disso... seria menos incômodo para você.

Ele estendeu a mão e tocou o joelho dela, dando um apertão carinhoso ali.

— Não faça isso — pediu ele.

— Você quer que eu tenha o bebê? — perguntou ela. — Porque você não está exatamente agindo como se quisesse.

Paul sentiu o calor da raiva subir do pescoço até seu rosto.

— Se você quisesse mesmo fazer um aborto, você já teria feito. Eu nunca teria sabido. Não me ameace com isso agora, só para me manter na linha.

— Meu Deus, eu me senti tão *abandonada*...

A expressão dela se dissolveu em um emaranhado contorcido e patético de rugas. Então, Terri afundou o rosto no lenço de papel e desabafou ali por um minuto. Resignado, ele se arrastou mais para perto dela e a puxou para junto de si, abraçando-a enquanto ela chorava em seu peito.

— E aí... o que é que tem em Virgin River que faz com que você esqueça da gente aqui?

— Não seja assim — disse ele, sem responder à pergunta. — Eu não vou deixar você passar por isso sozinha. Eu não sabia que você precisava de alguma coisa.

— E se eu precisar?

— Eu vou fazer o meu melhor. Mas é melhor estabelecermos alguns limites. Eu não vou permitir que você faça isso comigo.

— Do que você está falando?

— Você sabe do que eu estou falando. Estou nessa com você... vou ajudar financeiramente e na criação do bebê. Estou feliz que você queira seguir com a gravidez, mas eu não vou ser manipulado.

— E se eu der a criança para a adoção?

— Se você for dar o bebê para alguém, vai ser para mim.

— Para você levar o bebê para *ela*?

— Para quem? — perguntou ele, surpreso.

— Tem que ter uma mulher na história. Caso contrário, você daria uma chance para nós dois.

Ele suspirou. A coisa não poderia ser simples, poderia?

— Escute — disse ele, segurando-a pelo queixo e virando o rosto de Terri na direção do seu, de modo que ele pudesse olhar no fundo daqueles olhos inchados e úmidos. — Isso tem a ver comigo e com você... e com o fato de que, embora nós não sejamos um casal, nós vamos ter um filho juntos. Precisamos descobrir como fazer isso dar certo.

— Então tem alguém — disse ela.

— Tem, sim — admitiu ele. — Mas mesmo se não tivesse...

— Mas tem — insistiu ela.

Ele respirou fundo.

— Pode ser que não tenha mais, depois que ela ficar sabendo sobre essa situação. Mas isso não vai mudar nada entre nós. Terri, eu sinto muito... Gosto de você, me importo com você, juro que vou fazer o meu melhor por você, mas eu não te amo. Existem três pessoas envolvidas em tudo isso:

eu, você e o bebê. Não vai ser bom para nenhum de nós tentar fazer um casamento a partir de um relacionamento sem aquele amor apaixonado e profundo, que chega até os ossos. Eu não daria um ano para que nos separássemos... e isso seria pior do que o que nós temos. — Ele usou um dos dedos para fazer um carinho na bochecha dela. — Acredite em mim.

Ela ficou calada por um instante.

— Você disse que não tinha ninguém — sussurrou ela. — Quando nos conhecemos, quando nós... Você disse que não tinha ninguém na sua vida...

— É complicado de verdade — respondeu ele.

— Mas você traiu essa mulher. Quando ela descobrir que foi traída, ela vai...

— Terri, eu não traí ninguém, tá bem? Eu disse a verdade para você. Eu não estava com ninguém.

— Não estou entendendo. Você acabou de conhecer essa pessoa? Depois que a gente...?

— Certo, quero que você me escute. Nós não estávamos juntos. Eu sabia que eu tinha sentimentos intensos por ela, mas nós não estávamos juntos quando conheci você, e não existia qualquer motivo para acreditar que um dia eu e essa mulher ficaríamos juntos. Ela não sabe nada a respeito dos meus sentimentos. Fui sincero com você: eu não estava com uma mulher e não queria um relacionamento sério. Você me disse a mesma coisa: que você estava solteira e que gostava disso.

Terri ficou calada por um longo período.

— E agora?

Ele desviou o olhar.

— As coisas mudaram. Muitas coisas mudaram.

— Ai, meu Deus — disse ela, recomeçando uma nova rodada de lágrimas. — Ai, meu Deus, a esposa do seu amigo! Aquele amigo que acabou de morrer!

*Ai*, pensou ele, *isso vai ser muito pior do que eu jamais imaginei. Juro por Deus, nunca mais vou transar.*

— Não é para desabar dessa maneira — disse ele baixinho. — Escuta, vai ter alguns momentos em que não poderei estar aqui com você... momentos em que não vamos nos falar. Tem que ter alguém com quem você possa conversar quando se sentir chateada e não conseguir me encontrar. Que tal a sua mãe? Ela é alguém com quem você possa conversar a respeito disso?

— Na verdade, não — disse ela, fungando. — Ela acha que eu estou louca por seguir adiante com a gravidez. Ela não acreditou nem por um segundo que você estaria envolvido no processo.

Ele respirou fundo de novo.

— Eu vou visitá-la com você, para ajudar a explicar como posso ajudar. Talvez isso a deixe um pouco mais tranquila.

Ela levantou a cabeça e olhou para ele.

— Você faria isso?

— Claro. Depois que formos juntos à médica.

— Por que temos que fazer isso? — perguntou ela.

— Eu tenho algumas perguntas para a médica. Quero ter certeza de que está tudo certo, entende?

— O que quer dizer?

— Nós vamos fazer umas perguntas sobre a sua saúde, a saúde do bebê, plano de saúde, essas coisas. Assim que passar dos primeiros meses de gestação, vou visitar sua mãe e garantir a ela que vou apoiar você. Quem é a sua médica?

— Por quê?

— Porque precisamos ter certeza de que você está com a melhor opção — explicou ele, dando de ombros. — Quem é?

— Charlene Weir.

— Quando vai ser sua próxima consulta?

— Vai demorar um pouco. Eu acabei de ir a uma consulta. Logo antes de te contar sobre a gravidez.

— Mas quando vai ser?

— Daqui a algumas semanas — respondeu ela. — Três, eu acho.

— Certo. Não se esqueça de me passar a data da próxima consulta, tá?

— Por que você não passa para mim o que quer perguntar e eu trago as respostas?

— Não — disse ele, afastando o cabelo dela do rosto. — Eu quero ir. Quero fazer parte disso.

— Tudo bem — disse ela, com uma expressão sentimental no olhar. — Você vai ficar comigo hoje à noite?

— Não posso, Terri. Precisamos manter aqueles limites.

— Bom, não corremos o risco de eu engravidar!

— Terri... você quer que eu esteja com você nessa ou não? Eu já disse: vou ser um pai presente e vou dar o máximo de apoio que conseguir. Espero que possamos cooperar, trabalhar juntos, ser amigos. Eu gostaria que fizéssemos um bom trabalho nessa história... mas nós não somos um casal, e não vamos mais ter esse tipo de intimidade.

— Meu Deus — murmurou ela, se encostando nele para chorar mais um pouco. — Eu estou tão chateada que não consigo comer, não consigo dormir. É como se você mudasse totalmente comigo porque eu fiquei grávida, e a culpa não é minha!

— Shh... Como nós dois tomamos as devidas precauções, não é culpa de ninguém na verdade, mas ainda assim é uma responsabilidade que nós dois temos. Isso não é bom para o bebê. Tente se acalmar um pouco, pode ser?

— É tão difícil — disse ela. — Podemos não ter passado tanto tempo juntos, mas, quando passávamos, era maravilhoso. Nós nos dávamos bem, gostávamos um do outro. Eu achei que, quando você soubesse que tínhamos feito um bebê, você pelo menos tentaria dar uma chance para nós dois. Só que, nossa... você nem sequer *considera* a possibilidade.

— É, querida... Nós dois gostamos um do outro, nos damos muito bem, nos divertimos... quatro vezes em um ano. Eu acho que um casamento bem-sucedido precisa de muito mais do que isso. Além do que, se houvesse a possibilidade de o relacionamento ser algo mais sério do que era, nós já saberíamos há muito tempo. Mas sabe do que eu gostaria?

— Do quê? — perguntou ela, virando o rosto para olhar para ele.

— Que fôssemos pais juntos. Não debaixo do mesmo teto, mas ainda assim... nós precisamos ser como um time. Eu adoraria que fizéssemos isso como amigos. Duas pessoas que podem não ter o que é preciso para formar um casal, mas que têm tudo o que é necessário para serem bons pais. Isso vai precisar de alguma prática, acho.

— Você acha? — sussurrou ela.

— Acho — confirmou ele, dando um suspiro cansado. — Bastante prática.

— Aquela mulher — disse ela, fungando. — Você soube que a amava logo de cara? — perguntou.

— Logo de cara — respondeu ele, abraçando-a.

Terri ficou calada por um momento. Então, disse:

— Acho que você provavelmente sabe exatamente como eu me sinto.

Paul achava que fazia sentido para Terri pensar que estava apaixonada por ele depois de umas noites sem compromisso do mesmo jeito que ele tinha se apaixonado por Vanni no segundo em que pousou os olhos nela. E Vanni estivera tão inalcançável para ele quanto ele estava para Terri.

— Vamos lá — disse ele. — Vamos nos deitar na cama, ver se você consegue se acalmar o bastante para dormir. Mas não posso passar a noite aqui. Você entende?

— Acho que sim — respondeu ela. — Não gosto disso, mas entendo. Eu não costumo ser louca desse jeito.

— Tudo bem. Vamos acalmar você e colocar o bebê para descansar, depois vou embora para casa. Você está se sentindo um pouco melhor?

— Não temos a menor chance, temos, Paul?

— Temos chance de ter esse bebê e de sermos bons pais, Terri. Na minha concepção, isso é muita coisa.

O telefone tocou na casa da família Booth de manhã bem cedinho na segunda-feira, e Vanessa correu para atender. Era Cameron, e ela deixou escapar um suspiro de desapontamento que esperava que o médico não percebesse. O homem no qual ela estava pensando era Paul. Ela estava preocupada com ele. Muito preocupada, na verdade. Ele não ligara como tinha prometido e, às dez horas da noite anterior, ela deixara recados para ele em casa e no escritório, mas não obteve resposta. Vanessa mal tinha dormido, com medo de que ele estivesse machucado ou tivesse morrido a caminho de casa. Não era nada agradável ter um assunto mal resolvido entre eles.

Ela se recompôs.

— Ah, oi, Cameron.

— Vanni, como você está?

— Muito bem, obrigada. E você?

Ela mordeu um pouco o lábio. Por que não podia ser Paul?

— Estou bem. Escuta, eu sei que Virgin River é perfeita, mas eu fiquei me perguntando se você gostaria de sair da cidade por um fim de semana.

— Um fim de semana? — ecoou ela, pega completamente de surpresa.

— Tem um hotel na beira da praia em Mendocino. Um monte de coisa para fazer por lá. Tudo muito relaxante e divertido.

— Cameron, eu tenho um bebê.

Ele deu uma risadinha.

— Eu pensei em levar um pediatra na viagem.

— Mas, Cameron, eu não estou realmente preparada para...

— Calma, Vanni. Nós ficamos em quartos separados. Pense nisso como uma oportunidade de nós dois nos conhecermos melhor, só isso. E não, não contei meus planos para Carol.

— Ah. Escuta... eu agradeço o convite, mas não sei muito bem se estou pronta para uma coisa dessas, um encontro no fim de semana. Isso está indo um pouco rápido demais para o meu gosto...

— Vou ser um anjinho — disse ele, gargalhando. — Dois quartos, belas paisagens, ótima comida, um momento de relaxamento, de conversa, sem pressão...

— Eu agradeço a lembrança, sério. É muito gentil da sua parte, mas...

— Tudo bem — disse ele. — Valeu a tentativa. Bom, então, será que posso arriscar dar outro pulo em Virgin River? Eu tenho o telefone de Jack. Posso fazer uma reserva naquela cabaninha...

— Você é sempre bem-vindo — disse ela.

— Pode ser neste fim de semana, já que eu não tenho nada na minha agenda?

— Claro — concordou ela, sem muito entusiasmo. — É só me avisar se decidir vir para cá.

Mais uma hora tensa se passou antes que o telefone tocasse, e dessa vez era Paul. Ela quase arrancou a cabeça dele.

— Por onde você andou?

— Vanni, desculpe. Eu só recebi o seu recado hoje de manhã.

— Esquece o recado... Eu não *pedi* para você telefonar! Você que disse que me ligaria! Eu fiquei com medo de ter acontecido alguma coisa horrível. Passei metade da noite preocupada!

— Tive um imprevisto. Eu tive que, é, ajudar uma amiga com uma coisa. Cheguei em casa tarde demais para telefonar para você. Eu nem vi meus recados até hoje de manhã.

Ela suspirou pesadamente. Não era do feitio dela entrar em pânico, mas tinha experimentado perdas demais ao longo dos últimos anos, e parecia que Paul era mais uma da lista.

— Se você não tivesse dito...

— Vanni, desculpe. Isso nunca mais vai se repetir.

*Ele está cuidando da viúva de novo*, pensou ela. Ele chegou em casa, acabou se distraindo com a mulher em Grants Pass e ela, Vanni, foi a última coisa que passou pela cabeça dele. Poderia ser mais óbvio? Ainda assim, ela se escutou perguntar:

— Qual foi o problema que desviou sua atenção até tão tarde?

— Ah, não era nada. Nada sério como parecia a princípio. Eu vou contar tudo, Vanni, mas prefiro fazer isso pessoalmente. Sinto muito por não ter telefonado.

— Eu não sou sua dona — disse ela. — Você tem uma vida privada, como tentou explicar...

— Vanni, eu não quero que você tenha a impressão errada aqui...

— Duvido que eu esteja com a impressão errada — rebateu ela. — Não se preocupe, Paul. Estou feliz por você estar bem. Mais tarde nos falamos melhor.

— Vou conversar com você esta semana — prometeu ele. — Vou até aí no fim de semana.

— Claro — disse ela.

Assim que desligou o telefone, ela foi para o quarto e se sentou na beirada da cama. Pelo nervosismo no tom de voz dele, era evidente que Paul não tinha chegado em casa tarde demais para telefonar. Na verdade, ele não tinha ido para casa e ponto. Passara a noite com a tal mulher. A mulher que complicou a vida dele.

*Precisamos conversar sobre algumas coisas...* Aquelas foram suas palavras de despedida, assim como a promessa de que ele ligaria. O assunto sobre o qual Paul queria falar seria uma explicação sobre o relacionamento que tinha em Grants Pass, como se Vanessa precisasse lidar com mais tentativas patéticas de ele se explicar. Sério... o que ela esperava? Ele tinha uma vida antes de Matt morrer, antes de Vanessa precisar dele, e essa vida seguiu em frente. Ela precisava encontrar um jeito de esquecer aquilo, de esquecê-lo. Se não fizesse isso, ficaria arrasada. Ou pior, deixaria Paul arrasado, porque, acima de qualquer coisa, ele era leal a Matt.

A melhor coisa que ela poderia fazer por si mesma, por Paul, seria tentar seguir em frente com a própria vida.

Ela se lembrou de antigamente, dos tempos em que voava, quando ela e Nikki se consolavam em meio a um monte de namorados ruins, dor e decepção.

— Erga sua mão direita e repita comigo — Nikki dizia. — Eu *não* vou ser ridícula! Eu *não* vou ser patética!

Vanni foi conferir como o pequeno Matt estava e encontrou o filho dormindo. Ela enxugou os olhos. Era tão ridículo chorar... aquilo estava claro havia muito tempo. Paul era devotado a ela, e eles tinham um vínculo muito especial. Provavelmente, era seu melhor amigo. Ele era amoroso, carinhoso e genuinamente se importava com Vanessa — só não de um jeito romântico. Nunca tinha sido dessa maneira. Era melhor ela superar.

Uma coisa que ela não conseguiria aguentar de jeito nenhum — com Cameron e Paul em Virgin River ao mesmo tempo — era Cameron tentando seduzi-la e Paul tímida e desajeitadamente tentando encontrar uma forma de lhe contar que ele tinha uma namorada. Uma sessão de tortura seria mais agradável.

Ela voltou para o salão e se sentou ao lado do telefone durante alguns minutos, pensando. Então, tirou o aparelho do gancho e digitou um número.

— Cameron? Sim, eu estive pensando, e a viagem para a praia pode ser exatamente do que preciso. Mattie e eu adoraríamos ir. Mas vou querer reservar dois quartos. E só topo se você tiver certeza de que quer fazer isso sem qualquer expectativa. Não quero te decepcionar.

— Entendo sua posição, Vanessa — disse ele. — Vamos apenas nos divertir.

— Ótimo. Conseguimos chegar lá sábado de manhã e voltar para casa no domingo?

— Perfeito.

— Ótimo, estarei pronta. — E desligou.

Ela olhou para o pai, cujo jornal estava dobrado no colo. Walt olhou para a filha por cima das lentes dos óculos de leitura.

— Vanessa, mas que diabo está acontecendo?

— Eu... ah... eu vou fazer uma viagem no fim de semana com Cameron. Nós vamos levar Mattie, é claro.

Ele tinha escutado a conversa durante os três telefonemas, e ela sabia disso.

— Parece que tem muito mais coisa nessa história... — comentou ele. — Brigando com Paul? Saindo para se encontrar com esse médico?

— Não é nada, não, papai — respondeu ela. — Você não se incomoda se eu passar um fim de semana fora, se incomoda?

— Você é uma mulher adulta — disse ele.

— Paul vai vir para cá no fim de semana.

— E você não vai estar por aqui para o receber?

Ela se levantou.

— Ele não está vindo para me ver. Acho que vou sair para dar uma volta bem rapidinha em um dos cavalos, se você não se incomodar de olhar o bebê.

— Não me incomodo de jeito nenhum — garantiu ele. — Não machuque o cavalo.

Se Cameron esperava impressionar e seduzir Vanessa, ele com certeza estava no caminho certo. Primeiro de tudo, ele pedira emprestado o SUV do irmão, assim a cadeirinha e o carrinho caberiam no carro. Ela tinha algumas dúvidas a respeito de viajar com ele durante o fim de semana, sobretudo quando a motivação dela era, principalmente, evitar Paul. Mas Cameron a distraiu com histórias enquanto eles dirigiam pela estrada até a costa: contou como foi crescer com irmãos de idades próximas à dele, trotes da fraternidade quando era um universitário, histórias de horror da faculdade de medicina que fizeram com que ela não conseguisse segurar a gargalhada. Ela se sentiu instantaneamente confortável, se divertindo, e decidiu que havia algumas vantagens em evitar Paul.

Cameron a levou até um hotelzinho que se parecia com uma pousada do interior: eles entraram nos quartos pelo lado do estacionamento enquanto a parte de trás de cada um dos aposentos se abria para um pitoresco pátio particular, coberto, com mesa e cadeiras que davam para os penhascos da costa. Vasos exuberantes repletos de gerânios eram rodeados por samambaias verdes e leitos de margaridas que bordejavam os pátios. No quarto de Vanessa, que era ligado ao de Cam, havia flores e frutas frescas.

Depois do almoço em um gracioso restaurante à beira da praia, eles colocaram o bebê no carrinho e caminharam ao longo dos penhascos que se debruçavam sobre o oceano, até chegarem a uma árvore exuberante e frondosa, sob a qual estenderam um cobertor para sentar. Eles conversaram sobre os tempos da juventude, o passado, suas experiências, sobre o que gostavam e o que não gostavam.

— Você é muito autêntico — comentou Vanni. — Aposto que as mães dos seus pacientes vivem se apaixonando por você.

— Eu só estou esperando que a mãe certa se apaixone por mim — respondeu ele.

— Você nunca teve vontade de se casar? — quis saber ela.

— Estive bem perto disso algumas vezes.

— Aposto que você teve um milhão de namoradas — provocou ela.

Ele deu uma gargalhada.

— Você está me dando muito crédito — disse ele. — Ou, talvez, não seja crédito o bastante. Eu não sei qual seria a opção. Eu tive algumas namoradas. E muitas outras tentativas que não deram certo.

— Ah, você é exigente.

Cameron levantou uma sobrancelha, com uma expressão divertida no rosto.

— Talvez elas que fossem.

— Qual é. Você não se apaixonou centenas de vezes?

— Não exatamente. Sem contar com os tempos de escola e começo da faculdade, quando eu me apaixonava por uma garota diferente a cada semana, minha primeira paixão foi na faculdade de medicina. Fiquei louco por uma colega de classe. Foi uma paixão avassaladora, muito intensa, muito curta. Muito dolorosa. Me tirou do mercado durante um tempo.

— Jura? Eu achava que era você quem partia os corações.

— Não, senhora — disse ele, balançando a cabeça. — Eu percebi que até aquele momento eu tinha sentido atração, mas não tinha me apaixonado. Tive lá os meus casos, mas fiquei em mil pedaços por essa mulher. Eu estava no auge dos meus 24 anos e poderia ter feito as promessas... todas elas. Antes que eu conseguisse entender o que tinha me atingido, ela já estava com outro. Depois outro, e mais outro. Eu a perdi de vista durante o estágio, quando ouvi falar que ela estava com o residente sênior do programa dela. Meu orgulho ficou muito ferido, sem falar na minha perspectiva.

— E teve mais gente? — perguntou ela.

— Ah, sim — admitiu ele. — Eu morei uma vez com uma moça... mas não por muito tempo. Acho que não conseguimos chegar aos três meses. Foi minha única tentativa nesse sentido. — Cameron deu de ombros e continuou: — Eu tinha 29 e parecia que eu deveria pelo menos tentar ter um relacionamento estável e monogâmico. Foi horrível.

— Horrível? O que deu errado?

— Bem, para começo de conversa, não era um relacionamento estável. Ela se mostrou uma louca. — Ao dizer isso, ele sorriu.

— Sério? Quero dizer, louca mesmo?

— Você não acreditaria. Uma porra-louca. Jogava coisas em mim e tudo. Quase fiquei surdo de tanto ouvir ela gritar.

— Você foi morar com ela sem saber de nada disso?

As bochechas dele ficaram manchadas de rosa.

— Eu provavelmente deveria ter adivinhado, mas eu estava em negação. — Ele deu uma risada antes de prosseguir: — Porque ela era muito... — Cameron engoliu em seco. — Porque ela era muito sexy. Eu achei que conseguiria lidar com qualquer coisa desde que eu pudesse só... — A voz dele foi morrendo.

— As coisas que os homens estão dispostos a fazer... — disse Vanni, balançando a cabeça.

— Pois é. Assumo a culpa. Você nunca morou com mais ninguém? — perguntou ele.

— Nunca. O mais perto que cheguei foi quando eu e meu marido estávamos no começo do relacionamento, e eu viajava de São Francisco até Camp Pendleton para passarmos todos os fins de semana juntos enquanto ele ainda estava aqui nos Estados Unidos.

— E na faculdade — começou ele. — Por quem você se apaixonou na faculdade?

Ela riu.

— Bret McDoughal. Capitão do time de futebol americano, presidente do clube de debate. Eu realmente esperava que ele fosse um senador a esta altura do campeonato.

— E o que ele está fazendo?

— Ele vende carros em Virgínia. Faz uns anúncios de quinta categoria que passam de madrugada, usando um topetão esquisito. Na faculdade, parecia capaz de dominar o mundo. Eu era doida por ele.

— Como foi que ele deixou você escapar?

— Muitas garotas eram loucas por ele. O cara tinha uma capacidade de concentração muito baixa.

— Que idiota — concluiu Cameron.

— É? Bom, acho que escapei por pouco ali — disse ela, em meio a risadas.

Ele alcançou a mão dela.

— Você pode me contar sobre Matt? É muito difícil para você fazer isso?

— Tudo bem. Eu gosto de falar dele — respondeu Vanessa, e resistiu pensar em sobre como uma das coisas que fazia com que o relacionamento dela com Paul fosse tão confortável era como eles podiam partilhar lembranças. — Matt era um homem maravilhoso, um ótimo amigo. Ele era tão engraçado, tinha tanta energia. O que me conquistou na mesma hora foi seu senso de humor... Ele me fazia chorar de rir. E tinha mais coisas: a dedicação ao Corpo de Fuzileiros, a lealdade aos amigos, seus garotos, como ele chamava... isso me enchia de admiração. A dedicação dele a mim

— acrescentou ela, em um tom de voz um pouco mais baixo. — Quando se tratava das coisas com as quais se importava, Matt era determinado. E ele era forte... não só fisicamente. Era emocionalmente forte também. Mas você tinha que ver os braços e os ombros dele. Ele podia fazer flexão o dia todo.

— Grande, feito todos aqueles homens de Virgin River... — comentou Cam.

— Na verdade, não — contestou ela. — Ele tinha os ombros largos, mas não chegava a um metro e oitenta. Quando eu usava salto, nós ficávamos da mesma altura. Tinha o cabelo escuro, como o seu. Olhos azuis, como os seus. Era carinhoso, sensível e tinha uma conversa boa. — Vanessa ficou um pouco emocionada. — Às vezes eu sinto muita saudade dele. Desculpe.

Ele se inclinou na direção dela, chegando bem perto, e pousou um beijo em sua bochecha.

— Nunca peça desculpas por isso. Parece que vocês tinham uma coisa bem especial. Você não gostaria de não ter isso. Principalmente por causa desse rapazinho.

— Sim, você tem razão. Cheguei em uma fase em que consigo apreciar isso... de ter tido Matt na minha vida, de ter um filho dele, mesmo ele não estando mais aqui. Sou grata por, pelo menos, ter isso, que é muito melhor do que se eu nunca o tivesse conhecido. — Ela inspirou rápido e forte e olhou para o oceano. — É legal da sua parte... não evitar esse assunto. Não fingir que ele não fez... que ele *não faz* parte da minha vida.

— Vanessa, ele vai fazer parte da sua vida para sempre.

— Vai mesmo. Eu não sei se isso me consola ou não. — Ela voltou a encarar Cameron e sorriu. — Mas sou grata, sabe. Por Matt, pelo bebê... por tudo, menos pela forma como acabou.

— Vamos voltar — sugeriu ele. — Eu quero tomar um banho antes do jantar e você provavelmente precisa de um tempo a sós com o seu filho. Talvez para tirar um cochilo.

Ela respirou fundo.

— Isso seria bom. Que horas é o jantar?

— Vamos beber alguma coisa às seis e meia, jantamos às sete.

— Onde?

— Vamos comer no hotel. Vai ser especial.

— No hotel? — repetiu ela. — Especial?

— Assim que você colocar Mattie para dormir, nós vamos comer o que encomendei no pátio, assim você pode escutar se ele acordar. Não entre em pânico — disse ele, rindo. — Eu não tenho motivos escusos... vai ter um garçom presente durante quase todo o tempo. Eu não estou tentando armar uma cilada para você. Impressionar você, sim. Armar uma cilada, não.

Paul não viu Terri durante toda a semana, mas telefonou para ela duas vezes para saber como ela estava, e manteve as conversas curtas. Ele já tinha intenção de ir para Virgin River no final de semana, mas então recebeu um telefonema de Joe explicando sobre os planos de expansão de Jack e Preacher e sobre como eles precisavam da opinião de um empreiteiro. Aquilo era uma oportunidade perfeita, porque dava à viagem uma motivação profissional, embora ele soubesse que Terri perceberia que havia mais em Virgin River do que um trabalho de construção. Ele prometeu que ligaria para ela durante o fim de semana, para ter certeza de que ela estaria bem, mas não passou o número da casa do general, onde ele poderia ser encontrado. Dessa vez, ele ligaria para verificar se havia recados.

Mas ela o surpreendeu dizendo:

— Tenha um ótimo fim de semana, Paul. — E ele se sentiu tão grato que sugeriu de se verem na semana seguinte, talvez um almoço. E ela disse: — Isso seria ótimo, Paul.

Quando ele chegou à casa do general no sábado, Vanni não estava lá, e Walt trazia no rosto uma expressão bastante contrariada.

— Ela não comentou que estaria fora neste fim de semana — comentou Paul.

— Não, ela não comentou, não foi? — disse o general. — Mas não sei o motivo. Você tem alguma informação a respeito disso, filho?

Paul negou, balançando a cabeça.

— Eu disse a ela que estava vindo. Acho que ela estava com raiva de mim porque eu esqueci de telefonar para ela.

— Ela foi passar o fim de semana com o pediatra — anunciou Walt.

— Mas que *droga*! Senhor — disse Paul. — Quero dizer...

— Eu sei exatamente o que você quer dizer.

Walt se afastou dele.

— Senhor, talvez eu possa explicar esse mal-entendido — arriscou Paul.

O general o dispensou com um aceno de mão.

— Eu não quero ouvir isso — disse ele. — Eu já ouvi muito e não quero ficar ainda mais confuso do que já estou. Mas parece que já é hora de você explicar o que quer que esteja acontecendo à Vanessa.

— É. Sim, senhor. Ah, tenho que ir à cidade, para falar com Jack e Preacher sobre a obra no bar. O senhor gostaria de me acompanhar?

Walt voltou a se virar.

— Para falar a verdade, isso é exatamente o que eu gostaria de fazer.

Quando Paul e Walt chegaram ao bar, a clientela que fora almoçar ali já estava terminando suas refeições. Os dois precisavam de uma cerveja, pelas mesmas razões, embora não discutissem o assunto. Walt não fazia ideia do que estava acontecendo com a filha, mas a conhecia bem havia trinta anos e estava sentindo cheiro de coração partido, muito embora ela tivesse viajado com o médico. Quanto a Paul, ele tinha certeza de que sua completa inépcia estava fazendo com que ele a perdesse. De novo.

Depois que Jack os serviu de alguns chopes gelados, Paul disse:

— Joe me contou que vocês estão planejando fazer umas construções.

— Isso mesmo — confirmou Jack. — Nós temos que abrir espaço para a família de Preacher. Agora que ele descobriu como é que se faz um bebê, quer uma casa grande o bastante para encher de crianças. — Jack tomou um gole de café. — Eles gostam daqui. Gostam de trabalhar juntos, de morar na propriedade, de cuidar das coisas do jeito deles. Faz sentido para mim, e Joe disse que não é difícil fazer isso. Ele deixou alguns esboços, mas ainda não tem uma planta. Ele precisa que um empreiteiro verifique as vigas, a fundação, essas coisas.

— Eu posso fazer isso — ofereceu-se Paul. — Você tem alguém em mente para cuidar da construção?

— Isso é um problema por aqui. Até pouco tempo, não tinha muita demanda, então os nossos empreiteiros são meia dúzia de gatos pingados. Você se lembra, passei um ano tentando e não consegui encontrar alguém que pudesse trabalhar para mim, mas nós com certeza temos bastante mão de obra procurando vagas em obras. Ah, e houve um desenvolvimento da situação.

— Qual?

— Mike e Brie. Eles estão procurando uma casa há meses… nada que apareceu no mercado servia para eles. Meu grande plano é o seguinte: eu posso dar um pedaço de terreno para eles construírem a própria casa. Eles já, já vão conversar com Joe sobre o projeto. Mas estão naquele motor home, tentando começar a própria família, precisando de espaço e com o mesmo problema: a falta de empreiteiros por aqui. — Jack balançou a cabeça. — É em momentos como esse que eu gostaria que você morasse aqui em Virgin River, Paul.

— Deixe-me ver esses esboços — pediu Paul, mudando de assunto.

Jack enfiou a mão embaixo do balcão e tirou de lá um monte de papéis compridos enrolados de tal maneira que formavam um tubo e presos numa das pontas com um clipe de papel.

— São esboços bem brutos ainda.

— Sem problema — disse Paul. — Eu estou acostumado com esses rabiscos e riscos do Joe. Mas às vezes ele inventa umas abreviações novas. Para me desafiar, acho. Preacher está lá nos fundos?

— Sim, ele está cuidando da limpeza depois do almoço.

Paul deu um sorriso.

— Talvez, então, eu comece o trabalho. Cuide do general, pode ser?

— Quem disse que eu preciso que alguém cuide de mim? — perguntou Walt. — Eu estou tão feliz agora quanto estive durante a semana toda.

Paul bebeu cerca da metade de sua cerveja, folheando os desenhos, depois se arrastou para fora do banco e caminhou até a cozinha.

Ele conhecia o bar com a palma de sua mão, mas para fazer jus ao trabalho de Joe, avaliou o lugar com o olhar de um empreiteiro. Rabiscou alguma coisa em cima das anotações do amigo. Andou pelo apartamento e subiu as escadas, então parou no meio da casinha térrea. Considerou que, com o segundo andar e o loft, daria para acrescentar um teto de pé-direito alto e vigas expostas em cima da nova sala de estar, e também uma lareira. Então, foi para a área externa.

Antes que Paul conseguisse voltar para dentro do bar, Mike o viu dando a volta no quintal logo atrás do apartamento de Preacher, onde a expansão da casa teria suas fundações fixadas. Ele atravessou o trecho de quintal que separava o seu motor home do bar.

— Oi, Paul, o Jack contou que estamos pensando em construir?

— Contou, sim — respondeu Paul, com um aceno de cabeça. — Acho uma boa ideia, se vocês não estão achando nada de que gostam.

— Seria ótimo se eu já conhecesse o empreiteiro e o trabalho dele — sugeriu Mike.

— É, mas agora eu trabalho em Grants Pass — rebateu Paul.

— Mas deve ter pelo menos uma coisa que sirva de incentivo para você aceitar um trabalho por aqui — provocou Mike, abrindo um sorrisinho.

— Eu amo este lugar, você sabe disso. Mas tenho compromissos em Grants Pass. Deixei meu pai e meus irmãos sozinhos por muitos meses no fim do ano passado. — E, pensou ele, esses compromissos também incluíam uma gravidez. Talvez, apenas talvez, Virgin River fosse um lugar mais estratégico para lidar com aquilo. Ele poderia manter contato com Terri pelo telefone em vez de deixá-la na expectativa de que ele estaria disponível a qualquer momento. Isso ajudaria com a questão de não dar falsas esperanças para ela. — Vou lhe dizer uma coisa, eu definitivamente vou pensar nisso. Mas tem uma série de fatores.

E Vanessa Rutledge era um dos mais importantes.

# Capítulo 6

Do alto de seus dois meses e meio de vida, o pequeno Matt já tinha se tornado um companheirinho de viagem muito cooperativo. Depois de seu passeio ao longo dos penhascos, ele tirou uma soneca com a mãe, deixou que Vanessa lhe desse um banho e brincou um pouquinho. A seguir, mamou longa e prazerosamente e, enfim, voltou a dormir. Vanni tomou um banho, colocou um vestido leve, se arrumou e esperou até escutar uma batida suave à porta que separava seu quarto do de Cameron.

— Ele está dormindo? — perguntou o médico.

— Está, sim.

Cameron foi bem de mansinho até o berço portátil e olhou para o bebê. Ele viu o xale de Vanessa em cima da cama e o pegou, e em seguida envolveu os ombros nus da mulher com a peça.

— Eu estava preparado para ter a companhia dele no jantar. — Ele deu risada. — Vamos ficar com o ouvido ligado aqui. Venha — disse ele, tomando a mão de Vanni. — Eu levei as bebidas para o pátio. — Ele a conduziu por dentro do quarto dele até o pátio, onde uma mesa havia sido montada com louça de porcelana. Então pegou uma das bebidas e colocou o copo na mão dela. O sol estava começando a se pôr. Cam tocou o copo de Vanni com o dele. — A um fim de semana longe de tudo.

— Obrigada, Cameron. Eu não sabia o quanto eu precisava de algo assim.

Ele puxou uma cadeira para que ela se sentasse, virando-a ligeiramente na direção do lindo pôr do sol.

— Sente-se e aproveite o pôr do sol. Você está bem agasalhada?

Ela puxou o xale, ajustando-o em volta do corpo, e fez que sim com a cabeça.

— Sente falta de voar, Vanni? — perguntou ele.

— Eu sinto falta das minhas amigas — respondeu ela. — Nós mantemos contato e nos vemos bastante, mas quatro de nós sempre viajávamos juntas, então cada viagem era como se fosse uma festa do pijama que durava quatro dias. Duas de nós moravam em Los Angeles e duas em São Francisco. Ainda somos próximas.

— Você pretende voltar a voar?

— Não, este ciclo da minha vida se encerrou. Não consigo imaginar ficar longe do pequeno Matt durante vários dias seguidos. Metade dos meus problemas é não saber o que vou fazer da minha vida a partir de agora. Vou ficar na casa do meu pai, serei uma mãe solo? — Ela balançou a cabeça, fazendo que não. — Não faço a menor ideia…

Ele riu.

— Vanni, não vai ser assim. Carol comentou algo a respeito de você se juntar a ela no mercado imobiliário…

Foi a vez de Vanessa rir. Ela se sentiu muito tentada a dizer para Cameron que ela preferia arrancar todos os dentes a trabalhar diariamente com Carol, mas, sabendo que a amizade dos dois precedia a que eles estavam estabelecendo agora, apenas disse:

— Não. Eu já disse a ela que não estou interessada na área, mas, como é bem de seu feitio, ela não estava me escutando e já está, provavelmente, preparando uma mesa para mim na empresa.

— Ela é uma mulher formidável — comentou ele, balançando a cabeça. — Ser nora dela provavelmente tem lá seus desafios, mas tenho que reconhecer: ela conseguiu a minha casa por um preço irresistível. Carol convenceu o vendedor a baixar muito o preço sem eu sequer ter feito uma oferta.

— Ela provavelmente venceu a pessoa pelo cansaço. Ela fez isso comigo uma ou duas vezes.

— Posso imaginar.

Alguém deu uma batidinha na porta e Cameron se levantou para deixar entrar um garçom, que carregava uma bandeja grande. Era um cinquentão simpático, e parecia feliz por estar servindo ao casal. Ele conversou sobre a comida enquanto montava os pratos, servia o vinho e grandes copos d'água. A van dele estava estacionada logo atrás do quarto de Cameron e ele ia até lá e voltava, trazendo a refeição. Depois que os pratos foram servidos, ele permaneceu em silêncio perto da porta do quarto, permitindo que Vanni e Cam conversassem e desfrutassem do jantar, mantendo-se atento para o caso de ser hora de repor a água ou completar as taças de vinho.

Eles comeram salada, macarrão, frango ao Marsala, vagem refogada com amêndoas e tomaram vinho chardonnay. A seguir, veio o *crème brûlée*.

— Isso deve ter custado uma fortuna — sussurrou ela para ele, do outro lado da mesa.

— Valeu cada centavo — disse Cameron, comendo o último pedaço da sobremesa. — O gerente do hotel me colocou em contato com um restaurante local e eu conversei com o chef. Ele me recomendou o menu, disse que me mandaria a comida e alguém para servir os pratos, e eu achei que faria muito mais sentido comer aqui, para podermos escutar o bebê, do que tentar ir a um bom restaurante.

— E submeter os outros clientes do restaurante a um bebê chorando? — Ela deu uma gargalhada. — Eu tenho certeza de que todos ficaram muito gratos por esse arranjo.

— Choro de bebê basicamente faze parte do meu dia a dia — respondeu ele.

— E do meu — acrescentou ela. — Isso foi tão atencioso. Não consigo pensar em mais nada que você pudesse ter feito para criar um passeio perfeito.

— Que bom. Você gostou?

— Demais. E, para coroar, você foi um verdadeiro anjinho.

— Eu recebi instruções — disse ele, dando uma risadinha. O garçom voltou à mesa e ofereceu um café. — Eu não estou amamentando — comentou Cameron. — E não estou dirigindo... então vou beber mais um drinque. E você, Vanni? O que vai querer?

— Tem café descafeinado? — perguntou ela.

E o café foi providenciado. Os pratos foram retirados, o bule foi deixado na mesa. Cameron bebericou seu drinque bem devagar e depois a porta se fechou com um clique suave pela última vez, deixando-os sozinhos.

Eles ficaram ali conversando. E conversando. Eles falaram sobre família, amigos, lugares onde moraram, apartamentos horríveis que alugaram, carros ruins que compraram, viagens. Eles riram e fizeram perguntas um ao outro, se tornaram amigos, algo que Vanni tinha dito que queria que acontecesse. Mas, quando disse isso, ela estava apenas tentando evitar que ele investisse romanticamente nela. Vanessa ficou um pouco surpresa com o quanto gostou de Cameron e esperava que ele realmente pudesse ser seu amigo.

Ela deu uma olhada no relógio em seu pulso; mais de três horas tinham se passado. O dia tinha sido quase perfeito. Conseguira desviar o pensamento de todo tipo de coisa, e aquele tinha se mostrado o passeio ideal com um perfeito cavalheiro.

— Já está quase na hora do pequeno Matt fazer barulho — constatou ela.

— Ele ainda acorda no meio da noite? — perguntou Cameron.

— Algumas vezes, mas ele mama e volta a dormir. As pessoas me dizem que ele é um bebê tranquilo. Graças a Deus. É a única coisa tranquila dos últimos tempos.

— Eu fico feliz por você não ter tirado a carta do bebê agitado. Nunca se sabe.

Ela arrastou a cadeira para trás e se levantou.

— Eu vou me recolher. Sei que ainda é cedo para você, mas depois de amamentar Mattie, vou dormir.

Ele também se pôs de pé.

— Se você precisar de alguma coisa, estou bem aqui.

E ele a acompanhou até a porta entre os quartos.

Vanessa se virou para olhá-lo.

— Sério, não sei como agradecer. O dia foi maravilhoso, a noite foi perfeita. E você está se comportando muitíssimo bem. — Ela abriu um sorriso.

— Não me dê muito crédito. Tudo isso faz parte do meu plano maligno.

— Ah, é?

— Com certeza. Se eu conseguir fazer você se divertir, se sentir segura e confortável, então, quem sabe, quando você estiver pronta, eu terei uma chance.

Cameron sorriu.

Ela inclinou a cabeça para o lado e o encarou com um sorriso doce nos lábios e o olhar brilhante.

— Você é absolutamente maravilhoso.

Ele ficou um pouco envergonhado diante do elogio e baixou os olhos, rindo baixinho.

— Bom, nunca tinha me interessado por uma viúva com um bebê antes, e eu estou descobrindo que existem uns pontos complicados.

— É mesmo?

Ele deslizou a mão por baixo do cabelo dela, alcançando e envolvendo sua nuca.

— Ah, é. Para começar, você tem um perfume tão bom. Se sua situação fosse diferente, talvez você precisasse me bater com um taco. Eu estou muito a fim de você.

— Talvez eu não devesse ter aceitado vir — disse ela, mas não se afastou da mão dele. — Eu não quero que você crie expectativas...

— Qual é, a culpa não é sua se eu estou a fim de você e desesperado para te impressionar. Você já não tem bagagem demais sem precisar levar a minha?

— Bom, eu fiquei impressionada — admitiu ela, baixinho. Então se inclinou na direção dele e pousou um beijo delicado em seu rosto. — Eu só não quero decepcionar você.

Eles ficaram se encarando por um instante e, durante esse momento, ficaram ali, suspensos. E então, bem devagar, Cameron a puxou mais para perto. Ele estava prestes a beijá-la, e ela estava prestes a deixar que ele fizesse isso. Mas bem nesse instante o bebê resmungou e começou a reclamar e choramingar no berço. Ela se afastou com um sorriso.

— É a minha deixa — anunciou Vanni, em um tom de voz suave. — Obrigada por um dia adorável. E por ser um homem tão bacana, tão compreensivo.

— Claro — disse ele, afastando a mão. — Eu não ia querer que isso fosse de outro jeito.

— Boa noite, Cameron.

Óbvio que Vanni não conseguiu dormir. Doía. Ela queria sentir mãos em cima dela. Ela queria sentir o corpo de um homem sexy e cheio de desejo pesando sobre o dela em uma cama, preenchendo-a, fazendo com que tremesse e gritasse. Fazia tanto tempo que ela não tinha sido tocada, ou amada fisicamente. Depois da morte de Matt, depois do bebê, quando seu corpo começou a voltar à vida, havia apenas um homem cujo toque era capaz de tentá-la, tentá-la para valer. O melhor amigo de Matt. O melhor amigo *dela*.

Ah, isso a deixava tão furiosa que as lágrimas brotaram em seus olhos. Aquele desgraçado do Paul! Ele não chegava nem perto da lábia, das habilidades românticas de Cameron! Ele não era tão lindo quanto Cam e, Deus era testemunha, Paul não a desejava tanto quanto aquele homem.

Então, Vanni se lembrou do jeito que Paul repousou a cabeça em seu ombro e chorou logo depois que o bebê nasceu, do jeito como ele a abraçou pela cintura quando ela chorou no túmulo de Matt, o modo como ele deu a ela e ao bebê um abraço bem apertado e longo antes de se despedir... E as lágrimas vieram. Como deixou que isso acontecesse? *Por que não posso simplesmente querer o homem que me quer... em vez de desejar o homem que não tem espaço para mim em sua vida?*

Em algum momento na calada da noite, Cameron foi acordado por ruídos estranhos e abafados. Ele abriu os olhos e aguçou a audição. *O bebê*, pensou. Ele se sentou. Mas aquele não era o som do bebê chorando, percebeu. Cameron saiu da cama e, bem de mansinho, chegou perto da porta que separava o seu quarto do de Vanni. Ela estava chorando. Chorando baixinho, um choro abafado e tristonho.

Ele empurrou a porta com delicadeza e ela se abriu — Vanni não a trancara. Talvez ela realmente confiasse nele, pensou. Ele vestiu a calça e foi até o quarto dela.

— Vanessa — sussurrou.

Ela se mexeu na cama. Fungou.

— Cameron? — perguntou ela.

— O que foi? — perguntou o médico bem baixinho.

— Nada. Não é nada — sussurrou ela de volta.

Ele foi até a cama dela e se sentou na beirada. Então olhou aqueles olhos que, mesmo na escuridão do quarto, estavam obviamente cheios de lágrimas que transbordavam. O nariz dela estava rosado.

— Meu Deus, Vanessa, se eu fiz você chorar, vou me odiar.

— A culpa não é sua. Você é completamente inocente, tem sido maravilhoso. É que, às vezes, eu penso demais. Tenho que aprender a desapegar de certas coisas.

— Ah, querida — disse ele, puxando-a para junto de si. — Está tudo bem. Isso leva tempo.

— Desculpe — pediu ela.

— Você não tem que pedir desculpas. Eu sabia... nós dois sabíamos... Você já teve que lidar com tanta coisa, teve que colocar tanto em perspectiva. Está tudo bem. — Ele se arrastou para junto dela, na cama, e, por cima da coberta, colocou o braço para servir de apoio à cabeça de Vanni e a abraçou. — Não tenha pressa, Vanni. Você tem muito tempo.

Ela se virou, aconchegando-se dentro dos braços de Cameron, e chorou no peito nu dele. Ele a abraçou, compreendendo a dor. Sentiu dor por ela. A mulher que tinha enterrado o marido tão querido logo antes de dar à luz o filho. Seguir adiante, para a próxima fase da vida, não seria tão fácil assim.

Cam não se importava. Ele queria passar por isso com ela, porque era exatamente aquele tipo de mulher que desejava ter em sua vida. Uma mulher que pudesse mostrar esse tipo de comprometimento, emoções tão profundas, um amor duradouro como aquele.

Quando ele acordou algumas horas mais tarde, ainda na cama dela, ele a viu do outro lado do quarto, com a parte de cima da camisola puxada para baixo, amamentando o bebê. Ela olhava para o filho enquanto o alimentava, e uma lágrima brilhava em seu rosto. Ela estava com dificuldades de deixar o marido para trás e, cada vez que olhava para o Mattie, a imagem servia de recordação.

Aquela não era a manhã que Cam havia imaginado ou torcido para que acontecesse. Ele foi até o próprio quarto para tomar um banho. Então, pediu que entregassem um belo café da manhã, mas dispensou o garçom, para que eles pudessem ficar sozinhos. Cam segurou o bebê no colo enquanto Vanni mordiscava a comida e bebericava o café.

— Está se sentindo um pouco melhor? — perguntou ele.

— Um pouco — respondeu ela. — Meu Deus, Cameron, você não merece isso.

— Eu já disse, eu entendo. Mas acho que devemos ir para casa. Acredito que você está precisando de um tempo sozinha. E não acho que estar comigo agora esteja ajudando muito.

Ela estendeu a mão para tocar na dele, do outro lado da mesa.

— Quero que saiba que este foi um fim de semana maravilhoso. Aqui, durante um tempo, realmente me afastei de tudo. E eu precisava disso.

— Mas veio com um pouquinho de dor. Essa era a última coisa que queria que acontecesse com você.

— Eu sei. Eu que deveria ter previsto.

— Quero acreditar que a tendência é ficar cada vez mais fácil.

— Provavelmente — disse ela.

No entanto, Vanni não parecia muita convicta.

A viagem de volta foi bem silenciosa. Cameron tentou puxar conversa algumas vezes, mas Vanni não tinha muito a dizer. Eles precisaram parar em um posto com lanchonete e banheiro para que Vanni amamentasse e trocasse a fralda de Mattie, então ele ficou andando do lado de fora, para dar privacidade a ela, mas ficou por perto, sentindo-se no dever de protegê-los. Dentro do carro, estendeu a mão para tocar na dela algumas vezes enquanto seguiam pela estrada, e Vanessa apertou a mão dele, em um gesto carinhoso. No entanto, sorria para ele com arrependimento e tristeza nos olhos, e isso lhe trouxe um mau pressentimento. O desejo dele era que o fim de semana que passaram juntos fosse apenas o começo, mas ele tinha a sensação de que a coisa estava tomando o caminho oposto.

Era perto de duas da tarde quando eles chegaram à casa do general. Cameron parou logo antes da entrada de automóveis. Estacionados do lado de fora da entrada circular, em uma fileira bem certinha, estavam o SUV do general, a pequena caminhonete de Tommy e a grande caminhonete de Paul.

Vanessa olhou para fora da janela, observando os veículos, e sua boca se desenhou em uma linha séria. Esperando na varanda estava Paul. Ele se levantou conforme o carro de Cameron surgiu, e os olhos de Vanessa não desgrudaram dele. O homem tinha alguma coisa na mão, como uma pedrinha ou uma lasca de madeira, e arremessou longe. Ele prendeu os polegares nos bolsos da calça jeans e olhou ansioso para Vanessa.

— Droga — disse Cameron. — Eu sou um tremendo idiota.

Vanessa se virou para encarar Cameron. Ela ergueu o queixo. Ali estava, nos olhos dela. Tudo.

— Não foi a lembrança do seu marido que fez você chorar — constatou ele, entendendo de repente muito mais do que queria. — Por que você não me contou?

— Porque — começou ela, as lágrimas ameaçando inundar seus olhos — não tem nada para contar.

— Ah, é? E o que é aquilo? — perguntou ele, indicando Paul.

— Eu não faço a menor ideia do motivo de ele estar aqui. Ele tem outra pessoa.

— Não estou muito certo disso.

— Eu estou. Muito certa.

— Mas *você o* ama.

Ela soluçou de emoção.

— Eu só estou muito confusa. Nós éramos tão próximos. Matt, o bebê, tudo...

— Vanessa — disse ele com sinceridade. — Você nunca foi honesta a respeito disso.

— Eu não sabia a respeito do que eu precisava ser honesta! Estou tentando seguir em frente. De verdade.

— Certo — disse ele, balançando a cabeça. — Certo, não chore. Por favor.

— Eu disse que não queria enganar você — respondeu ela, mas então ergueu o queixo novamente, engoliu o choro e continuou: — Eu não significo nada para ele. Somos apenas bons amigos.

— Bom, isso obviamente não é verdade. — Ele deu uma olhada em Paul, que estava esperando que eles parassem de conversar e desligassem o carro. — Ele está aqui. Ele está esperando que eu traga você de volta. Você deveria ter me contado que sente algo por ele. Eu tenho sido sincero esse tempo todo. Você sabe que eu gostaria que construíssemos alguma coisa juntos. Seria justo que fosse clara e tivesse me dito que não está disponível.

— Cameron, por favor. Eu tentei avisá-lo a respeito de expectativas. Por favor, não piore as coisas. Eu não quero que você pense que eu só usei você.

— Você com certeza não fez isso. Poderia ter feito. Eu teria gostado disso, mas não... você não estava pronta. *Agora* eu entendo por quê. — Ele riu, sem qualquer humor. — Meu Deus, fui um perfeito idiota. — Respirou fundo. — Bem, o que vamos fazer é o seguinte: eu vou ligar para você mais tarde... bem mais tarde. Para ver como você está. Talvez você esteja livre. Talvez não. Mas eu estou fora desse triângulo.

— Não é um...

— É, *sim* — rebateu ele. — Eu poderia lidar com o que achei que estivesse enfrentando. Eu não sabia que você estava apaixonada por outra pessoa. — Ele tirou o pé do freio e acelerou. Quando parou na frente de Paul, saltou do carro, foi até o lado do passageiro do SUV e abriu a porta para Vanni. A seguir, foi até o porta-malas, tirou a bagagem dela e o carrinho dali, levando tudo a Paul. — Ei, cara — chamou ele. — Seja útil.

— Claro — respondeu Paul, carregando as coisas até a porta da frente.

Cameron tirou Mattie da cadeirinha e, antes de passá-lo a Vanessa, deu um beijo demorado em sua cabecinha. Então, ao entregar o bebê à mãe, pousou um beijinho bem de leve nos lábios dela e disse, ainda com a boca sobre a dela:

— Sinto muito que isso não tenha dado certo.

— A culpa não foi sua — sussurrou ela de volta.

— Aqui está o seu bom menino — disse Cameron, entregando o bebê.

— Eu tive um fim de semana ótimo — afirmou ela, baixinho. — Obrigada por tudo.

Ele não pôde resistir: tocou no cabelo de Vanni, olhou nos olhos dela. E, num tom de voz que Paul não conseguia escutar, disse:

— Espero ter a oportunidade de mostrar para você que eu sou a melhor escolha. Eu posso estar ao seu lado durante toda essa confusão. Nunca te decepcionaria, nunca deixaria você ter dúvidas sobre como eu me sinto. Nunca. — Ele respirou fundo. — Espero que esse filho da mãe te decepcione.

Ela riu, vazia.

— Tenho certeza de que é exatamente o que vai acontecer. — Ela segurou o filho no colo e colocou a mão no rosto de Cameron. — Obrigada por ser tão compreensivo. Você tem sido muito respeitoso.

Ele deu uma risada.

— Não era bem o que eu havia planejado. — Então, ficou sério e continuou: — Você tem meu telefone, caso algum dia esteja pronta para seguir em frente. Quero dizer, seguir em frente de verdade.

Paul ficou em pé junto à porta da frente com a mala de Vanessa em uma das mãos e o carrinho na outra, assistindo aos dois se despedirem. Aquilo era pura tortura. O beijo delicado, os sussurros, a mão dela sobre o rosto dele. Era tudo tão doce, tão carinhoso. *Ai, Deus*, pensou ele. *Eu a perdi para sempre. De novo.*

Quando Cameron voltou para dentro do carro e foi embora, Vanessa caminhou apressadamente até a porta da frente. Paul ficou ali, com uma expressão de cachorro abandonado, e isso, em vez de fazer com que ela ansiasse por ele, a deixou irritada. Tudo na vida dela estaria diferente agora se ele tivesse sido honesto desde o começo, se tivesse deixado claro que tinha um compromisso em outro lugar e que Vanessa não passava de uma boa amiga. Paul abriu a porta para ela, que passou direto por ele.

— Oi, Paul. Teve um bom fim de semana?

— Não muito. E você?

— Ótimo, obrigada.

— Eu preciso conversar com você. É importante.

— O que pode ser tão importante? — perguntou ela, atravessando o saguão da entrada com confiança. — Oi, papai — cumprimentou ela ao vê-lo enquanto seguia para o quarto.

Paul a seguiu, carregando a mala e o carrinho.

— Se você pudesse me dar alguns minutinhos... Eu estava esperando por você.

— Bom, não deveria ter esperado — respondeu ela, deitando o pequeno Matt no berço e ocupando-se de sua fralda. — Você poderia muito bem ter retornado os meus telefonemas. Ou até mesmo ligado espontaneamente, sem que eu precisasse fazer isso antes. — Ela olhou para ele e disparou: — Você fica repetindo que nós precisamos conversar, e então some.

— É a respeito disso que quero falar com você. Eu gostaria de explicar. Vanni, por favor.

Ela olhou para ele, viu que Paul estava miserável e simplesmente não ligou. Ela torcia para que ele estivesse em agonia.

— Tudo bem. Vá em frente.

Ele olhou por cima dos dois ombros, nervoso.

— Nós podemos ir a algum lugar?

— Por quê?

Ele se inclinou na direção dela.

— Porque isso é bem pessoal. O que me diz?

— Você quer fechar a porta? — perguntou ela, levantando uma das sobrancelhas, em uma expressão de deboche.

— Não, não quero fechar a porta! — Ele respirou fundo. *Não se irrite com ela*, disse a si mesmo. *Ela só está agindo de acordo com seus instintos. Só está tentando viver um pouco depois de toda aquela morte.* Ele não conseguia ficar chateado com aquilo. Ele, entre todas as pessoas. — E se a gente fosse dar uma volta a cavalo?

— Acho que não. Eu acabei de voltar de uma longa viagem. Tenho que trocar Mattie. Então, se você quiser, nós podemos dar um passeio lá fora, a pé. Pode ser?

— Então que assim seja — respondeu ele, com um biquinho emburrado inegável.

Aos poucos, ele foi se distraindo enquanto fazia carinho na cabeça do bebê, sorria para ele e fazia Mattie sorrir de volta. Assim que Vanessa tirou a fralda, o filho fez xixi e mandou pelos ares um jato de urina que pareceu alcançar mais de um metro de altura; Paul desviou e Vanni rapidamente cobriu a criança, e os dois adultos caíram na gargalhada.

— Tudo bem — disse Paul. — Vamos apenas dar uma volta lá fora. Ele está bem? Não está com fome?

— Eu o amamentei — afirmou ela. — Eu só vou colocá-lo na cadeirinha de balanço perto do meu pai, se ele concordar.

— Certo. Obrigado.

Paul recuou um pouco, deslizando os dedos para dentro dos bolsos traseiros da calça. Ele precisou fazer isso, porque queria muito tocá-la, e aquele seria um momento muito, muito ruim para um gesto como aquele. A expressão no rosto de Vanni indicava que ela possivelmente estava a poucos segundos de querer bater nele.

Pouco tempo depois, com o bebê acomodado em sua cadeirinha de balanço ao lado da poltrona de Walt, Vanessa e Paul saíram, indo até o deque na parte de trás da casa e descendo a escada em direção ao estábulo.

— Esse é um assunto que você gostaria de dividir com Matt? — perguntou ela. — Ou só comigo?

Ele suspirou de frustração.

— Só com você — disse ele, miserável. Ele tentou pegar a mão de Vanni, mas ela não deixou. — Escuta, não sei se você sabe o que sinto por você...

— Com certeza sei. Você deixou isso bem claro. Você tem uma situação em Grants Pass, uma mulher, e não poder manter muito contato. É bem óbvio o que você sente.

— Você está brincando? Porque... — Ele parou de andar. Ela parou também. — Eu me importo muito com você.

— Sim, eu sei. Eu agradeço toda a sua preocupação. Você tem sido muito bom comigo e com Mattie. Tem sido um ótimo amigo para Matt.

— Isso não tem a ver com Matt. Eu achei que fôssemos próximos.

— Eu acho que somos — disse ela, dando de ombros. — Como um irmão e uma irmã?

— Vanni, tenho que explicar umas coisas...

— Você não para de repetir isso. Será que vai conseguir falar desta vez?

Ele cerrou os dentes em frustração.

— Tem um motivo para ter mantido um pouco de distância, para estar tão distraído. Eu queria esperar até que eu conseguisse entender tudo, até que eu soubesse que não era cedo demais para você depois do que aconteceu com Matt... mas está começando a parecer que talvez já seja tarde demais.

Eles chegaram até o curral e ela se encostou na cerca, os cotovelos na tábua de cima, o calcanhar apoiado na de baixo, de frente para ele.

— Posso começar do início? Você vai me escutar?

— Por favor, leve o tempo que precisar — ofereceu ela, acenando com a mão.

— Muito antes de você vir para Virgin River, muito antes de eu reencontrar você no bar do Jack, muito antes do que aconteceu com Matt, eu estava saindo casualmente com essa mulher...

Vanni não conseguiu se conter e revirou os olhos. Ela já sabia dessa parte — ele tinha encontrado uma mulher. Ainda assim, não era nada fácil escutar que Paul tinha tido uma mulher na vida dele, embora fosse completamente razoável.

— Eu a conheci há muito tempo. Nós passamos uma noite juntos — disse ele. E deu de ombros. — Nós nem sequer passamos a noite toda juntos. Eu liguei para ela mais algumas vezes porque... Porque sim — concluiu ele. — Era sem compromisso. Não foi um dos meus melhores momentos.

— Você fez alguma coisa de errado? — perguntou ela.

— Na época, eu com certeza achei que não. Vanni, eu dormi com ela algumas vezes, ok? Nós tínhamos um acordo. Você sabe como é...

— Na verdade, eu não sei, não. Eu nunca tive esse tipo de acordo. Mas vocês, homens...

— Ah, qual é! Você provavelmente transou mais durante o fim de semana do que eu no ano passado inteiro!

— É mesmo? — perguntou ela, erguendo o queixo em um gesto desafiador.

Na verdade, naquele exato momento, Vanni se arrependeu por não ter se permitido passar a noite com Cameron. Os homens pareciam conseguir transar com tanta facilidade — fazer amor quando não havia amor, ver o ato por aquilo que realmente era.

— Eu nem me importo — disse ele, sentindo-se frustrado. — Esse não é o ponto. Eu *não* quero me explicar por ter transado ano passado, quando você estava casada, grávida e meu melhor amigo estava vivo, mas sim por ter transado uns meses atrás. Depois que voltei para casa, depois que o bebê nasceu, eu estava bem mal da cabeça. O fato de eu ter perdido Matt estava acabando comigo, eu não queria deixar você, mas ficar com você estava me corroendo por dentro e... — Ele olhou para baixo, respirou fundo e continuou. — Eu tentei desabafar com os meus irmãos e as equipes de construção. Mas acabei cometendo um erro fatal quando telefonei para essa tal mulher com quem eu nunca tive nada além de um relacionamento puramente físico e perguntei se poderíamos conversar. Nós jantamos, e eu me abri com ela. Eu estava arrasado, Vanni. Eu precisava contar para alguém como estava me sentindo, como era enterrar meu melhor amigo, ajudar o filho dele a nascer. Eu sentia muita dor, culpa, carência. Eu não devia ter ligado para ela.

— Eu acho que não rolou só conversa...

— Óbvio que não — confirmou ele. — Ela me disse que está grávida. Daquela noite.

Vanni sentiu uma onda gelada de pavor inundá-la por dentro. Justo quando achava que a coisa não poderia piorar.

— Nossa, meu Deus — disse ela, num fiapo de voz.

— Pelo menos agora você finalmente está me dando atenção — comentou ele. — Eu não estava brincando quando disse que era importante. E pessoal.

Ela se afastou da cerca. A fúria a sacodiu por dentro, mas ela tentou manter a expressão passiva.

— Você tem alguns problemas. Mas me diga, Paul... o que é que uma mulher precisa fazer para conseguir isso tudo de você?

Ele deixou a cabeça tombar e a balançou.

— Você não ficaria impressionada — garantiu ele. — Ela era sedutora, estava disponível e eu não me importava... Eu não sinto orgulho disso. E eu pedi desculpas, mas meu pedido de desculpas não vai mudar nada.

— Então, suponho que vocês vão se casar, certo?

— Não, não vamos. Quando fui embora na semana passada, quando disse que telefonaria... eu cheguei em casa e tinha um recado histérico dela, então fui encontrá-la...

— Bom, acho que você tinha que fazer isso... Não é como se a situação fosse ficar ainda mais grave.

— Vanni, eu não dormi com ela. Nunca mais vou dormir com ela. Eu fui até lá para ter certeza de que ela não faria nada com ela mesma, ou com o bebê. Eu fui até lá para acalmá-la. Foi isso que me prendeu, esse foi o motivo pelo qual eu não telefonei. Essa mulher e eu... Nós não temos nada em comum, a não ser essa criança. Nem sequer nos falamos entre outubro do ano passado e fevereiro. Mas se ela vai ter um filho e, se esse filho é meu, tenho que cuidar dela. Deles. Eu preciso fazer isso. Você entende, não entende?

— Se? — perguntou Vanni.

— Ela disse que estava tomando pílula. Eu usei camisinha. Parece que ainda existe uma chance remota de isso ser um mal-entendido. Provavelmente não é, mas quem sabe? Ainda é cedo. Eu queria esperar até saber com certeza antes de...

— Meu Deus, vocês, homens, não conseguem ficar com o zíper fechado, conseguem? — comentou ela, enojada.

— Bom, tenha certeza de que a porcaria da minha calça está bem fechada agora! Você acha que eu não aprendi uma lição importante com isso? Agora, preciso que você me diga uma coisa, Vanni. Você e o médico estão juntos para valer? Você ama aquele homem?

— Isso não é da sua conta, Paul — respondeu ela, ofendida. — Ele se importa muito comigo.

— E você? Se importa muito com ele?

— Que diferença faz? Você vai ter um *bebê*!

— Sim, parece que vou. Mas não vou ter uma esposa. Não vou ter uma namorada ou uma amante.

— Esse bebê vai ser sua prioridade.

— O pequeno Mattie não seria? Porque, Vanni, quando você faz um bebê, seja porque quis ou não, você deve criar essa criança. É assim que funciona.

— Essa mulher, Paul. Ela deve querer que você se case com ela.

— Eu não vou me casar com ela, Vanessa... Isso seria cruel. Ela merece um marido que a ame, não um homem que está apaixonado por outra mulher.

Ela franziu um pouco a testa. Sua boca permaneceu aberta. Ele deu um passo na direção dela e ela deu um passo para trás, se encostando na cerca do curral.

— O que você está dizendo?

— Eu venho tratando você como se fosse um bibelô de cristal — disse ele. — Com medo de que eu não pudesse me aproximar de você por causa do seu luto, com medo de arruinar as minhas chances se agisse rápido demais. E parece que eu não fui rápido o bastante. Mas, Vanni, todos os indícios me diziam que você ainda não estava pronta... Seu incômodo com a tentativa de Carol de arrumar um namorado para você, o choro diante do túmulo de Matt... — Ele deu mais um passo para a frente e ela levantou bem o rosto para olhá-lo dentro daqueles olhos castanhos. Ele baixou a cabeça, aproximando o rosto do dela, segurando o queixo de Vanni entre o polegar e o indicador. Quando ele falou, ela conseguia sentir seu hálito.

— Vanessa, eu sou apaixonado por você desde sempre.

— E como é que eu poderia saber disso? — perguntou ela, em um sussurro chocado.

— Você não deveria saber. — A outra mão dele estava na cintura dela, os lábios muito próximos aos dela. — Você era casada com meu melhor amigo... Você sabe que eu jamais machucaria Matt assim. Jamais. Teria sido uma traição se você sequer ficasse sabendo dos meus sentimentos.

— Mas...

— Naquela primeira noite, eu apontei você para Matt. Você estava tão linda, tão cheia de vida e energia, que eu não consegui nem tomar coragem para ir falar com você. Eu nunca tinha amado de verdade uma mulher antes. E nunca mais amei ninguém. E eu tentei. Tentei muito. Eu devia ter contado a você como eu me sentia antes de ir embora depois que o bebê nasceu. Mas fiquei com medo de que você ficasse... sei lá. Chocada. Horrorizada. Que pensasse mal de mim, por amar a esposa do meu melhor amigo. Fiquei com medo de que você nunca mais confiasse em mim de novo. Que me odiasse. E, então, o general me daria um tiro.

Uma lágrima escapou e desceu pelo rosto de Vanni.

— E agora você vai ser pai — afirmou ela, baixinho.

— Vou, pelo visto. E, se vou ser pai, serei o melhor que eu conseguir. — Ele enxugou a lágrima dela. — Eu adoraria ser um pai para Mattie também. Você sabe que eu amo aquele menininho. Vanni, acredite em mim... nunca quis que algo de ruim acontecesse com Matt. Ele era meu irmão.

— Paul, tem uma mulher em Grants Pass que está contando com você! Ela precisa de você!

— Olha, não sei se você consegue entender isso, mas foi apenas sexo. E eu nem pretendia transar naquela noite. Foi só que... Meu Deus — disse ele, se afastando um pouco, deixando a cabeça pesar. — Eu vou fazer tudo que eu puder por ela, mas nós não vamos ser um casal. Mande ele embora, Vanni. Mande o médico embora.

— E se eu estiver envolvida com ele?

— Nós não estamos falando de Matt aqui — argumentou Paul. — Eu não vou me curvar em silêncio. Eu vou fazer o que for preciso. Eu vou lutar por você.

— E se nós tivermos feito amor durante todo o fim de semana? Eu e Cameron?

— Eu não me importo. Eu não me importo com nada, só quero que você saiba a verdade. Eu estou apaixonado por você. Sempre fui apaixonado por você... e estar apaixonado pela esposa do meu melhor amigo era uma tortura.

— E se eu pedisse para você se afastar dessa situação em Grants Pass para ter alguma chance comigo? E se eu dissesse que não consigo lidar com isso?

Ele deixou a cabeça cair de novo.

— Vanessa, você sabe que não posso. Eu jamais abandonaria uma criança assim. Se isso tem um preço, eu vou pagar por ele... mas não uma criança inocente.

— Isso não está acontecendo — disse ela, balançando a cabeça.

— O que está acontecendo é o seguinte — rebateu Paul. — Eu te amo. E acho que você deve sentir alguma coisa por mim, caso contrário não estaria com tanta raiva. Existe pelo menos uma criança entre nós, talvez duas. O que nós temos que fazer é...

— *Vanni!*

Eles deram um pulo com o grito de Walt, em pé no deque atrás da casa. Apenas o tom de voz do pai já fez com que um frio descesse pela espinha de Vanni. Ela empurrou Paul para tirá-lo de sua frente, achando que tivesse acontecido algo com o bebê. Ela atravessou o quintal correndo e subiu a pequena colina até o deque, com Paul logo atrás. Mas Walt permaneceu onde estava e, se houvesse alguma coisa de errado com Mattie, ele já teria entrado. Quando Vanessa alcançou o pai, ele disse:

— É a tia Midge. Ela faleceu. Nós temos que ir. Você vai ter que arrumar as coisas do bebê de novo. Tom está fazendo a mala, assim vamos poder ajudar você.

Com isso, Walt se virou e voltou para dentro da casa.

Vanni ficou imóvel por um instante. Ela lançou um olhar a Paul e ele esticou o braço para alcançar a mão dela.

— Vanni, eu sinto muito — consolou ele. — O que eu posso fazer?

Ela apenas balançou a cabeça.

— Não tem nada que você possa fazer, Paul, a não ser ir embora logo, assim a gente pode pegar a estrada...

— Vanni, só me diga que você entendeu o que eu disse a você. Eu não posso ir embora com essa situação mal resolvida.

Ela olhou para baixo por um breve momento. A seguir, ergueu o rosto e encarou Paul.

— Paul, escuta. Tem uma mulher em Grants Pass que vai ter um filho seu. Eu quero que você vá para casa. Vá para casa, fique com ela. Tente, Paul. Se existe alguma coisa nela que o deixou atraído o suficiente a ponto de fazerem um bebê, talvez vocês possam construir uma vida nova juntos...

— Não, Vanni, isso não é...

— Tente, Paul. Tente se apaixonar pela mãe do seu filho. Se você nem mesmo tentar, vai se arrepender disso pelo resto da vida.

— Você não está entendendo. Não ouviu nada do que eu disse...

— Minha tia acabou de morrer e eu tenho que ir — interrompeu ela. — Faça o que tem que fazer, Paul.

# Capítulo 7

Walt tinha 62 anos, mas sua única irmã, Midge, tinha 44. Ela engravidou aos 18, ficou seis meses casada com o pai da criança e, então, passou toda a vida adulta como mãe solo, morando sozinha com a filha. Shelby acabara de completar 25 anos. Quando a menina ainda estava no ensino médio, Midge fora diagnosticada com ELA, ou doença de Lou Gehrig. A vida toda foram só elas duas, Shelby e Midge, então não foi surpresa para ninguém quando Shelby ficou como cuidadora da mãe conforme a doença progredia.

Ao longo dos primeiros anos da doença de Midge, Shelby conseguiu fazer faculdade ou trabalhar meio-período, enquanto no restante do tempo ajudava a mãe. Só que não demorou muito para que Midge demandasse cuidados em tempo integral. A doença estava em seu estágio final já fazia alguns anos e, embora Midge estivesse pronta para partir, Shelby aguentava firme. Ela disse várias vezes ao tio Walt que não poderia dizer adeus para a mãe a não ser que acreditasse que tinha feito tudo que podia para fazer valer cada dia.

A tragédia ou a bênção da doença de Lou Gehrig era que o corpo entrava em declínio e passava a falhar enquanto a mente permanecia alerta e funcionando — Shelby e Midge escolheram enxergar isso como uma bênção, já que passaram momentos intensos e sentimentais nesse período. Midge havia começado a usar uma cadeira de rodas quatro anos antes, então dois anos depois disso ficara acamada e, em seguida, completamente paralisada. Shelby recebeu um pouco de ajuda do tio, que as visitava quase todas as semanas desde que se aposentara. Inicialmente elas contavam com um serviço de *home care* e, mais tarde, foram para o hospital de cuidados paliativos.

As duas moravam na área de Bodega Bay. Walt estivera preparado para se mudar para lá depois que se aposentasse do Exército, mas foi Midge quem o incentivou a procurar outro lugar para morar. Ela sabia que não tinha muito tempo e não queria que o irmão escolhesse onde iria viver depois da aposentadoria baseando-se no local onde ela estava morando. Na verdade, Walt tinha se aposentado menos de um ano antes da morte de Midge e mesmo este curto espaço de tempo superara as expectativas de qualquer um deles.

A viagem de Virgin River até Bodega Bay durava cerca de quatro horas de carro. Tom estava cochilando no banco de trás da SUV com o bebê, enquanto Vanni estava no banco carona, ao lado de Walt. Eles tinham feito tantas visitas — geralmente Walt ia sozinho, às vezes Tom o acompanhava, outras Vanessa, ainda grávida —, mas agora todos estavam a caminho da despedida final. Mike Valenzuela tinha se oferecido para cuidar dos cavalos para a família Booth enquanto eles estivessem fora.

Vanni permaneceu calada durante a viagem, olhando pela janela.

— Eu nem tive tempo de perguntar como foi o seu fim de semana com o médico — arriscou Walt. — Com Paul esperando apreensivamente pelo mesmo motivo e tudo…

— Foi bom — respondeu ela. — Eu só estava pensando que nunca trouxe o bebê aqui para visitá-la… Deveria ter sido a nossa primeira viagem. Antes de ir ver Carol e Lance. Midge tinha tão pouco tempo…

— Não se culpe por isso — disse Walt. — A casa de uma pessoa com limitações físicas é complicada. Nós conversamos a respeito disso… Não teria sido fácil, tanto para Midge como para Mattie, sem falar em Shelby. Sua tia entendeu, acredite em mim. E os pais de Matt têm prioridade nesse quesito. Eles perderam o filho… Foi bom termos ido visitá-los.

— Em vez de ir para Mendocino, eu deveria ter ido para Bodega — insistiu ela.

— Vanni, Midge preferiria que você tivesse um fim de semana legal... Ela estava em paz com o que o destino lhe reservara. Essa é a única coisa que me consola. Ela estava pronta. Não se agarrava a qualquer esperança.

— Shelby vai precisar de ajuda agora, não vai? — quis saber Vanni.

— Sua prima tem os próprios planos. Já conversamos bastante sobre isso. Ela quer ficar na dela por um tempo, continuar frequentando o grupo de apoio a familiares de vítimas de ELA e entender onde está. Cuidadores têm muito o que mudar depois que tudo termina... Ela quer resolver essas coisas antes de fazer uma grande mudança. Acho que isso é bem inteligente da parte dela. Afinal de contas, Shelby era só uma garotinha quando tudo isso começou. Nunca teve uma vida adulta, pelo menos não de uma maneira convencional. A casa agora é dela, e ela pode vender ou continuar por lá, mas o lugar precisa de muitos reparos. Vou ajudar com isso. Finalmente, aos 25 anos de idade, chegou a hora de ela começar a viver a própria vida. — Então ele respirou fundo. — Midge não estava sofrendo. Dor emocional, sim... Sentia-se como um fardo. Minha pequena Midge... Não foi fácil para ela.

— Papai, você está bem? — perguntou Vanni.

— Querida, estou aliviado. Minha irmã estava nos deixando aos poucos. Enfim ela teve sua recompensa. Enfim agora pode andar e gargalhar de novo...

Shelby tinha nascido na casinha que pertencera à sua avó depois de perder o marido e morado ali durante a vida toda. O pai nunca esteve presente ao longo de toda a infância dela e não oferecia qualquer apoio financeiro — mas o tio Walt sempre estivera presente. Quando a avó de Shelby morreu, Walt se recusou a receber qualquer valor do seguro e assumiu as contas da casa. Além disso, como Shelby não tinha um modelo masculino em sua vida, ela passava os verões com a família do tio, e com eles aprendeu a montar, a atirar. Aproveitava a companhia dos primos como se fossem irmãos, até mesmo durante os períodos em que Walt estava longe de casa, servindo no Exército. Shelby tinha passado verões na Alemanha e na Dinamarca com a família Booth. Graças a eles, a infância dela tinha sido repleta de convivência familiar.

A vida de uma cuidadora é difícil: é emocionalmente esgotante e fisicamente exaustiva, mas Shelby não poderia ter agido de outro modo — a mãe era sua melhor amiga. Então, quando a doença começou a piorar, embora Shelby fosse muito jovem, ela parou a vida para cuidar da mãe. Mas de jeito nenhum tinha uma vida solitária. A rede de apoio para pessoas com familiares que viviam com o diagnóstico de uma vida limitada era forte. As pessoas se ajudavam de todas as maneiras possíveis e formavam amizades incrivelmente duradouras. Isso ficou evidente no funeral de Midge, quando quase cem pessoas apareceram para prestar solidariedade à mulher que jamais saiu da cabeceira da cama da mãe durante mais de dois anos. Aquelas pessoas estavam ali, sem dúvida alguma, por Shelby.

Midge foi cremada. Ela não queria levar para a eternidade aquele corpo destruído. A casa se deteriorara ao longo da progressão da doença e não era possível realizar qualquer evento de despedida ali; a sala de estar tinha abrigado a cama hospitalar e os equipamentos de suporte necessários aos cuidados de Midge, e tudo isso fora rapidamente levado embora em questão de um dia depois do falecimento dela. Midge tinha deixado bem claros seus desejos: nada de escândalo, apenas palavras de afeto e amizade. Mas Walt e Shelby tinham organizado tudo com uma funerária meses antes e reservaram um salão iluminado e espaçoso onde foram servidas bebidas. Havia alguns arranjos florais de bom gosto e uma coroa de flores grande e linda, enviada por Paul Haggerty.

Walt e sua família chegaram domingo à noite e na quarta-feira todas as despedidas a Midge já tinham acontecido. Ele queria que Shelby fizesse as malas e voltasse a Virgin River com eles, mas ela não aceitou.

— Eu tenho algumas coisas a fazer — disse ela. — Coisas importantes. Não é só a casa que precisa de muitos reparos... e a maior parte deles eu mesma posso providenciar. Acontece que também tenho uma transição grande pela frente. Vou ficar com a minha rede de apoio até conseguir me adaptar à mudança. — Fez uma pausa e continuou: — E eu não tenho certeza se quero ir embora de Bodega Bay, passei minha vida toda aqui.

— O que você gostaria de fazer agora? — perguntou Vanni.

— Isso faz parte do processo de transição — respondeu Shelby. — Eu ainda não sei. As pessoas no meu grupo têm falado sobre tentar mudar as coisas rápido demais... isso pode ser devastador. Eu não vou me deixar cair nessa armadilha.

Então, Walt ajudou Shelby a listar todos os reparos e reformas necessários para tornar a casa apresentável novamente. As despesas já haviam sido pagas, então Shelby poderia fazer como quisesse. A lista da jovem continha basicamente reparos estéticos que iam de limpeza e pintura até a substituição das velhas cortinas por novas. A lista de Walt estava um pouco mais ligada à estrutura do imóvel — ele achava que já era hora de trocar as portas e os batentes, as janelas e os rodapés, sem falar nos reparos na rede hidráulica e na troca de eletrodomésticos por modelos mais novos. Afinal de contas, aquela tinha sido a casa de sua mãe. Sentia-se responsável pelo lugar, sempre se sentira assim. Ele contrataria pessoalmente a maior parte dos serviços que precisavam ser feitos ali.

A própria Shelby também precisava de uma transformação. Embora o trabalho que desempenhava como cuidadora exigisse muito esforço físico, ela não vinha praticando os tipos certos de exercícios. Sua pele estava pálida e com manchas e fazia muitos anos que não usava maquiagem. O cabelo estava comprido — jamais o cortava —, e ela prendia os fios cor de mel em uma trança solitária para que não lhe atrapalhassem. Shelby tinha planos de fazer algumas mudanças pessoais, mas não discutiu nada disso com a família porque ainda não sabia muito bem por onde começar. Nem sequer tinha certeza se aquilo era possível.

A família Booth partiu para Virgin River na sexta-feira, embora tivesse sido difícil deixar Shelby. Mas a jovem estava determinada — ela queria um tempo para passar pelo luto, ficar sozinha, descobrir como viver sem ter todo o tempo tomado pela doença de um ente querido.

Eles já estavam mais ou menos na metade do caminho para casa. Tom cochilava no banco de trás, ao lado da cadeirinha com o bebê, enquanto Vanni, sentada no banco do carona, olhava a paisagem pela janela.

— Foi uma semana triste em muitos sentidos — comentou Walt. — Mas também marcou o fim de tempos difíceis. Eu estaria mais preocupado em deixar Shelby sozinha se ela não tivesse assumido tantas responsabilidades nos últimos anos.

— Ela tem muitos amigos maravilhosos — acrescentou a filha.

— Você está bem, Vanni? — perguntou Walt.

— Hum, estou um pouco melancólica, só isso.

— É difícil dizer o que está te incomodando mais: a morte de Midge ou o problema que você está enfrentando com Paul. — Ela se virou para encará-lo e ele completou: — É alguma coisa sobre a qual você quer conversar?

Ela deu de ombros.

— Não tem muito sobre o que conversar, papai.

— Você pode me ajudar a entender algumas coisas, sabe?

— Tipo?

— Ah, não fique acanhada. Você deixou Paul de lado para viajar com o médico e, se eu te conheço, acho que não está interessada por esse homem. Sejamos honestos, você tem estado esquisita desde que Paul foi embora depois do nascimento de Mattie. Você sabia que Paul estava vindo para passar o fim de semana... e, apesar de todos os esforços dele para se manter circunspecto, você sabia que ele estava vindo para ver você.

— Eu não tinha muita certeza disso.

— Eu ouvi vocês brigando, Vanni. Você e Paul tiveram algum tipo de desavença?

— Não exatamente, papai.

Walt respirou fundo.

— Vanessa, não quero ser intrometido, mas está bem claro para mim o que você sente por Paul. E o que Paul sente por você. E mesmo assim...

— Papai, enquanto Paul estava aqui, no outono do ano passado, nós ficamos bem próximos um do outro. Éramos bons amigos antes, mas é claro que, com tudo pelo que passamos juntos... Papai, antes de tudo acontecer, Paul tinha uma vida em Grants Pass. Uma vida que não é fácil de se abandonar.

— Vanni, Paul ama você, mas alguma coisa aconteceu entre vocês recentemente...

— Ele me contou que... existem umas complicações em Grants Pass. Uma coisa com a qual vem se debatendo. E isso está fazendo com que Paul não seja sincero a respeito dos próprios sentimentos — disse ela. — Ele tem compromissos, papai.

— Uma mulher? — perguntou Walt.

Vanni riu baixinho.

— Nós não deveríamos ficar tão surpresos com o fato de que Paul tem, de fato, uma mulher na vida dele, deveríamos? Mas sim, aparentemente, existia uma mulher na vida dele. *Existe* uma mulher...

— Jesus — comentou Walt em um sopro de voz. — Ele não é casado, é?

— Claro que não. Ele não ia esconder uma coisa dessas da gente.

— Noivo?

— Ele diz que existem laços suficientes por lá para fazer com que ele esteja em uma posição delicada. Foi por isso que ele não esteve por perto depois que Mattie nasceu.

Walt dirigiu em silêncio durante um tempo e Vanni voltou a fitar a paisagem do outro lado da janela. Depois de uns minutos de silêncio, Walt perguntou:

— E quanto a você, Vanni? Eu sei que se importa com ele.

— Papai, Matt se foi há poucos meses. Eu deveria estar sentindo essas coisas? Eu deveria estar completamente constrangida? Vou sentir falta dele para sempre, mas eu...

— Por favor, não faça isso com você mesma, querida — pediu ele. — Nós já não aprendemos a esta altura? A vida é curta demais para sofrer sem necessidade.

— As pessoas vão dizer que eu...

— Não dou a mínima para o que as pessoas dizem — grunhiu ele. — Todo mundo merece ser feliz, seja lá como for. E acho que, no seu caso, você vai ser feliz com Paul.

Ela suspirou e disse:

— Eu estou me perguntando por que achei que tinha algum direito sobre ele. Ele era muito bom para todos nós, e eu sou supergrata por isso... mas por que não percebi que um homem feito Paul não teria qualquer dificuldade de atrair a atenção, o amor, de uma mulher? Eu tenho sentido tanta raiva por ele não ter me contado, mas... por que eu não *perguntei*?

— E agora, Vanni? Ele está tentando tomar uma decisão, é isso?

— Nós estávamos no meio de uma discussão, e era uma discussão muito desagradável, bem na hora que recebemos o telefonema de Shelby. Isso deixou as intenções dele um pouco no ar. Mas existe uma coisa que não vou fazer, que não posso fazer... Não posso pedir que Paul me escolha em detrimento de uma mulher com quem ele tem uma obrigação. Eu tentei deixar isso bem claro, que o dever dele para comigo, como viúva do melhor amigo dele, acabou. Ele não precisa mais tomar conta de mim.

— Eu desconfio de que seja mais que uma obrigação — comentou Walt. — E desconfio de que sempre foi assim...

— Ele tem que fazer a coisa certa — argumentou ela. — Eu não vou entrar no meio disso. Um homem feito Paul... Ele pode se arrepender de ter feito a escolha errada pelo resto da vida. E, sinceramente, não quero ser a pessoa que vai conviver com o arrependimento dele.

— Ah, nossa. Vocês dois precisam conversar.

— Não. Paul tem que cuidar das coisas dele. Eu não tenho mais nada para falar a respeito disso.

Paul chegou em Virgin River no meio da tarde de sábado. Ele deixou a mala na caminhonete, considerando a possibilidade de não ser bem-vindo na casa dos Booth. Não havia conversado com Vanni desde o domingo anterior — ela estivera ocupada com a família em Bodega Bay. Além disso, a conversa que eles precisavam ter não poderia ser pelo telefone. Mas o modo como as coisas tinham terminado entre eles deixou Paul em um beco sem saída. Não podia deixá-la escapar outra vez, ou jamais seria o mesmo de novo. Ela podia empurrá-lo, ficar com raiva da confusão que ele causou, mas Paul continuaria insistindo até conseguir sua atenção. Vanni teria que lhe dizer, com todas as letras, que não o amava e que não o queria em sua vida. Somente dessa forma ele iria embora. Estava farto de pisar em ovos em relação ao problema.

Ficou imensamente aliviado ao notar que o carro do médico não estava estacionado do lado de fora da casa do general. Tom abriu a porta para ele.

— Vanni está aí?

— Ela acabou de sair para andar a cavalo. Vai voltar daqui a mais ou menos uma hora. Duas no máximo.

— Você se importa se eu esperar por aqui? — perguntou Paul.

— Claro que não — respondeu Tom. — Você parece bem agitado.

— Eu preciso falar com ela, só isso.

— É, eu sei. Boa sorte com isso. Ela não tem estado muito para conversa. Quer um café?

— Obrigado — respondeu Paul. — Eu vou pegar.

*Então eles sabiam*, pensou Paul. Não era uma surpresa — Vanni ficara toda perturbada e irritada quando eles se separaram na semana anterior. E o pai e o irmão eram pessoas próximas; ela não hesitaria em conversar com eles a respeito de seus problemas. Problemas com Paul.

No caminho para a cozinha, viu que o general estava no deque, debruçado no guarda-corpo, admirando a paisagem. Paul também temia encarar Walt antes de encontrar Vanni. Mas ele não ia estragar as coisas dessa vez; botaria tudo em pratos limpos e encararia a situação como um homem. Então, imploraria que Vanni o perdoasse. Isso poderia levar tempo, mas esperaria feliz por ela.

Paul foi até o deque carregando seu café e, conforme pisou nas tábuas, Walt se virou.

— Você apareceu por aqui. Imaginei que viesse.

— Bom, não sou nada senão corajoso, senhor — disse ele.

Depois engoliu em seco, nervoso.

— Você deve ser. Ela está realmente fula da vida desta vez. Vanni está lá no estábulo, mas eu gostaria de conversar com você antes que vá atrás dela, se não se importar.

*Eu me importo*, pensou Paul. *Tenho escolha?*

— Claro — disse ele.

— Sabe, sou capaz de perdoar um homem por muitas coisas, mas seria complicado fazer isso com alguém que estivesse brincando com os sentimentos da minha filha, machucando-a depois de tudo pelo que ela passou. Isso seria bem difícil, mesmo que a gente tenha uma grande dívida de gratidão por tudo o que você fez.

— Senhor, eu não estou brincando com ela. Nós vamos fazer as pazes, de algum jeito. Eu só não estava pensando com muita clareza depois que enterramos Matt, e após o nascimento de Mattie. Meu julgamento não estava afiado. Infelizmente, acho que me meti numa baita confusão.

— Bem, não tenho muito como julgar… Não acho que o discernimento de qualquer um de nós andava muito bom ultimamente. Tem sido um ano doloroso, difícil.

— Obrigado por dizer isso, senhor. Agradeço. Eu acho que poderia ter sido muito menos compreensivo.

— Neste exato momento, minha única preocupação é com Vanessa. Você se importa se eu perguntar quais são as suas intenções?

— De jeito nenhum, senhor. Tem todo o direito, dadas as circunstâncias. Eu estou apaixonado por sua filha…

— Eu percebi — comentou Walt, debruçando-se novamente sobre o guarda-corpo. — Ainda assim, não me parece que vocês dois estejam na mesma página.

Com aquela cabeleira grisalha, a pele bronzeada e as sobrancelhas pretas e espessas, Walt poderia parecer totalmente ameaçador. Paul engoliu em seco.

— Ela mencionou a situação em Grants Pass?

— Sim. Ela está um pouco preocupada de que você faça a coisa certa.

— Ah, eu vou fazer a coisa certa… não existe motivo para se preocupar com isso. Eu tentei explicar que o relacionamento não era sério. Eu não sinto orgulho disso, senhor. Eu não tive muitos encontros com essa mulher… nos vimos apenas algumas vezes ao longo de um ano, e pronto. Mas a coisa é o que é… eu não posso negar que estava envolvido.

— E agora? — perguntou Walt.

— Bom, senhor, mesmo se Vanessa me disser que eu não tenho a menor chance, ainda não estou inclinado a ir adiante com mais ninguém. Simplesmente não daria certo.

Walt franziu o cenho.

— Talvez Vanessa tenha entendido errado o que você quis dizer — comentou ele. — Eu achei que existisse algum tipo de compromisso.

— Com certeza, senhor. Eu vou cuidar daquela mulher e do meu filho. Vou lhes dar apoio, e quero ser um pai presente. Mas quanto à mãe… eu espero, pelo próprio bem dela, que consiga encontrar o homem certo, um cara que não esteja apaixonado por outra. Independentemente disso, pretendo ajudar a criar meu filho. É assim que tem que ser, é a coisa certa a se fazer. É o que quero fazer.

Walt ficou sem palavras por um instante. Enfim, em um tom surpreso, disse:

— Meu Deus, você tem uma vida complicada.

— Surreal, senhor.

— E quando você estava planejando contar essa pequena bomba?

— Sinceramente, senhor, eu queria esperar até ter certeza de umas coisas antes de admitir que sou um grande idiota. Eu não conheço a mulher nem um décimo do que conheço Vanni, e preciso ter certeza de que existe mesmo um bebê, de que ele é meu filho, esse tipo de coisa. Como fiz tudo o que podia para protegê-la de uma gravidez, isso deixa margem para a dúvida… mas eu não posso negar que existe essa possibilidade. E… eu queria ter certeza de que Vanni soubesse que me sinto tão comprometido com o pequeno Matt quanto com meu próprio filho. Se ela me aceitar com todas essas complicações, claro.

Walt cruzou os braços.

— Parece que você vai ter mulheres e crianças por todos os lados. Isso pode ficar bem caro. Você vai ficar apertado financeiramente, não vai?

— Dinheiro não vai ser o maior problema. Eu tenho uma empresa bem-sucedida, uma família que me apoia. A guarda compartilhada, uma situação que eu não desejaria a homem nenhum, isso sim vai ser difícil. Mas não vou ignorar as minhas responsabilidades.

— Vou te dar esse crédito — respondeu Walt, com ar de cansaço e balançando a cabeça. — Imagino que você vai verificar tudo isso bem rápido, certo?

— Claro. Vou com ela à próxima consulta… Eu só quero ser delicado. A mulher está chateada, o que é compreensível, e não quero insinuar que ela está mentindo, embora precise ter certeza quanto à paternidade. Do jeito que as coisas estão, muita gente pode se machucar. Assim que os fatos se mostrarem incontestáveis, preciso torcer para que Vanni me perdoe. Que ela me aceite com a minha bagagem…

Walt olhou por cima do ombro ao escutar um som e os dois homens viram quando Vanni abriu a porta do curral, montou em Chico e se afastou do rancho, acompanhando a margem do rio.

— Bom, ela está indo embora. Se você tem um caso para apresentar e não quer fazer isso na frente do pai e do irmão dela, acho que vai ter que correr atrás.

Paul pousou sua caneca ainda cheia de café na mesa do pátio.

— Posso pegar um cavalo emprestado, senhor?

— Vai na fé — disse o general.

— Obrigado, senhor — agradeceu ele, descendo todo atrapalhado a escada do deque e disparando na direção do estábulo.

Walt assistiu enquanto ele corria. Então, balançou a cabeça e disse:

— Jesus amado.

Paul colocou a sela em Liberdade, o garanhão do general, o cavalo mais arisco do estábulo, mas também o mais rápido. Ele demorou um pouco para preparar o animal, apesar da pressa. Já tinha montado aquele cavalo e se lembrava de que o bicho era complicado, difícil de lidar. Tom, o cavaleiro mais experiente, normalmente não se importava de ficar com Liberdade e deixar Chico para Paul. Mas, naquele dia, Paul queria alcançar Vanni e esperava do fundo do coração que Liberdade não o derrubasse e quebrasse seu pescoço antes que ele pudesse encontrar sua amada.

Ele conduziu o garanhão em um trote ligeiro, margeando o rio por uns bons vinte minutos antes de vê-la adiante. Paul instigou o animal, para que andasse mais rápido, e, quando a mulher estava ao alcance de sua audição, assoviou. O som agudo atravessou o ar e Vanni virou a montaria na direção dele. Ela deu uma boa olhada em Paul, se virou e deu um chute nos flancos de Chico, saindo em disparada.

— Mas que droga! — xingou ele.

Então, as coisas seriam assim… nada fáceis. Ele teria que arregaçar as mangas. Paul arriscou ser arremessado de cima do cavalo ao bater com a ponta da rédea na anca de Liberdade. O garanhão recuou. O homem segurou firme, depois se inclinou para a frente, ficando bem rente à sela, enquanto Liberdade vencia a distância que o separava de Vanni. Ele jurou por Deus que a alcançaria, depois a convenceria a escutá-lo, a entendê-lo. Não havia ninguém por perto para distraí-los. Ele terminaria o que tinha para falar de uma vez por todas! Nem que precisasse usar a mão para cobrir a boca de Vanessa!

Bastaram poucos minutos para que ele a alcançasse, graças a Liberdade, o campeão do estábulo. Emparelhado a Vanni, ele esticou o braço e agarrou as rédeas dela, forçando Chico a parar. A expressão que ela trazia no rosto quando olhou para ele era dura.

— O que foi? — cuspiu ela.

— Me escute! — respondeu ele.

— Seja rápido!

— Ótimo. Serei rápido. Eu te amo. Sempre amei você. Eu te amei antes mesmo de Matt ter colocado os olhos em você, mas não era tão corajoso quanto ele e não tomei nenhuma atitude. Eu me arrependi disso eternamente. Agora eu tenho...

— Um bebê prestes a nascer — interrompeu ela, erguendo o queixo.

— Me escute! Eu não sei muito bem como ser um pai! Tudo o que sei foi o que vi quando era criança! E sabe o que vi? Vi meus pais se abraçando o tempo todo! Vi os dois se olhando com todos os tipos de emoção... amor, confiança, lealdade e... Vanni, esta é a verdade nua e crua: eu fiz um bebê, e não estou chateado com isso. Não foi planejado, mas não estou com raiva. Vou fazer o melhor que eu puder, caramba, e sinto muito por não estar apaixonado pela mãe da criança. Independentemente disso, vou cuidar deles, e não vou fazer isso só assinando um cheque. Estarei presente, vou cuidar da criança como um pai de verdade, dar o meu melhor para apoiar a mãe. O que essa criança *não* vai ver são os pais se olhando como se tivessem cometido um erro terrível. Eu quero que ela veja o pai abraçado à esposa e...

— Você chegou a tentar? — perguntou ela. — Você deu uma *chance* para a mulher que está carregando o seu filho?

— É isso o que você quer para ela? Vanessa, ela é uma pessoa decente... ela não planejou essa gravidez. Você quer que ela fique presa a um homem que só pensa em outra mulher? Eu não queria que isso acontecesse com ela, mas não vou deixá-la presa a um marido pela metade! Ela merece ter a chance de encontrar alguém que pode dar tudo.

— Mas ela te ama, não ama? Ela queria que se casar.

— Vanessa, ela está com medo e se sente sozinha. Esse foi o primeiro pensamento que veio na cabeça. Ela vai ficar bem quando perceber que não vou decepcioná-la. E eu não vou...

— Tudo isso só aconteceu porque você não conseguiu abrir a sua boca e dizer o que estava sentindo, o que você queria — disse ela, inflamada. — Eu queria tão pouco de você... apenas uma palavra ou um gesto... alguma pista de que você sentia algo por mim. Em vez disso, você entregou seu coraçãozinho despedaçado para outra mulher e...

Ela interrompeu seu rompante ao ver os olhos dele se estreitarem e a testa se franzir em linhas mais fundas. Ele a encarou por um longo instante, então desceu do garanhão, ainda segurando as rédeas da montaria dela. Então, Paul conduziu os cavalos por uma breve distância, até a beira do rio, em um agrupamento de árvores.

— O que você está fazendo? — perguntou ela, segurando-se na alça da sela.

Ele amarrou os animais em uma árvore caída, a seguir, segurou-a pela cintura e a tirou sem muita gentileza de cima da sela. Ele a girou e a encostou em uma árvore, prendendo os punhos dela acima da cabeça e mantendo-a firme ali com todo o peso de seu corpo. O rosto de Paul estava próximo ao de Vanni.

— Você também nunca abriu a sua boca — disse ele.

Ela estava muda de surpresa. Não conseguia se lembrar de uma única vez que Paul havia se comportado daquele jeito — agressivo, dominante. Ele chegou ainda mais perto.

— Abra agora — exigiu Paul, logo antes de cobrir a boca de Vanessa com a dele.

Os lábios de Vanni se abriram sob os dele e ele a beijou com paixão, com fogo, ao que ela respondeu da mesma forma. Seu Paul, tão gentil e tímido, estava não apenas repleto de todo aquele desejo, mas também claramente excitado. Ele soltou os punhos dela e, segurando-a pela cintura, puxou-a com mais força contra seu corpo e, com um suspiro e um arrepio de luxúria, os braços de Vanni o envolveram depois de cederem. Não só cederam, mas acolheram Paul.

Sentindo a resposta de Vanni, Paul não conseguiu reunir forças para encerrar o beijo, por isso aprofundou-o ainda mais, invadindo aquela boca aveludada com sua língua, deixando o ar sair lentamente enquanto a língua dela penetrava sua boca. Foi com grande pesar que ele se lembrou de que eles precisavam se resolver, trazer todos os problemas à tona e lidar com eles. Mas quando ele se desprendeu da boca de Vanni, continuou junto ao corpo dela, sussurrando em cima dos lábios que ela mantinha entreabertos.

— Vanessa, você tem o pior temperamento do mundo.

— Eu...

— E você é a mulher mais mandona que já conheci. Eu quero que você me escute. Não posso mudar meus sentimentos, o que sinto por você há muitos anos. Eu tentei, porque nunca imaginei que teria qualquer de chance, nunca imaginei que fôssemos perder Matt. E, mesmo tendo você finalmente nos braços, eu daria qualquer coisa para ter meu amigo de volta. Mas isso é impossível, Vanni. Vamos ser você e eu agora. É só o que a gente tem. Agora, pare com essas malditas fugas... porque meu desejo por você é tão forte que a minha cabeça está latejando!

— Eu nunca soube que você se sentia assim.

— Eu sei disso, Vanni — disse ele, baixinho. — Não era para você saber mesmo.

— Eu amava Matt, sabe?

— Eu sei. E ele amava você. — Paul respirou fundo. — E eu amava vocês dois.

— Mas foi você quem chamou a minha atenção naquela noite em que conheci vocês. Você. Só que você nunca nem falou comigo. Talvez, se você tivesse falado...

— Ele me venceu nessa. E quando isso acontece...

— Como ela conseguiu, Paul? A mulher em Grants Pass? Como é que ela conseguiu chamar sua atenção?

— Eu contei para você. Ela é bonita. Sexy — disse ele. — E eu estava só. Eu deixei isso acontecer, Vanni, porque não havia motivos para não deixar. Você estava com outra pessoa. E não era qualquer outra pessoa, era Matt.

— E depois? Quando eu já não estava com ninguém?

— Eu achei que você ainda estivesse ligada a Matt, à lembrança dele — respondeu Paul. — E eu estava bem fora de mim. Foi uma idiotice. Eu já disse... não sou bom com as mulheres. Nunca fui, caso contrário, você teria ficado comigo, não com meu melhor amigo.

— Eu não me arrependo de nada, sabe. Matt foi ótimo para mim, ótimo comigo. Ele me fez feliz, me deu um filho lindo. Eu nunca vou me arrepender nem por um dia...

— Vanni — sussurrou ele, afastando aquele cabelo espesso cor de cobre do rosto dela. — Vanni, por mais que eu te ame, por mais que eu pense que gostaria de ter tido coragem de ir atrás de você antes de Matt, no fim das contas eu queria que você estivesse feliz. Eu queria que ele estivesse feliz. Só que agora... — Ele a beijou. — As coisas são o que são. Eu quero que nós sigamos em frente. Eu quero cuidar de você e de Mattie. E provavelmente de mais um...

— Você ainda não tem certeza? — perguntou ela.

Ele balançou a cabeça.

— Vanni, prepare-se... Acho que não vou escapar dessa. Se sou responsável por uma criança, vou assumir essa responsabilidade até o fim.

— Eu sei — disse ela, e deu um suspiro. — Pode ser uma família grande no fim das contas.

— Você vai ficar ao meu lado nessa?

Ela deu de ombros.

— Você cuidaria de Mattie, não cuidaria? É assim e pronto. A gente não deixa os bebês sozinhos por aí, sem pais para amá-los.

Ele sorriu, olhando-a nos olhos.

— Você é maravilhosa, sabia? Mas é muito difícil conseguir que você cale a boca. — Ele colou seu corpo no dela mais uma vez e a beijou profundamente. — Meu Deus — murmurou, buscando-a com tanto ardor que ela deu uma gargalhada em meio aos lábios dele. — Você faz ideia de há quanto tempo eu queria te beijar?

— Se você está me contando a verdade, eu sei exatamente. Paul, eu quero que você saiba uma coisa: enquanto eu estava casada com Matt, eu não me senti tentada nem por um segundo. Nem por uma fração de segundo. Eu o amei completamente.

— Vanni, eu sei...

— E foi assim por um bom tempo, depois do bebê, meses depois que Matt morreu... E eu nunca pensei que você me enxergaria como algo além da esposa do seu amigo. Eu costumava conversar com Matt sobre você.

Fiquei em pé de frente para aquele túmulo e disse a ele que vou amá-lo para sempre, mas que eu amaria outra pessoa de novo e, se ele aprovasse isso, que ele desse um cutucão em você. Você era muito mais do que um amigo, mas não parecia me enxergar como uma mulher. Achei que você não conseguia me separar de seu melhor amigo e da morte dele.

Paul passou a mão pelo cabelo dela.

— Ah, eu via você como uma mulher... muita areia para o meu caminhão. Eu estava lutando pela minha vida, me sentindo tão culpado por causa dos meus sentimentos por você durante todos esses anos. Não sabia o que fazer, a não ser dar tempo para você, observar enquanto você saía do luto e planejar a minha aproximação. E, acredite em mim, não foi assim que eu havia planejado. — Ele balançou a cabeça. — Aquele maldito médico chegou antes de mim. O fato de você ter acabado de ficar viúva com certeza não o desacelerou.

— Ela sabe de mim? — perguntou Vanni.

— Sabe — respondeu ele. — Meu Deus, espero que eu e ela consigamos resolver isso juntos. Mas, acima de tudo, espero que você não esteja fazendo um sacrifício enorme por causa da minha pisada na bola.

— Assim como você, eu jamais abandonaria um filho seu.

— Vanni, eu quero me casar com você, quero cuidar de você e de Mattie.

Ela franziu um pouco a testa.

— Espere aí... tem mais alguma coisa que você precisa me contar antes de me pedir em casamento? Algum outro segredinho enfiado no fundo do baú?

— Juro por Deus que é só isso! Até pouco tempo atrás, eu tinha a vida mais tediosa do mundo em Grants Pass.

— Você tem certeza disso? Porque até semana passada eu achava que sabia tudo a seu respeito. Quer dizer, conheço você há anos, moramos juntos durante meses. Passamos tantas horas na companhia um do outro, apenas conversando...

— É isso. Jesus, e não é o suficiente? Eu quero me casar com você e Mattie. Na verdade, assim que a gente entender o terreno em que estamos pisando, eu gostaria de ter mais filhos. Pelo menos um feito por nós dois juntos. Eu daria tudo por isso, Vanni.

Ela sorriu.

— Vamos ver quantos você tem até agora antes de fazermos esse tipo de plano, tá?

— E, então, você vai se casar comigo? — perguntou ele, afastando mais uma vez o cabelo que caía no rosto dela.

— Você é um cara muito interessante, Paul. Levou anos para dizer que me ama e alguns minutos para me pedir em casamento.

— Eu vou esperar até que você esteja preparada para isso, mas quero ficar com você para sempre.

O canto da boca de Vanni levantou junto a uma sobrancelha, em uma expressão provocativa.

— Você não acha que deveríamos ver como é que a gente se dá na parte sexual? Ver se temos química? — perguntou ela, sorrindo, toda brincalhona.

— Vanessa, nós vamos nos dar bem. Quer dizer, você vai ser perfeita e eu tenho certeza de que vou acabar te alcançando. — Ele a beijou de novo. — Você vai dizer sim ou vai me fazer implorar?

— Você acha que eu quero morar com o meu pai e ter um namorado que só vem aos fins de semana para sempre? Então, sim — respondeu ela. — Eu provavelmente vou me casar com você.

— Ah, Deus, obrigado — disse ele, abraçando-a bem apertado de novo. — Será que é cedo demais se nos casarmos amanhã?

— Um pouco. Nós estamos esperando a confirmação sobre o bebê de Grants Pass, lembra? Não vai fazer diferença, mas acho que devemos saber o número de integrantes da nossa família.

— Eu vou fazer isso. O quanto antes. Isso é completamente razoável — ponderou ele, com um sorriso largo. Depois, balançou a cabeça em puro êxtase. — Você está sendo maravilhosa a respeito dessa situação. Eu não esperava mesmo que mudasse de ideia tão rápido. Achei que você fosse me deixar louco...

— Bom, já revirei esse assunto na cabeça por um bom tempo. Quando isso aconteceu, nós não sabíamos em que pé estávamos um com o outro. Não é como se nós tivéssemos dito "eu te amo" e você tivesse ido para a cama com outra mulher.

— Mas, mesmo assim, você insistiu que eu tinha que tentar descobrir se eu poderia amar essa outra mulher?

— Eu precisava ter certeza. Não queria o homem de outra mulher, mesmo que esse homem fosse você.

— Você é extraordinária, sabia? Na verdade, sua família inteira é extraordinária. Seu pai também lidou de maneira muito civilizada com essa história.

Ela ficou calada por um instante, com um olhar assustado estampado no rosto.

— Meu *pai*? — perguntou.

— Sim. Ele só queria se certificar de que eu não estava brincando com os seus sentimentos. E ele parecia meio interessado em como eu ia administrar tudo, financeiramente. Eu disse que minha empresa está indo bem, que isso não ia ser um...

— Você contou para o meu *pai*? — perguntou ela de novo, interrompendo-o.

Paul ficou imóvel, encarando Vanni por um segundo.

— Não — disse ele, enfim. — Você contou para o seu pai. Porque ele me perguntou se eu já tinha planejado o que fazer... Ah, merda, o que foi que ele me perguntou? Alguma coisa a respeito dos compromissos que eu tinha em Grants Pass... — Ele se inclinou por cima do ombro de Vanni e deixou a testa bater no tronco da árvore atrás dela. — E eu disse: "Com certeza, senhor... eu vou cuidar da mulher e do meu filho." Ai, meu Deus.

Vanni, gargalhando, empurrou Paul um pouquinho, afastando-o de si.

— Você contou para o meu *pai*! — exclamou ela, gargalhando e balançando a cabeça.

Paul fez uma careta.

— Você não tinha contado a ele, né?

— Claro que não — respondeu ela, com o olhar brilhando e um enorme sorriso. — Isso é um pouco pessoal, não acha? Além disso, você disse que ainda precisava ter certeza de que é para valer.

— Ai, meu Deus.

— Paul — disse ela. — O que você fez?

— Eu achei que você tivesse contado. O que foi que você contou para ele?

Ela envolveu o pescoço de Paul com os braços, mas demorou um tempo para falar porque estava gargalhando com vontade.

— Eu disse que nós não deveríamos ficar surpresos por saber que você, de fato, teve uma mulher na sua vida antes de vir para Virgin River. E que existia alguém... — E ela voltou a se desmanchar em gargalhadas.

Ele se deixou pesar sobre Vanni de novo, pressionando as costas da mulher na árvore.

— Isso não é engraçado.

— Você está brincando? É *hilário*! — E ela gargalhou um pouco mais antes de, enfim, dizer: — Paul, ele é um interrogador treinado. Você caiu feito um patinho!

— Eu não vejo onde está a graça...

— Bom, se você não tem senso de humor, eu não sei se posso...

Ela foi interrompida pela boca de Paul sobre a sua. Na verdade, ele evitou que ela gargalhasse por muito tempo ao cobrir o corpo dela com o seu. Eles se beijaram e se abraçaram. Finalmente, ele se afastou dos lábios dela e perguntou:

— Acabou de rir?

— Acabei. Acho que você deu um jeito nisso para mim.

Ele tocou delicadamente os lábios inchados de Vanni.

— Você acha que seu pai vai atirar em mim?

— Provavelmente, não — respondeu ela, sorrindo. — Mas se você escutar uma espingarda sendo engatilhada, talvez seja melhor se abaixar.

— Engraçadinha — disse ele, beijando-a de novo.

— Acho que estou toda vermelha por causa da sua barba — comentou ela.

— É. — Ele deu um belo sorriso. — Ficou bem em você.

— Nós precisamos voltar. Tenho um bebê para cuidar.

— Eu não quero voltar... Ele vai estar lá, me esperando...

— Você pode, muito bem, encarar essa situação — rebateu ela, antes de gargalhar mais uma vez. — Nós já estamos há muito tempo fora.

— Não chegou nem perto de ser o suficiente — argumentou ele, e a manteve bem ali por mais alguns minutos, temendo deixá-la.

Ela mexeu o quadril contra ele.

— Paul, está na cara que me prender aqui nesta árvore assim deixa você excitado.

— Eu sei — respondeu ele. — Nós precisamos ficar sozinhos.

— Aham. Eu também preciso disso. Provavelmente mais do que você. E, quanto antes, melhor.

Vanni deixou Paul cuidando dos cavalos enquanto voltava correndo para dentro de casa, para ver como estava o bebê. Ele levou quase uma hora para escovar os animais e colocá-los no estábulo já sem as rédeas, que foram guardadas. Provavelmente voltou a passos lentos para a casa. Ao chegar lá, Walt estava de pé em frente ao aparador da sala de jantar, preparando um drinque. Paul tinha vivido com ele durante meses; mesmo quando aconteceu a morte repentina do genro, o homem nunca tinha bebido de manhã. Se a tragédia ou a depressão não tinham feito com que ele se consolasse na bebida, então aquele drinque devia ser uma comemoração.

Walt se virou, olhou para Paul e ergueu uma sobrancelha preta e espessa.

— Quer beber alguma coisa para dar uma aliviada na situação, filho? — perguntou ele.

— Obrigado, senhor — respondeu ele.

Mas, em pensamento, acrescentou: *Você não desiste.*

— Conhaque? Uísque? Uísque canadense?

— Crown? — devolveu Paul.

— Com prazer — respondeu Walt, escolhendo a garrafa do uísque canadense no armário de bebidas e servindo uma pequena dose com gelo em um copo. Ele entregou a bebida a Paul e disse:

— Imagino que você não tenha trabalhado infiltrado quando estava no Corpo de Fuzileiros.

— Não, senhor.

— Está na cara. — Ele ergueu o copo em sua mão. — Um brinde à minha vitória em um jogo que eu nem sabia que estava jogando.

— Ao senhor — respondeu Paul, relutantemente.

Depois de tomar um gole do drinque, Walt comentou:

— Eu conheço você muito bem, Paul. Antes de hoje, nunca tive qualquer dúvida a seu respeito. Então, eu vou perguntar só uma vez: você planeja tratar bem a minha filha?

— Como se ela fosse feita de ouro, senhor. A despeito de tudo.

— Se ela escolheu você, isso basta para mim.

E ergueu o copo mais uma vez.

— Obrigado, senhor.

— Mas, sério — insistiu Walt, dando uma risadinha. — Você caiu feito um patinho.

Vanni e o pai eram tão parecidos que chegava a ser assustador. Além disso, ela era dona de um temperamento e tanto. E ele se perguntou: *Eu quero me casar com uma general?* A resposta veio imediatamente: *Ah, sim. Ai, meu Deus, eu quero.*

# *Capítulo 8*

Sabendo que Vanni e Paul tinham se resolvido e que as coisas estavam esquentando entre eles, o general desapareceu depois do jantar, deixando que os dois pombinhos recém-reconciliados arrumassem a cozinha sozinhos. Mas Tom não sabia de nada e flagrou os dois em meio a um beijaço em um momento em que eles deveriam estar lavando a louça. O casal estava encostado na pia, engalfinhado em um beijo apaixonado.

Por trás de Paul, Tom disse:

— Acho que isso significa que vocês se acertaram, hein?

Paul sussurrou na orelha de Vanni:

— Livre-se dele, pode ser? Por favor?

— Cai fora, Tom — disse ela, um tanto sem fôlego.

— Finalmente, Paul. Sério, eu estava começando a achar que você era um pouco devagar ou algo do tipo. Estou indo para a casa da Brenda.

— Hoje você não tem hora para voltar — disse Paul, embora sua voz tenha soado abafada, pois a boca estava mais uma vez no pescoço de Vanni. — Se quiser, pode passar a noite toda fora.

Eles ouviram uma risadinha e, depois, o som da porta da frente se fechando, e Paul recomeçou a beijar Vanni.

— Vanni, querida — sussurrou ele. — Você pode fazer a mala, com as suas coisas e as de Mattie, e vir comigo amanhã de manhã? Volte comigo para o Oregon, para passar uns dias...

— Hum. Boa ideia.

— Nós vamos embora bem cedinho — disse ele. — Tipo daqui a uma hora...

Ela riu.

— Nós vamos sair daqui às nove. Eu não quero apressar o bebê... — Ela deu um beijinho nele, e a seguir se afastou, dando uma risadinha, guardando o último prato. — Eu tenho que ir dar banho em Mattie, depois vou colocá-lo para dormir.

Paul passou o que pareceu ser intermináveis duas horas e meia em frente ao canal de notícias, incapaz de se concentrar em uma palavra sequer do que era dito ali. Depois de uma hora, ele se levantou e se serviu de um drinque, perguntando ao general se ele queria alguma coisa. Mas o general declinou a oferta — provavelmente porque não sentia aquilo que poderia ser mais bem descrito como nervosismo de quem estava prestes a se casar. Paul estava se fazendo uma centena de perguntas.

Ele não fazia ideia se era um bom amante. Como um homem pode saber isso? Ele era bem-sucedido em fazer direitinho o serviço, satisfazendo a mulher com quem ele estava antes de pensar em si mesmo. Ele não conseguia se lembrar de nenhuma reclamação, mas também não tinha estado com muitas mulheres. Não se comparasse com alguns de seus amigos, claro. E nunca estivera com uma mulher como Vanni. E, com Vanni, ele não queria simplesmente satisfazê-la — ele queria criar um vínculo eterno ao proporcionar a ela o maior prazer de sua vida. Algo doce e poderoso. Paul queria que ela tivesse certeza de que ele poderia ser um marido adequado.

Ele ouviu o bebê chorar, depois fazer uns barulhinhos fofos enquanto aproveitava o banho que recebia. Após um tempo, ouviu a banheira se encher de novo; Vanni estava cuidando de si também.

Será que ela choraria por Matt quando eles finalmente fizessem amor? Será que ela se lembraria do marido, ansiaria por ele, sentiria saudades? E como um homem lidava com aquilo? Paul se perguntava tudo isso. Agora desejava ter conversado sobre isso com Jack; o amigo tinha se casado com uma viúva. Deviam existir alguns desafios especiais nisso. *Eu a consolei em meio a um mar de lágrimas*, pensou Paul. *Posso consolá-la em meio a quantas mais precisar.*

Ele tomou um banho, mais para se distrair e, quando saiu do banheiro, havia apenas uma luz acesa no salão, provavelmente deixada para Tom. Uma luz brilhava através da fresta embaixo da porta do general e dava para ouvir o som da TV em seu quarto.

Paul saiu da casa, foi até o deque e ficou ali, sob um céu escuro e fresco, pontilhado por milhões de estrelas. O céu estava tão límpido e profundo, era como se desse para enxergar o próximo universo. Paul estava descalço e sem camisa, com a toalha pendurada em volta do pescoço. Ele olhou na direção do túmulo de Matt, depois de novo para o céu, segurando a toalha pelas pontas. *Eu juro*, prometeu ele, *que vou dar o meu melhor, amigo. Vou dar o meu melhor por eles dois.*

Ele daria o mundo para ouvir Matt replicar com uma de suas respostinhas afiadas.

Paul foi até seu quarto, procurou pelo seu kit de barbear, depois seguiu até o quarto de Vanni. Bem devagar, ele girou a maçaneta até a porta se abrir um pouquinho.

— Posso entrar? — sussurrou ele.

— O que você está fazendo? — respondeu ela em outro sussurro, sentando-se na cama e acendendo o abajur. — Você está completamente louco?

— Suicida — corrigiu ele. E entrou no quarto dela, fechando a porta com cuidado atrás de si. A primeira coisa que ele fez foi olhar na direção do bebê, para ter certeza de que ele estava dormindo. — Eu tenho que passar mais tempo com você.

— Com meu pai bem ali, no fim do corredor? Você e eu na cama?

— Eu não estou nem aí se o Exército inteiro está no fim do corredor. Você não vai viajar comigo hoje à noite, então eu não consegui me segurar. Você está nua?

Vanni revirou os olhos e sorriu para ele. Ela usava uma camiseta cinza na qual se lia EXÉRCITO. No corpo dela, a peça com certeza parecia sensual. E, meu Deus, aquele sorriso era tudo. Era o mundo de Paul. Ela era tão forte, tão segura de si. Ele já deveria ter imaginado que ela estaria pronta para ele, para eles, caso contrário teria dito que não estava, porque Vanessa era assim. Não era de brincadeira, não se enganava em relação aos próprios sentimentos. Ela sabia aonde ia; tinha a mesma determinação forte do general.

Ele retribuiu o sorriso.

— Você devia tentar ficar quieta — disse ele. E ela deu uma risadinha. — Vanessa! Uma vez na vida... você pode ficar quieta?

— Não sei, Paul. O que você vai fazer comigo?

Ele sorriu e teve consciência de que seu olhar se intensificou.

— Eu quero entrar debaixo dessa camiseta do Exército. A não ser que você me peça para não fazer isso.

— Deixe de ser ridículo. Eu *quero* você debaixo dessa camiseta. Mas, sério, isso é muito mais ousado do que você costuma ser...

— Estou virando uma nova página. Chega de ficar esperando um convite. Chega de esperar pelo momento certo. Eu preciso de você. Meu Deus, como eu preciso de você. — A boca de Paul se uniu à dela, suas mãos deslizaram por debaixo da camiseta, encontrando os seios de Vanessa, e ele grunhiu. — Ah, Vanni. Você está completamente nua na parte de baixo.

Ela sorriu ainda colada à boca dele.

— Você não está.

— Estou me esforçando muito para manter algum juízo — murmurou ele.

— Eu duvido que ele quebre a porta e atire na sua nuca — argumentou Vanni. — Ele é muito mais direto. E ele detesta lidar comigo quando estou deprimida. Mas talvez seja bom prestar atenção àquele barulho da espingarda sendo engatilhada...

— Eu tentei muito não fazer isso — respondeu ele, levantando a camiseta que ela vestia, seus lábios encontrando os mamilos dela. — Apague essa luz...

— Não até você tirar a sua calça — disse ela.

Ele levantou a cabeça.

— Você é mais louca do que eu — sussurrou. — Você vai ficar quieta?

— Vou tentar. De verdade. Mas e se ele bater na porta?

Paul ofereceu a ela um sorriso repleto de malícia.

— Quem quer que toque naquela porta vai ver só.

Ele arremessou a toalha que estava pendurada ao redor do seu pescoço no encosto da cadeira. Antes de desabotoar a calça jeans, Paul tirou algumas camisinhas do bolso e colocou todas elas em cima da mesinha de cabeceira. Eram várias.

Ela deu uma olhada e ergueu uma das sobrancelhas acastanhadas.

— Que otimismo, Paul — comentou ela, dando um sorriso.

— Provavelmente é um delírio — respondeu ele, tirando a camiseta dela e arremessando-a longe também.

Ao vê-la, ele prendeu a respiração; Vanessa era de tirar o fôlego. E nem um pouco tímida. Então, ele se levantou, suas mãos foram até o botão e o zíper da calça e ele a despiu bem rápido, chutando-a para outro canto.

Ela arregalou os olhos.

— Nossa. Meu Deus do céu.

Paul era simplesmente lindo. Uma penugem castanha cobria seu peitoral, o quadril era estreito, as pernas eram longas e ele era imenso. Imenso e ereto.

Ele se sentou na cama e sua expressão se abrandou.

— Está tudo bem com você desde que o bebê nasceu? Você está preocupada em fazer sexo?

O olhar dela não descolou das partes íntimas dele.

— Estou um pouco mais preocupada com a parte de ficar quieta — disse ela, pensativa.

Paul desligou a luz, buscou os lábios de Vanni e deslizou para junto dela na cama. Suas mãos acariciaram todo o corpo daquela mulher: as costas, os seios, as nádegas redondas e firmes, o quadril voluptuoso. E as mãos dela partiram para cima dele na mesma hora, examinando cada parte daquele corpo com os dedos e as palmas, acarinhando, esfregando.

— Eu quero você — sussurrou ele. — Eu quero tanto você. — E os dedos dele escorregaram até aquele lugar úmido onde as pernas se juntam. — Quero que você se abra para mim, meu amor. — Ele não precisou pedir duas vezes; as pernas dela se abriram. Ele deslizou um dedo por toda aquela maciez sedosa e escorregadia e, então, para dentro dela. Ele murmurou contra os lábios entreabertos dela: — Ai, nossa, não demorou nada...

— Olha só quem está falando — devolveu ela, baixinho. — Você tirou a calça e já estava pronto.

— Vanni, eu já estava pronto há horas. Tentei tomar um banho, dar uma volta lá fora, beber...

Ela esticou o braço para alcançar uma camisinha na mesinha de cabeceira, começou a abrir a embalagem, mas mal conseguiu terminar a tarefa. Os dedos dele no corpo dela, dentro dela, a boca dele em seu pescoço e seios, era quase além do suportável. Ela começou a tremer e agarrou-o pelo punho, retirando a mão dele dali.

— Para — sussurrou ela. — Eu já estou perto demais. Espera.

— Não — retrucou ele, em um murmúrio. — Nada de esperar. Deixa acontecer — disse ele. — Está tudo bem. Goze para mim. Rápido e forte.

E ele continuou tocando Vanni, acariciando-a, esfregando-se em seu corpo enquanto a beijava.

Ela alcançou o ápice e o ultrapassou na mesma hora, atingindo o clímax antes mesmo de conseguir ajudar com a camisinha, que estava toda amassada dentro de sua mão cerrada. Ela gemeu um tanto alto, um som que parecia um rosnado, e Paul cobriu sua boca o mais rápido possível, tentando abafar aquele ruído sob seus lábios, mas, mesmo assim, ele não a decepcionou — seguiu com as carícias intensas, levando-a para além do prazer. Ele continuou até a tempestade passar e ela desabar mole e sem fôlego nos braços dele. O único medo que Paul sentira foi o de, por algum motivo, não conseguir fazer aquilo por ela — mas ele nem sequer tinha começado e ela já tinha chegado lá. Como um foguete. Isso o deixou maravilhado.

— Ah, meu amor — disse ele. — Isso foi especial. Você foi ótima.

— Ufa — respondeu ela, sem forças. — Eu queria esperar por você...

Ele pegou a embalagem da mão dela e colocou a camisinha.

— Eu devia saber. Você tem esse fogo. Que tal mais um pouco disso, hein? Me deixa entrar, meu amor. A gente ainda não acabou.

Com um suspiro cheio de paixão, ela dobrou os joelhos e ele a penetrou, devagar, com facilidade, até que ela o aceitasse por completo.

— Paul — murmurou ela, agarrando-se a ele. — Paul...

Ele sustentou o peso do corpo sobre ela e começou a se mover, lentamente, com ritmo, bem fundo. Precisou cobrir a boca de Vanni com a dele, porque os sons que ela fazia os denunciavam. Ele sorriu, encarando-a.

— Você gosta de gritar, não é, querida? — Ele se moveu mais um pouco e sua voz estava rouca, tensa. — Vanessa, quero ver você ter prazer de novo. Deixe fluir. — Então, cobriu a boca da amada com os próprios lábios e manteve o ritmo até ela ficar enlouquecida, em pleno êxtase. Uma explosão de prazer pulsante que a deixou completamente mole e consumida. — Essa é minha garota. Você é *muito* boa nisso... eu sou o homem mais sortudo do mundo.

— Paul — sussurrou ela, com a voz fraca. — Eu não posso ficar fazendo isso sem você. O que está esperando?

Ele mordiscou o lábio dela e Vanni conseguiu sentir que ele sorria, sentiu seus dentes.

— Só mais um, querida, vamos lá. É tão bom.

— Não consigo — disse ela, exausta. — Eu simplesmente não consigo.

— Isso nós vamos ver...

Ele foi descendo, beijando e lambendo tudo, passando pelos seios, pela barriga e, afastando suas coxas, deu umas lambidas voluptuosas bem ali, no centro dela. Vanni jogou a cabeça para trás e gemeu alto. A mão de Paul subiu para cobrir a boca dela com firmeza, o que só fez com que ela rebolasse com mais intensidade. Ele não a torturou por muito tempo. Voltando a se erguer, ele a penetrou mais uma vez e deslocou o quadril só um pouquinho, criando o ponto de fricção perfeito. Na escuridão do quarto, ele conseguia ver que os olhos dela estavam bem abertos e seus lábios ligeiramente separados enquanto ela arfava de expectativa.

— Mais uma vez — disse ele, num murmúrio. — Mais uma vez, por nós. — Ela arqueou a pélvis, arremessando-se contra ele, enterrando os calcanhares no colchão, e mais uma vez ele precisou cobrir a boca de Vanni, que arfava. — Eu te amo, meu amor — sussurrou ele contra os lábios dela. — Eu te amo tanto.

E então ela explodiu, afogando-o em um calor pulsante.

Paul não queria mais se segurar. Ele nunca tinha sentido nada parecido com aquilo antes. Ele se deixou levar de uma vez e acreditou no fundo do coração que estava possuindo Vanessa de tal modo que ela seria sua até o fim dos tempos — sua mulher, a chefe da família, o amor da sua vida. E ele significaria o mesmo para ela. Paul atingiu o prazer máximo no mesmo instante que ela e derramou-se no interior daquela mulher, e com isso também ofereceu a ela seu coração, sua vida, sua alma.

A seguir, abraçou Vanessa, que repousava lânguida no corpo dele, e acariciou seu cabelo, enchendo sua testa de beijinhos suaves.

— Eu nunca experimentei nada parecido em toda a minha vida — confessou ele, baixinho. — Você é uma mulher incrível. Acho que sou o homem mais sortudo do mundo por ter essa conexão com você.

— Nossa — respondeu ela, também baixinho e finalmente exalando. — Eu acho que você está chegando lá...

Como resposta, ela recebeu uma risadinha profunda e suave.

— Você facilita muito as coisas.

— Qual é, Paul — disse ela, rindo. — Nem vem fingir que você não sabe... você é um amante incrível. E eu sei que você teve outras mulheres...

— Não muitas — admitiu ele. — Algumas das coisas que acabei de viver com você aqui são novidade. — Ele se levantou um pouco e se apoiou no cotovelo, olhando para baixo, para ela. — Foi a primeiríssima vez que fiz amor com a pessoa com quem quero passar o resto da minha vida, que quero que seja minha parceira, minha melhor amiga, minha amante até o fim. A mãe dos nossos filhos. Você é tudo que me faltava.

Ela ficou em silêncio por um longo momento; seus olhos pareciam estar brilhando.

— Isso é muito doce.

— E é muito sincero. — Ele a beijou na bochecha, no queixo, na boca. — É melhor eu voltar para o meu quarto?

— Não. Fique comigo — sussurrou ela. — Por favor...

— Tudo bem, meu amor. Fico aqui quanto tempo você quiser — respondeu ele, baixinho.

— Para sempre — disse ela. — Para sempre é tempo demais?

Ele a beijou na bochecha e a trouxe mais para perto de si.

— Talvez não seja tempo suficiente... Eu preciso ir rapidinho ao banheiro. Já volto.

Ele pegou a toalha e a enrolou ao redor da cintura. E, por sorte, não havia qualquer movimentação no corredor. Paul foi em silêncio e não demorou, logo estava de volta na cama, ao lado de Vanessa, abraçando-a. Ele permaneceu acordado por um bom tempo, apenas escutando a respiração dela, embriagando-se do perfume daquela mulher. Tê-la ali daquele jeito, abraçada nua a seu corpo, parecia um milagre. E é impossível conseguir dormir quando um milagre acontece. Você saboreia cada instante, agradece.

Paul só voltou ao próprio quarto depois de olhar pela janela do quarto de Vanessa durante o amanhecer e vislumbrar o general caminhando vagarosamente até o estábulo para alimentar os cavalos.

Quando Walt voltou do estábulo, Vanessa estava na cozinha com uma caneca de café e Mattie na cadeirinha de balanço acomodada em cima da cadeira ao lado da mãe.

— Bom dia, papai — disse ela, toda animada. E, então, olhou para o relógio em seu pulso. — Você deve ter começado bem cedo.

— Mais ou menos no horário de sempre — disse ele, indo buscar uma caneca de café. — Eu vou sentir muita falta de Tom. Estou começando a perceber como deve ter sido para ele, acordar tão cedo, terminar tudo que tem para se fazer no estábulo antes de ir para a escola. — Ele tomou um gole. — Não é só por isso que ele vai fazer falta, claro.

— Mas você não ia querer que fosse de outro jeito — argumentou ela. — Estamos tão orgulhosos de Tom. Ele vai ficar bem.

— Essa é a parte complicada… deixá-lo ir assim, sabendo que é a melhor coisa a se fazer, embora a sensação seja de que, na verdade, é a pior. E eu vou perder você também — concluiu ele.

Vanessa podia facilmente imaginar como o general devia ser uma figura assustadora para suas tropas. Contudo, naquela manhã, à mesa da cozinha, tendo apenas a companhia da filha e do neto, ele estava manso como um cachorrinho. Ela esticou o braço por cima da mesa e fez um carinho na mão do pai. Com a outra mão, o general brincou com o pezinho do bebê.

— Você não vai me perder, papai. Nunca.

— Está tudo bem, Vanni. Você está na flor da idade, Paul é um rapaz legal, apesar de estar fazendo filho a torto e a direito por aí…

— Papai...

— Não, ele é um bom homem. Fora esse incidente.

Ela se inclinou na direção dele.

— Você não está me perdendo — garantiu ela mais uma vez. — Mas eu fiz uma mala hoje de manhã. Eu vou para a casa com ele, pai. Só por uns dias. Vamos voltar antes do fim de semana.

— Isso não me surpreende nem um pouco. Estou é surpreso por vocês não terem ido embora no meio da noite.

Então, ela perguntou baixinho:

— Eu perturbei seu sono ontem?

Ele fez que não com a cabeça.

— Acho que somos uma família estranha — respondeu ele. — Nem um pouco parecida com a família certinha e careta que eu sempre pensei que fôssemos, os últimos acontecimentos da nossa vida mudaram tudo. Abrandaram as nossas expectativas... As minhas, pelo menos. — Ele olhou para baixo. — Eu escutei vocês, sim. Mas não me incomodou. Na verdade, eram sons de felicidade. — Ele levantou o olhar. — Em outras noites, eu escutei vocês... você e seu irmão. Noites de choro pelos amores que vocês perderam. Sua mãe. Seu marido. E não tenho dúvidas de que houve noites em que o jovem Tom, com apenas 14 anos, se perguntou o que deveria fazer com um general de três estrelas durão que ficava na cama chorando pela morte da esposa.

— Ah, papai...

— Vanni... a vida é difícil. Simplesmente é assim que as coisas são, sobretudo para famílias militares, como a nossa. Mas precisamos seguir em frente, precisamos ser fortes, fazer o melhor que pudermos. Se você me disser que está feliz com Paul...

— Ah, pai, amo tanto aquele homem. Eu amei o Paul antes de me apaixonar por ele, se é que isso faz sentido. Ele me ama. E... ele ama você.

— Qualquer homem que tenha feito tudo que ele fez depois da morte do amigo merece o meu respeito.

— Obrigada, papai. Nós ainda temos muito tempo antes de Tom terminar a escola e partir para o treinamento básico, mesmo se eu passar um tempinho em Grants Pass. — Ela deu uma risada. — Mas pode ser que Tom tenha dificuldades de nos incluir nos planos... eu sei que Brenda está no topo das prioridades dele agora.

— Ir embora é difícil para ele também. Mas seu irmão vai se acostumar rapidinho. Alguma coisa acontece quando você está lá com aqueles garotos, competindo, tentando provar seu valor. Ele não vai ter tempo de sentir saudade de ninguém. — Walt riu um pouco. — Exceto da garota. Ele vai sentir falta da garota. Afinal de contas, ele não é um eunuco.

Ela sorriu, mas não disse nada. O pai dela já tinha olhado para tantos rostos jovens ao longo de sua carreira. A leitura que ele fazia era sólida.

— Paul está sendo procurado para algumas obras por aqui. Nós vamos ficar na cidade o máximo de tempo que o trabalho permitir.

Os olhos de Walt se arregalaram.

— *Você* insistiu nisso?

— Não — respondeu ela. — Ele ama este lugar. Tem bons amigos aqui. Ama vir até aqui para encontrar os rapazes. Tem intenção de construir uma casa para nós na região.

— Vanni — começou ele, emocionado. — Isso seria maravilhoso. Eu posso deixar você ir embora, se for isso o que você quer, só que, sendo egoísta, eu ficaria tão feliz de ter você por perto.

— Ele ainda tem uns detalhes para resolver. E tem aquele outro assunto...

Antes que ela pudesse continuar, Paul entrou na cozinha.

— Bom dia, senhor — disse ele, indo até o bule de café.

Walt se levantou.

— Vanni me disse que você está considerando trabalhar aqui.

— Isso mesmo, senhor. Mas não vamos nos precipitar... Tenho que conversar com a minha família. Quando nós formos para Oregon por uns dias, Vanni vai poder deixar Carol e Lance curtirem o netinho, vai conhecer minha família, e eu vou poder fazer essa proposta para o meu pai e meus irmãos. Espero que o senhor esteja de acordo com essa viagem... Vou levar Vanni comigo durante uns dias. Vamos voltar antes do fim de semana.

— Ótimo. Isso é ótimo. — Walt estendeu a mão para Paul. — Vocês precisam passar um tempo juntos fora daqui. Assim eu consigo dormir um pouco.

E, então, saiu da cozinha.

Paul pôde sentir mudanças sutis em si mesmo depois de apenas vinte e quatro horas. O embate com Vanessa, seguido por uma noite em seus braços, ensinaram a ele algumas coisas a respeito daquela mulher. E a respeito dele próprio. Vanni era forte, e precisava de um homem que se equiparasse a ela ou até a superasse nessa força. Um homem que fosse firme, determinado, não alguém que se esquivasse ou acatasse as coisas. Ela gostava de poder, não para si mesma, mas para se alinhar a alguém que o tivesse; ela era uma parceira formidável e exigia um homem que não se intimidasse com isso. Se Vanessa se sentisse desafiada, não agiria com covardia, ela lutaria. Mas, se ela se sentisse consideravelmente mais forte do que seu homem, ela lutaria com ainda mais intensidade. Ela só poderia se unir com alguém com confiança, paixão e convicção. Tudo isso fez com que o melhor dele aflorasse — sua autoconfiança e competência. Ela fora criada por um general, admirava vigor e audácia. Coragem.

Vanni gostava do lado gentil de Paul, mas só como contraste. Ela fora obrigada a suportar muitas dores e perdas e precisara ser dura; não poderia ser parceira de um homem que veria a força dela como algo garantido; precisava de um homem no qual pudesse se recostar às vezes. Vanni tinha um temperamento e tanto; era combativa e mandona, às vezes difícil. Mas também era justa e dona de um amor profundo e duradouro. Era capaz tanto de rosnar quanto de ronronar; Paul estava determinado a destacar e adorar ambos os traços.

Para ele, ela era perfeita. E Paul reparou, com certo grau de surpresa, que ele era seu par. E aquela sensação era incomparável. O orgulho que isso incutiu nele aprimorou sua força e aprofundou seu amor.

Durante a viagem para Oregon, com o bebê acomodado na cadeirinha no banco de trás da caminhonete com cabine estendida de Paul, Vanni dormiu tanto quanto Mattie. A trepidação que o impedira de falar com ela antes, que, havia alguns anos, naquele bar lotado, não o deixara se aproximar e se sentar ao lado dela, aquela trepidação havia sumido. Ele estava possessivo, seguro de si, sereno. E não conseguia manter as mãos longe dela. Estava constantemente em busca de Vanni, tocando seu joelho, envolvendo os ombros dela com seu braço. Ele estivera dentro do corpo daquela mulher, fazendo-a tremer de prazer e implorar por mais, ele a marcara, fizera dela sua. Ela não o assustava mais.

Conforme se aproximavam de Grants Pass, Vanni perguntou quando encontrariam a família de Paul ou a família Rutledge.

— Não vamos ligar para ninguém até amanhã de tarde — anunciou ele. — Vamos parar no mercado, comprar o que precisamos e passar uma noite juntos, só nós três. Segunda-feira é cedo o bastante para entrarmos em contato com eles.

Quando Vanni começou a fazer planos para um jantar elaborado que ela queria preparar para exibir algumas de suas habilidades para ele, Paul a interrompeu:

— Não vamos passar a noite inteira na cozinha hoje. Teremos bastante tempo para isso — disse ele.

Eles abasteceram o carrinho do mercado com fraldas, fórmula para o bebê, cereal, ovos, leite, ingredientes para sanduíche e salada, um frango assado e legumes.

Vanessa já havia conhecido um pouco do trabalho dele na casa de Mel e Jack, que tinha sido projetada por Joe e executada por Paul. Mas ele a apresentou com muito orgulho à sua casa em Grants Pass. Era uma obra--prima. As imensas portas duplas de carvalho conduziam a uma antessala espaçosa com piso de mármore. Havia alguns degraus que levavam a um salão rebaixado forrado com um carpete grosso e cor de creme e que ostentava uma lareira grande e revestida de lindas pedras de ardósia. Uma longa fileira de vidraças que iam do chão ao teto se abria para um gramado bem-cuidado, e o teto era alto e repleto de vigas. Havia dois quartos espaçosos, e por toda a casa era possível encontrar estantes e armários, tudo embutido e deslumbrante. Uma cristaleira embutida maravilhosa se destacava na sala de jantar. A peça era tão grande que ocupava praticamente uma parede inteira. Do lado de fora havia um deque comprido com uma churrasqueira a gás e móveis de pau-brasil. O próprio Paul tinha executado a maior parte do trabalho, feita no interior no seu ateliê, montado em uma das vagas de sua garagem para três carros; ele era um carpinteiro de mão-cheia. A cozinha era a vitrine desse trabalho: pisos de tábua corrida, balcões de granito branco salpicado com pontinhos dourados e armários com portas de vidro. E tudo era tão imaculadamente limpo que chegava ao ponto de parecer esterilizado.

— Este lugar é magnífico — disse ela, sem fôlego. — Eu daria qualquer coisa por uma casa dessas — completou.

— Eu construo o que você quiser — prometeu ele.

Paul montou o berço portátil no segundo quarto enquanto Vanni amamentava o filho na suíte principal. Ele levou uma bandeja com um lanchinho e serviu uma taça de vinho para Vanessa, servindo-se de uma cerveja. Depois, eles brincaram um pouquinho com Mattie antes que o bebê começasse a bocejar. Paul o levou para o berço e o colocou para dormir uma soneca e, ao sair do quarto, encontrou Vanessa na cozinha, enxaguando os pratos que eles tinham usado.

Paul queria contar a ela sobre como a vida dele tinha mudado em um único dia, mas lhe faltaram palavras. Seria bom conseguir explicar que ele já tinha estado com mulheres antes dela, mas nunca daquele jeito. Ele tinha feito sexo. Um sexo ótimo. Na verdade, seu pior sexo tinha sido bom para cacete. Mas nunca tinha partilhado com nenhuma mulher o grau de intimidade e intensidade que Vanni lhe proporcionara; ele tinha certeza de que jamais provocara nas mulheres o tipo de resposta que Vanni lhe dera. No mesmo segundo que os lábios dos dois se tocaram e que a mão de Paul percorreu aquele corpo macio, ela entrou em ação. Mais quente do que o próprio fogo. A paixão que ela libertava era inacreditável. Inimaginável. O modo como ela rebolava contra ele o enfraquecia de tal modo que ele nem conseguia pensar no assunto. Dava a ele o tipo de poder e domínio que ele não sabia que tinha. Quando Vanni estava em seus braços, ele se tornava o melhor amante do mundo. Não existia nada no universo que pudesse massagear o ego de um homem do que incendiar o ardor de uma mulher com aquela facilidade; e satisfazê-la por completo, exaustivamente, diversas vezes. Ela era maravilhosa e ele se sentia como se seu coração fosse explodir. E, claramente, o fato mais notável e prodigioso era que ela não o deixava sentir qualquer centelha de dúvida — ela pertencia a ele. Por inteiro.

No entanto, em vez de tentar explicar como ela o fazia se sentir, ele veio por trás dela, a abraçou e beijou seu pescoço. Na sequência, fechou a torneira e a virou de frente para ele. Paul, então, a pegou no colo e, contra a boca entreaberta dela, disse:

— Não acredito que posso levar você para a minha cama e amar cada pedacinho seu.

Ela estremeceu e respondeu:

— Não acredito que você ainda não tenha me levado para lá.

E, aí, tudo recomeçou...

Muriel St. Claire imaginou que a tarde de domingo seria um bom momento para visitar a cidade de Virgin River. Estava tudo muito calmo e ela sabia que poderia dar uma olhada por ali sem causar um grande alvoroço. A casa que havia comprado recentemente ficava logo depois da cidade, e ela nunca tinha tido tempo de fazer nada além de dirigir pela rua principal. O lugar era pequeno e compacto, tinha o que parecia ser um restaurante modesto e mais nenhum outro comércio na rua principal.

A placa que dizia "Aberto" estava acesa na janela do estabelecimento, então ela estacionou a caminhonete e entrou. Muriel deu uma olhada ao redor, apreciando o lugar. Aquele era um bar e restaurante interiorano perfeito — tudo polido e bem lustroso, brasas cintilando na lareira, duas senhorinhas dividindo uma mesa perto do fogo, troféus de caça e pesca decorando as paredes. Atrás do balcão havia um atendente bonitão e sorridente limpando copos.

Ela se sentiu bem-vestida demais com sua calça de alfaiataria, botas de couro de avestruz e um blazer de couro feito sob medida por cima de uma blusa de seda cor de creme. Mas, tudo bem, da próxima vez ela já estaria ciente disso.

As mulheres idosas começaram a cochichar e fofocar assim que Muriel chegou, lançando olhares para ela e depois cochichando um pouco mais. Bom, aquilo foi bem rápido; elas poderiam ser idosas, mas sabiam quem ela era. O atendente do bar inclinou a cabeça e lhe deu um sorriso amigável.

Muriel caminhou até o balcão.

— Lugarzinho bem legal — comentou ela.

— Obrigado. Nós temos certo orgulho daqui. O que posso te servir?

— Que tal uma Coca-Cola? Zero.

— Pode deixar. — Ele a serviu e perguntou: — Está de passagem por aqui?

— Na verdade, não. Acabei de me mudar para cá. Bom… — Ela deu uma gargalhada e completou: — Eu nasci não muito longe daqui e sempre quis voltar.

— Você me parece familiar — arriscou Jack. E balançou a cabeça. — Eu tive um pequeno *déjà vu*. Por um segundo, você meio que me lembrou da minha esposa. A primeira vez que ela entrou aqui neste lugar, achei que ela estivesse perdida. Uma loira elegante no meu bar? Não poderia ser verdade.

— Eu acho que você fez a coisa certa e se casou com ela.

— O que mais eu poderia fazer? — perguntou Jack em meio a uma risada. Ele estendeu a mão. — Jack Sheridan.

— Muriel — respondeu ela, aceitando o cumprimento.

— Faz tempo que você está por aqui? — quis saber Jack.

— Na verdade, não. Eu costumava visitar a região quando meus pais ainda estavam vivos. Mas ao longo dos últimos anos eu só vim aqui em viagens rápidas, para ver as propriedades. Nunca estive neste bar antes.

— Imagino, então, que a coisa deu certo com essas viagens para visitar casas, né?

— Um rancho. Lá em Silverton Road.

Jack franziu a testa.

— A propriedade do velho Weatherby? Ele não morreu, morreu?

— Não — respondeu Muriel. — Ele finalmente desistiu de morar lá e foi viver perto dos filhos.

— Eu nem sabia que o rancho estava disponível — observou Jack.

— Acho que não estava. Eu venho trabalhando com uma corretora de imóveis já há alguns anos, procurando por uma propriedade. Acredito que ela tenha ido até lá visitar, disse ao proprietário que talvez houvesse uma compradora e aquele parecia ser o lugar certo. E, de fato, era. Você conhece ele?

— Não — disse Jack, enxugando o balcão. — Ele já era das antigas quando eu cheguei por aqui uns anos atrás. Já tinha vendido quase todo o gado, manteve uns poucos cavalos, alguns cachorros e um belo jardim. Já estava aposentado. Eu o encontrei umas duas vezes no bar. Tinha uma penca de filhos e nenhum morava por aqui. — Ele riu de novo. — Sabe... a gente faz do sonho da nossa vida dar para os filhos uma ótima educação e, no fim, ninguém quer ficar no rancho. — Ele deu uma olhada nas mulheres fofocando. — Madge e Beatrice — explicou ele. — As duas estão todas alvoroçadas. Os recém-chegados atraem um pouco de atenção por aqui.

— Imagino que esse seja o caso — comentou ela.

— A casa do Weatherby não precisa de uma reforminha? — perguntou ele.

— Uma reforma das boas — disse ela, bebericando o refrigerante. — Mas é uma construção sólida, tem um celeiro e um curral ótimos e uma casa de hóspedes. O que Weatherby fazia com a casa de hóspedes?

— Até onde eu saiba, sua falecida esposa gostava de pintar, então ela construiu o lugar para ser seu estúdio. Depois que ela morreu, um tempo atrás, ele transformou o lugar em uma casinha que ele podia alugar para os ajudantes do rancho ou para os lenhadores. Uma edícula que servia como uma espécie de barracão.

— Ah, isso explica muita coisa — comentou ela.

— Explica o quê, se me permite perguntar?

— É um belo quartinho com muitas janelas. Mas estava nojento. Como se tivesse sido alugado para homens e não tivesse passado por uma faxina entre os períodos de aluguel. — Ela deu outro gole na Coca-Cola. — A corretora contratou uma equipe para limpar muito bem aquilo ali. Eu passei uma demão de tinta, decorei um pouquinho, comprei um tapete bem grande e vou poder morar ali enquanto reformo a casa maior.

— Você está procurando um empreiteiro?

— Ainda não. Com certeza vou precisar de um pouco de ajuda, mas esperei muito por esse momento e quero assumir a maior parte do trabalho. Quero dizer, eu não sou doida... sei que vou precisar de ajuda se tiver que reformar a parte elétrica, hidráulica, refazer o piso ou trocar o telhado.

Mas sou ótima com um pincel. E, acredite se quiser, eu domino a arte de aplicar papel de parede.

— E quanto aos armários, balcões, azulejos, painéis de parede de madeira, essas coisas?

— Eu sou muito habilidosa. Meu plano é restaurar a casa, não trocar tudo por algo mais novo. O lugar tem muita alma. Algumas mulheres bordam, outras lixam e passam verniz.

Isso provocou uma bela gargalhada em Jack. Bem nessa hora, Mel entrou pela porta com David no colo e sua imensa barriga à frente. Ele cumprimentou a esposa levantando o queixo, mas, antes que Mel conseguisse chegar ao balcão do bar, ela foi convocada à mesa de Madge e Beatrice que, com as cabeças próximas, falavam intensamente, encarando Jack e a mulher, de olhos bem abertos.

Muriel deu uma espiada na mulher e no bebê; não havia qualquer dúvida de que era a loira classuda com que Jack se casara. Ela sorriu.

Mel entregou o filho ao marido, passando a criança por cima do balcão, deu um beijinho em Jack e, então, sorriu para Muriel. Estendeu a mão para cumprimentá-la.

— Muriel St. Claire — disse ela. — Oi, eu sou Mel Sheridan. Que emocionante.

Muriel aceitou a mão de Mel.

— Como você está? Pelo visto, você conhece este rapaz.

— Eu conheço este rapaz muito bem, na verdade. — Mel deu uma risada. — Você deixou aquelas mulheres ali em polvorosa. Elas não acreditam que seja você mesmo.

— Ah, sou eu mesma. Acabei de me mudar para cá.

— Uma casa de veraneio? — perguntou Mel.

Muriel balançou a cabeça.

— A casa onde vou passar minha aposentadoria. De vez.

— Sério? — perguntou Mel, erguendo uma sobrancelha. — Uma aposentadoria precoce?

— De jeito nenhum. — Muriel riu. — Eu estou mais do que pronta para mudar de ritmo. Jesus, já faço filmes há quarenta anos!

— Certo, esperem aí — comentou Jack. — Eu estou completamente perdido.

— Claro que está, Jack. Muriel St. Claire é uma atriz muito famosa, e essa fama vem desde os seus...

— Quinze anos — completou Muriel.

Jack fez as contas.

— A senhora tem 55? — perguntou ele, arregalando os olhos e levantando as sobrancelhas. — Uau.

— Estou conservada — justificou ela, desviando-se do elogio. — Eu tenho 56 e não aguento mais atuar. Bom, o problema nem é tanto atuar, mas o estilo de vida que acompanha esse ramo. Tem alguns anos que eu tenho procurado um rancho para comprar. Meus pais moravam nestas montanhas, há muito tempo. Eu tenho alguns cavalos e mal posso esperar pela chegada dos meus dois cachorros. Tenho uma labradora chocolate sendo treinada no Kentucky... ela é linda. E um filhotinho que vai chegar daqui a algumas semanas. Os dois são caçadores, assim espero.

— Você caça? — perguntou Mel, tentando esconder o choque em sua voz.

— A senhora caça? — ecoou Jack, abrindo um largo sorriso.

— Aves aquáticas. Pato e ganso.

— Jack atira em cervos.

— Eu posso tentar essa modalidade — comentou ela. — Mas não dá para usar os cachorros para isso, e amo usar os cachorros nas caçadas. Sempre tive bichos. — Ela estreitou os olhos para Mel. — Você me parece familiar.

— Nós já nos encontramos antes. Não espero que você se lembre de mim... primeiro porque isso aconteceu anos atrás. Mas eu morava em Los Angeles antes de me mudar para cá e nós frequentamos o mesmo spa durante um tempo. Eu vi você por lá em algumas ocasiões. Acho até que tínhamos a mesma esteticista. — Jack estava com a testa franzida, totalmente confuso de novo. — Tratamentos faciais — explicou Mel a ele.

— Que fantástico — disse Muriel. — Com quem você faz esse serviço por aqui?

— Bom, temos uns salões de beleza decentes em Fortuna e em Eureka, mas provavelmente não são do mesmo nível daqueles aos quais você está acostumada. E não tem nada aqui, em Virgin River. — Mel deu uma olhada nas unhas perfeitas de Muriel. — Você vai precisar fazer uma viagem para conseguir uma boa manicure.

Muriel seguiu os olhos da jovem.

— Eu posso dar adeus a isso, já que estarei ocupada redecorando.

— Sério? Você está planejando fazer uma parte por conta própria?

— A maior parte — respondeu Muriel, um tanto orgulhosa e erguendo o queixo. — O que trouxe você até aqui?

— Ah, é uma longa história. Eu estava em busca de uma mudança. Trabalhava como enfermeira e parteira em Los Angeles e aceitei um trabalho aqui… um lugar com pouco mais de seiscentos habitantes. Era para ser só um ano de trabalho, mas Jack me engravidou.

— Nós *somos* casados — disse ele, balançando a cabeça para ela. — Diga a ela que você está completamente feliz com isso, Melinda.

— Perfeitamente feliz. Jack batalhou.

Mel sorriu.

— Muriel comprou o rancho que fica do outro lado do pasto dos Booth — contou Jack. — São uns dez quilômetros de carro, ou pouco mais de dois quilômetros se você for seguindo a margem do rio a cavalo.

— Ah, que fantástico. Você vai adorar aquela família — disse Mel. — Walt é um general aposentado e tem um casal de filhos já crescidos e um netinho que acabou de nascer. São pessoas ótimas. Na verdade, todos os habitantes de Virgin River são pessoas muito bacanas. Mal posso esperar para apresentar você por aí.

— Isso é muito gentil da sua parte.

— Mas — continuou Mel —, fique você sabendo que, assim que Madge e Beatrice pegarem o telefone, você não vai precisar de nenhuma apresentação oficial. Talvez nós devêssemos acabar com o sofrimento delas. Você gostaria de ir até lá e dizer "oi" antes que elas entrem em choque?

— Claro — respondeu Muriel.

— Ah, espere um pouco — interrompeu Jack. — Nós vamos ter um bando daqueles repórteres e fotógrafos por aqui?

— Paparazzi? — perguntou Muriel. — Eu duvido muito. Sou notícia requentada. As jovens livres e seminuas têm mantido todos eles muito ocupados ultimamente.

E, então, Muriel lhe ofereceu um lindo sorriso.

Com Tom na casa de Brenda e Vanni passando uns dias em Grants Pass com Paul, Walt se viu diante de duas opções para o jantar: jogar um pedaço de carne para grelhar na churrasqueira a gás ou ir comer alguma coisa no bar do Jack. Ele entrou no carro.

Havia cerca de dez pessoas no bar quando o general chegou, todos sentados em alguma mesa, exceto o dr. Mullins, que estava no balcão. Walt juntou-se a ele, deixando um banquinho entre os dois. Walt e o doutor simplesmente trocaram um aceno de cabeça; Mullins não costumava ser dado a conversas profundas. Jack sorriu para Walt e colocou um guarda-napo sobre o balcão.

— Ora, vejam só. O que posso fazer pelo senhor?

Walt deu uma espiada no carregador de bebês vazio que Jack usava no momento.

— Perdeu alguém aí, filho?

— David está se "refrescando" — explicou Jack, dando uma risada.

— Que tal um chope enquanto você me conta o que Preacher está cozinhando para esta noite?

Jack tirou o chope e o pousou diante do general.

— É o especial de domingo... carne assada de panela. Eu não sei com o que esse homem tempera a carne, mas é uma delícia. E o molho é quase um piche, de tão escuro. Ele cozinha tudo com legumes, mas está servindo purê de batata como acompanhamento... e o purê é uma seda de tão cremoso.

— Perfeito — disse Walt, erguendo o copo.

— O senhor vai querer que eu embrulhe para toda a família?

— Sou só eu hoje. Vanni foi passar uns dias em Oregon com Paul, e eu não conto muito com a companhia de Tom, já que está sendo requisitado por Brenda.

— Oregon? — repetiu Jack levantando uma das sobrancelhas. — Jura? E o que o senhor acha que eles vão fazer por lá?

Walt sorriu para ele.

— Muito engraçado.

Jack deu uma risadinha.

— Parece que algumas coisas se resolveram. Isso significa que não vamos ver mais aquele simpático dr. Michaels por aqui?

— Eu acho que, talvez, ter aquele simpático dr. Michaels rondando por aqui acendeu um fogo dentro de Paul — disse Walt. — É um bom homem, o Haggerty. Só um pouco lento.

Jack deu uma gargalhada.

— Não seja muito duro com ele, general. Acredito que Vanessa o deixava completamente apavorado. Ela é muito linda. Além de muito inteligente.

Walt apreciou o elogio e sorriu.

— Ora, às vezes ela também me assusta.

— Vou fazer o seu pedido para Preacher. Já volto.

Walt tinha saboreado cerca de metade de seu chope quando Mel veio dos fundos do bar e se sentou no banco a seu lado.

— Oiê, tudo bem? — disse ela, alegremente. — Jack disse que o senhor estava aqui.

— Como você está se sentindo, menina?

— Prestes a estourar. Mas aguentando firme.

Jack voltou com o carregador de bebê ocupado novamente por David e segurando dois pratos fumegantes. Ele os pousou em frente de Walt e Mel.

— Tudo bem se eu me juntar ao senhor para jantar? — perguntou Mel.

— Seria um prazer. Jack não nos acompanha?

— Eu passei a tarde toda ajudando Preacher e provando as comidas para ter certeza de que estava tudo gostoso. Provavelmente já jantei umas três vezes — explicou Jack. — O senhor acabou de perder, por cerca de uma hora, sua nova vizinha.

— Ah, é? — disse Walt, comendo. — Quem é?

Colocando um dos cotovelos no balcão, Mel se apoiou sobre ele.

— O nome Muriel St. Claire significa alguma coisa para o senhor?

— Não posso dizer que sim — respondeu o homem. Ele deu uma garfada bem cheia. — Mas que desgraça, esse Preacher — comentou ele, saboreando a carne suculenta e muito bem temperada. — Ele tem o dom.

— Ela é uma atriz, Walt — explicou Mel. — Bem famosa, na verdade. Já vi uma porção de filmes com ela.

Walt murmurou em resposta, mais interessado em sua refeição. Enfim, disse:

— O que ela está fazendo por aqui?

— Ela disse que foi criada nesta região e decidiu voltar, aproveitar a aposentadoria por aqui.

— Exatamente do que a gente precisava — disse Walt. — Mais uma idosa. Ela é rica pelo menos?

— Ela me pareceu bem rica — comentou Jack. — E não é exatamente uma idosa.

— Uma estrela do cinema rica e aposentada? O que ela vai fazer com um rancho? Criar galinhas exóticas?

Mel deu uma gargalhada.

— O senhor pode se surpreender. Ela se mudou para a velha propriedade do Weatherby, que fica do outro lado do seu pasto. Acho que devia assar um bolo, ou algo do tipo, e levar para ela. Vá até lá para dizer "oi". Eu contei a Muriel que a família Booth só tem gente ótima.

— Eu vou colocar Vanni a cargo dessa missão assim que ela voltar — disse Walt.

Mel se animou na mesma hora.

— Vanni não está na cidade?

— Foi passar uns dias em Grants Pass com Paul — explicou Walt, praticamente sem perder o ritmo das garfadas. — Eles vão voltar antes do fim de semana.

— Ora, veja só — admirou-se Mel, sorrindo. — O senhor estava esperando por essa?

Walt limpou a boca com o guardanapo.

— Menina, esse dedo já estava no gatilho há muitos meses. A única surpresa para mim foi o tempo que Haggerty demorou para disparar.

Quando Walt chegou em casa, o lugar estava tristemente quieto. Ele ligou a televisão para que algum barulho preenchesse o vazio e pegou um livro, para ter o que fazer. Torcia para que Tom aparecesse com Brenda e eles assumissem o controle da televisão para assistirem a um filme, ou algo do tipo, mas provavelmente não fariam isso. Se conseguissem escapar da casa de Brenda, se embrenhariam na floresta, dentro do carro. O general gostaria de ouvir o bebê resmungar, ou de escutar Vanni fazendo barulhinhos para Mattie. Paul seria uma boa companhia naquele momento — ele poderia fazer comentários em resposta às notícias da televisão.

Devido ao mais puro tédio, Walt foi até o computador. Ele começou a procurar informações sobre Muriel St. Claire, sua nova vizinha. Encontrou informações sobre ela em diversos sites na internet, além de um perfil na Wikipédia. A mulher de 56 anos tinha nascido em Brother Creek, Califórnia. Ele deu uma olhada no lugar: Condado de Trinity, pertinho do meridiano de Humboldt. Havia uma lista de filmes — Jesus, eram quase cinquenta deles, sem falar nas participações em programas de TV. Quando viu uma foto da mulher, Walt a reconheceu, mas só porque Muriel tinha participado havia pouco tempo de *Law & Order* e *CSI*. Nunca, em milhões de anos, ele saberia o nome dela. O general vasculhou uma série de fotos de divulgação — nenhuma delas era recente. Loira, elegante, grandes olhos azuis. Muito magra, decidiu ele, embora vestisse um tomara-que-caia preto muito bem. Muriel parecia estar sempre olhando por cima do ombro nu na direção da câmera, ou se inclinando na direção do fotógrafo com aqueles olhos ardentes de estrela do cinema. Havia até mesmo uma foto dela na cama, e o único tecido visível na imagem era o lençol de cetim. Ele também achou fotos tiradas no Oscar e no Festival de Cannes — um monte de joias imensas.

A esposa de Walt nunca gostara de joias grandes.

Eram coisas hollywoodianas, feitas para serem superficiais. Muriel St. Claire, sem dúvida, estaria mais à vontade em uma mansão de mármore com uma piscina. O que diabo estava fazendo com aquela velha casa do rancho de Weatherby? Aquilo não duraria muito.

— Galinhas exóticas, até parece — resmungou Walt enquanto desligava o computador e ia para a cama.

# *Capítulo 9*

De manhã bem cedinho, Vanni sentiu a cama afundar quando Paul trouxe para ela um bebê de fralda recém-trocada e esfomeado, colocando-o deitado entre eles.

— Ora, bom dia, meu anjinho — murmurou ela, dando um beijo na cabeça do filho.

O menino logo protestou bem alto por receber beijos em vez de leite e ela o aconchegou para mamar.

Paul se esparramou na cama para admirar Vanessa e o bebê. As mãos dele acariciavam ora a cabecinha de Mattie, ora o cabelo macio e desgrenhado da mulher. O bebê fez muitos barulhos naquela manhã, o que provocou risos em Paul.

— Você está deixando esse menino morrer de fome?

— Ele está sempre morrendo de fome — disse ela. — Já está na hora de ele experimentar um pouco de comida sólida.

— Eu achei que você tivesse dito que era só amamentação até os 6 meses. Ele mal completou 3…

— Eu disse isso, sim, mas olha só para esse bebê. O menino é um esfomeado. Talvez fosse bom para ele comer um pouco de cereal…

— Ele está incrível, e ficando gordinho para caramba apenas mamando — constatou Paul. — Vanessa, ligue para Carol e Lance, para combinar uma visita, descubra quando eles podem receber vocês. Depois, vou falar com a minha mãe a respeito de um assunto familiar.

E vou tentar descobrir mais detalhes sobre a gravidez de Terri enquanto estivermos aqui.

— Eu deveria conhecer sua família logo — argumentou ela. — Para ter certeza de que eles não são tão loucos quanto você. Você vai contar a eles sobre Terri?

— Não até eu ter certeza da situação. Mas quero contar a eles a respeito de nós... contar que vamos nos casar quando conseguirmos ajustar nossos planos. Tudo bem? Porque não consigo olhar para você sem querer que todo mundo saiba.

— Claro. Eu tenho o mesmo problema — disse ela, sorrindo. — Essa é a parte que eu gosto em um casamento. Deitar ao seu lado na cama...

— Um bebê entre nós...

Ela gargalhou.

— Ele tem as próprias necessidades. E, se você quer ter mais filhos, é melhor ir se acostumando.

— Isso — respondeu ele, fazendo um carinho na cabeça macia do bebê — é tudo que eu sempre quis.

— É tão esquisito que você não tenha encontrado alguém com quem quisesse se casar antes. Você é bom nisso. E essa coisa que você tem quando o assunto são mulheres grávidas e bebês...

— Durante um tempo, parecia que todo mundo tinha uma esposa grávida, menos eu. Em meio aos meus irmãos e os amigos, eu estava cercado. Barrigas redondas, bebês mamando... Existe alguma regra sobre haver um espaço de tempo respeitável entre o primeiro "eu te amo" e o casamento? — perguntou ele.

Vanni riu mais uma vez.

— Que diferença faz? Nós nos conhecemos há anos. Passamos juntos por coisas que alguns casais jamais vivenciam.

— O que é que seu pai pensaria se nos casássemos logo? — quis saber ele.

Ela deu de ombros.

— Papai assusta todo mundo, menos eu — respondeu ela. — O que eu decidir fazer vai deixá-lo satisfeito.

— A pessoa com quem mais me preocupo é Tom — confessou Paul.

— Tommy? Por quê?

— Nós nos aproximamos bastante. Ele é como um irmão. E o que ele sente por você... ele tenta esconder, mas te admira. Não podemos fazer nada sem ele. Ele vai embora logo depois da formatura, mas eu quero que esteja presente. Quero que seja meu padrinho.

— Como sua família lidaria com um casamento rápido?

Ele deu uma risadinha.

— Eles ficariam aliviados, acredite em mim. O medo secreto da minha mãe é que eu morra como um velho solitário.

— Paul, você não pode contar para sua família que uma mulher está esperando um filho seu e que outra vai se casar com você, tudo em uma frase só.

— Eu sei. Eu vou lidar com os fatos assim que for possível... mas, Vanni, no fim das contas vai dar no mesmo. Não importa se vou contar em uma frase só ou em um mês. Eu vou cuidar deles, vou cuidar de vocês... mas você vai ser a minha esposa. Ponto-final.

— Você tem pensado nisso... — comentou ela.

— Não sei o que é, mas ficar deitado perto de você a noite toda perturba o meu sono.

— Engraçado, pois você não perturbou o meu — disse ela.

— Eu achei que devesse dar um descanso para você. Mas esse descanso está quase acabando.

Mattie suspirou fundo e soltou o seio da mãe, satisfeito e sonolento. Paul se inclinou e pousou um beijo delicado na cabecinha da criança. Então, perguntou:

— Você quer segurar ele mais um pouquinho?

— Não, eu vou colocá-lo no berço — respondeu ela, começando a se levantar.

— Não saia daqui. Pode deixar que eu levo ele — ofereceu, pegando o bebê dos braços de Vanni.

A cabeça de Mattie encaixou certinho no ombro de Paul e, antes que eles conseguissem sair do quarto, o garotinho deu um arroto sonoro e sonolento.

Vanni riu baixinho e se aconchegou na cama. Feliz. Ela deixou que seus olhos se fechassem, mas não para dormir. Durante muito tempo, ela temeu que jamais fosse se sentir novamente como estava se sentindo naquele momento. E então seu homem voltou, puxando-a para seus braços, cobrindo sua boca com a dele em um beijo que não era suave, arrancando dela um gemido no exato momento em que ela o abraçava.

Mais tarde, naquela mesma manhã, Vanessa telefonou para Carol.

— Oi. Eu vou ficar na cidade por uns dias e pensei que, se vocês tiverem um tempo, eu poderia levar Matt para fazer uma visita.

— Você está aqui, na cidade? — perguntou ela. — Vai ficar com a gente?

— Não, mas obrigada. Eu decidi vir de última hora e vou ficar com Paul. Ele estava em Virgin River, então eu vim com ele, já que ele vai voltar para lá no fim da semana.

— Nossa, ele está passando bastante tempo em Virgin River — comentou Carol.

— Está, sim. E vai passar mais tempo no futuro, se isso não for interferir na empresa dele aqui. Ele tem uns contratos de construção em potencial pela região. Enfim, pensei que seria a oportunidade perfeita para levar Mattie para visitar você e Lance.

— Entendi. Então hoje à noite — sugeriu ela, em um tom de voz monótono. — Vamos jantar.

— Tudo bem — concordou Vanni.

— Ótimo! Seis em ponto. Você precisa de uma carona? — perguntou Carol.

— Claro que não. Paul vai me levar.

— Que bom, então. Vamos preparar alguma coisa na churrasqueira.

Vanni passou o dia inteiro sozinha com Mattie enquanto Paul foi até o escritório, verificou o andamento das equipes, viu os irmãos e tentou ficar a par dos negócios de um modo geral. Ele voltou para casa e teve tempo o suficiente para tomar um banho, trocar de roupa e ir para a casa da família Rutledge.

Quando Carol abriu a porta para eles, ela literalmente recuou, surpresa.

— Paul! — exclamou ela, sem fôlego.

— Oi, Carol — saudou ele de volta. E, gentilmente, apertou o braço de Vanni. — Como você está?

— Ótima, ótima! Entrem! Você vai ficar para o jantar?

— Claro que ele vai ficar para o jantar, Carol — respondeu Vanni, totalmente confusa com a pergunta. — Quando eu disse que ele ia me trazer, você achou que ele só fosse me dar uma carona e depois ir embora? Não estava esperando que ele ficasse?

— Claro — disse ela, esticando os braços para pegar o bebê. — Só vou arrumar outro lugar à mesa.

Vanni entregou o filho a ela, completamente aturdida. Havia protocolos ou obrigações com os avós, sem falar na promessa que ela fizera a Matt, e que para ela permanecia sagrada. Mas Carol sempre a colocava sob tensão. Na maioria das vezes, ela não conseguia compreender a sogra. Conforme eles foram conversando e entrando na casa, Vanni deu uma olhada para a sala de jantar e percebeu que a mesa estava posta para quatro pessoas. Ela ficou ainda mais confusa, até que eles entraram na sala de estar e Cameron se levantou da cadeira.

Foi então que percebeu que Carol estava tramando mais uma vez — e que dois homens bem legais ficariam desconfortáveis. Ela abriu um sorriso tristonho ao caminhar na direção de Cameron e deixou que ele beijasse seu rosto.

— Tudo bem? — perguntou ela baixinho.

— Tudo — respondeu ele. — E você?

— Bem — devolveu ela.

Paul veio por trás de Vanni e colocou a mão no ombro dela, aquela mão que reivindicava Vanni como sua. Ela sentia muito pelo que o gesto faria Cameron sentir, mas não ficava nem um pouco triste em relação ao efeito daquele gesto nela. Depois de tanto querer aquilo, ela amou poder deixar que o mundo soubesse que ela era dele.

— Cameron — cumprimentou Paul, estendendo a outra mão, ao lado de Vanni.

— Como vai? — perguntou o médico, aceitando o aperto de mão. — Então... vocês só vão ficar na cidade por uns dias? — perguntou Cameron.

— Isso mesmo — confirmou Vanni. — Paul passou o fim de semana lá em Virgin River e eu decidi acompanhá-lo na viagem de volta. Para conhecer a família dele. Eu estou na casa de Paul, Cameron...

— Ah — disse ele, entendendo muito bem o que aquilo queria dizer. Ele se virou e levou o drinque à boca.

Lance entrou na sala, viu que Paul estava ali e lhe deu as boas-vindas efusivamente.

— Ei — disse ele, estendendo a mão. — Paul, meu camarada! Como vão as coisas?

— Ótimas. Nunca estiveram melhores. E você? — perguntou ele.

— Na mesma — respondeu Lance. — Onde está o bebê?

— Carol foi com ele para a cozinha — respondeu Vanni.

— Bom, não quero parecer rude, mas tenho um netinho para ver. Já volto — explicou ele, saindo em disparada.

Os três ficaram ali, se entreolhando. Foi Cameron quem quebrou a tensão com uma gargalhada.

— Bem, parece que tivemos um problema de comunicação.

— Eu sinto muito — disse Vanni. — Eu não entendo.

— Eu entendo — replicou Paul. — Carol tem um plano bem específico em mente e não se incomodou em consultar ninguém.

— Nós podemos tirar o melhor proveito disso, não podemos? — sugeriu Vanni, esperançosa.

Cameron sorriu para ela, mas foi um sorriso decepcionado. Carol saiu apressada da cozinha, indo em direção à sala de jantar com um prato, guardanapo e talheres na mão. Ela, obviamente, tinha entregado o bebê para Lance.

— Carol, espere — chamou Cameron. — Vou ter que ir embora. Recebi um chamado no pager — mentiu ele. — Obrigado, mas não posso ficar.

— Ah, não! — disse Carol. — Tem certeza?

Ele enfiou uma mão no bolso da calça.

— Tenho certeza — garantiu ele. E, se inclinando para a frente, beijou Vanni na bochecha. — Você está maravilhosa — comentou. — É bom saber que está feliz.

Ao passar por Paul, ele deu um tapinha gentil e conciliador no braço do homem e seguiu rumo à porta.

Paul apertou o ombro de Vanni e se abaixou um pouco, inclinando-se na direção da orelha dela.

— Já volto.

E partiu atrás de Cameron.

Cameron estava seguindo para o carro a passos largos quando Paul o chamou.

— Ei, Cameron. Camarada. Tem um minutinho?

Cameron se virou.

— Tudo bem, Paul. Você não precisa dizer nada. Não se preocupe com isso.

— Eu não estou preocupado — respondeu ele, dando mais duas grandes passadas para alcançar o outro. Os dois homens eram completamente diferentes: Paul estava de calça jeans e botas, era bruto e másculo. Cameron usava sua calça de linho, uma camisa de seda e sapatos italianos; provavelmente o homem mais bem vestido de Grants Pass. — Eu acho que você merece uma explicação. A meu respeito. Sobre mim e Vanessa. Essa foi uma armação horrível.

Cameron colocou as mãos nos bolsos, balançou para a frente e para trás em seus calcanhares e deu um riso cheio de pesar.

— Foi bem horrorosa — concordou ele. — Talvez tenha sido pior para você e Vanni do que para mim.

— Eu não sei o que Carol disse a você, e não sei por que ela convidou você para o jantar, mas eu sempre fui apaixonado pela Vanni. Eu não podia contar isso a ela, é claro… ela era casada com o meu melhor amigo. Meu Deus, eu nunca faria uma coisa dessas com o Matt. Mas já que… Bom, nós passamos por muitas coisas juntos, e isso só deixou o sentimento mais forte. Levou muito tempo para resolver essa situação. Cara, sinto muito se você foi enganado.

— Eu a conheço só há algumas semanas, Paul. Nós não éramos exatamente confidentes.

— Nós vamos nos casar — disse Paul.

Cameron se empertigou ligeiramente, mas sorriu. Ele fez que sim com a cabeça.

— Parabéns. Eu tenho certeza de que vocês serão muito felizes.

— Olha — começou Paul. — Não acho difícil entender que você tem uma queda por ela. Que homem não teria? Mas quero que você saiba uma coisa... a culpa disso é minha, Cameron. Eu deveria ter me declarado antes. Antes de Carol armar aquele primeiro encontro com você. Não tem desculpa. Eu sabia dos meus sentimentos. Mas fazia pouco tempo da partida de Matt e eu... — Paul deixou a cabeça pender, balançando-a um pouquinho. — Eu só não queria chatear a Vanni.

— *Ela* podia ter se declarado — argumentou Cameron.

— Bom, acontece que existe uma explicação para isso também. Eu quase não apareci depois que o bebê nasceu, tentando dar um tempo para ela e colocar a minha cabeça no lugar. Foi bem difícil entrar no território de Matt, mesmo depois que ele se foi. A impressão que dei a ela foi a de que eu não estava interessado romanticamente. — Ele balançou a cabeça. — Eu não sou bom com as mulheres. Sou muito desajeitado, na verdade. Mas, pelo menos, agora todo mundo sabe... como nós nos sentimos a respeito um do outro. Finalmente seguimos adiante. Eu sinto muito, cara — disse ele, estendendo a mão. — Você é um homem bom, tem tudo. Não tem motivos para eu ter ganhado essa.

Cameron deu uma risada meio bufada. E aceitou o aperto de mão do outro.

— Talvez existam muitos motivos. Sem ressentimentos.

— Obrigado. Isso aqui, entre nós... isso não deveria ser difícil para Vanni. Ela está tão sensível. Ela odiaria que alguém saísse machucado. Por acaso eu sei que Vanessa acha você incrível.

— Eu sei — disse Cameron. — Não se preocupe com isso, certo?

— Não mereço Vanni, eu sei. Mas vou fazer tudo o que estiver ao meu alcance para fazê-la feliz. Espero que você fique bem.

— Você poderia tirar onda, sabe — disse Cameron. — Você ficou com a garota.

— É — respondeu ele. — Uma garota louca. — Ele deu uma gargalhada. — Um cara feito você... aposto que não terá nenhuma dificuldade. A pessoa certa vai aparecer.

— Paul. Eu não fui até o fim, está bem? Eu mal comecei. Eu posso estar um pouco decepcionado, mas é só isso. Vanni e eu... nós somos apenas amigos. Caso você esteja achando que eu possa ser um problema para vocês.

— Não, eu sei muito bem disso. Não demorou muito para eu entender que você é um partidão.

Cameron sorriu.

— É mesmo? Bom, talvez eu não seja o único.

Vanessa se sentou na cadeira que, até pouco tempo, estava designada a Cameron. O bebê estava com Lance, fora de vista, assim como Carol. Vanni estava fervendo. Já tinha passado do ponto de se sentir furiosa. Ela pegou o copo de Cameron e bebeu um longo gole, sorvendo profundamente aquele líquido da coragem, e fez uma careta com o gosto do uísque. Passou-se mais um minuto antes que Carol aparecesse.

— Ora — comentou Carol. — Isso foi um pouco desconfortável. Eu não sabia que você convidaria Paul.

— Não sabia? E por que você não *insistiu* para que ele fosse convidado? Ele era o melhor amigo de Matt. E você *sabe* o quanto ele significa para mim!

Carol se retesou, indignada.

— Eu não tenho certeza de que sei — respondeu ela.

Vanni se levantou para nivelar o olhar com o de Carol.

— Então eu serei bem clara. Ele significa absolutamente tudo para mim. Paul estava em Virgin River quando Matt morreu e eu pedi para que ele ficasse até o bebê nascer. Eu pedi que ele me acompanhasse durante o parto. Eu o conheço há anos. Sempre me senti confortável perto dele, confio nele… Ele é maravilhoso. Nós sempre fomos muito próximos, e nos aproximamos ainda mais quando perdemos Matt. Pelo amor de Deus, Matt pediu que ele tomasse conta de nós caso acontecesse alguma coisa com ele. Como é que pode ser tão impossível para você entender que eu viria a *amar* Paul?

— Eu não poderia imaginar isso — respondeu Carol, com a raiva mal-contida. — Matt acabou de partir…

— Mas foi tempo suficiente para você tentar me arranjar com um médico.

Carol ergueu o queixo. Sua boca se contraiu em uma linha bem fina.

— Você está sendo desrespeitosa!

— Como ousa tratar Paul como se ele fosse inferior? Você deveria se envergonhar!

— Eu nunca quis fazer isso. Nunca quis… — Carol engoliu em seco. — Só achei que Cameron fosse perfeito para você.

— Cameron sabia do que existia entre mim e Paul. O que foi que você disse para conseguir trazê-lo aqui para o jantar?

— Eu… ah… disse a ele que Paul ia deixar você aqui e que você adoraria vê-lo. Eu não pensei que estivesse inventando… você disse que Paul estava voltando para Virgin River e que essa era a oportunidade perfeita para nos visitar e…

Vanni estava balançou a cabeça.

— Por que você simplesmente não *perguntou* se eu gostaria que Cameron se juntasse a nós no jantar? Mais do que isso, por que você não escuta?

— Eu escuto — rebateu Carol, aparentemente insultada.

— Não. Você não escuta. Quando digo que não quero que as madrinhas usem vestidos coral, você vai lá, compra e veste todas com essa cor. Quando digo que não quero um encontro arranjado, você convida um homem para jantar, e não só uma, mas duas vezes. Quando digo que eu estou na casa de Paul e que ele vai me trazer para o jantar, você planeja sua própria festinha sem perguntar nada, sem ouvir. Pelo amor de Deus, Cameron é um homem maravilhoso que não merece passar pelo que acabou de acontecer. E a maneira como você humilhou Paul, conhecendo ele há tantos anos, depois de saber como ele amou seu único filho, tratando Paul como se fosse meu motorista, se oferecendo para arrumar um lugar à mesa como se ele fosse algum tipo de convidado de última hora no seu jantarzinho particular…

— Eu só não poderia imaginar. Não com Paul — disse ela.

Lance apareceu, saindo da cozinha com o neto aninhado em seu peito, a expressão em seu rosto nada feliz. Carol disse:

— Eu estava tentando ajudar… Talvez fosse bom para Mattie ser criado por um médico. Em vez de um… — Ela desviou o olhar, desconfortável.

Vanni deu uma risada repentina, sem achar a menor graça naquilo tudo. Ali estava uma mulher que trabalhava com mercado imobiliário e não tinha a menor noção de quão bem-sucedido era o homem que construíra algumas das melhores casas da região. E isso não era nada se comparado com o fato de que Paul era o ser humano mais incrível de todos e seria um pai maravilhoso.

— Paul é um partidão, você não pode nem imaginar, mas não vou mais tomar o seu tempo, Carol. Estou de saco cheio do jeito como você domina tudo e não tenho mais paciência para isso. — Ela caminhou em direção a Lance e estendeu os braços para pegar o bebê bem na hora em que Paul entrava pela porta da frente. — Desculpe, Lance, mas nós estamos indo embora. Isso foi horroroso e eu nunca mais vou passar por uma situação dessas.

Ela olhou por cima do ombro para Paul, que estava de pé do outro lado da sala, sob o batente. Nos olhos dele, ela enxergou afeto e compreensão. Paciência. Bondade. A promessa de que ficaria tudo bem.

Vanni foi até Paul. Ela se virou, já na porta, e disse:

— Carol, você deveria ter mais consideração pelos sentimentos das pessoas. O que você fez esta noite foi de muito mau gosto, está aquém de você.

E, com isso, eles saíram da casa.

Na noite seguinte, era a vez de jantar com os Haggerty, e Vanessa estava tensa. Depois do que tinha passado com Carol Rutledge, ela não conseguia imaginar que tipo de dinâmica enfrentaria com aquelas pessoas. O fato de Paul ser tão pé no chão e gentil não a tranquilizava muito. Afinal de contas, Matt era muito simpático e divertido, enquanto Carol parecia um pesadelo. Quando Paul chegou com o carro na casa grande e imponente naquela adorável zona rural, Vanni engoliu em seco. Mais uma casa imensa. Ela sabia que os negócios da família eram bem-sucedidos, mas, naquele momento, a prosperidade evidente da família estava a deixando nervosa. Parecia ser o ponto de apoio de muitas opiniões. Opiniões que tinham pouco a ver com verdadeira qualidade de vida.

Mas aquele era um cenário completamente diferente. Marianne Haggerty veio correndo até a porta da frente quando os escutou chegando; a mulher estava secando as mãos em um pano de prato que ela, imediatamente, pendurou no ombro. A mãe de Paul era baixa e curvilínea, o cabelo grisalho e a pele resplandecente. Seu sorriso era entusiasmado e revelava as covinhas mais maravilhosas e cativantes. Logo atrás dela estava um homem alto e bonito, da mesma altura de Paul e com o cabelo do mesmo tom arenoso do filho, só que com mexas grisalhas.

Marianne deu a Paul um apertão na bochecha e, então, concentrou sua atenção no bebê, esticando a mão para tocá-lo.

— Ai, meu Deus — sussurrou ela. — O filho de Matt, que gostosura. Ah, Vanessa... é tão maravilhoso finalmente te conhecer! Matt era tão querido por nós. Posso segurar o bebê? Por favor?

— Claro que sim — disse Vanni, sorrindo e entregando o filho.

Como se fossem os avós, Marianne e Stan voltaram suas atenções para a criança, sorrindo, conversando e abraçando Mattie, praticamente ignorando Paul e Vanni. E, então, surpreendentemente, os olhos de Marianne se encheram de lágrimas. Quando ela começou a chorar, Stan passou um braço forte ao redor dos ombros da esposa, aconchegando tanto ela quanto o bebê contra seu peito, murmurando para ela:

— Está tudo bem, querida. Não comece...

E, então, os olhos dele também se encheram de água, uma lágrima rolou por sua bochecha enrugada e os dois ficaram enxugando o rosto um do outro enquanto abraçavam o bebê.

— Muito bem, gente — disse Paul. — Não vamos fazer isso. Não deixem Vanni desconfortável.

— Desculpem — disse Marianne na mesma hora. Ela olhou para Vanessa com os olhos úmidos. — Você nunca vai saber o quanto sou grata pela chance de ver, de segurar este bebê. Nós amávamos muito Matt. Eu sempre o considerei como um filho.

— Mãe, se você não se controlar, eu vou pegar o bebê — advertiu Paul.

Vanni pousou a mão no braço dele e balançou a cabeça, um sorriso discreto em seus lábios. Aquilo fazia bem para ela — Carol e Lance não ficavam emocionados daquele jeito. Ela não duvidava do amor que os Rutledge sentiam pelo neto, mas às vezes era difícil lidar com o modo contido deles, sobretudo naqueles tempos, quando Vanni se sentia muito emotiva.

— Cerveja — disse Paul. — Nós precisamos de uma cerveja. E precisamos nos controlar.

Stan deixou escapar uma risada espontânea e violenta, que o sacodiu todo.

— Uma ótima receita para o controle — concordou ele. — Cerveja. Vamos lá, entrem.

Ele segurou a mão de Vanni e a puxou para dentro da casa, limpando as lágrimas do rosto de maneira desajeitada.

Ela foi conduzida pela antessala, atravessou um salão imenso e lindo com uma lareira de mármore, passou pela sala de jantar e pela cozinha enorme até chegar a um deque de pau-brasil que exibia móveis de vime tão lindos que poderiam muito bem estar tanto dentro de casa quanto ali, ao ar livre.

— Esta casa é maravilhosa — elogiou Vanni.

— Podemos mostrar a você o restante depois, se quiser — sugeriu Stan. — A casa de um construtor tem que ser uma boa casa... As pessoas reparam. É muito maior do que precisamos, sem dúvidas, mas Marianne quer espaço para reunir a família. O que vocês querem beber?

— Eu adoraria uma cerveja — disse Vanni, sentando-se em uma das poltronas externas.

Marianne a seguiu, ainda agarrada ao bebê de maneira possessiva, abraçando-o.

— Pode ser, querido — disse ela para o marido, sem sequer desviar os olhos da criança que segurava. Ela foi para uma poltrona ao lado de Vanessa, enquanto Paul foi buscar uma cerveja com o pai. — Ele é tão lindo — comentou ela. — Tão doce. Ele é bonzinho?

— É, sim — respondeu Vanessa. — Dorme a noite toda e quase nunca fica mal-humorado. Mas, eu dou bastante atenção para ele, então tenho certeza de que, quando ele estiver mais velho, vou estar lascada.

— Não, atenção nunca é demais para um bebê.

— Paul me disse que a senhora tem cinco netos.

— Tenho — confirmou ela. — Três meninos e duas meninas. Eles são muito inteligentes, todos eles. Ah, quero morder este menininho aqui! — Marianne olhou para Vanni e disse baixinho: — Sinto muito por sua perda, Vanessa. Eu também sinto falta dele.

— Obrigada. Eu me lembro do cartão e das flores que me enviou.

— Foi tão maravilhoso para Paul estar com vocês quando este rapazinho nasceu. Ele fala isso.

Vanni deu uma risada.

— Ele também conta como tentou escapar? — perguntou ela na mesma hora que Paul voltava para o deque para lhe entregar uma cerveja.

Ele ficou de pé atrás da poltrona de Vanni e colocou mais uma vez aquela mão no ombro dela.

— Ele não admite, mas saber disso não me surpreende — comentou a mãe dele.

Vanni fez um carinho na mão que a reivindicava como sua. E foi só naquele momento que a expressão de Marianne mudou e ela trocou olhares com o marido.

— Sim, mãe — confirmou Paul. — Assim que contei para Vanni como vocês eram avós maravilhosos, ela aceitou se casar comigo. Ela até concordou em termos mais filhos. Então, veja só... eu não vou morrer velho e solitário no final das contas.

Vanni olhou para cima e reparou que o sorriso dele era suave.

— Ah — exclamou Marianne, surpresa. — Ah, há quanto tempo isso está acontecendo?

— Da minha parte, já faz um bom tempo — respondeu Paul. — Vanni se rendeu recentemente. Mas acho que ela pode te convencer de que está feliz.

Sorrindo, Vanni confirmou as palavras dele:

— Eu estou feliz. Muito feliz.

Stan estendeu a mão para o filho.

— Parabéns, filho. Esta é uma ótima notícia. — Depois, abaixou-se para dar um beijo na bochecha de Vanni. — Seja bem-vinda, filha — disse ele. — É uma honra. Uma honra.

Tudo que Marianne disse foi:

— Excelente. Eu não preciso soltar este bebê nem por um segundo! — Então, a expressão em seu rosto ficou mais séria e ela continuou: — Ah, desculpe. Vanessa! Eu estou tão feliz por ter você na família. — Ela deu um imenso sorriso de felicidade e completou: — Você *e* o bebê!

\* \* \*

Não demorou muito para o que restante dos Haggerty chegasse — Mitch e Jenny com os três filhos; North e Susan com as outras duas crianças. Todos levaram comida para contribuir com o grande jantar em família. Vanni foi calorosamente recebida com abraços e muitas condolências pela morte de Matt, já que os rapazes também tinham crescido com ele. O bebê foi paparicado e passado de mão em mão. Paul cuidou de Mattie enquanto Vanni se juntava às mulheres na cozinha para ajudar a servir a refeição.

Um jantar com oito adultos, cinco crianças e um bebê é bem barulhento, mas Vanni se sentiu muito mais confortável ali, em meio ao caos, do que jamais se sentira na casa dos Rutledge. A mãe de Paul, pensou ela, tinha a existência perfeita, rodeada por uma família amorosa, a vida preenchida com aquela algazarra feliz e bracinhos de crianças que a abraçavam.

*É isso*, pensou Vanni. *É isso que quero para minha vida.*

Antes do jantar terminar, Stan se levantou e ergueu o copo para fazer um brinde em honra ao noivado de Paul e Vanessa. Então, se seguiram muitos gritos entusiasmados e abraços, e também, é claro, muitas perguntas sobre quando e onde aconteceria a cerimônia, às quais Paul e Vanni só puderam responder:

— Quanto antes, melhor. Afinal, nós já nos conhecemos há anos.

Quando o jantar acabou, a limpeza e a conversa feminina continuaram, e Vanni se juntou a elas com alegria. Foi neste momento em que ela lançou um olhar a Paul, que estava lá fora, no deque, com o pai e os irmãos, embalando Mattie recostado em seu peito, tentando evitar que o menino ficasse muito agitado enquanto esperava pela atenção da mãe. Mattie estava se remexendo ansiosamente, pronto para mamar, mas Paul estava completamente confortável e confiante naquela situação.

Quando o último prato foi guardado, Vanni perguntou a Marianne se poderia usar um dos quartos para amamentar o bebê.

— Claro que sim, querida — respondeu a mulher mais velha. — Mas ninguém nesta família se sente desconfortável na presença de uma mãe amamentando, nem mesmo as crianças. Faça o que preferir... use um dos quartos ou se sente conosco, a decisão é toda sua. Nós somos simples por aqui.

— E quanto aos homens? — quis saber Vanni.

— Eles se sentem ainda menos desconfortáveis. — A esposa de North deu uma gargalhada. — A primeira vez que eu coloquei Angie no peito, toda recatada debaixo de um cobertorzinho, Stan veio direto até mim, levantou o cobertor e disse: "Marianne, querida, venha ver como essa criaturinha mama que é uma beleza!"

— Nossa — comentou Vanni. — Você acha que eles vão ficar lá fora por um tempo?

— Eu acho que Stan vai dar um tempo e deixar você se acostumar com a gente antes de aprontar uma das suas — garantiu Marianne, sorrindo. — Mas não muito tempo... esteja avisada.

Então, Vanni foi buscar o filho no colo de Paul e escolheu se acomodar no salão, entre as mulheres, que tinham mil perguntas para fazer a respeito do mais novo casal e de como todo o romance tinha acontecido.


No deque, Paul estava conversando com seus sócios, sua família.

— Acho que Virgin River e as cidadezinhas da região podem trazer dinheiro. Quando Jack estava procurando por um empreiteiro para ajudá-lo a terminar a casa, não conseguiu achar ninguém, e foi isso que me levou até lá. — Ele deu um sorriso largo. — Isso e todas as horas extras que ele me pagou.

— Como você prefere fazer isso? — perguntou Mitch.

— Eu poderia abrir uma filial da empresa e nós podemos dividir qualquer lucro, ou eu posso usar meu patrimônio líquido e abrir minha própria empresa, já que a casa já está paga. Vou deixar que vocês decidam isso.

— Você tem muitas ações da Empreendimentos Haggerty — disse Stan. — Se você quiser liquidar essas ações...

— Eu não quero tirar o dinheiro da sua empresa, pai.

— Ela não é minha, filho. Todos nós colocamos um dinheiro suado nessa operação... Ela é nossa empresa. Nós nos ajudamos.

— Vanni se mudaria para cá, se eu pedisse. Mas também tenho interesses por lá. Existem contratos de construção, o pai da Vanni, que está sozinho agora. E... bem, tem o Matt. Eu quero que o filho dele tenha uma conexão com o pai, que saiba tudo sobre o grande homem que ele era. — Paul deu de ombros. — Nós estamos perto de Grants Pass... não é uma viagem muito ruim. Se eu continuar com a casa, nós podemos voltar aqui para trabalhar se não tiver nenhum contrato por lá. Você sabe que eu não seria um estranho. Mas, meu Deus, pai, o lugar é lindo. Eu adoraria criar minha família lá. Adoraria morar naquela cidade com minha esposa e meus filhos.

— Então, nós vamos cuidar para que você faça isso, filho. Parece um lugar repleto de oportunidades.

— Podemos gerar empregos na região... Tem um monte de gente procurando uma oportunidade no ramo da construção civil. E tem bastante dinheiro chegando à cidade por causa da Bay Area. Virgin River é um lugar isolado e que cresce devagar, mas tem uma dezena de outras cidade por ali que estão precisando urgentemente de reformas e novas construções. Eu não acho que você vai se arrepender disso... mas prefiro que você não assuma o risco por conta própria. Eu posso bancar.

Stan sorriu.

— Você está me dizendo que nós fizemos de você um homem rico o suficiente para fundar a própria empresa?

Paul devolveu o sorriso.

— Na verdade, foi exatamente isso que fizeram.

— Então você nos deve uma parte dessa ação.

— Também acho — disse Mitch.

— Eu deteste a ideia de perder você — acrescentou North. — Se você vai assumir uma nova divisão, vamos ter que colocar alguém no comando das operações das construções por aqui. E, caramba, você é o melhor que existe.

— Eu tenho estado bem ausente desde o último outono. Já faz um bom tempo agora.

— Verdade — concordou Stan. — Mas parece que é um bom investimento, em termos pessoais e também profissionais. Alguém aqui tem charuto?

— Você tem charuto — respondeu North.

— Eu tenho, não tenho? — disse Stan, se levantando.

— Sabe — começou Paul —, vocês têm que ir a Virgin River. Vão se sentir em casa lá.

# Capítulo 10

Walt criou o hábito de ficar longe de casa por longos períodos quando Paul vinha para passar o fim de semana. Ele esticava a duração das tarefas que desempenhava no estábulo e quase sempre pegava Liberdade para dar uma longa cavalgada de manhã bem cedinho ou no começo da noite. Sua recompensa pelo novo comportamento era uma noite de sono decente.

Ao que tudo indicava, aquelas viagens até Grants Pass durante a semana continuariam a acontecer por mais um tempo, e o casal voltaria no fim de semana. Ele ficava ansioso para vê-los, mas eles também precisavam de espaço. Então, depois do jantar de sexta-feira, com Tom na casa de Brenda, Walt deixou a limpeza a cargo de Paul e Vanni e saiu para andar a cavalo.

Ele estava seguindo a trilha que ficava à margem do rio quando um animal disparou pelo caminho, vindo na direção dele. Não passava de um borrão peludo e marrom, e Walt puxou as rédeas para parar Patriota. Ele escutou os cascos do cavalo e, então, cortando o ar, um assovio alto fez aquele borrão cor de chocolate parar em um átimo de segundo. E se sentar. Arfando.

No momento seguinte, um cavalo galopou em direção a Walt, com uma linda mulher montada. Ela usava um chapéu de caubói, mas mesmo aquela aba larga não conseguia esconder o tom rosado como um pêssego de sua pele, as bochechas coradas e os lábios róseos.

— Boa garota, Luce. Pare.

A cachorra saiu da posição sentada, relaxada, e abanou o rabo para sua dona.

— Desculpe — disse a mulher, dirigindo-se a Walt. — Espero que isso não tenha causado nenhum problema para você ou para o seu cavalo.

— Nós estamos bem. Sua amiguinha aqui é incrível, hein.

— Luce. Ela é uma cachorra para caça de aves, ainda em treinamento. Eu sou Muriel. Somos vizinhos?

— Walt Booth — disse ele. — Eu estou um pouco constrangido. Pretendia assar um bolo e levar para você. Para dar as boas-vindas à vizinhança.

Ela gargalhou.

— Aposto que você estava planejando que a sua mulher fizesse isso — acusou ela.

— Sou viúvo — respondeu ele e tirou o chapéu, em um gesto cavalheiresco.

E, curiosamente, ele se perguntou como estava o próprio cabelo. Aquela deveria ter sido sua primeira pista.

— Eu sinto muito — disse ela.

— Já tem alguns anos — afirmou ele, passando a mão na cabeça para ajeitar o cabelo. — E quanto a você? Casada?

— Muitas vezes — respondeu ela, dando uma risada. — Estou tentando parar.

— Você não vai ter muita dificuldade. Não existem muitos maridos em potencial aqui em Virgin River. Por que você tem um cachorro caçador de aves?

— Eu gosto de caçar. Mas não sei o quão útil ela vai ser neste ano… Estou reformando a casa. Mas Luce precisa de um tempo para treinar suas habilidades e eu devo colocá-la na água já, já. Para mantê-la veloz. Daqui a uns anos, eu gostaria de cruzá-la, depois que ela fizer exames no quadril. Ela é de uma linhagem ótima.

Walt deu uma olhada nas mãos da mulher. Não eram mãos de uma madame. As unhas feitas estavam curtas e ela não usava qualquer anel.

— Você caça? — ela perguntou.

— Faz um tempo que não, mas estou pensando em voltar a fazer isso. Em breve. — Isso fez com que ela sorrisse para ele. Conhecia um galanteador quando estava diante de um. — Eu pensei que você criaria pavões naquele rancho. Ou algo do tipo. Jamais imaginei que você mesma reformaria a casa e treinaria um cachorro para caçar aves.

Ela inclinou a cabeça.

— E você pensaria isso porque... ?

— Mel me contou que minha nova vizinha era uma estrela do cinema, então eu pesquisei sobre você na internet. Muitas fotos bonitas — comentou ele, sentindo as bochechas esquentarem.

— Bom, que Deus abençoe a internet. Tem alguma coisa que você gostaria de saber?

A primeira ideia que lhe ocorreu foi perguntar sobre aqueles maridos, mas ele se segurou.

— Eu não entendo muito de filmes. Não assisti a muitos. E não sei nada sobre estrelas do cinema.

— Aposentada — informou ela. — Estou lixando, passando verniz, arrastando lixo e treinando meu cachorro de caça. Eu vou pegar outro muito em breve... eu escolhi a fêmea e o macho há um tempo e ela deu cria, então, assim que deixarem ele vir... Não sou muito de cozinhar, não sei assar nada, mas por acaso tenho açúcar para usar no meu café. Caso você queira pegar um pouco emprestado para fazer aquele bolo que você está assando para mim.

— Minha filha, de 30 anos, tem um homem na vida dela... um bom homem... e eles ficam em casa todos os fins de semana — Walt se pegou explicando. — Eu tenho motivos para passar um bom tempo fora daquela casa. Quanto açúcar você tem na despensa?

Ela deu um sorriso largo para ele.

— Muito.

— Eu posso precisar de um pouco logo amanhã de tarde — sugeriu Walt. — Aquele bom homem que está com a minha filha veio para passar o fim de semana.

— É mesmo? — Então, Muriel virou sua montaria e chamou: — Luce! — Ela deu dois assovios curtos. A labradora disparou pelo caminho por onde elas tinham vindo. Muriel olhou por cima do ombro e disse: — Traga uma garrafa de um vinho tinto decente, então.

E colocou o cavalo para andar a meio-galope e seguiu a cachorra.

Walt ficou ali por um bom tempo, até ela sumir de vista.

— Caramba — disse ele em voz alta.

\* \* \*

Na tarde seguinte, Paul e Vanessa decidiram ir jantar no bar de Jack, como de rotina. Claro que eles esperavam que Walt os acompanhasse.

— Não — disse ele. — Eu já vi Jack o suficiente esta semana. Tom vai jantar na casa de Brenda e eu não quero cozinhar um jantar para uma pessoa só. Passo. Na verdade — continuou ele —, pode ser que eu vá até Clear River. Tem um barzinho por lá, onde não sou tão conhecido. Talvez eu faça isso.

— Tem certeza, pai? — perguntou Vanni.

— Tenho — garantiu ele. — Aproveitem. Vejo vocês mais tarde, ou amanhã de manhã.

Quando eles saíram, Walt tomou banho, usou um pouco de loção pós--barba, vasculhou a adega, selecionou uma garrafa e pegou a chave do carro.

Ao parar em frente à casa de sua nova vizinha, ele não tinha certeza de que não estava parecendo um velho bobo, correndo atrás de uma estrela de cinema. Claro, ainda nem estava atrás dela — aquilo era apenas uma taça de vinho com uma vizinha. Mas ele sentiu cada segundo de seus 62 anos e, embora a pesquisa tenha dito que ela era somente alguns anos mais nova, a mulher parecia muito mais jovem do que ele. E muito mais confiante também.

A propriedade, castigada pelo tempo, era composta de uma casa com uma ampla varanda e dois andares, uma edícula menor e de estilo antigo, um celeiro e um curral. Walt não sabia por onde seguir. Por instinto, foi até a casa e bateu à porta da frente.

— Bem aqui — gritou ela. — Entre.

Quando Walt entrou na casa, foi recebido por uma Luce muito animada, balançando o rabo e cutucando-o com o nariz, querendo brincar. Muriel estava em cima de uma escada segurando uma espátula de pedreiro, que a seguir pousou em uma bandeja. Ela vestia um macacão que estava tão cheio de massa corrida quanto a parede.

— Ótimo. Hora do intervalo — comentou ela, limpando as mãos em um trapo que estava enfiado no bolso de trás.

Hum. Ele tinha tomado banho e passado colônia; ela nem sequer se incomodara de pentear o cabelo, que dirá passar maquiagem. Ela realmente era muito bonita.

— O que é que você está fazendo? — perguntou Walt.

— Passando massa corrida. Depois, vou pintar e colocar novos rodapés e, então, vou atrás de umas sancas.

Walt olhou para a bagunça ao redor. O lugar estava passando por uma reforma completa. Ele ergueu a garrafa e a girou, exibindo o rótulo para Muriel enquanto ela descia da escada.

— Este vinho serve?

— Ótimo — comentou ela. — Eu preciso de um minuto para limpar minhas ferramentas. — Ela pegou a bandeja e a colher de pedreiro, desapareceu na cozinha e ele escutou a água correr. Logo, logo ela estava de volta. — Venha comigo. Vamos, Luce.

Ele a seguiu para fora da casa e, juntos, eles atravessaram o jardim até a edícula. Ela abriu a porta e o surpreendeu de novo. Havia apenas um cômodo, mas era um cômodo grande — na época em que servia de barracão, devia comportar seis camas de solteiro. Ela tinha colocado uma cama em um dos cantos, um sofá com uma mesinha em frente, uma pequena mesa com duas cadeiras e, ao longo de uma das paredes, alguns eletrodomésticos — um frigobar, micro-ondas, um forninho, uma pia, alguns armários e móveis com gavetas. O banheiro, tal como era na planta original, ocupava outro canto — um vaso, pia e um chuveiro pequeno — ao ar livre.

No entanto, ela fizera alguns reparos no cômodo: havia pintado as paredes recentemente, com tons vibrantes de amarelo, vermelho, um pouco de rosa e verde-pálido. A colcha da cama combinava com o sofazinho e com as almofadas das cadeiras.

Enquanto Walt dava uma olhada no lugar, Muriel procurava o saca-rolhas em uma gaveta. Ela lhe entregou a garrafa e o saca-rolhas e foi buscar as taças.

— Este lugar é ótimo — elogiou ele, empenhando-se com a rolha. — Espero que eu não precise usar o banheiro enquanto estiver aqui. Ou melhor, espero que você não.

Muriel deu uma gargalhada, depois pegou alguma coisa que estava apoiada no fundo do armário e, usando apenas uma mão, enquanto segurava as taças com a outra, ela montou uma bandeja de madeira entre o pequeno sofá e a cadeira. — Uma mesa de centro instantânea — anunciou ela. — Pode servir, por favor.

Ela foi até o frigobar e tirou de lá de dentro um prato coberto com plástico filme, pegou uma grande caixa de biscoitos salgados que estava dentro de um armário e colocou em cima da bandeja, perto do prato. Ali, havia presunto, salame, queijo, azeitonas, legumes e homus.

— Ah — disse ele. — Você estava me esperando.

Ela riu e se sentou na cadeira.

— Walt, este é o meu jantar.

— Ah. Ah, eu não queria acabar com o seu jantar...

— Eu coloquei o dobro do que costumo comer, para o caso de você aparecer precisando daquele açúcar.

— Você não cozinha mesmo? Nada? Você come isso aqui?

— Estou com a sensação de que isso não vai te sustentar por muito tempo — observou ela, mergulhando um palito de aipo no homus. — Bom, você vai ficar bem. Você pode preparar um cozido ou qualquer coisa assim quando chegar em casa mais tarde.

E ele pensou: *se nós vamos desfrutar a companhia um do outro, então a comida vai ser minha responsabilidade.*

E ela pensou: *se nós nos virmos com muita frequência, provavelmente vou ganhar peso.*

— Do lado de fora, este lugar parece um barracão ou uma casa de hóspedes.

— E era. Ou ainda é. Originalmente, foi construído para ser o estúdio da esposa do dono do rancho — explicou ela, apontando para duas claraboias no teto. — E então virou um barracão para os ajudantes do rancho ou para lenhadores. A cozinha e o banheiro foram adicionados depois, imagino. A minha corretora retirou o lixo, então eu pintei. Vou ficar aqui enquanto trabalho na casa principal. E se você precisar usar o banheiro, o de lá está funcionando direitinho. Dá para trancar a porta e tudo. — Ela deu um golinho no vinho. — Hum — disse, fechando os olhos por um instante. A seguir, deu um toquinho na taça dele. — À nova vizinhança.

— Isso não era exatamente o que eu esperava de uma estrela de cinema. Passando massa corrida. Morando em uma casa de um cômodo só.

— Que interessante — rebateu ela, recostando-se na cadeira. — Você é exatamente o que eu esperava de um general.

As sobrancelhas dele se levantaram.

— É mesmo?

— Aham. Você acha que todo mundo que não carrega um M16 é um banana e que as mulheres que se vestem bem não conseguem fazer trabalho pesado. Walt, já é hora de entender uma coisa. Estrelas de cinema são gente. A maioria delas, pelo menos. E, além disso, não sou mais uma estrela de cinema... estou aposentada.

— E como era isso, ser uma estrela de cinema?

— Ser uma estrela, como você diz, é como viver uma vida imaginária. Atuar, no entanto, é o trabalho mais difícil que existe. Olhe para mim — pediu ela, olhando-o nos olhos. — Mais perto, mais perto... isso, assim. Agora, finja estar com raiva. — Ele fechou a cara para ela. — Muito bem — elogiou ela. — Agora... finja que está *vulnerável*. — Ele franziu o rosto, confuso. — Não é fácil, é? Some a isso o fato de que você precisa decorar cento e vinte páginas de diálogo, aparecer no set de filmagem às seis da manhã e ficar até dez da noite. Você vai suar ou vai congelar, vai permanecer em alerta por tantas horas que o seu quadril vai travar e o homem que você precisa beijar vai estar com um bafo que faria um verme ter ânsia de vômito, ou a jovem atriz promissora que está fazendo o papel de sua filha vai ser uma merdinha esnobe que atrasa toda a produção, desperdiçando o tempo e o dinheiro de todo mundo. — Ela se recostou de novo e sorriu para ele. — Não é fácil. Juro por Deus.

— Bom, não se admira que você tenha se aposentado.

— Por que você se aposentou?

— Mais de trinta e cinco anos de serviço é tempo demais para um oficial do Exército — começou ele.

Eles conversaram enquanto bebiam a garrafa de vinho e comiam os petiscos de Muriel. Walt aprendeu um pouco sobre a vida de uma atriz e Muriel ouviu as histórias do Exército e da família de Walt, inclusive sobre a morte de seu genro, o nascimento do seu neto e Paul. O vinho acabou quando já eram quase dez da noite. Eles não deram um beijo de despedida, nem nada parecido, mas Walt disse:

— Se eu estiver com tempo disponível, você gostaria que eu ajudasse na pintura e tal?

— Eu jamais recusaria ajuda — respondeu ela. — Mas você é bom nesse tipo de serviço?

— Sou razoável. Admito que contratei um ajudante para pintar a minha casa, mas só porque eu estava em Washington D.C. e queria que o lugar estivesse pronto para quando eu me aposentasse. Eu não quero me intrometer caso você esteja treinando o cachorro ou fazendo compras por aí. Então que tal eu telefonar antes de vir?

— Ótimo — disse Muriel. Ela foi até a bancada da pequena cozinha improvisada e escreveu o número de seu telefone. — Você sempre pode vir buscar um pouco de açúcar. — Ela sorriu para ele. — Obrigada pelo vinho. Era um vinho muito bom.

— Eu tenho bastante vinho — sugeriu ele.

— E eu tenho bastante açúcar.

— Então — disse ele. — Estamos combinados.

Depois de um fim de semana em Virgin River, Vanni e Paul voltaram para Grants Pass. Na manhã de terça-feira, Paul telefonou para Terri.

— Oi, Terri, sou eu, Paul. Como você está se sentindo?

— Bem, Paul. Como você está?

— Ótimo, obrigado. Eu estive fora da cidade e…

— Hum, deixe-me adivinhar — disse ela, com um tom de voz cansado. — Em Virgin River de novo?

— Algo assim. Eu tenho dois contratos de construção em potencial e tenho feito umas contas para ver se é viável.

— Que grande surpresa — comentou ela, dando uma risada sem qualquer alegria. — É um lugar meio estranho para ir quando você tem uma criança chegando e diz que quer participar da criação dela, não acha?

— Esses dois trabalhos já terão terminado quando chegar a hora do parto. E não é um lugar tão longe… eu posso vir para Grants Pass quando necessário. Escuta, eu queria fazer isso pessoalmente, mas não tem por que pegar você desprevenida: eu vou me casar muito em breve.

Ele escutou um som; e ficou em dúvida se era uma risada ou um muxoxo de desdém.

— Isso não vai ser um problema — garantiu Paul. — Ela está a par da minha situação com você. Ela também tem um filho e…

— Eu sei — disse ela, interrompendo-o. — É o filho do seu melhor amigo.

— Ela entende que nós vamos dividir a guarda e…

— Eu não sei se gosto muito dessa ideia — cortou ela, impaciente.

— Bom, nós temos que lidar com o que temos — argumentou ele. — E, falando nisso, eu dei uma olhada no calendário. Já deve estar na época daquela consulta médica.

— Que consulta? — perguntou ela.

— Com a obstetra. A consulta em que vou com você.

— Ah, essa. Eu fui na sexta passada. Parece que está tudo bem.

Ele respirou fundo.

— Você sabia que eu queria ir com você — disse.

— Desculpe… Eles ligaram dizendo que tiveram uma desistência. E acho que você não estava na cidade — respondeu ela, rispidamente.

— Se eu soubesse que você teria uma consulta, eu teria estado.

A raiva começou a crescer e ele disse a si mesmo para permanecer calmo. Paul não queria chateá-la, embora não soubesse o que mais ela poderia fazer para ferrar com sua cabeça.

— Olha — disse ela. — Parece que você tem coisas mais importantes na cabeça… não tenho notícias suas nem mesmo uma vez por semana…

Ele respirou fundo de novo.

— Você pode sair para almoçar hoje? — quis saber ele.

Ela ficou em silêncio por um instante.

— Paul… esquece, tá bem? Você não tem que me encontrar para almoçar, nem para nada. Está bem claro que não existe nada entre nós. Você vai se casar… vá viver a sua vida. Eu vou ficar bem.

— Mas tem alguma coisa entre nós. De acordo com você.

Ela desligou o telefone.

— Que porcaria! — exclamou ele, batendo o telefone.

— Oh-oh — disse Vanni, de pé na abertura da porta com Mattie em seu ombro.

Com uma das mãos apoiada sobre a mesa, Paul deixou a cabeça pender.

— Ela me deixou de mãos atadas — explicou ele, levantando a cabeça e olhando para ela. — Ela acabou de me oferecer uma saída.

— Não me parece que isso te deixou muito feliz.

— Não. Não mesmo. — Ele folheou o calendário e achou anotado ali o nome da médica, então foi pesquisar. E não encontrou nenhuma dra. Charlene Weir. — Eu não sei o que ela está armando.

Vanni caminhou na direção dele.

— Qual é a sua saída? — perguntou ela.

— Ela me disse para ir viver a minha vida... que ela vai ficar bem.

— Ai, meu Deus.

— Você sabe que tipo de problema isso representa para mim — disse ele.

— Você não seria feliz tendo seu filho solto por aí, sem que você o conheça, sem poder oferecer apoio e proteção.

— Desculpe. Eu não posso fazer isso. — Ele passou um dos braços por cima dos ombros de Vanessa e beijou a cabeça de Mattie. — Desculpe por fazer você passar por isso.

— Não se preocupe comigo, Paul. Apenas resolva isso da maneira que for melhor para você... eu não vou a lugar nenhum.

Duas horas depois, ele se encontrou naquele que deveria ser o lugar mais inusitado de Grants Pass: no consultório do dr. Cameron Michaels.

Claro que Cameron deu um jeito de encaixá-lo na agenda, provavelmente na esperança de que a visita tivesse algo a ver com Vanessa. Algo que pudesse beneficiar o bom médico. Quando Paul se explicou e contou do que precisava, Cameron não conseguiu conter uma tremenda gargalhada.

— Eu tenho certeza de que você acha isso hilário — comentou Paul, muitíssimo sério. — Mas o fato é que eu não tenho muitos lugares onde eu possa conseguir um pouco de ajuda.

— Eu tenho que lhe dar este crédito, Paul. Você não é tão desastrado com as mulheres quanto imagina. Para um filho da mãe azarado, você com certeza deu sorte.

— Como assim?

— Você tem essa confusão para resolver e mesmo assim Vanni ainda quer ficar contigo. Nossa.

— Pare de sorrir. Não é fácil para Vanessa. Mas se o filho é meu, quero cuidar dele. Tenho que fazer isso. Se vou ser pai, vou ser um pai decente.

Cameron balançou a cabeça.

— Eu tenho certeza de que você não tinha essa intenção, mas veio ao lugar certo. Eu adoraria dizer que não posso fazer nada para te ajudar nessa confusão... só que sou pediatra. E não é nada fácil com a quantidade de crianças que vêm parar neste mundo e cujos pais não dão a mínima, nem sequer queriam que eles tivessem nascido. Pelo menos você não é assim. Eu vou marcar uma ultrassonografia para vocês, o que pode lhe dar algumas respostas, se você conseguir fazer com que ela colabore. Você pode seguir adiante e pedir uma ordem judicial para realizar uma amniocentese, caso precise verificar o DNA e confirmar a paternidade. Não por você, nem mesmo por ela. Mas por este bebê que ela está carregando. — Ele manuseou o celular. — Então, você pode dizer que, se ela precisar de um bom pediatra, você conhece um.

Paul saiu do consultório de Cameron e foi até a empresa de advocacia na qual Terri Bradford trabalhava. Foi a primeira vez que considerou o fato de ela trabalhar para um advogado. Ela devia saber que ele tinha direitos garantidos pela lei.

Terri ficou claramente surpresa ao vê-lo. Quando ela ergueu o olhar de sua mesa, seus olhos estavam arregalados e sua expressão, completamente atônita.

— O que é que você está fazendo aqui? — perguntou ela.

— Nós precisamos conversar. Agora mesmo. Hoje. Você já comeu?

— Já, e não quero conversar. Você vai se casar... vai estar longe daqui, ocupado demais para pensar em mim. É hora de você cair fora, me deixar em paz.

Quando ela se levantou da mesa, Paul reparou que a barriga da mulher estava ligeiramente arredondada, e tentou calcular se aquilo era uma gravidez de três meses ou se ela apenas ganhara um pouco de peso. Seus seios estavam definitivamente maiores, repuxando a blusa.

— É melhor você conversar comigo, Terri — disse ele, com severidade. — Eu não vou embora e, se eu precisar me afastar, então vou buscar ajuda. Ajuda jurídica.

Ela se inclinou por cima da mesa, sussurrando.

— E o que você quer que eu diga para o meu chefe?

— Diga a ele que é uma emergência familiar. Porque é.

Ela suspirou, balançou a cabeça e foi até o escritório do chefe. Então voltou logo em seguida e pegou a bolsa, que estava guardada na última gaveta de sua mesa. Enquanto Terri caminhava em direção à porta, ele a segurou de leve pelo cotovelo, escoltando-a. Ela era bem pequena — muito mais baixa que Vanni. Seu cabelo escuro e na altura dos ombros eram brilhantes e seus grandes olhos azuis estavam emoldurados por centenas de cílios grossos. Havia todos os motivos do mundo para alguém se sentir atraído por Terri. Ele reparou que o corpo dela havia mudado com a gravidez; a mulher estava mais cheia, mais redonda — definitivamente não estava mentindo sobre o fato de estar grávida. O que lhe faltava era aquele brilho que uma mulher grávida parece emanar — mas isso podia ser explicado pela falta de um parceiro com quem ela pudesse trazer aquele bebê ao mundo.

Eles não tinham nem sequer chegado ao estacionamento quando ela parou de andar, virou os olhos para ele e disse:

— Você pode deixar isso para lá. Esse filho não é seu.

— O quê? Como é que você tem certeza disso? — perguntou ele.

— Por que diabo isso importa? Eu não estou jogando a responsabilidade de nada em você!

— Eu sei — rebateu ele. — Mas eu estou jogando a responsabilidade em mim. — Ele olhou ao redor. Do outro lado da rua havia um pequeno parque. — Venha — pediu ele, conduzindo Terri até o local. Havia um banco debaixo de uma árvore bem grande e pouca gente ao redor. — Sente-se — indicou ele. — Nós vamos resolver isso de uma vez por todas.

— Eu não sei qual é o seu problema — disse ela, sentando-se e balançando a cabeça em negação.

— Você sabe, sim. Não consigo ter certeza de qual mentira é a verdade ou qual verdade é a mentira.

— E daí?

— E daí, se existe qualquer possibilidade de você estar carregando o meu filho, quero ser o pai dele. Isso é muita loucura para você entender?

— Mesmo que você não queira ter nenhum relacionamento com a mãe dele?

— Isso também não é verdade. Não é assim. Se você é a mãe do meu filho, então vou te respeitar e apoiar. Eu não ignoraria as suas necessidades.

— Ah? E como é que a mulher com quem você vai se casar se sente a respeito disso?

— Ela não esperava nada menos de mim.

Terri gargalhou.

— Jesus. Vocês são tão *decentes*, não é mesmo?

Ele quase se encolheu.

— Eu preciso ter certeza. Não vou me afastar dessa situação sem algum tipo de confirmação. Não vou perder nenhum momento da vida de uma criança minha.

— Olha — disse ela. — Foi muito perto. Eu não estava com ninguém, e eu e você... achei que funcionávamos muito bem. Pensei que pudesse conseguir fazer isso dar certo, tá bem? Você me pegou. Eu sabia que estava grávida antes daquela noite que passamos juntos. Estava pensando em acabar com isso, com a gravidez, mas não era o que eu queria. Cometi muitos erros. Eu não vou deixar este ser um deles.

— Você pode provar isso para mim com uma ultrassonografia que mostre que você está grávida de mais de três meses? — perguntou ele.

— Ai, Jesus — gemeu ela. — Eu não preciso fazer isso!

— Sim, você precisa fazer. Vou contratar um advogado. Vou processar você, exigindo os meus direitos paternos e, para se livrar de mim, você vai ter que fazer um teste.

— Que tipo de teste? — perguntou ela, chocada.

— Uma amniocentese. DNA.

Ela ficou um pouco pálida.

— Isso envolve uma agulha?

— Com certeza. A não ser que a gente consiga uma resposta mais fácil com uma ultrassonografia.

— A minha próxima consulta é só daqui a três semanas. Talvez eu possa convencer minha médica a pedir uma ultra...

— Você me disse que a sua médica é Charlene Weir. Que, a propósito, não está no catálogo telefônico.

— Meu Deus, você se lembra disso? — Ela deu uma risada. — Charlene Weir é minha amiga. Eu só falei qualquer nome. Não queria que você fosse à consulta comigo.

— Nós não vamos esperar três semanas, Terri. Eu posso levá-la para fazer uma ultrassonografia hoje. Você vai? Ou vou precisar contratar um advogado?

— Como é que você pode desperdiçar dinheiro com isso? — perguntou ela, perplexa.

— Não seria um desperdício. Eu preciso ter certeza.

— É a sua noiva que está obrigando você a ter essa confirmação?

Paul se levantou.

— De jeito nenhum. — Ele estendeu a mão para ela. — Vamos fazer isso logo.

Ela suspirou, aceitou a mão de Paul e deixou que ele a conduzisse. Eles entraram no carro e foram até o consultório da dra. Mary Jensen. Preencheram um monte de papelada, Paul pagou a consulta com seu cartão de crédito e uma médica muito boazinha e gentil realizou o exame de ultrassonografia. Como a dra. Jensen era amiga de Cameron, ela já sabia qual era o propósito da visita e não houve muita conversa na sala de exames. A médica levou apenas alguns instantes para determinar que a gravidez estava mais perto de quatro meses do que de três, algumas semanas a mais em relação à época em que Terri e Paul estiveram juntos.

No entanto, algo aconteceu dentro de Paul enquanto ele assistia à vida dentro dela se mexer, chutar e pular. Para um cara grande e durão feito ele, coisas daquele tipo eram seu fraco. Ele achava mulheres grávidas lindas. Não tinha sido muito bom com mulheres, mas sempre quisera ter uma esposa, uma família. Saber que aquele bebê não era seu filho não causou o alívio que ele estava esperando. Se tivesse sido provado que o bebê era dele, também não teria exatamente lhe provocado orgulho — ele vinha tentando manter Terri a salvo dessa complicação. O que sentia era ambíguo. E também sentia uma profunda tristeza por Terri, que, a despeito de todas as tentativas de enganá-lo, estava em uma situação muito difícil. Ele estava triste pelo bebê, que não teria o amor e a proteção que ele poderia oferecer se fosse o pai. Era natural para

Paul aquela urgência em proteger os mais vulneráveis, em proteger os fracos com sua força.

Terri não falou uma palavra. Ao sair do consultório, ela caminhou à frente dele e logo foi para a caminhonete. Quando Paul entrou no carro e deu a partida no motor, ela ficou olhando para baixo, em silêncio. Ali, parecia que ela muito dizia sem proferir qualquer palavra. *Pronto. Acabou.*

Ele também ficou calado enquanto a levava de volta para o escritório. Quando eles chegaram ao estacionamento da empresa de advocacia, no entanto, ele não entrou. Seguiu até dar a volta no quarteirão e, então, parou no mesmo parquinho que eles tinham visitado mais cedo. Ele saiu da caminhonete, foi até o lado do passageiro e abriu a porta para ela. Então estendeu a mão.

— O que está fazendo? — perguntou ela. — O que é *agora*?

— Vamos conversar um minuto — pediu ele, baixinho, com gentileza na voz.

— Paul — disse ela, as lágrimas enchendo seus olhos. — Por favor. Chega. Desculpe.

— Está tudo bem. Venha — insistiu ele, tirando-a de dentro da caminhonete. Ele passou um braço por cima dos ombros de Terri, em um gesto carinhoso, e a conduziu de volta para o mesmo banco. Quando ele fez isso, a mulher se encostou nele e começou a chorar baixinho. — Sente-se, Terri — convidou ele. — Me diga uma coisa. Este bebê tem um pai?

— Óbvio que tem — fungou ela, fuçando a bolsa em busca de um lenço de papel.

Ele puxou um lenço de tecido limpo de seu bolso e o entregou a ela.

— Quero dizer, um homem que estará presente. Apoiando você. Que esteja pronto para assumir a própria parcela de responsabilidade.

— Não se preocupe — disse ela, aceitando o lenço e enxugando os olhos.

Ele passou o dedo no rosto dela, limpando uma lágrima.

— Foi por isso que você me disse que o bebê era meu?

Ela voltou os olhos úmidos para ele.

— Em parte. Tem mais coisa além disso...

— Tem a ver com dinheiro? — perguntou ele.

Ela riu um riso sem graça.

— Não — respondeu. — Foi porque nenhum de nós tinha alguém na vida... pelo menos foi o que você disse. E foi por causa do seu jeito... me contando aquela história de como você estava lá quando a esposa do seu melhor amigo teve o bebê, e como isso te dilacerou, mas ao mesmo tempo foi a coisa mais linda que você já tinha visto. Foi o modo como eu me sentia quando estava com você. — Ela deu de ombros. — Achei que você seria um bom pai. Um bom... deixa para lá.

— Nós não estávamos juntos de verdade — argumentou Paul, balançando a cabeça.

— Eu sei. Foi uma idiotice. Mas achei que se você começasse a me amar... — Ela se encostou nele e deixou as lágrimas escorrerem. — Se você achasse que eu estava tendo um filho seu, talvez nós pudéssemos passar mais tempo juntos. E, se estivéssemos juntos, quem sabe... — Ela enxugou os olhos. — Achei que eu... achei que nós estaríamos seguros com você. Eu me apaixonei muito mais por você do que você por mim. Mas o que fiz... Isso foi errado. Desculpe.

Ele a envolveu com seus braços.

— Terri... você devia saber que eu descobriria em algum momento.

Ela deu de ombros mais uma vez e fungou.

— Talvez não. Pelo menos não antes de passarmos um tempo juntos. E se você se envolvesse, se tivéssemos mais filhos... Foi um risco idiota, eu realmente não sei se teria conseguido sustentar até o fim. — Ela ergueu os olhos e o fitou. — Eu não sou uma pessoa desonesta. Provavelmente teria lhe contado a verdade antes... — Terri respirou fundo. — Demorei um tempo para aceitar que você não estava interessado em mim — explicou. — Você não me ligava, vivia viajando para outra cidade. Você estava certo: não existia nada entre nós. Mas isso não me impediu de desejar que existisse.

Ele colocou uma de suas grandes mãos sobre a protuberância que mal se notava na barriga de Terri.

— E o pai deste pequenininho?

— Também não tem interesse — respondeu ela.

— Ele sabe?

— Eu contei a ele. Ele não deu a mínima. E disse que eu precisaria processá-lo para... Bom, não levei muito tempo para concluir que eu estaria melhor sem ele.

— Babaca — murmurou Paul, entre dentes. — Como foi que isso aconteceu?

— Eu nunca fui muito boa com aquelas pílulas. Esquecia de tomar, perdia. E ele não usou nada. Eu pisei na bola. A culpa é toda minha. Eu tenho muita sorte de que a única coisa que ele me deu foi um bebê. — Ela arregalou os olhos redondos. — A camisinha não falhou, Paul, e eu fiz exames na minha primeira consulta. Eu não passei nenhuma doença para você.

Ele não partilhou a informação de que já sabia disso. Seguindo o conselho de Jack, ele mesmo tinha feito os exames.

— Você vai ficar bem? — quis saber ele.

— Eu vou administrar a situação — disse ela, limpando de vez as lágrimas.

Ele ergueu o queixo dela.

— Tem alguma coisa que eu possa fazer agora para ajudar você?

— Você está livre, Paul. Não precisa fazer nada.

— Você ainda tem aquele cartão que eu te dei? Com meus telefones?

— Tenho. Em algum lugar.

— É fácil me encontrar. Eu trabalho em uma empresa que tem sede aqui em Grants Pass. A empresa é da minha família. Se eu não estiver lá, eles conseguem me encontrar. Se você algum dia precisar de alguma coisa...

— Paul — disse ela, rindo em meio às lágrimas. — Eu menti para você. Não precisa...

— Terri — interrompeu ele, em um tom repleto de doçura. — Nós realmente não somos um casal. Nunca fomos. Mas não vou para a cama de uma mulher se eu não sentir nada por ela. Meu Deus, não sou uma pessoa tão ruim assim. Mesmo que nós não tenhamos nos apaixonado, eu considerava você uma amiga, no mínimo. Nós tivemos uma conexão importante de verdade. Você foi boa para mim. E eu tentei ser bom para você.

— Meu Deus, você é incrível... Depois do que eu tentei fazer com você!

Ele sorriu.

— Eu errei quando telefonei para você assim que cheguei em Grants Pass. Isso desencadeou uma série de acontecimentos que foram injustos com você. Mas eu me lembro muito bem daquele momento... eu estava em grande sofrimento. Foi um período muito, muito difícil. Naquela noite, eu estava completamente miserável, desesperado e você me ajudou a sair de um lugar complicado. Você foi boa para mim. Empática e doce. Amorosa. Na época, fiquei muito grato. Eu não seria um cavalheiro se não lhe contasse isso.

Terri se encostou nele mais uma vez, as lágrimas agora secas, e ele lhe deu um abraço reconfortante. Ela suspirou.

— Eu pensei que te amasse, que poderia fazer você feliz se tivesse a oportunidade — admitiu ela. — Eu não menti a respeito disso. — Ela ergueu a cabeça e olhou para ele. — É fácil se apaixonar por você.

Ele a abraçou com um pouco mais de força. Agora sabia mais a respeito do amor. Esse sentimento o preenchia, fazia com que ele se sentisse o cara mais sortudo do mundo por ter Vanessa. Ele faria qualquer coisa por ela e, se ela chegasse até ele com o bebê de outro homem e pedisse que a aceitasse daquela forma, ele nem sequer pensaria antes de responder.

— Você precisa de alguma coisa?

— Preciso — disse Terri, dando uma risadinha triste. — Eu preciso encontrar um homem feito você. Então, estarei feita.

Ele ficou ali sentado com ela mais um pouco, abraçando-a, oferecendo aquele mínimo conforto. E deu um beijo carinhoso no topo da cabeça dela.

— Você vai encontrar o homem certo — garantiu ele. — E você vai ser uma boa mãe. Vai dar tudo certo.

— Paul, desculpe se machuquei você, se compliquei a sua vida. Foi muito egoísta da minha parte...

— Vamos deixar isso para trás, sem problema. Momentos de desespero às vezes exigem medidas desesperadas... Não estou com raiva. E conheço um ótimo pediatra, se você estiver procurando...

# Capítulo 11

Vanessa tinha acabado de amamentar o filho quando a campainha da casa de Paul tocou. Segurando o bebê, ela foi até a janela que ficava ao lado da porta para dar uma espiada do lado de fora e viu Carol, ostentando toda a elegância e a sofisticação da mulher de negócios que ela sempre foi. Vanni abriu a porta com certa relutância.

— Eu não sabia se você estaria aqui — começou Carol. — Não queria telefonar. Queria te ver e não sabia se você concordaria com isso.

Vanessa abriu a porta.

— Eu não entrei em contato, Carol, porque achei que seria bom darmos um tempo para pensar um pouco nas coisas. Nós duas. — Vanni segurou a porta aberta. — Entre, já que você está aqui.

— Paul está em casa? — perguntou ela, atravessando o limiar.

— Não. — Ela conferiu a hora no relógio em seu pulso. — Acho que ele deve chegar já, já.

— Desculpe, Vanessa — disse Carol, desconfortável. — Lance está furioso comigo. Apavorado com a possibilidade de não vermos mais o bebê com frequência por causa do que eu fiz.

— Entre e se sente — convidou Vanni, indicando o caminho até a sala de jantar. Ela acomodou Mattie em sua cadeirinha de balanço que estava em cima da mesa e puxou uma cadeira. — Então — começou ela, corajosa. — Lance não gostou daquele encontrinho que você tentou armar?

Carol foi pega olhando em volta, para a casa de Paul. A julgar pela expressão um tanto surpresa estampada em seu rosto, talvez ela não estivesse esperando nada tão lindo, tão de bom gosto quanto aquele lugar. Será que ela achava que Paul morava em um trailer de construção?

— Carol? — perguntou Vanni.

Ela balançou a cabeça.

— Não — respondeu. — Não, desde o começo. Ele reclamou, mas não achei que estivesse fazendo algo ruim. Você sabe que me importo com Paul, por inúmeras razões, mas depois de conhecer melhor Cameron, simplesmente achei que ele era o máximo. E… ah, que diabo — disse Carol. — Eu não sabia sobre você e Paul.

— É exatamente por isso que você deve sempre perguntar se seus planos são aceitáveis. Se, em primeiro lugar, você tivesse me perguntado se eu gostaria que você convidasse um homem solteiro para o jantar, eu teria pedido para que você esperasse um pouco. Eu estava sentindo falta de Paul, queria vê-lo. Cameron é um cara ótimo, mas não estou interessada nele, não em termos românticos — explicou Vanni. — No fim das contas, os dois acabaram machucados. Você tem que parar de fazer as coisas assim.

— Eu sempre acho que estou ajudando — justificou-se ela. — Sempre sinto que tenho a solução perfeita. Sério… eu não queria… — A voz dela morreu. — Você e Paul…?

— Isso mesmo. Nós vamos nos casar. Eu amo Paul. Ele vai ser um pai maravilhoso para Mattie. Você não pode imaginar o quanto ele adora esse bebê. O quanto ele é grato por ter ficado com esse pedacinho do melhor amigo.

— E você está feliz? — perguntou Carol, com a sobrancelha franzida. — É isso que você quer?

Vanni esticou o braço para tocar a mão de Carol.

— Quando eu perdi Matt, a dor foi enorme para mim e para Paul… para todo mundo… eu não sabia se um dia conseguiria ser feliz de novo. Imagino que você tenha se sentido do mesmo jeito algumas vezes.

— Às vezes, sinto tanta saudade dele — admitiu ela, e seus olhos cintilaram. Ela esticou os braços na direção do bebê. — Posso?

— Claro. Vá em frente.

Carol pegou o bebê e o segurou no colo, com os olhos úmidos.

— Você não faz ideia de como o tempo passa rápido, e de quanta coisa vai embora com ele.

— Quando Matt fez aquela chamada de vídeo antes de morrer, Paul estava lá em casa. Meu Deus, Matt ficou tão feliz de ver o rosto do amigo, de conversar com ele. Eu acho que ele ficou tão feliz de ver Paul quanto ficou de me ver. Carol, Matt ficaria feliz com isso.

Carol riu em meio às lágrimas.

— Ah, tenho certeza de que isso é verdade. Matt e Paul sempre passaram mais tempo na casa dos Haggerty do que na nossa. Um bando de garotos bagunceiros com pés imensos e fedorentos nunca foi problema para Marianne. De algum jeito, ela sempre soube qual tipo de comida deveria jogar para eles. Nossa casa era estéril demais. Eu era rigorosa a respeito da arrumação.

— Bom, acho que, se você tivesse três meninos, um a mais não faria muita diferença — argumentou Vanni.

— Eles eram apenas garotos — disse Carol. — Quem pode culpá-los? Não estavam interessados em quanto eu tinha de trabalhar duro para comprar determinado abajur ou a trabalheira que era manter o jardim bem cuidado. Antes dos Haggerty construírem aquela casa imensa, enquanto os garotos eram pequenos, eles mal conseguiam manter a grama do jardim. — Ela sorriu um pouco melancólica. — Todos os meninos jogavam futebol.

*Ufa*, pensou Vanni. Não era só que Carol achava que Cameron era uma opção melhor para Vanni. Ela não queria competir com Marianne e suas qualidades de mãezona.

— Imagino também que Marianne sempre tivesse biscoitos a postos para quando eles voltavam da escola — comentou Vanni, testando sua teoria.

— Sem dúvida. Um pula-pula, uma bateria completa, todo tipo de coisa. Eles deixaram os meninos montarem uma espécie de banda na garagem… tinha piano elétrico, violões, o pacote completo. Era barulho suficiente para furar os tímpanos. — Ela riu um pouco. — Nenhum deles tinha um pingo de talento, graças a Deus. Caso contrário, todos seriam estrelas do rock cheios de tatuagens.

Com o timing perfeito que sempre tinha, Mattie regurgitou um pouco de leite talhado bem nas costas de Carol e, como era previsto, ela disse:

— Eca!

— Ah, não!

Vanni se levantou na mesma hora, levando na mão uma fralda que ela usava como pano de boca. Ela estendeu os braços para pegar o bebê.

— Não, por favor, não pegue ele — pediu Carol. — Só ponha esse pano no meu ombro.

— Carol, isso é seda!

— Ah, que se dane. A gente pode lavar a seco, sabia?

Vanni limpou Carol o melhor que conseguiu, depois pendurou uma fralda limpa no ombro da mulher. E ficou bastante surpresa por Carol não ter empurrado o bebê para longe, mas sim segurado mais perto, abraçando-o.

Vanni mordeu o lábio por um instante. *Carol está com medo de que outra geração que seja sangue do seu sangue prefira a família Haggerty. Porque ela é rígida, e não carinhosa e efusiva, e sabe disso.* Então, Vanni disse:

— Todos os Haggerty se tornaram homens trabalhadores e bem-sucedidos. Alguém naquela casa deve ter insistido para que eles estudassem.

— Provavelmente foi Stan. Ele sempre teve a mente de um empreendedor.

Carol deu mais um abraço e beijou o bebê. Parecia já ter se esquecido sobre o rastro molhado que descia por suas costas. Encarar a ideia de ser separada de seu único neto tinha causado uma mudança em Carol. Talvez não uma mudança completa de personalidade, mas definitivamente uma pequena transformação.

— Tem uma coisa sobre a qual quero falar com você — disse Vanni. — É cedo, eu sei, mas Paul e eu, quando Mattie for um pouco mais velho... nós queremos mais filhos. Eu quero muito ter mais filhos, e gostaria que você os recebesse tão bem quanto recebe o pequeno Matt. Nós também, claro. Eu sei que Mattie é especial, é seu neto biológico, mas seria ótimo se nós pudéssemos contar com você e Lance para abrirem o coração para qualquer irmão ou irmã que ele possa ter. — Carol ergueu seu olhar espantado e encarou o rosto de Vanni. — Não se preocupe... eu com certeza não espero que vocês transformem sua bela casa em um clube. Eu não pretendo viver assim, não importa quantos meninos nasçam. Mas, é claro, pode ser que nasçam meninas. Espero que sim… Você seria uma avó de menina perfeita…

— Você está falando sério, Vanessa? — perguntou Carol, com os olhos um pouco arregalados.

— Vamos ter limites — respondeu Vanni. — Você vai ter que me perguntar antes de planejar qualquer coisa que afete a mim, meu filho, minha vida, meu relacionamento, meu…

— Claro.

— Se você furar a orelha de qualquer uma dessas netinhas sem a minha autorização, você vai me pagar — pontuou Vanessa, erguendo a sobrancelha em uma expressão ameaçadora.

— Ai, meu Deus, claro que eu não faria…

— E é melhor você mostrar a Paul a gratidão que ele merece… ele *ainda* é um amigo maravilhoso para Matt.

— Sinto muito que eu tenha dito aquilo — disse Carol. — Pensar que um médico seria uma opção melhor para o meu neto…

Vanni se surpreendeu dando uma gargalhada.

— Acredito que você não é a primeira mãe ou avó a tentar arranjar alguém com tanto prestígio quanto um médico para uma pessoa amada. E Cameron é maravilhoso… inteligente, sensível, bondoso. O que eu gostaria que você visse é que Paul é, no mínimo, igual a ele. E que tê-lo como padrasto de Mattie é um presentão para você… porque Paul vai fazer qualquer coisa para manter Matt vivo para o seu neto. Ele é tão leal a Matt, tão comprometido com a memória do amigo. Isso é uma coisa que nenhum outro homem pode nos dar, Carol.

— Acho que consigo enxergar isso. Você ainda está com raiva de mim? — perguntou.

Vanni fez que não com a cabeça.

— Você tem que pedir desculpas a Paul.

— Ele está furioso? — quis saber Carol, dando um abraço bem apertado no bebê.

— Ele não disse uma palavra. Mas, ainda assim… ele merece muito mais do que recebeu. Muito antes de eu me apaixonar por ele, Paul era maravilhoso comigo, com seu neto. Você deveria se desculpar com ele.

— Você tem razão, mas estou com medo — admitiu ela.

E, como se tivesse sido algo planejado, a porta entre a garagem e a cozinha se abriu e Paul entrou.

— Ora, que surpresa — disse ele quando viu Carol. Primeiro, ele foi até Vanni, dando um beijo em sua testa e, de novo, pousando aquela mão possessiva no ombro dela. — Como está, Carol? — perguntou.

— Arrependida — respondeu ela. — Paul, me desculpe. Eu não percebi o que estava acontecendo.

Paul deu um aperto tranquilizador no ombro de Vanni.

— Isso é passado, Carol. Vamos seguir em frente.

— Muito digno da sua parte, dadas as circunstâncias. Alguma chance de eu conseguir encaixar uma nova tentativa de jantar antes que vocês viajem?

— Lamento, mas não vai dar — disse ele. — Nós temos planos que eu preferia não cancelar. Mas vamos voltar na semana que vem e, então, podemos tentar outra vez. Claro que vocês são sempre bem-vindos em Virgin River… Você sabe que o general os receberia a qualquer momento.

Vanessa franziu a testa, pois não sabia de qualquer plano para antes de eles partirem. Ela se perguntou se Paul, talvez, estava com mais raiva do que se permitira demonstrar.

— Acho que vou ter que lidar com isso — disse Carol, mais uma vez aconchegando o bebê bem junto de si.

— Eu vou deixar vocês duas a sós. Preciso de um banho — anunciou ele, indo em direção ao quarto principal.

Cerca de vinte minutos depois, Vanni sentiu, pela primeira vez desde que conhecera Carol, que elas duas tinham chegado a um entendimento. Alegando que precisava se arrumar — o que era uma mentira completa —, Vanessa acompanhou Carol até a porta. A seguir, carregou o bebê até o quarto e o colocou no berço portátil. O chuveiro havia sido desligado e ela entrou no banheiro principal. Paul trazia uma toalha enrolada na cintura e estava escovando os dentes. Quando ele a viu, cuspiu a pasta e enxaguou a boca, depois secou a boca com outra toalha.

— Tem alguma coisa errada — comentou ela.

Ele sorriu.

— Depende da sua perspectiva. E como é que você passou a me conhecer tão bem, tão rápido?

Vanni balançou a cabeça.

— Eu sinto como se estivesse com você desde sempre. O que houve?

— Não é meu. O bebê. A gravidez dela está mais perto de quatro do que de três meses.

— Você tem certeza?

Ele fez que sim com a cabeça.

— Nós fizemos uma ultrassonografia. Seu amigo, Cameron, me ajudou. E, à propósito, ele achou a situação muito engraçada.

— Uau — disse ela, assimilando as últimas informações. — Ele estava torcendo para que o bebê fosse seu e que eu jogasse você para escanteio?

— Não. Cameron, na verdade, é um cara muito mais decente do que isso. Ele tem um fraco por pais responsáveis. Ele não fez isso por nenhum de nós dois, mas pelo bebê em questão. Uma criança merece ter pais que se importam com ela. — Ele abriu os braços. — Venha aqui. Fique bem junto de mim.

Ela foi até lá e se colocou dentro do abraço dele.

— É tudo muito triste — continuou ele, abraçando-a mais forte. — Ela pediu desculpas, claro. Eu a forcei a fazer o exame para provar que o filho era meu, mesmo depois de ela jurar de pés juntos que não era. Eu ameacei entrar com um processo. Eu precisava ter certeza.

— E você não me parece aliviado — comentou ela.

— Ah, estou. Não teria sido fácil ser um pai semidecente sem estar em um relacionamento com a mãe. Mas o fato é: ela não vai ter nenhum pai para aquele bebê. Eu não a conheço muito bem, então não sei muito a respeito dos amigos e da família nem sobre o tipo de apoio que ela vai ter. Mas sei que ela não tem um homem em sua vida. Isso deve ser difícil.

— É, sim — concordou Vanni, pois aquela era uma realidade que ela conhecia muito bem. — Talvez ela tenha sorte, como eu, e apareça alguém na vida dela.

— Espero que sim. Uma coisa é certa: Terri tem muito mais chance de que isso aconteça na vida dela se eu estiver fora da história. — Ele beijou o topo da cabeça de Vanni. — Eu nem consigo amar outra pessoa que não seja você. Estou de corpo e alma com você.

— Mas você sentiu pena dela. Mesmo depois de ela ter tentado enganar você — constatou Vanni.

— Senti — admitiu ele, abraçando-a ainda mais forte.

— Por fora, você é puro músculo, uma carapuça de couro — disse ela, fazendo um carinho nos braços, nos ombros e no peito de Paul. — Mas, por dentro, você é mole. Você é um coração mole.

— Eu sei. Um manteiga derretida. Eu não passo de um manteiga derretida.

— Vou contar o que vou fazer por você — disse ela, olhando para ele. — Quando Mattie for um pouco mais velho, eu vou tirar o DIU. Nós vamos começar nossa pequena prole.

Isso provocou um sorriso nele.

— Isso seria ótimo, Vanni.

— Você vai ficar bem? Sem arrependimentos agora?

— Tenho um arrependimento — respondeu ele, olhando dentro dos olhos dela. — Eu queria não ter contado essa história para o seu pai. — Vanessa deu uma gargalhada. — Agora, ele vai poder usar isso contra mim para sempre.

— Bom, ele enganou você. Eu avisei: ele é muito bom. Tom e eu aprendemos a não tentar esconder nada dele. Bem-vindo à família. — Ela deu um sorriso. — Você não quis jantar com Carol e Lance enquanto ainda estamos aqui na cidade?

— Não — disse ele. — Acredite se quiser, estou morto de cansaço. Eu prefiro passar um dia inteiro no telhado, debaixo do sol quente, do que fazendo o tipo de coisa que fiz hoje. Isso acabou comigo. Eu estou me sentindo melhor agora, depois de um banho... se você quiser ir até lá, nós podemos ligar para Carol, dizer que houve uma mudança de planos. É só você pedir que eu faço.

Vanni ponderou por um instante se deveria explicar a Paul que ela e Carol tinham virado uma página, que grande parte da atitude de Carol era devido ao medo que ela sentia de perder outra geração de descendentes dela para a mãe carinhosa e simples de Paul. Um dia, talvez, pensou ela. Por ora, bastaria dar a Carol a oportunidade de demonstrar que não tentaria mais controlar tudo.

— Não. Eu acho que isso pode ajudar Carol a entender que não controla a vida de todo mundo. Nós vamos lá no comecinho da semana que vem. — Ela sorriu. — Eu dificilmente recusaria passar uma noite sozinha com você em algum momento da minha vida. Exceto pelo fato de que — continuou ela, ao escutar uns ruídos vindos do quarto — tenho outro homem na minha vida, e acho que ele está com a fralda encharcada.

Paul e Vanni voltaram sexta-feira à noite para Virgin River, onde passariam mais um fim de semana. Paul e Walt preparavam hambúrgueres na grelha da churrasqueira, e Walt parecia especialmente mais jovem. Pela primeira vez em muito tempo, Vanni se perguntou se o pai se sentia solitário. Aquela deve ter sido, provavelmente, uma semana longa e calma — com ela e Paul fora da cidade e Tom passando cada segundo com Brenda —, e parecia que Walt estava aliviado por tê-los em casa.

Depois que eles lavaram a louça do jantar, Vanni foi colocar o bebê na cama. Paul encontrou a televisão da sala ligada, mas Walt estava lá fora, no deque, com uma caneca de café. Paul enfiou a cabeça pela porta dos fundos e disse:

— General, se o senhor puder abrir mão de uns minutinhos desse pôr do sol, eu gostaria de conversar sobre uma coisa.

Walt se virou.

— Sem dúvida. — Ele esticou o braço em um gesto amplo, indicando que Paul deveria entrar na frente dele. Walt desligou a televisão e escolheu uma poltrona que ficava de frente para a de Paul. — O que está passando na sua cabeça, filho?

Paul chegou o corpo um pouco para a frente na poltrona em que estava.

— Bom, não é nenhum segredo que estou apaixonado pela sua filha. Eu quero me casar com Vanni. Eu tenho a sua bênção? A sua permissão?

Walt balançou a cabeça e deu uma risadinha.

— Haggerty, todas as noites, depois que vou para a cama, você passa de mansinho pelo corredor... acho bom mesmo você se casar com ela. Na verdade, acho que faz mais sentido para vocês colocarem o bebê naquele quarto que você não está usando... isso vai economizar uma ou duas viagens para você, vai dar um pouco de espaço para a criança...

Paul sentiu seu rosto ficar vermelho de constrangimento e pensou: *Eu tenho mais de 35 anos... como é que esse cara consegue me deixar corado, caramba?*

— Sim, senhor. Boa ideia, senhor. O fato é que... nós temos conversado...

— E quanto àquela confusãozinha em Grants Pass? — perguntou Walt.

Paul chegou um pouco mais para a frente, surpreso.

— A Vanni não lhe contou? Foi um mal-entendido, senhor.

Walt deixou escapar uma gargalhada.

— Isso deve ter feito o seu dia.

Paul deixou a cabeça pender por um instante.

— Na verdade, é uma situação bem triste e eu me arrependo de... Bom, estou aliviado por Vanni não ter que lidar com isso. — Naquele exato momento, Vanni voltou para a sala. Ela foi até Paul e se sentou no colo dele. — Nós temos conversado sobre organizar o casamento para o fim de semana logo antes de Tom ir embora. É cedo, mas nenhum de nós quer nada muito pomposo... só uma cerimônia simples com os amigos. — Ele deu um abraço carinhoso em Vanni. — Estamos ansiosos para oficializar a nossa relação, e queremos que Tom esteja presente quando isso acontecer. O senhor tem alguma objeção?

— Vocês sabem que isso é daqui a três semanas? — perguntou Walt. — Vocês acham que conseguem fazer isso assim tão rápido?

— Conseguimos, pai — garantiu Vanni. — Nós já conversamos sobre uns detalhes. Faríamos aqui mesmo, se não tiver problema.

— E quanto à sua família, Paul?

— Acredito que podemos contar com eles, senhor. Na verdade, existe outra coisa a respeito da minha família... meu pai e meus irmãos estão apoiando a minha ideia de abrir uma filial da Empreendimentos Haggerty aqui, para atender as cidades da região. Acho que pode haver trabalho o suficiente para me manter ocupado... e, se esse for o caso, nós podemos morar em Virgin River de vez. Claro, não tem como saber se vai dar certo se eu não tentar... mas enquanto estiver procurando novos contratos de construção, tenho os trabalhos com os Middleton e os Valenzuela para me sustentar.

— E se não tiver trabalho aqui?

— Vai ter — disse Paul. — Mas, até o negócio se estabelecer, eu vou manter a casa em Grants Pass. Se eu precisar, sempre tem bastante trabalho para mim por lá. Mas, general, as pessoas têm tanta dificuldade de encontrar um empreiteiro por aqui... Tenho a sensação de que vou ter trabalho demais assim que meu nome for divulgado. Nós temos uma ótima reputação em Grants Pass.

— Hum — disse ele. — Quantas casas você consegue construir ao mesmo tempo?

— Nós ficamos bem grandes em Oregon — respondeu ele, dando de ombros. — Chegamos a ter entre dez e vinte estruturas sendo feitas ao mesmo tempo, dependendo do tamanho, se era uma construção comercial, familiar ou multifamiliar, apartamentos. Nossa especialidade tem sido casas sob medida feitas do zero... Não sei quantos serviços desse tipo vou encontrar por aqui. Mas tem uma porção de reformas. Quanto tempo o senhor levou para reformar esta casa?

— Quase dois anos — disse Walt.

— Está vendo? É isso... nós poderíamos ter feito tudo em poucos meses, mesmo se tivéssemos começado com um anexo. Seis meses, no máximo. Eu acho que tem muito potencial de mercado para valer.

— E você consegue se manter com apenas algumas por ano? Reformas ou construções sob medida?

— Com folga — confirmou Paul.

Walt deixou escapar um *hmm* de novo.

— Esperem um segundo. — Ele saiu da sala e Vanni e Paul trocaram olhares confusos. A seguir, Walt retornou. Ele trazia um documento grosso, dobrado. — Isso foi um impulso que tive, e se não for do agrado de vocês, tudo bem, não vou ficar magoado. Mas, de novo, se vocês gostarem da ideia, podem considerar como um presente de casamento adiantado.

E entregou os papéis a Paul.

Paul desdobrou o documento. No topo da primeira página, estava impresso, em negrito: ESCRITURA.

— Eu tenho um monte de terra aqui. Eu queria um terreno bem grande... caso as terras por aqui fossem todas vendidas. Eu preciso de espaço para andar a cavalo. Achei que uns acres do outro lado do estábulo poderiam servir para vocês. Se estiverem interessados, é claro. Se preferirem dar uma olhada por aí, para comprar o terreno...

— Ah, papai — disse Vanni, tão comovida que levou a mão até o pescoço e seus olhos se encheram de lágrimas.

— Tudo isso aqui vai ser seu e de Tom algum dia mesmo. Shelby já está assistida. Se você estiver inclinada a isso e quiser manter seus próprios cavalos, nós podemos aumentar o estábulo e o curral. — Ele sorriu. — Eu conheço um construtor.

Com delicadeza, Paul tirou Vanni do colo e ficou de pé, olhando Walt.

— É muita generosidade de sua parte, senhor — disse ele.

— Na verdade, é muito egoísmo, Paul. Até que gosto de ter minha filha e meus netos por perto. Sinceramente, há um ano eu não achava que isso seria possível. — Então, ele olhou para Vanni e perguntou: — Querida, você consegue ser feliz em uma cidadezinha como esta? Com seu marido cuidando de construções nas redondezas, nada para você fazer a não ser cuidar de crianças e cavalos?

Ela deu uma gargalhada, um pouco emocionada.

— Você está brincando comigo, né? Pai, não é todo mundo que tem uma oportunidade dessas na vida. A única complicação é se vai ter trabalho o suficiente por aqui para Paul. — Ela esticou o braço para alcançar a mão dele. — Ele ama construir casas. E é brilhante nisso. Precisamos mantê-lo ativo.

— Bom, a questão é a seguinte, Vanni — disse Paul. — Antes de apresentar essa ideia ao meu pai e meus irmãos, eu dei uns telefonemas. E comentei que eu tinha uns projetos para fazer uma casa e que precisava de uma construtora para cuidar da obra... o prazo mais curto que consegui foi de um ano. Se eles estão com agenda fechada por um ano, tem muito trabalho por aí, trabalho sobrando. — Ele olhou para Walt. — Eu quero ligar para Joe Benson amanhã de manhã e avisar que estou pronto para conversar com ele sobre o nosso próprio projeto. Se você tem certeza disso...

— Você está segurando essa certeza, filho. É a propriedade da sua futura esposa. Eu tenho certeza.

# Capítulo 12

Quando o mês de maio chegou em Virgin River, o amor estava no ar. Paul e Vanni haviam feito viagens de ida e volta para Grants Pass durante algumas semanas, incapazes de se separar mesmo que por alguns dias. Paul estava fechando um acordo entre Joe Benson e a empresa de sua família para construir a expansão da casa de Preacher, bem como a casa de Mike e Brie. Havia também Tom e Brenda — jovens amantes, pegando fogo, preparando-se para a despedida de Tom, que iria para o treinamento básico em West Point. Era o fim de semana do baile de formatura do ensino médio, e Vanni e Paul tinham voltado para ver o jovem casal ir ao baile.

Mel Sheridan conseguiu chegar até maio com sua garotinha ainda crescendo, e ela estava muito feliz com isso. Certa manhã, ela acordou às cinco, muito antes de Jack. Aquilo quase nunca acontecia, principalmente quando estava grávida. Mas ela se levantou cheia de energia, então começou o dia fazendo um bule de café para o marido e limpando a geladeira. Mel costumava fazer compras e a comida inevitavelmente apodrecia enquanto eles faziam suas refeições juntos no bar ou embrulhavam e levavam para casa os pratos maravilhosos que Preacher cozinhava.

Mas o simples trabalho de se livrar da comida velha não era bom o suficiente. Mel estava a todo vapor, por isso encheu a pia com água e sabão e começou a esfregar o interior da geladeira.

— O que você está fazendo? — perguntou Jack ao entrar na cozinha.

— Estou limpando a geladeira — respondeu ela. — Eu vou parar de trazer comida para essa casa... nós desperdiçamos muita coisa.

Ela escutou David começar a se agitar e levantou a cabeça como se fosse uma corça farejando o caçador.

— Eu vou pegá-lo — disse Jack. — Ele está pesado.

— Ok. Vou preparar o café da manhã dele. Você quer que eu faça uma omelete ou alguma outra coisa para você?

— Há quanto tempo esses ovos estão aí? — perguntou ele.

— Hum — disse ela, olhando. — Acho que ainda não chegaram ao ponto de matar alguém.

— Acho que vou passar. Obrigado.

— Covarde.

David comeu cereal, depois brincou um pouco na sala com todos os seus brinquedos enquanto Mel começava a lavar roupa e Jack ia lá fora para passar alguns minutos fazendo sua atividade matinal favorita: cortar lenha. No próximo outono eles teriam uma bela e imensa pilha de madeira para a lareira, prontinha para o inverno. Algumas das árvores que tinham sido derrubadas para ampliar a via de acesso de veículos estavam empilhadas às margens da propriedade, e ele vinha trabalhando para transformá-las em combustível.

Mel limpou os armários da cozinha com óleo essencial de limão. Paul e Jack tinham realmente se superado na cozinha, fazendo aqueles armários maravilhosos de carvalho, bancadas de granito preto e eletrodomésticos de aço-inox. A casa era absolutamente magnífica, e muito mais do que Mel ousara um dia se permitir sonhar. Comparado com aquela cabaninha onde ela morou por quase dois anos, era um lugar imenso — mais de novecentos metros quadrados —, mas ela conseguiu enchê-lo rapidinho com móveis e acessórios.

Assim que acabou de limpar os armários, Mel lavou mais um pouco de roupa e, então, pegou uma fralda nova para Davie. Ela deu sequência ao trabalho doméstico, concentrando-se nas persianas, que também receberam o óleo essencial de limão. A seguir, ela se ocupou com um produto de limpeza especial para móveis de couro e depois mais uma leva de roupas. Quando Jack veio ver como as coisas estavam antes do almoço, ela estava arrancando as etiquetas das coisinhas cor de rosa que tinham ficado guardadas por um bom tempo — presentes que as irmãs de Jack e a irmã dela deram para a bebê. Mel lavou e dobrou todas aquelas peças de roupa de recém-nascido, algo que ela já deveria ter feito semanas antes.

Como os bebês tinham aproximadamente um ano de diferença, tornou-se necessária a existência de dois quartinhos — ela limpou o quarto de David e aproveitou para também limpar um pouco o quarto da nova bebê, guardando as roupas e organizando as fraldas para recém-nascido e as toalhas de banho.

À tarde, Jack a encontrou de quatro, esfregando o chão do banheiro ao redor do vaso sanitário e da banheira.

— Pelo amor de Deus — disse ele.

— O quê?

— Que diabos você está fazendo? Se você queria limpar o banheiro, por que simplesmente não me pediu? Eu sei como limpar a porcaria de um banheiro.

— Não estava tão sujo assim, mas, já que estou na pilha de fazer uma faxina, pensei que poderia deixar tudo brilhando.

— David está pronto para tirar uma soneca. Por que não se junta a ele?

— Eu não estou com vontade de tirar um cochilo. Vou passar o aspirador nos tapetes da sala.

— Você não vai, não — disse ele. — Eu faço isso, agora mesmo se for preciso.

— Certo — concordou Mel, dando um sorriso.

— Fui enganado.

— Só por você mesmo, meu querido — rebateu ela, rodopiando para ir buscar um pouco de lustra-móveis e limpa-vidros.

Ao terminar essa parte da limpeza — e havia muitas coisas de madeira, vidro e aço-inox para mantê-la ocupada —, ela passou pano na varanda e nos degraus dos fundos da casa. Pouco depois disso, foi flagrada arrastando o bercinho para a suíte principal.

— Melinda! — gritou Jack, e ela deu um salto com o susto.

— Jack! Não faça isso!

— Solte essa coisa! — Ele a tirou do caminho e agarrou o berço. — Onde quer colocar isto?

— Bem ali — pediu ela. E ele colocou o berço ao lado da cama. — Não — disse Mel. — Bem ali, meio que fora do caminho. — Ele colocou o berço onde ela pediu. — Não — disse mais uma vez. — Contra a parede… nós vamos colocar o berço onde precisarmos dele quando ela chegar. — Ele moveu a peça de novo. — Obrigada.

O telefone tocou.

— Eu atendo — disse Jack. Ele pegou um lápis e o colocou em frente ao rosto dela. — Se você pegar qualquer coisa mais pesada do que isto, você vai ver só.

A seguir, ele se virou e deixou o quarto.

*Jack está inquieto*, pensou ela. *Passando muito tempo em casa comigo, cuidando para que eu não pegue nada mais pesado do que um lápis. Ele devia sair mais e largar do meu pé.*

Quando ele terminou a ligação, ela estava ajoelhada em frente à lareira, esfregando tudo, muito embora eles mal tivessem acendido qualquer fogo ali desde que se mudaram.

— Ah, pelo amor de Deus! — exclamou ele, frustrado. — Será que não dá para esperar pelo menos até a porcaria do inverno chegar para fazer isso?

Ela se sentou sobre os calcanhares.

— Você está me deixando muito irritada. Será que não tem algum lugar para ir?

— Eu não, mas nós dois temos. Vá tomar banho e ficar linda. Paul e Vanessa estão de volta e, depois que virem o casal do baile de formatura, vão jantar no bar. Nos encontraremos lá, vamos dar uma olhada em algumas fotos.

— Ótimo — disse ela. — Eu estou a fim de beber uma cerveja.

— O que você quiser, Melinda — disse ele, com a voz transparecendo cansaço. — Só pare com essa porcaria de faxina.

— Você sabe que não vou conseguir fazer muita coisa depois que o bebê nascer, então é bom já resolver isso logo. E do jeito que gosto.

— Você sempre foi boa com a limpeza. Por que você não pode só cozinhar? — perguntou ele. — Você não cozinha nada.

— Você cozinha. — Ela sorriu. — De quantos cozinheiros uma casa precisa?

— Entre logo no banho. Você tem cinza da lareira no nariz.

— Seu chato — disse ela, ficando de pé desajeitadamente.

— Digo o mesmo — disse ele.

Uma hora depois, os três estavam a caminho da cidade.

— Então, você conseguiu — comentou ela. — Você fez com que Paul viesse aqui para marcar o território. E agora eles estão juntos.

— Você deveria, pelo menos, me dar um pouco de crédito por tentar juntar as pessoas em vez de separá-las. — A seguir, com mais delicadeza, acrescentou: — Como eu fiz com Preacher e Paige, Brie e Mike.

— Eu deveria, sim… parece que deu tudo certo… — constatou ela, um pouco sonhadora, passando as mãos na barriga.

— Você está se sentindo bem? — perguntou Jack, dando uma olhadinha nela. — Você está um pouco… rosada.

— Estou me sentindo fantástica. Provavelmente é a calmaria antes da tempestade.

— Deve ser — concordou ele. — Se amanhã você repetir o que fez hoje, vou precisar prender você. Às vezes, você me deixa louco.

— Jack… — Ela deu uma gargalhada. — Quando foi que você ficou assim? Você é tão *chato*!

Assim que chegaram no bar, viram que Brie e Mike já estavam por lá, assim como, é claro, Paige, Preacher e Christopher. O dr. Mullins também apareceu, mas, antes que ele conseguisse se acomodar, seu pager tocou. Ele usou o telefone da cozinha para atender ao chamado e saiu, pois um paciente precisava de um atendimento domiciliar. A seguir, Vanessa, Paul e o bebê, com a cadeirinha de balanço, chegaram. A turma pôde ver fotos de Tom e Brenda e um outro casal, todo mundo muito elegante em roupas chiques.

— Ah — comentou Mel, passando a sequência de fotos. — Olha só como eles estão lindos. Eles não são umas gracinhas? Não parecem tão apaixonados?

— *Tão* apaixonados — repetiu Vanni. — Eu nunca achei que veria meu irmãozinho assim.

— Cadê o general? — perguntou Mel.

Vanni enrugou a testa e balançou a cabeça.

— Ele disse que vocês já viram ele o bastante durante a semana, enquanto estávamos em Grants Pass. E que ia ficar em casa hoje à noite.

— Sério? — questionou Mel. — Eu não tenho visto ele ultimamente. Na verdade, venho me perguntando o que ele tem feito. Simplesmente assumi que ele tinha jantado com Tom e Brenda todas as noites.

— Que nada. — Vanni deu uma gargalhada. — Se conseguirem fugir dos pais, acho que aqueles dois têm uns bons amassos para dar. Eles têm que fazer isso o máximo possível antes de Tom ir embora, sabe.

— Imagino — concordou Mel.

Havia poucos clientes no bar naquela noite, então Jack dividiu seu tempo entre as mesas onde estavam os amigos, que tinham sido puxadas uma para junto da outra, e seu lugar favorito no balcão. Paul se separou da multidão, foi até o amigo e disse:

— Você parece um pouco chateado. É por que sua esposa está prestes a explodir?

— Não, isso é só uma parte da minha chateação. Nós recebemos um telefone de Rick um tempo atrás. Ele vai ter dez dias de folga... e depois vai para o Iraque.

— Ah, cara. Você está bem?

— Aguentando firme. Quero dizer... nós fomos para lá, certo? É só que Rick...

— É como se fosse um filho... é diferente.

— É isso, eu acho. — Jack sempre soube que Rick não ficaria na dele, que entraria de cabeça, faria parte da luta. — Pelo menos ele vai ficar aqui por um tempo... pensei em ver se alguns dos rapazes querem vir para cá.

— Quatro de nós já estão confirmados — disse Paul. — Como Mel está?

— Está preparando o ninho — respondeu Jack. — Passou o dia todo nessa função. Já ouvi ela falar das pacientes e de como elas têm um rompante de energia. Eu vi isso ao vivo e em cores hoje. Vai ser a qualquer segundo, confie em mim.

— Nossa, isso vai ser ótimo. Eu adoraria estar aqui para participar.

— Você está mesmo nessa onda de bebê, hein...

— Mas não tanto quanto eu estava antes — disse Paul. — Depois de conversar com Mel, segui o conselho dela, levei a mulher para fazer uma ultrassonografia, e a criança não é minha. — Ele balançou a cabeça. — Tem alguma coisa errada comigo, cara. Eu estou aliviado, mas quase com pena... porque tem um bebê chegando ao mundo e nenhum pai para cuidar dele. Teria sido quase melhor se o bebê fosse meu mesmo. Eu sou um filho da mãe doente... Você deveria arrumar amigos mais racionais.

Jack lançou a ele um olhar sério, com as sobrancelhas ligeiramente franzidas.

— Acho que consigo pensar em uns vinte motivos para uma pessoa não se casar se não for com o parceiro certo, mas não consigo achar um motivo sequer para alguém abandonar o próprio filho.

— Eu ofereci ajuda de qualquer jeito — disse Paul. Então, deu de ombros. — Ela é uma boa pessoa. Vai ser difícil para ela.

Jack deu um meio-sorriso para o amigo.

— Isso não me surpreende, Paul. E ela aceitou a sua oferta?

— Não. Como eu disse, ela é uma pessoa decente. Eu sinto muito que esteja passando por isso. Fico feliz que Vanni não vai precisar lidar com uma situação dessas, mas ainda assim lamento...

No entanto, Jack já não estava ouvindo o que Paul dizia. Os olhos dele se estreitaram ao observar Mel. Era como se ele tivesse pressentido; como se tivesse sentido o cheiro. Ela se levantou da mesa e estava a caminho do banheiro que ficava nos fundos, na cozinha. Ao chegar no final do bar, ela parou, agarrou o balcão para recobrar a estabilidade, fez um barulho que só o marido escutou, dobrou-se ligeiramente com aquela barriga imensa e, então, um jato de líquido amniótico encharcou o chão.

— Eu sabia — comentou Jack, indo até ela na mesma hora.

O grupo que jantava ficou em silêncio. Paul voltou para a mesa, sentou-se ao lado de Vanessa e disse:

— Jack disse que ela passou o dia arrumando o ninho.

— Chegou a hora?

— Ah, sim — garantiu Paul.

Jack segurou Mel por trás, com as mãos nos braços dela, e perguntou:

— Contração?

— Nossa senhora — respondeu ela, um pouco sem ar.

— Você se entregou completamente quando estava limpando o banheiro hoje de tarde — contou ele.

— É, eu suspeitava de que fosse acontecer hoje. Mas não queria ficar muito esperançosa. Acho que não temos muito tempo a perder. Ela está chegando, Jack.

Ele virou o rosto dela, para poder encará-la.

— Você passou o dia todo tendo contrações?

— Não muito. Pouquíssimas. Apenas algumas. — Ela inspirou profundamente. — Passei, sim.

Ele a pegou no colo na mesma hora e começou a berrar ordens.

— Alguém leva Davie para a caminhonete e venha com a gente para casa. Preach… ligue para John Stone e diga a ele que chegou a hora e que vai ser rápido.

A seguir, ele carregou Mel porta afora, até a caminhonete.

Brie logo pegou o sobrinho, a bolsa de fraldas e foi atrás do casal. Preacher foi até a cozinha, para usar o telefone. Todos ficaram ali, tensos, esperando. Quando Preacher voltou ao salão, anunciou:

— John está vindo.

Houve mais um momento de silêncio insistente. Então, Mike disse:

— O que estamos esperando? Vamos limpar esse chão, embrulhar umas coisas e seguir para a festa.

Todos limparam, juntaram comida, bebida e até mesmo charutos para ir até a casa da família Sheridan e esperar pelo nascimento.

Antes de Mel chegar em casa com Jack, as contrações já estavam fortes e em intervalos de dois minutos.

— Respire — dizia Jack. — Nem pense em fazer força.

— Eu estou bem — insistiu ela.

— É melhor estar mesmo. Eu devia saber. Devia ter deixado você em casa. Devia ter trazido Mullins para cá.

— Relaxa, é só uma viagem de dez minutos. E Mullins está atendendo… Ahhhh — acrescentou ela, dobrando-se para a frente, na direção da barriga.

— Ah, Melinda… Certo, amor. Apenas respire, não se preocupe com nada.

— Eu *não* estou preocupada — retorquiu ela.

Quando eles chegaram em casa, ele a pegou no colo para tirá-la da caminhonete e bateu a cabeça de Mel ao passar pela abertura da porta.

— Ai!

— Desculpe — disse ele.

— Você já fez isso comigo antes! — acusou ela.

— Eu sei. Eu sempre fui muito delicado — comentou ele, lembrando-se de uma vez, havia muito tempo, antes de eles se casarem, quando ele estava carregando Mel para dentro de casa em uma situação muito parecida com a de agora, embora ela não estivesse grávida na época.

Daquela vez, Jack estava pensando em sexo enquanto carregava Mel no colo e, então, bateu a cabeça dela de tal maneira que a mulher quase teve uma concussão e isso meio que excluiu qualquer possibilidade de eles transarem. Agora, porém, ele definitivamente não estava pensando em sexo.

Jack carregou a esposa até o quarto enquanto Brie assumia a responsabilidade de cuidar de David. Mel já tinha preparado a cama, forrando-a com um protetor de colchão emborrachado, de modo que tudo que foi preciso fazer foi ajudá-la a se despir e a se deitar, o que Jack fez. Ele estendeu algumas toalhas macias e limpas embaixo dela. E, então, foi buscar uma lanterna na cozinha e Brie gritou:

— Para que isso?

— Eu tenho que ver se ela já está muito perto — explicou Jack, andando rápido.

— Ai, meu Deus — disse Brie. — Nós precisamos de ajuda profissional aqui!

— Tente mandar mensagem para o pager do dr. Mullins. O número estava anotado dentro do armário. E pegue a garrafa que está lá — disse Jack.

— Você vai *beber*? — perguntou ela, chocada.

*Não é uma má ideia*, pensou Jack.

— Não. A garrafa de água mineral, para fazer a mamadeira do Davie. Preciso que você o prepare para ir dormir e dê a mamadeira.

— Ah. Claro — disse ela, desconcertada.

De volta ao quarto, ele disse:

— Vamos dar uma olhada aqui, querida.

Mel dobrou os joelhos e Jack ligou a lanterna, mirando bem no meio do assoalho pélvico da esposa.

— Que bom. Ainda não estou vendo nada. — A seguir, ele procurou pelo rosto da esposa além dos joelhos dobrados. — Você vai esperar John desta vez?

— Se tiver sorte, sim — respondeu ela, sem fôlego.

Ele revirou os olhos.

— Cadê sua bolsa?

— Na caminhonete.

— Ótimo — disse ele. — Eu vou lá buscar. E vou me lavar. Respiração cachorrinho.

E desapareceu mais uma vez.

Ele não parou para conversar com Brie ao sair correndo da casa, mas percebeu que os olhos da irmã estavam um pouco arregalados e traziam um ar assustado quando Jack passou por ela carregando a bolsa com equipamentos médicos de Mel. Ele estava zanzando pela casa feito um louco, tirando pinças, tesoura e um aparelho para sucção de vias aéreas da bolsa da esposa, espalhando toalhas e cobertores de bebê ao pé da cama. Ele acendeu a lanterna e mais uma vez direcionou o feixe para ela. E disse:

— Respiração cachorrinho!

A seguir, Jack foi até o banheiro, arregaçou as mangas e começou a se lavar, esfregando tudo até os cotovelos. Ele já tinha passado por aquilo antes e não estava animado para repetir a dose. Os médicos e as enfermeiras obstétricas deveriam ser as pessoas que ajudavam no parto, não homens que não sabiam nada daquilo. Tinha tido sorte uma vez, mas não havia qualquer garantia de que isso aconteceria novamente. O homem passou dez minutos se preparando e se lavando, então, voltou para ficar ao lado da esposa, com a lanterna na mão. Ele deu mais uma olhada.

— Ai, meu Deus — disse ele.

— Ela está coroando — confirmou ela.

— Você é incrível. Como é que você consegue fazer isso tão rápido?

— Não faço a menor ideia. Sou uma parideira, é o que Mullins diz.

— Respiração cachorrinho — ordenou ele. — Se você fizer força, não sei o que eu vou fazer.

— Nossa, você fica tão pê da vida…

— É, eu fico tentando evitar essa parte. Para todo o resto, conte comigo. Eu detesto fazer isso. Eu devia mandar você fazer um teste ou sei lá… para descobrir por que cospe eles assim, como se não fosse nada. Puta merda, Melinda… e se eu ferrar tudo? Hein? Você já pensou nisso?

— Jack — disse ela, com a voz fraca. — Você não vai ferrar tudo.

E, então, ela foi atingida por outra contração.

De repente, ele se deu conta de que estava pensando apenas em si mesmo, então se ajoelhou ao lado da cama, tomou a mão de Mel entre as suas e disse:

— Eu te amo, meu amor. Mais do que a minha própria vida… Você sabe disso. Certo?

— Agora não, Jack — sussurrou ela. — Eu estou ocupada.

— Vai ficar tudo bem.

— Eu tenho certeza de que sim — concordou ela. — Talvez seja melhor *você* fazer uma respiração cachorrinho.

— Eu nunca devia ter deixado você fazer aquela faxina.

— Shhh… apenas respire…

Ele escutou o som de vozes do lado de fora do quarto. Brie enfiou a cabeça pela abertura da porta.

— Precisa de alguma coisa? — perguntou ela.

— Uma tigela ou uma cumbuca. A banheira do bebê com água quente. E seria bom ter John Stone por aqui.

— Ah, ele chegou. Está lavando as mãos na pia da cozinha.

— Diga a ele para entrar neste quarto agora. Diga que a bebê está *aqui*!

— Não literalmente aqui — corrigiu Mel. — Mas ela está chegando… — Mel olhou para Jack. Ela estendeu o braço e tocou o cabelo do marido que crescia na têmpora. — Você está ficando um pouco grisalho.

— Ah, que surpresa. Eu não tinha a menor ideia de que você daria tanto trabalho assim.

— Eu sou a melhor coisa que já aconteceu na sua vida.

— É — admitiu ele, baixinho. E se debruçou, beijando-a na testa. — É sim, meu amor. E você é um talento da reprodução.

John entrou no quarto, todo sorrisos.

— Tem uma bela festa lá fora, Mel. Como estamos por aqui?

— Estamos prontos — respondeu Jack, se levantando.

John pegou a lanterna com uma toalha, posicionou a luz para iluminar a região pélvica de Mel e disse:

— Sim. Estamos prontos. E quanto a vocês dois? Estão prontos?

— John, eu estou tão feliz de ver você — disse Jack.

— E eu estou tão feliz de estar aqui. Jack, por que você não calça as luvas e me dá uma ajudinha?

— Claro — concordou ele. — Claro. Eu consigo fazer isso. Como você está, meu amor?

— Estou pronta — respondeu Mel.

— Ei, Jack — disse John. — Por que você não vai em frente? Eu estou bem aqui. Vá em frente, pode trazê-la ao mundo.

— De jeito nenhum, cara — disse ele, se afastando.

— Vamos lá… você sabe que quer fazer isso. Vá em frente. Você fez a pior parte. Você aguentou isso por nove meses.

— Ei! — objetou Mel. — *Como é que é?*

Mas o rosto de Jack exibia uma expressão divertida, sonhadora. E ele disse:

— Sim. Eu vou tirar ela daí de dentro. Pode deixar comigo. Já que você está aqui… — Todos aqueles meses insistindo que aquilo não era o que ele queria e, de repente, era tudo o que mais desejava. Jack havia ajudado o último bebê a sair de dentro do corpo de Mel e se sentira como se estivesse no Céu, foi uma tremenda onda. Ele calçou as luvas bem rápido. — Não vai ter ninguém para apoiar as costas de Mel — disse ele.

— Eu vou cuidar disso, e vou guiar você — ofereceu John. — Mas você está bem, sabe o que tem que fazer. Vá em frente, cara. É o seu bebê.

— Certo — disse ele, posicionando-se de joelhos bem ao pé da cama, e ali esperou por mais algumas contrações, até que Mel pariu a cabeça do bebê.

Sem que ninguém dissesse qualquer coisa, ele verificou o pescoço da criança, para ver se o cordão estava ali. John deixou a mulher por um instante e deu uma olhada por cima do ombro de Jack, só para garantir que tudo estava bem. Então, Jack sustentou a cabeça do bebê com sua mão grande e John instruiu Mel a fazer mais um pouquinho de força. O bebê escorregou para fora do corpo da mulher com facilidade, todo pegajoso e berrando.

Jack segurou em suas mãos outra vida que ele tinha feito. *Ninguém deve ter tanta sorte assim*, pensou ele. *Nenhum homem no mundo deve ter tudo isso.*

John abriu uma toalha de bebê em cima da barriga de Mel e Jack pousou ali a filha deles, depois começou a secá-la para, então, enrolá-la em um cobertor limpo e seco. Ele prendeu e cortou o cordão.

— Certo. Eu vou cuidar da placenta — anunciou John. — Você leva essa garotinha para a mãe, depois coloque a menina para mamar.

Jack, agora, estava em terra firme — já tinha feito isso antes. Ele embrulhou a criança, entregando-a nos braços da esposa, e depois se ajoelhou para observar a filha recém-nascida esfregar o narizinho na pele morna de Mel durante um tempo, depois buscar e abocanhar o seio e, enfim, começar a mamar.

— Aaah — disse ele, sorrindo. — Mais um gênio para a família.

Ele tirou as luvas e fez um carinho com os dedos no rosto de Mel, depois na cabeça da bebê. A mulher voltou os olhos lacrimejantes para ele.

— Você está ficando muito bom nisso — constatou ela, em um sussurro fraco.

— Estou, né. Você também. Mel, ela é linda. Linda de morrer. Vai ficar parecida com você. — Ele se inclinou por cima do bebê e deu um beijinho nos lábios da esposa. E, falando baixinho com a boca ainda pousada ali, disse: — Meu Deus, eu te amo.

— Ela é menor que David — sussurrou Mel.

— Ela tem um bom tamanho — comentou Jack, como se entendesse do assunto. — Meu Deus, ela é linda.

— Jack?

— Sim, amor?

— Se você fizer isso comigo de novo, sem a minha permissão, eu mato você.

— Claro, querida. Eu vou tomar cuidado...

— E toda essa gente lá fora?

— O que tem eles?

— Você pode sair e contar a novidade para eles, mas, se eles bagunçarem a minha casa limpa, vão me pagar. Vão me *pagar*, entendeu?

Ele sorriu para a esposa.

— Entendi, Mel.


Walt Booth tinha acabado de começar a servir o jantar — dois pratos de peixe que ele havia assado em papel alumínio na churrasqueira, arroz selvagem e brócolis fresco — quando o telefone tocou. A secretária eletrônica ficava na cozinha e ele decidiu ouvir o recado antes de atender.

— Pai? Pai, você está aí? — perguntou Vanessa.

Ele atendeu.

— Estou aqui. Está tudo bem?

— Estamos todos na casa dos Sheridan. Mel está em trabalho de parto! Nós estamos esperando... de acordo com ela, não vai demorar muito. Quer vir para cá?

— Hum — começou ele. — Eu estou prestes a comer um peixe que cozinhei. Estou indo...

— Que bom — disse ela. — Vou pedir para Paul guardar um charuto para você.

Então, ela desligou.

Walt olhou para o outro lado da bancada da cozinha, para Muriel, que estava imóvel em um dos bancos altos de bar com uma taça de vinho. Ela inclinou a cabeça para o lado e sorriu para ele. Walt levou os pratos até a mesa.

— Acho que você está prestes a fazer sua estreia — anunciou ele.

— Você acha, é?

— Mel, a enfermeira obstétrica da cidade, está em trabalho de parto e é meio que uma tradição por aqui que os amigos se reúnam na casa, para ver o bebê recém-saído do forno, beber alguma coisa e fumar um charuto. Ouvi dizer que é uma menina. Nós temos que ir.

— Eu conheci a Mel. Como eu havia imaginado... — disse ela. — Você não contou para sua filha que estava jantando comigo.

— Claro que não — disse ele, sentando-se diante dela. — Vanessa teria ficado em casa. E isso não se encaixava nos meus planos.

Muriel gargalhou e começou a comer seu peixe — um badejo que Walt tinha temperado maravilhosamente. Ela suspirou e fechou os olhos por um segundo, apreciando o sabor.

— É isso aí — disse ele, sorrindo. — Você pode fazer um desses. Eu posso ensinar para você.

— Dispenso.

— Vamos aproveitar o jantar, deixar a louça na pia e, então, correr para a casa dos Sheridan. Que tal?

— Eu adoraria ver o bebê — disse ela. — Adoraria conhecer sua filha e seu neto. Afinal de contas, eu apresentei você à Luce.

— A questão é que — começou ele — essa apresentação vai deixar Vanessa um pouco mais animada do que Luce ficou quando me conheceu.

— Não sei se isso é possível — respondeu Muriel, pensando na reação selvagem de sua labradora todas as vezes que ela via Walt.

Meia hora depois, eles estavam a caminho da casa da família Sheridan no SUV de Walt, após Muriel deixar sua caminhonete em casa. Eles chegaram na hora exata; a menininha tinha acabado de fazer sua primeira aparição pública. Quando Walt entrou na casa com Muriel, o queixo de Vanessa quase caiu no chão.

— Vanni, conheça a nossa nova vizinha, Muriel St. Claire. Muriel, esta é minha filha. E esta — continuou ele, virando-se na direção de Jack, que segurava um pacotinho cor-de-rosa nos braços — deve ser a nova integrante da família Sheridan.

— Ai, meu Deus — disse Muriel. — Ai, meu Deus, olha só para ela! Eu nunca vi um bebê assim tão novinho! Ela é *incrível*!

— Quer segurá-la um pouquinho? — perguntou Jack.

— Eu nem sei como fazer isso — respondeu Muriel. E ali estava aquele olhar, pensou Walt. Vulnerabilidade. Ele se lembraria daquilo. — Eu consigo lidar com cachorrinhos e potrinhos, já recém-nascidos humanos… Acho que não devo…

— Vai dar tudo certo. — Jack deu uma risada. — Basta apoiar a cabeça.

— Ele passou a bebê para os braços de Muriel. — Pronto. Não é tão difícil.

Vanni ainda estava olhando boquiaberta para o pai, mas Walt mal notava a filha. Ele trazia aquele sorriso sonhador estampado no rosto enquanto observava Muriel. Havia descoberto que Muriel nunca tinha sido mãe, que gostaria de ter tido um casamento longevo como o dele e, quem sabe, dois filhos. Walt não fizera muitas perguntas pessoais a respeito dos relacionamentos dela porque temia um pouco as respostas, mas sabia que aquele era um território novo para ela. Vê-la ter aquela experiência pela primeira vez o encheu de ternura.

— Pai? — sussurrou Vanessa, chegando mais perto dele. — Você estava passando a noite com Muriel?

— Eu estava preparando um jantar para ela — respondeu o homem. — Você devia ver como ela come. Parece um passarinho.

— Mas, pai, você não disse nada sobre…

— Claro que não, Vanessa. Ela é uma nova vizinha. Está naquela casa há poucos meses. Na verdade, nem sei se ela estava por aqui antes de eu encontrá-la na trilha. Ela tem alguns cavalos. É uma mulher ótima. Você vai gostar dela.

— Pai?

Ele finalmente se virou para olhar a filha.

— O quê? — perguntou.

— Pai, você sabe que ela é a Muriel St. Claire? A atriz?

— Aham. Ela mencionou isso, sim. Uma mulher ótima, você vai gostar dela.

Vanni balançou a cabeça, confusa. Sua atenção, porém, voltou a se concentrar em Jack, enquanto ele apresentava a pequena Emma para o restante da turma, dando a cada um a chance de admirar sua filha.

— Me desculpe, Vanessa — disse Muriel. — Eu devia ter falado como estou encantada em conhecê-la… mas eu fiquei completamente distraída pelo bebê. — Ela estendeu a mão. — Muito prazer.

Vanessa aceitou o cumprimento, mas disse:

— A senhora e o meu pai… ?

— Nós somos vizinhos — explicou Muriel, sorrindo.

Então, Jack levou a bebê de volta para a esposa e convidou as mulheres a segui-lo. Todas aceitaram o convite, inclusive Muriel.

Muriel foi direto até Mel, inclinou-se e disse, exibindo um sorriso:

— Parabéns. Excelente trabalho... ela é magnífica.

— Muriel! — exclamou Mel, cansada e claramente surpresa.

— Eu estava jantando com Walt quando ele recebeu o telefonema. Estou tão feliz por ter participado deste momento. Eu segurei a bebê — acrescentou ela, em um tom um tanto conspiratório.

— Ah — disse Mel. — Que bom vê-la novamente. Mas vamos ter que nos encontrar em outras circunstâncias a partir de agora. Não vamos continuar fazendo isso. Jack tem ordens expressas para não me engravidar de novo sem permissão.

— Muito sábio da sua parte — concordou Muriel.

Os homens foram servidos com shots de bebidas, e o dr. Mullins apareceu bem na hora, como se tivesse farejado o uísque. John Stone se absteve de beber porque tinha outra mulher no início do trabalho de parto, mas aceitou um charuto. As mulheres ficaram com Mel no quarto, mas Muriel foi até a varanda, onde estavam os homens. Quando ela se juntou ao grupo, todos se viraram para olhar para ela com expressões confusas no rosto.

— Ouvi falar que teria bebida e charuto por aqui — disse ela, dando de ombros. — É isso mesmo?

Eles a encararam embasbacados, exceto Walt — o general, de algum modo, não ficou nem um pouco surpreso com aquilo.

— Eu posso cuidar disso — anunciou ele.

Walt entrou na casa para servir uma bebida e trouxe o copo para ela. Quando retornou, Mike Valenzuela tinha cortado a ponta de um charutão enorme para Muriel A mulher aceitou a bebida e esperou sua vez para usar o isqueiro. Assim que acendeu o charuto, ergueu o copo.

— A você, Jack, e à sua esposa incrível, e ao novo membro da família Sheridan. Parabéns.

Já era perto da meia-noite quando John Stone enfiou a mão no bolso e tirou o pager de lá.

— Tenho mais um bebê a caminho. Eles vêm em lotes — constatou o médico, dando uma corridinha para entrar na ambulância. — Lua cheia — gritou por cima dos ombros.

E, com as luzes estroboscópicas no teto da ambulância de Grace Valley acesas, John partiu.

Alguns minutos depois do parto, a festa acabou, e todos deixaram os Sheridan sozinhos. Quando Walt e Muriel voltaram para a casa dele, o general se virou para olhá-la antes de abrir a porta do carro.

— Eu só gostaria de dizer uma coisa, Muriel. Achei que fosse ser um baita desafio, do jeito que você come aipo e iogurte e fatiazinhas de queijo, mas, nossa senhora, não é que você é pura diversão?

Ela deu uma risada.

— Ora, obrigada, Walt. Você não é tão sem-graça assim também. Sua filha vai ter um monte de perguntas para você.

Ele sorriu para ela.

— Ela pode perguntar tudo o que quiser. Eu não tenho muita coisa para contar mesmo.

— Walt, *não há* muito a dizer — lembrou ela.

— É. Ainda não.

# Capítulo 13

Quando Brie parou o carro na frente da casa de Jack bem cedinho, na manhã seguinte ao parto, ela encontrou o irmão e o sobrinho do lado de fora, na varanda. David estava comendo cereal e Jack estava bebendo café.

— Bom dia — disse ela, saindo do carro. — Você conseguiu dormir um pouco na noite passada?

— Eu não consigo dormir nas vinte e quatro horas depois do nascimento de um bebê. Mel está capotada. E David quer a mamãe, é claro. É por isso que estamos aqui fora.

— Bom, estou aqui para ajudá-los — disse Brie. Ela havia planejado passar pelo menos a manhã com o irmão e a cunhada, se não o dia inteiro. — Quando eu saí daqui ontem à noite, tinha uma pilha de roupa para lavar.

— Já está quase tudo lavado. Mas hoje de tarde eu vou precisar tirar uma soneca.

Ela deu risada.

— Eu cubro seu turno — garantiu a irmã. — Como está todo mundo?

— Tudo bem. Estamos quase na hora da próxima mamada. Você pode cuidar de Davie? Dar o banho e essas coisas?

— Deixa comigo — respondeu ela.

Jack pegou o café, voltou para dentro do quarto e puxou a cadeira de balanço para perto da cama.

Mel parecia um pouco pálida. O segundo bebê deveria ser mais fácil e com certeza o parto foi mais rápido, mas aquele tinha sido difícil para Mel.

Ela estava fraca e trêmula quando se levantou para amamentar durante a noite. No bercinho junto da cama, Emma começou a ficar agitada. A menina precisava se alimentar, mas a esposa de Jack ainda nem se mexia. Ele queria pegar Emma, mas seria melhor se Mel escutasse a filha — aqueles barulhinhos que os bebês fazem, como pequenos resmungos, ajudavam na produção de leite materno. Ele achava incrível como o corpo de uma mulher respondia a tudo isso, o modo como algo, feito o choro do bebê, pudesse fazer o leite começar a ser produzido e a pingar como se fosse uma torneira.

Ele esticou o braço e tocou a fronte da esposa; ela estava suada.

— Mel — chamou ele, baixinho.

Talvez ela estivesse com cobertores demais.

Emma passou a fazer barulhos um pouco mais altos; Mel, no entanto, ainda não se mexia.

— Mel — disse ele, um pouco mais alto também, dando uma pequena chacoalhada no ombro da esposa. Ela não acordou. — Mel — repetiu ele. Nada.

Jack sentiu alguma coisa apertar seu peito e atingir seu estômago como se fosse um soco. Ele tirou as cobertas de cima da esposa e descobriu que embaixo dela havia uma poça de sangue grande e crescente.

— Brie! — gritou ele. — Meu Deus! Brie!

Ele pegou o telefone e ligou para a casa de John. Antes que a ligação completasse, Brie estava na porta do quarto com David no colo. Ela viu o sangue, sua cunhada imóvel e correu para colocar David no berço, onde ele ficaria em segurança.

Susan Stone atendeu ao telefone.

— Susan, Mel está com uma hemorragia! Ela está inconsciente!

— Ai, Jesus. Comece a fazer uma massagem uterina nela, como você viu John fazendo depois que ela deu à luz. Faça pressão a partir de cima, coloque a outra mão logo acima do osso púbico para dar suporte ao útero. Continue na linha. — Então, sem pousar o telefone, ele escutou quando a enfermeira do outro lado da linha fez outra chamada e, em poucos segundos, solicitou um transporte aéreo de emergência. — Jack, me passe suas coordenadas — pediu ela.

Aquele homem, que tinha construído a própria casa e conhecia cada detalhe dela, passou a localização exata, com latitude e longitude. Com o aparelho preso entre o ombro e a orelha, ele disse:

— Susan, me ajuda! Tem sangue saindo! O que posso fazer?

Mas ela estava repetindo as informações da localização em um segundo telefone e respondendo a algumas perguntas. Um instante depois, ela voltou à linha com Jack.

— Nós demos muita sorte — disse ela. — John teve uma emergência e foi de transporte aéreo até Redding, há algumas horas… O helicóptero está por perto, voltando para Eureka, e eles estão desviando para irem buscar vocês. Jack, você está fazendo a massagem?

— Estou, mas…

— Ela está com pulsação?

Jack pressionou a lateral do pescoço dela com dois dedos. O sangue que sujava sua mão deixou um rastro escandaloso ali.

— Sim, está fraca. Suave.

— O helicóptero vai chegar em menos de cinco minutos. Você está sozinho?

— Brie está aqui — respondeu ele enquanto massageava a parte de baixo da barriga de Mel.

— Ela precisa de ocitocina. Onde está a bolsa de Mel?

— Aqui — disse Jack. — Ela está bem aqui.

— Graças a Deus. Mostre para Brie como se faz a massagem. Jack, preciso que você prepare uma seringa de ocitocina. Metilergometrina. Jack? Você está aí?

— Jesus — murmurou ele. Naquele momento, Brie entrou correndo no quarto. — Brie. Massageie o útero dela assim, ó — disse, mostrando à irmã como se fazia. — Droga. — Ele tentou afastar o medo que se instalava. — Eu preciso dar um remédio a ela — explicou. — Susan? — disse ele ao telefone.

— Eu vou explicar o passo a passo para você. Encontre o frasco de ocitocina e uma seringa. Você vai dar primeiro a ocitocina. Ela não é hipertensa, então nós vamos dar a metilergometrina depois. A hemorragia está vindo do útero e ele precisa contrair.

— Susan — disse Jack ao telefone enquanto assistia a Brie pressionar a região inferior do abdômen de Mel. — Está saindo sangue. Coágulos.

— Eu sei, Jack. Pegue os medicamentos agora.

Ele vasculhou dentro da bolsa da esposa e encontrou o que procurava.

— Pronto — anunciou. Com o telefone novamente preso entre o ombro e a orelha, ele seguiu as instruções precisas de Susan e preparou a seringa com ocitocina primeiro. — Eu não sei se vou conseguir encontrar uma veia...

— Você vai injetar o medicamento no músculo, Jack. Apenas coloque ela de lado e...

— Já sei — interrompeu ele. — Eu sei onde é. Eu tomei muita injeção...

— Puxe um pouco o êmbolo, para ver como está o retorno do sangue — orientou Susan. — Não perca tempo. Os paramédicos vão ter mais medicamentos. Ela vai precisar de algumas doses.

— Pronto — disse ele.

— Agora, o metilergometrina — orientou Susan. — Estamos correndo contra o tempo. Assim que os paramédicos chegarem aí, pode ser que eles abram um acesso e deem ocitocina para ela. Não desligue, para o caso de você precisar de mim... faça o que eu disser para você fazer, Jack.

— Estou fazendo — garantiu ele.

— Verifique o útero dela. Você consegue ver se ele está ficando um pouco mais firme?

Ele empurrou as mãos da irmã e recomeçou a massagear a esposa.

— Não sei. Talvez um pouco. É, um pouco... Mas está saindo sangue. Mais coágulos.

— Eu sei. Só continue a massagem. Você está indo muito bem.

Ele saiu dali e, instintivamente, Brie voltou à função. Jack procurou dentro da bolsa de Mel mais uma vez, em busca de mais ocitocina ou de metilergometrina.

— Susan, acabou... nós usamos tudo que Mel tinha aqui!

— Eles vão chegar aí a qualquer segundo. É só não parar de fazer a massagem. Enquanto esperamos o helicóptero chegar, por que você não coloca o bebê para mamar na Mel?

Jack pousou o telefone.

Ele tirou Emma, que estava chorando, do berço e a posicionou contra o seio da mãe, passando um dos braços por baixo do ombro da esposa para erguê-la um pouco. Ele sustentou as duas ali. E usou o mamilo de Mel para provocar a bochecha de Emma, do mesmo jeito que tinha visto a esposa fazer.

— Vamos, meu amor. Vamos. Nós precisamos de você...

Emma encontrou o mamilo e começou a tentar sugar o leite. Contudo, ela ainda não tinha dominado a técnica de mamar e continuava irritada e chorosa. Por fim, conseguiu abocanhar o mamilo, embora sem muita força.

— Está diminuindo? O sangramento? — perguntou ele a Brie.

— Acho que não.

— Mel — chamou ele. — Mel, meu amor, vamos. Abra os olhos para mim, querida. Ai, meu *Deus*, não faça isso, Mel.

Os olhos dela se abriram, incertos. Ela olhou para Jack e, com um murmúrio fraco, disse:

— Oh-oh.

— Querida, aguente firme. O helicóptero está chegando, já está pertinho. Fica comigo, Mel. — Então: — Vamos, Emma. Vamos.

Mas a bebê estava tendo dificuldades, provavelmente por causa do pânico. Aterrorizado, ele retirou o braço que estava sob a esposa, colocou a filha, aos prantos, de volta no berço e, ajoelhado ao lado da cama, começou a massagear os seios de Mel do mesmo jeito que ela faria se fosse ordenhar leite com a bombinha. Foi quando ele se lembrou... ele se lembrou de quando David nasceu e ele entregou o filho para que a esposa o amamentasse. *Vamos lá, carinha*, ela dissera. *Estanque o sangramento, faça essa placenta descer.* Então, ele se inclinou sobre esposa, colocou a boca em seu seio e, delicadamente, sugou, fazendo o leite morno e doce fluir para dentro de sua boca. E as lágrimas ameaçaram bloquear sua visão.

Ele sentiu a mão dela, fraca e bem de leve, tocar sua cabeça, entrelaçando os fios de seu cabelo curto nos dedos. Ele sugou o leite e rezou para que aquilo a ajudasse.

— Está diminuindo — disse Brie. — Com certeza está diminuindo. Mas, porra, Jack, tem tanto sangue...

Ele levantou a cabeça do seio de Mel e viu que os olhos dela estavam ligeiramente abertos e que havia um discreto e quase imperceptível sorriso nos lábios dela.

— Fique comigo, Mel. Mas que droga, fique comigo! — Ele sugou um pouco mais do leite. E, para Brie, disse: — Continue massageando o útero dela.

A seguir, ele saiu às pressas da casa, saltando os degraus da varanda e chegando à caminhonete. Jack abriu o baú que ficava na caçamba e tirou dali um sinalizador, que abriu, acionou e jogou na terra, bem na entrada para carros, a fim de que servisse de guia para o helicóptero. Ele já estava ajoelhado de volta ao lado da mulher e sugando seu seio menos de trinta segundos depois.

Emma chorava, David berrava e Mel tinha desmaiado outra vez.

Ele pousou os lábios sobre a testa dela e rezou. *Deus, eu faço qualquer coisa. Eu faço qualquer coisa. Não leva ela embora!*

Ele verificava a pulsação de Mel frequentemente, sugava seu leite e rezava. Aqueles foram os minutos mais longos da vida de Jack, até que ele escutou as hélices e o motor do helicóptero. Por um instante, foi levado de volta no tempo, viveu uma experiência extracorpórea... ele estava rodeado por poeira e fumaça enquanto os helicópteros vinham buscar os feridos no deserto rochoso. Ele ficou com o olhar perdido, de repente estava novamente no Iraque, desesperado para salvar seus companheiros.

Ele forçou a mente a sair do labirinto daquele flashback. E disse para Brie:

— Não pare.

Enquanto isso, saiu às pressas do quarto e foi até a varanda justamente quando o helicóptero aterrissou na clareira em frente à casa. Ele se lembrou da última batalha que lutara; uma batalha que ele teria lutado outras mil vezes, se aquilo fosse salvar a esposa. Os médicos tinham uma máxima: *se nós conseguirmos colocar você dentro do helicóptero, então você vai sobreviver.*

Ele viu dois médicos saltarem do helicóptero e correrem na direção da casa com uma maca.

— Por aqui — berrou ele. — Eu dei duas doses de ocitocina e uma de metilergometrina para ela — explicou, aos gritos, enquanto corria para dentro da casa, com os profissionais de saúde em seu encalço. — Acho que a hemorragia diminuiu um pouco, mas ainda está intensa. Intensa de verdade.

Os médicos seguiram até a suíte principal e, imediatamente, assumiram o controle. Eles abriram um acesso venoso. Jack tinha visto Mel fazer aquilo uma dezena de vezes, mas aquele foi o trabalho mais rápido que ele já vira. Eles estavam gritando comandos: solução de Ringer, ocitocina, pressão sanguínea setenta por quarenta, pulsação em cento e sessenta e fraca, diaforese, respiração rasa.

— Vamos entubar — disse um deles, jogando uma toalha entre as pernas de Mel enquanto a levantavam rapidamente e a colocavam na maca, deixando para trás uma cama ensopada de sangue. — Vamos levá-la, anda, anda, anda!

— Brie, chame Mullins aqui e peça para ele trazer fórmula para o bebê.

Ele agarrou a bolsa de Mel e seguiu com a equipe médica para fora, correndo atrás do grupo na direção do helicóptero. Eles levantaram voo em questão de segundos.

Jack segurou a mão de Mel em um dos lados da maca enquanto, do outro lado, uma enfermeira monitorava a pressão sanguínea e os fluidos intravenosos.

— Nós usamos todos os medicamentos que estavam na bolsa dela — disse ele. — Duas doses de ocitocina, uma de metilergometrina — repetiu ele, dirigindo-se à enfermeira.

— Na bolsa dela? — perguntou a profissional.

— Ela é uma enfermeira obstétrica. Eu deixei as seringas lá em casa, mas joguei os frascos vazios dentro da bolsa. A esposa do ginecologista dela, que também é enfermeira, me orientou sobre o que fazer.

A enfermeira repassou a informação ao piloto e, depois de um minuto, o piloto gritou para trás, avisando que tinha recebido pelo rádio a indicação de ministrar uma segunda dose de metilergometrina, então a enfermeira tirou uma ampola de seu estoque, drenou o líquido para dentro da seringa e administrou o medicamento pelo acesso venoso. Alguns minutos depois, Mel abriu os olhos, olhou para Jack e disse sem emitir som, apenas movendo os lábios:

— Eu te amo, Jack.

Ele colocou os lábios junto à orelha dela.

— Melinda, você é a minha vida. Você é a minha vida toda, meu amor. Fique comigo. John já está no hospital, querida. Estamos a caminho de lá. Aguente firme. Você vai ficar bem.

Jack ouviu o piloto usar o rádio para enviar uma mensagem ao hospital avisando que eles estavam em vias de pousar e transmitiu a informação de que havia uma equipe do centro cirúrgico e um anestesista a postos. A enfermeira puxou o cobertor que cobria as pernas ligeiramente abertas de Mel e deu uma olhada no sangramento.

— Acho que vamos conseguir — disse ela. Depois, baixinho, completou: — Meu Deus, permita que a gente consiga.

Se Jack não estivesse tão apavorado, teria ficado impressionado com a velocidade com que a equipe conseguia se mover. Quando eles tocaram o chão, a enfermeira e os paramédicos que estavam a bordo tiraram a maca do helicóptero tão rápido que quase derrubaram Jack para tirá-lo do caminho. Esperando por eles, havia enfermeiras e um médico. Eles correram para dentro do hospital onde alguém estava no elevador, segurando a porta. Jack ficou com o grupo, mas foi impedido de acompanhá-los quando a equipe entrou no centro cirúrgico.

Ele ficou do lado de fora das portas, encarando-as. Não sabia o que fazer, mas tinha certeza de que não deixaria Mel. Ele não conseguia sequer se sentar. Seu coração estava disparado, ele suava e hiperventilava, como se morresse por dentro. Jack teria encarado a própria morte com muito mais calma do que aquele momento.

Cinco ou dez minutos se passaram antes que uma enfermeira saísse para conversar com ele.

— Senhor Sheridan, ela está com uma hemorragia uterina e perdeu muito sangue. O dr. Stone a levou imediatamente para a cirurgia para tentar estancar o sangramento. Talvez ele precise fazer uma histerectomia. Vai demorar um pouco até que tenhamos mais informações para lhe dar.

— Ela vai sobreviver, certo?

— Ela está sob risco de vida, sr. Sheridan. Mas o dr. Stone é muito, muito bom. Ele está sendo assistido pelo dr. Larson, um cirurgião excelente.

— É — disse ele, passando uma mão no topo da cabeça. — Meu Deus. — Confuso e apavorado, ele girou ali, dando duas voltas completas. Então, disse para a enfermeira: — Vou até a capela, mas já volto.

Jack telefonou para Brie. A seguir, encontrou a capela e, embora não fizesse ideia de que bem aquilo faria, acendeu uma porção de velas. Sua mão trêmula fazia a chama do isqueiro oscilar tanto que ele mal conseguia fazer contato com o pavio. Ele nem sequer tinha trazido a carteira para que pudesse deixar dinheiro na caixinha, mas pensou: *Se ela sobreviver, eu vou assinar um cheque de um milhão de dólares para este hospital.* Então, foi até o segundo banco, ajoelhou-se, apoiou os cotovelos no banco da frente, em posição de prece, e rezou.

*Deus, eu sei que o Senhor está farto de me ouvir implorar, mas é a minha mulher, minha esposa. Minha melhor amiga! Não, ela é muito mais do que isso... é a outra metade do meu coração. Eu esperei a vida toda por ela, eu sacrificaria a minha vida cem vezes para que ela fique em segurança! Mil vezes! Ela é o ar que eu respiro, cada batida do meu coração. Eu acho que não consigo mais viver sem ela. Não mais... Por favor, Deus. Por favor. Ah, Deus, por favor...*

Meia hora mais tarde ele estava de volta ao andar de cima, sentado do lado de fora do centro cirúrgico. Observou cada minuto avançar no relógio ao longo de duas horas, até que John finalmente saiu da cirurgia. Jack se levantou.

— Chegamos a tempo, Jack... Tivemos muita sorte. Nós tínhamos um helicóptero em pleno voo, não muito longe de vocês... foi um milagre. Ela recebeu os medicamentos que precisava a tempo, graças a você. Mas, Jack... eu não consegui salvar o útero dela. Sinto muito. Eu sei que vocês queriam mais filhos.

Jack se deixou cair na cadeira, os cotovelos apoiados nos joelhos, a cabeça pousada nas mãos. Seus ombros se sacudiram brevemente quando o alívio o inundou e, quando ele voltou a olhar para John, lágrimas estavam escorrendo de seu rosto com a barba por fazer:

— Cara, o útero não significa *nada*. Eu não consigo viver sem ela.

John colocou uma mão forte no ombro do ex-fuzileiro.

— Você ainda tem muitos anos ao lado dela, meu amigo.

— Meu Deus, obrigado. Obrigado, John.

— Você e Susan formaram uma boa equipe, e fizeram muito bem ao colocar a bebê para mamar — disse John, balançando a cabeça com uma expressão maravilhada no rosto.

— Não foi a bebê — confessou Jack, com a voz fraca, se perguntando se suas pernas conseguiriam voltar a ficar de pé algum dia. Lembrando--se do medo de que a última lembrança que guardaria de sua amada esposa seria o ato de sugar o leite dela enquanto ele tentava *qualquer coisa* para mantê-la viva. — Emma não estava mamando. Fui eu que suguei o leite.

— Hum — disse John. — Você pode ter dado a ela os poucos minutos de que precisávamos para salvá-la.

Jack telefonou para Brie para contar que Mel tinha saído da cirurgia, depois ficou junto às portas da sala de recuperação, sem sair dali por mais duas horas, até que foi autorizado a entrar. Uma bolsa de sangue estava pendurada acima dela, mas sua pele ainda estava branca feito um papel, os olhos, escuros e afundados, os lábios tão secos que pareciam craquelados. Ela parecia tão pequena, era assustador. Ele se dobrou sobre a esposa, passando um dos braços por baixo dos ombros dela para erguê-la um pouco. Depois, pressionou os lábios na testa dela e os olhos de Mel se abriram, ainda sem força.

— Jack — murmurou ela.

— Ah, Mel, você me deu um susto danado — disse ele.

— Não vamos mais ter filhos, Jack — informou ela.

— Nós já temos tudo de que precisamos. Dois filhos perfeitos e saudáveis.

— Eu sei que você ia tentar colocar mais um na minha barriga sorrateiramente...

— Eu não faria isso — negou ele. — Eu prometi que você teria tempo para aproveitar as crianças. Eu tenho mais filhos com você do que eu jamais imaginei que fosse ter.

— Bom — disse ela, deixando escapar uma risada fraca. — Pelo visto, enquanto você estiver por perto, estou destinada a nunca menstruar.

Isso era a cara dela, brincar com ele quando, na verdade, ela esteve à beira da morte.

— Feche os olhos e descanse, Mel. Eu vou ficar com você. Não vou embora.

— Eu quero ficar com os meus filhos — sussurrou ela, fechando os olhos.

— Daqui a pouco, Mel. Shh. Daqui a pouco vou levá-la para casa.

Ele a segurou naquela posição, dobrado por cima da grade da cama, por mais uma hora. A enfermeira tentou tirá-lo dali para verificar como estava o sangramento, mas ele não estava disposto a sair. John foi até os três e disse para a enfermeira:

— Pode deixar. — Ele fechou as cortinas ao redor da cama. — Elas não entendem você — disse John, dirigindo-se a Jack. — Acho que, se você consegue ajudar no parto dos seus filhos, as compressas pós-parto não são nada.

— Sem dúvida — concordou Jack, beijando a testa da esposa mais uma vez. — Você vai ficar o dia todo aqui? — perguntou ele ao médico.

— Eu ainda não sei como vou fazer para voltar para Grace Valley. Além do mais, quero ficar até dar a ela outra bolsa de sangue. Então, até isso acontecer, eu estarei por aqui.

— Você não está ficando por perto porque ela está em perigo, está?

— Não. Eu estou ficando por perto para ninguém mandar você embora daqui. — Ele levantou o lençol e no momento em que afastou, gentilmente, as pernas de Mel, ela acordou por um instante. — Bom — comentou John. — Parece que está muito melhor.

— Melhor — repetiu Jack, voltando-se para Mel.

— Você deveria considerar voltar para casa e ficar com seus filhos — sugeriu John. — Assim que eu resolver a questão do transporte, posso levar você.

— Não saio daqui até que ela esteja completamente consciente e saiba por que eu não estou no hospital. Preacher vai vir me buscar. Nós vamos dar um jeito nisso — explicou Jack.

— Eu vou transferir os cuidados de Mel a Larson, e ele vai mantê-la aqui por alguns dias — explicou John.

— Precisamos conseguir uma bomba tira-leite para ela. Eu sei como amamentar é importante para Mel. E Emma é a última criança que vamos ter... você sabe como ela é.

— Ela vai ter acesso a uma bomba tira-leite, não se preocupe.

Mais uma hora se passou. Mel acordava de tempos em tempos, Jack segurava a mão dela o tempo todo. John entrou mais uma vez e avisou:

— Vamos levá-la para o quarto agora, e tem alguém no corredor querendo ver você. Depois, nos encontre lá em cima, no quarto trezentos e seis.

— Certo — disse Jack, apoiando com delicadeza os ombros de Mel na cama. — Daqui a um minuto volto para ficar com você, meu amor. Você está indo para o quarto agora.

Quando Jack passou pelas portas vaivém, lá estava o dr. Mullins, apoiando-se na bengala, aparentando estar ao mesmo tempo esgotado e exausto, como se tivesse envelhecido alguns anos em poucas horas. Mullins viera de carro, viajando por toda aquela estrada no meio da montanha para chegar ali. Deve ter levado horas na jornada. Jack foi até ele e estendeu a mão.

— Foi por pouco — disse ele.

Mullins balançou a cabeça.

— Graças a Deus. Não podemos mais viver sem ela.

— Não — disse Jack. — Não podemos.

— Quando posso vê-la?

— Venha comigo, doutor. Vamos subir até o quarto de Mel.

— John disse que ela vai ficar bem — comentou o médico.

— Sim. Ela está de volta às nossas vidas. Só que não pode mais ter bebês.

— Como é que você acha que ela vai se sentir com isso?

Jack se lembrou de como ela tinha ficado pê da vida ao descobrir que estava grávida de Emma. E então como, mais tarde, ela tinha dito: "Eu com certeza amo carregar por aí um pedacinho de você".

— Ela vai ficar bem. Nós temos um ao outro. Temos David e Emma, dois filhos a mais do que eu achei que fosse ter. Brie ligou para você?

— Aham. Toda a cidade está em alerta.

Quando eles chegaram ao quarto, Mel estava com a cama um pouquinho levantada, bebendo um pouco de água com a ajuda de um canudo. Mullins parecia estar mancando um pouco mais do que de costume ao entrar no local. Ele foi direto até ela e fez algo que nunca havia feito antes. Inclinou-se sobre a cama e a beijou na testa.

— Você dá um trabalhão, Melinda. Eu sempre soube que seria assim.

— Eu mantenho você jovem — respondeu ela, com a voz cansada.

— Sim, você também faz isso. Mas acho que está acabando com Jack.

Tomar conta dos Sheridan era um assunto que envolvia a família deles e toda a comunidade. Brie e Joey, a irmã de Mel, cuidaram dos bebês para que Jack pudesse ir ao hospital; Paige e Preacher garantiram que sempre teria comida pronta. No final do dia, Mike ia até a casa para ficar com a esposa e esperar até que Jack chegasse com seu relatório diário. Jack se levantava todos os dias bem cedinho para fazer a longa viagem de carro pelas montanhas até chegar a Redding, passava o dia todo lá e regressava para Virgin River tarde, depois que já tinha escurecido.

No quarto dia dessa rotina, Brie se sentou na grande poltrona de couro segurando Emma bem juntinho de seu corpo, dando-lhe mamadeira, enquanto Mike estava na cadeira de balanço com David e sua mamadeira. A porta se abriu e Jack entrou, parecendo exausto, carregando um pequeno *cooler* cheio de leite materno que Mel tinha ordenhado. Brie levantou o queixo para cumprimentá-lo e ele devolveu a gentileza levantando a mão, e então foi até a cozinha. Ele gastava em média seis horas fazendo aquela viagem, mas nem sequer considerou a possibilidade de não estar junto à Mel todos os dias. Brie tinha ficado muito preocupada com o fato de o irmão estar dormindo pouco e dirigindo pela estrada que cortava a montanha.

Quando Brie e Mike terminaram as tarefas, juntaram-se às pessoas na cozinha de Jack e descobriram que o jantar que Preacher estava fazendo já estava quase pronto e ele serviria uma bebida para si mesmo, Mike e Jack.

— Como vai sua garota? — perguntou Brie.

— Indócil — respondeu Jack. — Eles vão jogá-la no olho da rua amanhã. Ela está dando nos nervos de todos. Enfermeiras são péssimas pacientes.

— Se me permite dizer, você está um bagaço — comentou Brie.

— Obrigada, minha doçura — respondeu ele, erguendo o copo. — Uau, isso é uma bela ajuda. Muito obrigado. — Ele pousou o copo e completou:

— Vou dar um beijo nos meus filhos e já volto.

A cozinha ficou silenciosa por um instante, até Preacher quebrar o silêncio:

— Não acredito que quase perdemos a Mel.

— É muito incomum que uma coisa dessas aconteça — assegurou Brie, tentando tranquilizá-lo, considerando a gravidez de Paige.

— Mas isso faz você se lembrar do quão sério é esse troço. — Ele puxou Paige para mais perto. — Nós temos que levar isso muito a sério.

— Eu não vou deixar você fazer isso, John — disse Paige. — Passamos por um susto, mas está tudo bem agora, e nós não vamos entrar em pânico. Vamos aproveitar essa gravidez. Deus sabe como foi difícil conseguirmos. — Ela se virou para Christopher. — Você já está acabando aí, carinha? Está pronto para ver um filminho?

— Estou, mãe — respondeu ele com doçura.

— Pode deixar — ofereceu-se Preacher. — Vamos lá, caubói — disse ele ao garotinho, segurando sua mãozinha. — Eu vou ajudar você a ficar bem confortável. — Enquanto eles saíam da cozinha, deu para escutar o cozinheiro perguntar: — O que vamos assistir hoje à noite?

— *Os incríveis* — respondeu Chris.

— Não é o que assistimos toda noite?

— Quase.

Joey olhou para Paige.

— Ele é um pai incrível, não é?

— Simplesmente fantástico. Eu ainda não consigo acreditar como tenho sorte.

Quando Jack voltou para a cozinha, Joey disse:

— Eu quero perguntar uma coisa a você já faz um tempinho, Jack. Como é que a Mel está lidando com a histerectomia?

Ele baixou o olhar e ergueu o copo.

— Está desapontada — disse ele. — Apesar de toda aquela reclamação sobre estar grávida o tempo todo, na verdade ela queria repetir a experiência mais algumas vezes. Isso desafia a compreensão. Ela ficou falando que Emma veio cedo demais, me ameaçando de morte certa caso eu fizesse isso de novo com ela, ficava me lembrando do quão velho estou, mas mesmo assim…

Houve um instante de silêncio.

— A capacidade reprodutiva é uma coisa engraçada — comentou Brie. — Nós só queremos controlá-la.

— E, na minha experiência, é uma daquelas forças da natureza que tem vontade própria — opinou Jack. — Quando você quer, não vem. Quando você quer dar um tempo, pega você de jeito.

— E como você está se sentindo em relação a isso? — quis saber Joey.

— Você está brincando comigo, né? — Ele ergueu o copo. — Eu estou tão grato pela Mel ter superado essa situação que a histerectomia nem passa pela minha cabeça. Além disso, eu tenho dois filhos saudáveis. Sou um homem rico. Muito rico.

— Aos homens ricos — disse Mike, dando início a um brinde.

Apenas uma semana após a histerectomia, Mel estava lidando muito bem com tudo. Sentia um pouco de dor decorrente da cirurgia e se cansava com facilidade; por isso não circulava muito pela casa. Ela usava um conjunto confortável de moletom e ficava praticamente o tempo todo na cama *king size* do casal, com o berço ao alcance da mão, para que pudesse amamentar Emma com a maior frequência possível, tentando recuperar o tempo perdido. Tudo que ela precisava fazer era apoiar David um pouquinho, segurando-o pelo bumbum, e o menino conseguia subir na cama com ela.

Com Brie e Joey tomando conta da casa durante o dia, cuidando para que Mel tivesse tudo de que precisava e descansasse bastante, Jack conseguia passar algumas horas no bar durante à tarde. Então, ele levava o jantar para sua esposa.

Jack não fazia muita coisa no bar. Não ousava ir comprar mantimentos e suprimentos, pois isso o deixaria muito tempo longe de Virgin River. Mas organizou alguns recibos e inventariou o estoque, descobrindo, sem qualquer surpresa, que correu tudo bem no bar durante o período em que ficou sob os cuidados atentos de Preacher e Paige.

Naquele pequeno intervalo depois de as últimas pessoas almoçando terem ido embora e antes de a multidão do jantar começar a chegar, quando o bar costumava ficar muito calmo, geralmente deserto, um velho e conhecido fantasma com seu chapéu de caubói entrou. Jack tivera algumas interações com ele no passado; umas boas, outras nem tanto. Ele era um conhecido plantador de maconha ilegal em algum ponto localizado depois das montanhas e Jack já tinha se recusado a aceitar o dinheiro dele, porque fedia a maconha recém-cortada. Mas ele tinha se materializado do nada certa noite, quando Paige estava em perigo, e salvara a vida da mulher.

O homem foi até o balcão do bar e finalmente fez contato visual com Jack. Pela primeira vez.

— Ei — disse ele, em tom sério. — Como anda a família?

— Superando — respondeu ele.

— Um chope e um uísque — pediu ele. — Se não for muito incômodo.

Por cima do ombro do homem, Jack viu Mike entrar no bar. Ele logo parou, obviamente reconhecendo o homem por causa das costas largas e do chapéu familiar. Jack olhou de novo para o cliente.

— Nós já discutimos isso — disse Jack. — Você sabe que tipo de dinheiro não é aceito neste bar e eu não vou te bancar. Não estou no clima.

Mike se sentou no bar, mantendo a distância de apenas um banco entre ele e o estranho.

— Eu pago, Jack. Eu quero um chope. Cuide do meu amigo aqui. — Mike tirou umas notas do bolso. — O prazer é meu.

— Tem certeza? — perguntou Jack a Mike.

— Tenho, sim.

Jack serviu as bebidas aos dois homens, depois voltou à extremidade do balcão, onde sua fiel prancheta com as páginas do inventário de itens o aguardava. Não houve qualquer conversa entre Mike e o Chapéu de Caubói. Apenas silêncio, os dois bebendo com uma expressão séria no rosto.

Paige entrou no bar carregando uma pilha limpa de panos de prato. Ela reconheceu o homem, ficou imóvel por um instante, depois ofereceu a ele um discreto aceno de cabeça antes de escapulir e voltar para a cozinha. Mike esperava que Preacher aparecesse logo a seguir, mas nada mais aconteceu. Então, ele escutou um comentário feito em um tom grave e baixo, vindo do homem a seu lado.

— As coisas deram certo, então — observou ele, tendo reparado na gravidez evidente de Paige.

Mike não pôde conter uma risadinha.

— Ah, sim. Deu tudo certo. — Ele olhou para o homem e ergueu uma sobrancelha. — Mais uma dose de uísque?

— Não. Eu não quero incomodar.

— Jack — chamou Mike. — Sirva o meu amigo aqui.

Embora Jack tenha feito uma expressão de desaprovação, ele serviu o uísque e completou o chope. Era uma situação esquisita — Jack se sentia grato pela ajuda que o homem havia dado quando eles tiveram uma emergência, mas, ao mesmo tempo, não queria nenhum tipo de relacionamento com plantadores de maconha. Eles representavam problema. E ele não colocaria dinheiro vindo desta atividade em sua caixa registradora. Jack voltou à prancheta para seguir a contagem, deixando que os dois homens terminassem de beber.

Não demorou muito para que o estranho arrastasse o banco onde estava para trás e se levantasse. Ele olhou para Mike e deu um toque na aba de seu chapéu.

Mike estendeu a mão, que estava enfiada no bolso de sua jaqueta, colocou alguma coisa em cima do balcão do bar e deslizou na direção do outro, voltando os olhos pretos para o homem já de pé. Ele retirou a mão e ali estava, sobre o balcão, um cadeado.

Chapéu de Caubói deu uma olhada por cima do ombro, na direção de Jack, e o encontrou ocupado contando garrafas sob o balcão. Ele puxou o cadeado e o enfiou no bolso.

— Obrigado pelas bebidas — disse ele a Mike.

— Ei. Não se preocupe com isso. Mesmo um cara reservado como você gosta de relaxar às vezes, né? — Ele fez um gesto, indicando Jack com o queixo. — Ele não é muito flexível.

A seguir, Mike olhou de volta para o chope.

Pela primeira vez, Chapéu de Caubói deu um sorrisinho breve. Ele tocou a aba do chapéu mais uma vez, embora ninguém estivesse olhando para ele. E, então, deixou o bar.

Mike sorriu, ainda olhando para baixo. *Isso*, ele estava pensando. Mike sabia, e Chapéu de Caubói sabia que ele sabia. Algo sobre aquele homem era suspeito, mas ele não era de todo mau. O negócio deles estava encerrado. Pelo menos por ora.

# Capítulo 14

Uma vez que a família Haggerty ficou sabendo que havia um casamento em vias de se realizar, Paul ligou para Joe.

— Como andam os projetos de Preacher e Mike?

— Quase prontos para você, amigo — respondeu Joe.

— Será que você consegue desenhar outra casa e a gente pode conversar sobre o design…

— É? O que você tem aí? — perguntou Joe.

Paul respirou fundo.

— Você não vai acreditar — disse ele. — As coisas não aconteceram como eu havia imaginado. Vanni… ela não me deu um fora. Acontece que eu que estava sendo um pouco devagar, o que não é uma surpresa para você. Nós vamos nos casar.

— Uau! Sério?

— Por que esperar? — argumentou Paul. — A gente não precisa de tempo para se conhecer melhor.

— Mas e aquele probleminha sobre o qual conversamos?

— No fim das contas, não era problema meu. E Vanni… Meu Deus, cara. Ela tem sido maravilhosa com tudo… com o fato de eu ter levado tanto tempo para revelar a minha situação, de eu ter uma complicação tão séria para resolver, tudo. Nós vamos nos casar antes de Tom ir embora para o treinamento daqui a duas semanas. Eu pensei que, talvez, se você tivesse algum projeto dando sopa, poderia ser uma boa hora para visitar Virgin

River. E se os seus clientes gostarem do que você projetou... eu poderia ficar aqui e construir as casas.

— E para quem é o terceiro projeto?

— Para Vanessa e eu — disse Paul. — O general nos deu um bom pedaço de terra do outro lado do estábulo e, meu irmão, ter a nossa própria casa aqui me soa cada vez melhor. Podemos construir a casa antes que eu fique ocupado de verdade.

Joe deu uma gargalhada.

— Fico feliz por você, cara — disse ele. — Alguma ideia do que vocês estão querendo?

— Ah, sim... Vanni adora a minha casa em Grants Pass. Mas ela foi projetada para um homem solteiro ou um casal sem filhos... um grande salão com piso rebaixado, esse tipo de coisa. É só você subir o piso, para nivelá-lo, acrescentar um quarto, mais cozinha... Você sabe o que fazer.

— Sim, eu sei — concordou Joe, dando outra gargalhada.

— E venha para o casamento. Vai ser uma cerimônia bem pequena e rápida, mas Jack disse que vai telefonar para os rapazes e que vai ter pôquer.

— Conte comigo.

Os acontecimentos de junho em Virgin River estavam deixando todos muito animados. Primeiro, havia a formatura do ensino médio e, no fim de semana seguinte, Vanni e Paul se casariam. Entre os dois eventos, Rick viria passar seus dias de folga em casa antes de partir para o Iraque e, para prestigiar tanto o casamento quanto a visita de Rick, os fuzileiros viriam à cidade.

Vanni, quando não estava cuidando do bebê, estava ocupada na cozinha do pai, tentando preparar petiscos para a festa que eles dariam na noite de sábado em casa para celebrar a formatura de Tom. Os jovens estariam indo de festa em festa e mal apareceriam por ali, mas, mesmo assim, Walt insistiu que Tom merecia ter a própria comemoração, e não apenas celebrar sua formatura durante a festa de casamento no fim de semana seguinte. E ele estava certo — o rapaz havia se formado com honras e uma vaga em West Point era um grande feito. Muito embora tivesse um pai condecorado com três estrelas, ainda era preciso exibir um boletim praticamente só com notas máximas e uma recomendação do Congresso.

Vanni fez uma pequena pausa e, enxugando as mãos em um pano de prato, foi até o deque para tomar um pouco de ar fresco. O que viu a surpreendeu. Paul estava em pé diante do túmulo de Matt. Ela foi inundada pelas lembranças dela mesma naquele exato local, e então desceu a escada do deque, atravessou o gramado até alcançar a pequena colina.

— Paul? — chamou ela.

Ele se virou e, ao vê-la ali, deu um sorriso discreto e triste, e a seguir ergueu o braço.

— Ah, Vanni, Vanni...

— Você está bem, Paul?

— Claro — disse ele, apertando carinhosamente o ombro dela.

— Sabe, meu pai vai ficar louco se nós dois começarmos a ficar em cima do túmulo de Matt.

— Eu vou tentar não transformar isso em um hábito. Escuta, posso te falar uma coisa? Só uma vez, e depois nunca mais?

— Paul, você pode me falar qualquer coisa. Você está com saudades dele?

— Sempre sinto saudades dele, querida. Às vezes me lembro de quando éramos apenas uns meninos que andavam juntos, e eu consigo ver essa imagem com tanta nitidez que é como se eu voltasse no tempo. Quando estávamos no ensino médio, nós nem sequer falávamos sobre o Corpo de Fuzileiros. Nós falávamos sobre garotas, esportes, garotas, tatuagens, garotas, caminhonetes... Mas ele ficava com todas elas. Eu nunca tive uma gota de coragem. Eu nem sequer teria companhia para o baile de formatura se o Matt não tivesse me ajudado com isso. Quem diria que o idiota maluco ia se tornar um militar de carreira. — Paul se virou e segurou Vanni pelos braços com suas mãos enormes, olhando dentro dos olhos dela. — Você tem alguma ideia do quanto eu te amo?

— Tenho — respondeu ela, sorrindo.

— Bom, eu daria a minha vida por você, esse é o quanto eu te amo. Nunca estive tão feliz como nas últimas semanas. Mas eu estava aqui, contando para Matt... eu abriria mão de tudo e viveria sozinho, miserável e corroído pelo ciúme até o fim dos tempos se eu pudesse tê-lo de volta.

Ele era o homem mais maravilhoso, o amigo mais incrível do mundo. Isso, provavelmente, me mataria, mas eu abriria mão da minha história com você se ele pudesse viver.

Vanni cobriu o rosto dele com a mão.

— Ele já sabe disso, Paul. Ele sempre soube.

— Você deve ficar muito triste às vezes, querida. Mesmo agora. Você não precisa esconder isso de mim nunca. Eu vou abraçá-la em meio às lágrimas, do mesmo jeito que eu fazia antes... e não vou me sentir traído. Nem perto disso.

— Paul, eu jamais esconderia algo de você — disse ela, com doçura.

— Pouco tempo depois de conhecer Matt, eu perdi a minha mãe... e ela foi a melhor amiga que eu tive. E, então, perdi meu marido para a guerra. Tem ideia do presente que você é para mim? É como se eu estivesse sendo resgatada. Eu não sabia que poderia me sentir assim. Achei que todos os dias seriam um sofrimento, para sempre. Provavelmente não é mais forte do que o que eu sentia por Matt, mas sentir isso depois de toda aquela dor e aquelas perdas, com certeza parece um milagre para mim. Ah... eu vou sentir saudades dele para sempre também. Não dá para evitar. Mas sou muito grata por ter você na minha vida. Não vou desistir de você.

— Eu só queria que existisse um jeito de saber... eu queria ter certeza de que ele está bem com isso... eu e você.

— Eu contei para você, não lembra? — disse ela, sorrindo. — Eu já discuti o assunto com ele. Algumas vezes. Antes de você sequer se declarar para mim.

— Eu queria poder saber que ele me perdoa... por ter desejado você durante todos esses anos em que vocês estavam juntos...

Ela riu baixinho, com ternura.

— Eu acho que você está sendo bobo agora. Você demostrou tanto respeito por ele, nunca deixou ninguém saber. Paul, não existe nada para ser perdoado.

— Na noite em que Mattie nasceu, eu estava aqui fora, conversando com ele. Jack veio até aqui e me pegou... ele disse que Matt tinha seguido em frente. Ele disse que cada um de nós tem o seu destino e o de Matt o levou para outro lugar.

— É... Onde quer que ele esteja, ele está arrasando, fazendo as pessoas rirem, se sentirem bem. Paul, isso faria Matt feliz. Sabe esse tanto de amor que você sente por ele? Matt te amava na mesma proporção, ou ainda mais. Eu não consigo pensar em mais ninguém que ele gostaria que criasse o filho dele.

— Eu vou fazer o melhor que eu puder nesse quesito, querida. Gostaria muito mesmo de dar orgulho para Matt. Vou tentar ser um marido tão bom quanto ele foi...

Ela balançou a cabeça e sorriu para ele.

— Você não vai precisar tentar fazer isso. Até onde sei, você tem um talento natural.

Jack estava de pé na varanda em frente de casa segurando sua caneca de café matinal. Ele viu alguma coisa ao longe que fez seu coração disparar. Olhou para além do vale, na direção nordeste, e viu uma coluna fina de fumaça cinza que serpenteava até um platô no céu. Torceu do fundo do coração que aquilo não fosse nada com o que se preocupar. Aquela primavera tinha sido atipicamente seca.

Mel saiu de casa e Jack colocou um braço sobre os ombros da esposa quando ela se aconchegou ao seu corpo.

— O que é aquilo? — perguntou ela.

— Fogo. Pode ser uma queimada controlada, pode ser um incêndio florestal. Tem estado muito seco.

— Virgin River já esteve ameaçada pelo fogo?

— Não, a cidade, não. Há alguns anos teve um incêndio bem grande ao norte daqui. Foi logo depois que Preacher apareceu. Todo mundo ajudou. Cavamos muitas valas, carregamos água potável, dirigimos caminhonetes. Então, fizemos um treinamento com certificação, assim conseguimos nos preparar.

— O que pode acontecer? — perguntou ela. — Se um incêndio chegar muito perto?

— Bom — disse ele, abraçando-a ainda mais apertado. — Nós estamos no meio da floresta, Mel. Este lugar pode acabar igual a superfície da Lua.

— Ele levantou o olhar para mirar o horizonte. — Nós precisamos de uma boa e bela chuva. E a previsão do tempo diz que não teremos nenhuma. A floresta está pura lenha.

Tom se formou com honras e o general e Vanessa deram uma festa em homenagem a ele em casa, convidando todos os amigos. Os jovens estavam zanzando por aí — passaram todo o fim de semana indo de uma festa a outra. Tom e Brenda e alguns de seus colegas passaram cerca de uma hora na casa da família Booth antes de partirem para outra festa de formatura, mas os adultos não se importaram nem um pouco de serem deixados sozinhos.

Todo mundo compareceu na festa para dar os parabéns ao rapaz, inclusive Muriel St. Claire.

— Podemos contar com a sua presença no casamento no fim de semana que vem? — perguntou Vanessa à atriz.

— Ah, querida, obrigada pelo convite. Na verdade, vou para Sebastopol buscar um cachorro. Um rapazinho chamado Buff. Outro labrador... amarelo, dessa vez. Eu já tenho uma bela caçadora: Luce, minha menininha e melhor amiga, que tem um ano e meio e é brilhante. Mas nenhum cachorro deve crescer sozinho. — E, então, sorriu. — Mas espero ver você logo, depois do casamento. Eu adoraria jantar com você e Paul. Vou falar com Walt sobre isso, já que não cozinho.

— Nada? — perguntou Vanessa.

Muriel deu de ombros.

— Nada. Mas eu gostaria que você soubesse que tenho outros talentos. Sei pintar, instalar papel de parede, lixar e envernizar, consigo cuidar de uma horta, caçar patos e contar piadas. Além disso, ouvi falar que a comida do bar do Jack é maravilhosa e dá para pedir para viagem.

— Que beleza — concordou ela, sorrindo. — E a senhora também sabe montar.

— Monto, sim. Eu tenho dois cavalos comigo. Nós devíamos sair para dar uma volta qualquer dia. Podemos nos encontrar no meio do caminho entre as nossas casas, às margens do rio.

— Eu vou amar — disse Vanni. — Temos muito o que conversar.

— Temos — concordou Muriel, depois deu uma piscadela conspiratória a Vanessa.

Quando estava saindo da festa, Tom puxou Paul de lado por um instante. Eles estavam do lado de fora da casa, logo depois da porta da frente, que se encontrava fechada. Tom, então, perguntou:

— E aí, você está pronto para encarar Vanessa?

— Mais do que pronto, amigo.

— Ótimo, cara. Eu não poderia ter planejado isso melhor.

— Que bom. Eu esperava que você dissesse isso.

Tom tirou uma caixa de fósforos do bolso e ficou brincando com ela entre os dedos.

— Hoje vai ter uma festa de formatura que vai durar a noite toda e Brenda e eu vamos participar dela — disse ele. Então, colocou a caixa de fósforos na mão de Paul. — Só que nós não vamos estar na festa. Alguém precisa saber onde nós vamos estar, caso aconteça alguma emergência. Alguém que consiga manter a boca fechada.

Paul olhou para a caixa de fósforos. Pousada Brookstone. Os olhos dele se encontraram com o do rapaz.

— Alguém que não vai me perguntar mais uma vez se tenho uma camisinha no bolso — acrescentou Tom.

— Por que eu perguntaria isso? — disse Paul. — Você está muito acima de mim, meu irmão.

— Só para o caso de alguém ter um ataque cardíaco ou algo do tipo.

— Obrigado — disse Paul, enfiando a caixa de fósforos no bolso. — Eu fico feliz por você pensar nas coisas. Divirta-se.

— Até amanhã.

E o garoto foi embora.

Quando Paul voltou para dentro de casa, Vanni estava esperando por ele.

— O que meu irmão queria?

Paul se inclinou, chegando perto da orelha de Vanni.

— Eu só estava pedindo ao seu irmão autorização para que ele fosse meu cunhado — respondeu Paul. — É oficial. Eu sou bem-vindo à família.

Tom fez o check-in no Brookstone, um hotelzinho em Ferndale, enquanto Brenda esperava dentro do carro. Assim como vinha acontecendo ultimamente, eles fizeram amor selvagem e, depois, choraram um pouco por ele estar partindo e, então, fizeram amor selvagem de novo e choraram mais um pouco. Desde aquela primeira vez, eles não tinham tido a oportunidade de passar outras noites inteiras juntos, mas houve alguns momentos memoráveis, aqui e ali, especialmente em certas noites, na casa da família Booth, quando Vanni estava em Grants Pass e Walt estava em Bodega Bay, com Shelby.

— Antes de você começar a chorar de novo, eu tenho uma coisa para te dar — anunciou ele.

— Tem?

— Tenho, sim. — Ele se inclinou em cima da cama e remexeu na calça, que estava no chão, tirando uma caixa de um dos bolsos. Então entregou o objeto a ela. — Isso é o que eu sinto por você.

Ela abriu a caixa e, ali dentro, se enroscando em um círculo de veludo, havia uma pulseira de diamantes brilhando. Brenda ficou sem palavras.

— Meu Deus — comentou, enfim. — Meu Deus.

— É assim que me sinto. Se nós dermos um jeito de ficarmos juntos, em meio à separação, faculdade e todas essas coisas, quero ficar com você para sempre. Eu não queria te dar um anel, isso seria muito doido. Quero dizer, uma pessoa no último ano do ensino médio usando um anel de noivado? Uma aluna feito você, que praticamente gabaritou as provas para entrar na faculdade e vai arrasar... Você não pode usar um anel de noivado. Eu quero que você se coloque em primeiro lugar agora... você é só uma menina. — Ele tirou a pulseira da caixa e a colocou no pulso de Brenda. — Mas você pode usar isto. Para se lembrar de que eu te amo. E que não estou indo embora para ficar longe de você, mas para começar a construir o futuro que vamos ter.

— Ai, meu Deus — repetiu ela. — Isso é de verdade?

Ele deu uma gargalhada.

— É, sim.

— Onde conseguiu dinheiro para comprar isso?

— Eu tinha uns trocados, e a faculdade é paga pelo Exército. Não é a melhor pulseira de diamante do mundo e as pedras são bem pequenininhas, mas, para sua primeira joia, está de bom tamanho. Um dia, eu vou te dar diamantes melhores, prometo. Brenda, eu te amo, querida. E preciso que você pare de chorar. Ir embora já é duro o suficiente. Vou voltar rapidinho em agosto, antes de começar em West Point. Você consegue esperar até lá, não consegue?

— Eu posso esperar o tempo que for — respondeu ela.

— Você sabe que não vai ser fácil. Mesmo se você fizer faculdade em Nova York. Vamos passar a maior parte do tempo separados pelos próximos quatro anos, talvez cinco, enquanto você termina...

— Não — interrompeu ela. — Quatro. Eu vou terminar a faculdade em três anos. — Ela olhou para a pulseira, então ergueu os olhos para encontrar os dele, levantou uma sobrancelha e sorriu. — Você duvida que eu consiga?

Tom devolveu o sorriso.

— Nem um pouquinho.

— Então, eu vou para onde quer que você vá, Tom.

— O Exército não vai permitir que eu me case enquanto estiver em West Point. Nós vamos descobrir a força do nosso relacionamento nos próximos quatro anos, porque a vida no Exército não é fácil. É boa e segura, mas não é fácil. Meu pai sempre disse que, às vezes, as esposas dos militares têm que ser mais fortes do que os soldados... Minha mãe ficou tantas vezes sozinha, com a responsabilidade de nos criar. Eu sei que ela se sentia solitária e que sentia medo de vez em quando, e ela provavelmente também sentia raiva em alguns momentos, mas ficava tão orgulhosa do trabalho do meu pai. Você não tem ideia do quanto foi difícil para ela, então precisa saber no que está se metendo, não é nada fácil. Se você mudar de ideia, se aparecer outra pessoa que possa oferecer...

Brenda pousou a mão no rosto dele.

— E se aparecer alguém na sua vida? — perguntou ela.

— Brenda... acho que tudo que vai aparecer na minha vida enquanto eu estiver no Exército são dores musculares e um cérebro frito.

— Nunca se sabe... Pode ser que tenha uma sargenta muito sensual no treinamento — divertiu-se ela.

— Certo — disse ele. — Quero que você me escute. Eu estou decidido, mas quero que você me prometa... que vai deixar suas opções em aberto. Vá se divertir, seja uma garota solteira e divirta-se. Dê uma boa olhada em volta, uma boa olhada no mundo. Quando esses quatro anos acabarem, você tem que ter certeza. Você tem que achar que eu sou sua melhor escolha... não a única. Não quero que você jamais pense que cometeu um erro ao apostar em mim e nessa vida. Porque, se você ainda for a minha garota, nós vamos nos casar no primeiro dia que eu puder fazer isso, e aí não vou te deixar ir embora sem lutar por você.

— Eu vou ficar de olho, Tommy — prometeu ela. — Mas aposto que meu coração só vai ter olhos para você. E vou sentir tanta saudade, mas estou orgulhosa das suas conquistas. Eu sei que nós somos muito novos... só que já tenho idade suficiente para saber que devo me casar com um cara do qual eu possa me orgulhar.

Essas palavras o fizeram sorrir.

— Eu vou trabalhar para garantir que você sempre se sinta assim.

— Eu sei que vai.

— Eu odiei meu pai por ter vindo para Virgin River — confessou ele, dando uma risada. — Agora, acho que vou colocar o nome dele no meu testamento.


Jack foi de carro até Garberville para buscar Rick, que chegou bem cedinho de ônibus na quarta-feira. O ex-fuzileiro estava pensando na ligação que recebera de Rick algumas semanas antes. Aquilo mudara sua vida, apesar de ser algo que ele já tinha previsto que aconteceria.

O garoto não estava usando uniforme quando desceu do ônibus, mas sim calça jeans e botas. Porém, aquele cabelo cortado à escovinha era a prova de que ele era um fuzileiro naval de folga. O peito de Jack se encheu de orgulho. Garoto? Rick não era mais um garoto. Ele era um homem, um fuzileiro combatente, que amadureceu e ficou ainda mais forte nos meses em que esteve fora. O sorriso dele, no entanto, era o mesmo sorriso jovial, contagiante e cheio de otimismo de quando andou de bicicleta até o bar do Jack pela primeira vez anos antes.

Jack precisou de muita força de vontade para não correr até ele e abraçá-lo, mas o ex-fuzileiro conseguiu se manter imóvel feito uma pedra, deixando que o garoto — o jovem — viesse até ele. Eles trocaram um aperto de mão e deram uma espécie de abraço, tocando os ombros. Rick tinha ficado ainda mais alto. Ele tinha exatamente a mesma altura de Jack, quase um metro e noventa.

— E aí, cara — disse Rick.

— Caramba, garoto. Olha só para você. Está quase tão velho quanto eu.

— Até parece — gargalhou Rick. — Olha só para *você*. Está ficando com cabelo grisalho, que isso?!

— Melinda, é claro. Ela está tirando meu couro. Tenha cuidado, Rick. As mulheres fortes e sensuais? Elas vão matar você devagarinho.

— Que belo jeito de morrer, não?

— É, não posso reclamar. No fim das contas, este vai ser um fim de semana e tanto por aqui, cara.

— É mesmo?

— Paul vai se casar. Eu vou colocar você a par de tudo isso... mas os dois eventos, a sua partida e o casamento dele, fizeram os rapazes virem até aqui. Mas nós dois vamos ter um tempo só nosso. Eles começam a chegar dentro de alguns dias.

— Que bom. Como está Mel?

— Melhorando aos pouquinhos, mas não se preocupe... ela tem mandado em mim feito louca, o que quer dizer que está bem. E está ansiosa para te ver.

— E Preach? — perguntou Rick.

— Prestes a ser papai, nasce daqui a um mês, mais ou menos.

— Caramba — comentou Rick. — A primeira vez que bati os olhos nele, eu jamais apostaria que isso aconteceria.

— Nem me fale. Aliás, sua avó está indo bem. E, pelo que ouvi da tia Connie, sua garota está animada com essa sua folga.

— É, eu liguei para Lizzie. Ela deu uma pirada a respeito do Iraque, mas isso vai dar a ela tempo para terminar a escola. Tem sido uma verdadeira dor de cabeça, fazer com que ela termine os estudos...

— Ela ainda está tentando se casar com você? — perguntou Jack.

— Eu vou continuar com as minhas armas, cara. Quatro anos, foi isso que combinamos. Faltam três agora. Mas, Jesus Cristo, amo aquela garota loucamente. Mal posso esperar para vê-la.

— Você vai ter tempo para o resto de nós?

— Eu posso arranjar uns minutos para você — respondeu ele dando um sorriso cheio de malícia e juventude. — Tente não me ocupar demais, tá? Eu fui totalmente fiel a essa garota por nove meses e eu estou em péssima forma. Péssima.

Jack deu uma bela gargalhada e colocou um dos braços nos ombros de Rick. Ele sempre se perguntava como sua vida teria sido diferente se tivesse conhecido Melinda aos 16 anos. Eles estariam quebrados e teriam vinte e sete filhos agora. Mas ele disse:

— Iraque. Que merda é essa?

— A de sempre. Eu vou ficar bem.

— Claro que vai. Tem umas pessoas que quero que você conheça. A futura esposa de Paul… Ela é demais. E quero que você conheça o irmão mais novo dela. Ele é talhado para West Point. O pai é um general de três estrelas aposentado e o garoto é um ano mais novo do que você. Bom rapaz. Esperto. Ele ficou o ano passado todo andando por aqui com Brenda Carpenter.

— Brenda? Sério?

— Vocês dois… deviam se conhecer. Conversar. Por vocês dois. Virgin River vai ser sempre a sua base, sabe?

— É, Jack. Enquanto você estiver aqui — respondeu ele.

— Eu consegui descolar um carro para você.

— É mesmo? — perguntou Rick.

— Mel ainda não está podendo trabalhar, o que deixa o dr. Mullins com o Hummer dela, e a caminhonete dele está parada. Ele disse que é toda sua.

— Perfeito — disse Rick. — Acho que vou visitar minha avó, depois seguir para Eureka e encontrar aquela garota. Quero dizer, primeiro o mais importante, Jack.

Na sexta, ao meio-dia, o primeiro fuzileiro chegou: Joe Benson, de Grants Pass. Ele tinha ficado com o motor home de Paul e feito dele seu lar longe de casa durante o fim de semana. Entrou no bar de Jack com rolos de papel-manteiga debaixo do braço e um enorme sorriso no rosto. Ele tinha feito as plantas-baixas preliminares para Paige e Preacher, Mike e Brie, e alguns esboços para Paul e Vanni. As pessoas juntaram as mesas, o café foi servido e as plantas foram abertas ali mesmo.

Somente Preacher e Mike estavam disponíveis para analisar os desenhos, já que Brie estava na casa de Jack, ajudando Mel com os bebês, e Paige estava tirando uma soneca junto com Christopher.

— Como está Mel? — perguntou Joe a Jack.

— Ela está indo muito bem, mas odeia ficar presa em casa o tempo todo. Brie vai trazê-la aqui junto com os pequenininhos mais tarde, assim que a maioria dos rapazes tiver chegado.

— Ela está se sentindo bem agora?

— Ela se cansa com muita facilidade... e dá para imaginar que isso a deixa pê da vida — observou Jack. — Espere só quando você a vir. Nem parece que ela é uma pessoa que esteve tão perto de bater as botas umas semanas atrás. E vou te dizer uma coisa, amigo: isso quase me matou.

— Foi ruim, hein?

— Jesus amado, como ela diria.

Às duas, Paul entrou no bar e a reunião continuou. Joe e Paul, que não se viam havia algumas semanas, se abraçaram carinhosamente, e Paul recebeu as felicitações do amigo.

— Achei que só fosse ver você muito mais tarde — disse Joe.

— Tem uma madrinha de casamento na casa — explicou ele. — Elas me disseram que eu estava atrapalhando. O que por mim tudo bem. E acho que o general e Tommy vão ser chutados para fora de casa daqui a pouco também.

Os próximos a chegarem, Josh Phillips e Tom Stephens, vindos da região de Reno, estacionaram um belo motor home, a última compra de Tom. Enfim, chegou Zeke, deixando a turma quase completa.

— Corny vai furar — explicou Jack. — O bebê dele vai nascer e ele precisa economizar os dias de folga para quando isso acontecer. O terceiro neném. Ele ainda está tentando ter um menino.

A cerveja foi servida e, por volta das quatro, Paige veio dos fundos do bar e se acomodou nos braços do marido. Zeke foi o primeiro a vê-la e deu um grito animado, correndo em sua direção com um imenso sorriso no rosto.

— Uau, garota, olha só para você! Caramba... você está preparando um bebê grandão aí! — Ele passou a mão na barriga dela. — Preacher, seu safado... que belo trabalho você fez aqui!

— Pois é, fiz mesmo.

— Você está prestes a parir, garota.

— Falta pouco — concordou ela, sorrindo. — Como está sua esposa?

— Ela está ótima — disse Zeke. — Pensei que desse para fazer mais um filho nela, como quem não quer nada, mas ela disse que chega. Você acha que quatro filhos é o suficiente? — perguntou ele a Paige.

— Acho que é mais do que eu vou ter. — E ela deu uma gargalhada. — Não sei como você conseguiu enganá-la para ter tantas crianças.

— O que posso dizer? — Ele deu de ombros. — Já tem quase vinte anos que aquela garota acende o meu fogo... desde a primeira vez que botei os olhos nela com aquele uniforme de animadora de torcida. — Ele deu um assobio. — Aqueles pompons me derrubaram.

— Sem falar naquela saia curtinha — alguém complementou.

— E aquele shortinho ainda menor — outra pessoa lembrou.

— Eu não vou falar é nada — resmungou Preacher.

— John — advertiu Paige, muito embora ela não tivesse contido uma risada.

Joe foi o próximo a abraçá-la, conferindo sua barriga. Logo depois dele, Josh.

— Certo, certo — disse Paige. — Um de cada vez! Vocês, rapazes... — advertiu ela, alegremente.

Aquele grupo de homens, cada um deles um homem com H, tão movidos pelo propósito masculino de ser soldado, caçar, pescar e atividades afins, amava mulheres, sobretudo as grávidas, e os bebês que elas traziam ao mundo. Era improvável, e muitíssimo divertido.

O dr. Mullins apareceu para tomar seu uísque e o general e Tom finalmente chegaram. Jack colocou uma cerveja na mão de Tom.

— Tem um policial por aqui? — perguntou o general, em tom jocoso. — Este garoto é menor de idade!

— Eu resolvo esse problema doando a cerveja — disse Jack. — Na verdade, quando essa turma está por aqui, eu acabo abandonando o bar!

— Ei, cadê o Rick? — alguém perguntou.

— Ele foi até Eureka para pegar Lizzie — explicou Jack. Depois, sorriu e acrescentou: — Na quarta-feira.

Logo, o lugar estava vibrando com o barulho dos homens e Paige escapou, mas não sem levar consigo as plantas que Joe trouxera. A churrasqueira estava acesa, e a festa se estendeu até a varanda quando a velha caminhonete do dr. Mullins entrou roncando na cidade e parou em frente à loja de esquina de Connie e Ron, do outro lado da rua. O silêncio cobriu a multidão. Os fuzileiros que ainda não estavam do lado de fora começaram a se reunir ali conforme Rick descia do carro e ajudava a namorada a sair para ir visitar os tios, mas não sem antes puxá-la para junto de si e beijá-la uma última vez. Assim que os lábios dos jovens se encontraram, os fuzileiros deram um grito entusiasmado.

O casal se afastou rapidamente, ambos surpresos. Rick viu o grupo e abriu um imenso sorriso. Os gritos de comemoração e zombaria continuaram e, com os braços ainda envolvendo a cintura de Lizzie, ele agraciou a multidão com a finalização do que havia começado ao puxar a namorada para junto de si e beijá-la. A seguir, ele a deixou ir e ela entrou na loja da tia.

Tom se inclinou na direção de Paul e disse:

— Espero que Brenda fique em casa até esses pirados irem embora da cidade.

— Ah, não se preocupe, Tom. Eles não vão fazer isso com você.

— Não? — perguntou ele.

— De jeito nenhum. Você é do Exército. — Ele deu um sorriso. — Simplesmente não é a mesma coisa.

Indo em direção aos gritos de boas-vindas, Rick atravessou a rua e parou em frente à varanda do bar.

— Vocês, caras, são rudes para cacete — comentou, sorrindo.

— Ei, fuzileiro — alguém gritou. — Até onde eu sei, Eureka fica a umas poucas horas daqui.

— Fez umas paradas pelo caminho, amigo?

— Para mim, ele parece estar bem relaxado.

— Venha até aqui, cara… nós não temos muito tempo antes da invasão feminina! Eu quero ouvir sobre o treino de reconhecimento. Eles assustaram você? — algum deles perguntou a Rick.

— Assustaram, sim — respondeu ele. — Eu achei que a parte de rapel durante o reconhecimento parecia uma missão suicida, mas aí, depois, eu não conseguia mais parar de fazer aquilo. Dá uma adrenalina. E eu fui empurrado para fora de um avião algumas vezes… é uma euforia só.

— Sei lá — disse Zeke, balançando a cabeça. — Eu vomito quando ando de avião. Bom, não nos aviões normais. Mas quando estou em uma aeronave que tem pintura de camuflagem com uns setenta quilos de equipamento no lombo, simplesmente acontece alguma coisa no meu estômago.

— Porque você é um fresquinho — disse Rick, gargalhando.

As próximas a chegar, com direito a uma calorosa e carinhosa recepção, foram Mel, trazendo os bebês, e Brie. Jack assumiu imediatamente os cuidados com David, mas não ficou muito tempo com ele, pois o menino foi passado de mão em mão para ser admirado. A seguir, chegou Vanni e sua amiga Nikki.

— Oi — disse ela, sorrindo. — É algum tipo de despedida de solteiro?

Joe Benson estava sentado junto ao balcão quando as duas mulheres entraram no bar e, na mesma hora, ele desceu do banco alto e ficou de pé. Nikki, que era pequena, de cabelo escuro, grandes olhos castanhos e uma boquinha rosada, o deixou sem fôlego pela segunda vez. Ele precisou se sacudir. Eles haviam se encontrado rapidamente alguns meses antes, e aquela lembrança não o deixara. Alguma coisa a respeito daquela mulher fazia o queixo dele cair e os olhos brilharem. Ele não conseguia parar de olhar.

Paul segurou o pequeno Mattie para que Vanni pudesse ser recebida e apresentasse sua madrinha de casamento. Havia carne na churrasqueira, salada, batatas assando, milho com manteiga e algumas das melhores tortas de Preacher estavam sendo servidas. Era um banquete regado a gargalhadas. As pessoas brindavam a Rick, a Tom e aos noivos. As mulheres desapareceram para amamentar seus bebês e depois reapareceram quando o sol se pôs devagarinho.

O general encontrou Paul.

— Você está pronto para entrar nessa, filho?

— Espero por isso há muito tempo, senhor. Eu juro que vou tratar Vanni bem.

— Não tenho dúvidas disso. Você tem um belo grupo de homens na sua retaguarda.

— Eles são ótimos mesmo, senhor. Os melhores. Obrigado por recebê-los tão bem. Obrigado por partilhar a ida de Tom com todos nós.

— É uma honra, Paul. É bom para ele ver isso... Vai viver a mesma coisa daqui a pouco, uma turma de irmãos, dando apoio a ele. Eu vou sentir saudades desse garoto.

— Todos nós vamos, senhor.

— Será que algum dia você vai me chamar de Walt? Ou, quem sabe, de pai? — perguntou ele.

Paul sorriu.

— Não sei, senhor. Acho que eu meio que perderia meu charme.

Conforme a noite avançava, depois que o jantar acabou, Joe foi até a varanda, tirou um charuto do bolso e cortou a ponta. Ele acendeu um fósforo em seu sapato, então escutou um som e olhou para cima. Nikki estava encostada no guarda-corpo da varanda.

— Ah, desculpe — disse ele, apagando o fósforo. — Eu não sabia que tinha alguém aqui fora.

Ela sorriu para ele. Parecia um sorriso tímido, ou talvez um sorriso triste.

— Vanni está amamentando o bebê — explicou ela, depois voltou a olhar para cima. — Eu não entendia o que ela via em uma cidadezinha como esta. Mas, então, olhei para este céu.

Joe chegou mais perto, ficando ao lado dela.

— É incrível mesmo. Nikki, não é?

— Sim. E você é Joe. O amigo de Paul que veio de Oregon.

— Exatamente — disse ele, sorrindo. Ela se lembrava dele. Ela se lembrava dele? — Você deve ser uma garota urbana.

— De São Francisco. Como é Grants Pass? Grande? Pequena?

— É pequena, mas não tão pequena quanto aqui. Vinte e três mil habitantes, alguns dos mais lindos pores do sol no mundo.

— Você mora lá há muito tempo?

— Praticamente a vida toda. Tenho uma família bem grande morando por lá.

— Muitos filhos?

— Sem filhos. — Ele balançou a cabeça. — Sem esposa.

Ela franziu a testa.

— Você ainda é solteiro? — perguntou ela.

— Divorciado.

— Ah. Desculpe.

— Tudo bem. Já faz muito tempo. E você?

Ela desviou o olhar.

— Solteira — respondeu. — Na verdade, acabei de terminar um relacionamento.

— Ah, então sou eu que devo pedir desculpas — disse ele. — Ele deve ser um idiota.

Ela deu uma risada.

— Ele é, sim. Você pode fumar seu charuto. Não me incomoda.

Ele guardou o charuto no bolso.

— Eu vou guardá-lo. Há quanto tempo você conhece Vanni?

— Nós começamos a voar juntas oito anos atrás. Ela deixou o trabalho quando engravidou, então nós não nos vemos com a mesma frequência de antes. — Nikki fitou o céu de novo. — Esta é a segunda vez que eu sou madrinha de casamento dela. Ela me prometeu que vai ser a última.

— Acho que você pode confiar nela quanto a isso. Ela pode ser a sua madrinha da próxima vez.

— Duvido que isso aconteça — comentou Nikki, olhando para baixo.

— Não seja boba — argumentou ele. — Você é jovem. Você sequer tem 30? E é linda. É só uma questão de alguns dias, provavelmente.

Ela suspirou.

— Imagina só, Vanni encontrou dois homens maravilhosos como esses em tão pouco tempo. Você conheceu Matt?

— Muito pouco. Nós crescemos na mesma cidade, mas frequentamos escolas diferentes, e eu não servi com ele. Nós nos conhecemos através de Paul, depois que comecei a desenhar casas para a empresa dos Haggerty.

Quando Matt estava de folga, visitando, nós nos encontrávamos para beber uma cerveja quando ele saía com Paul. Era um cara bacana.

— Todo mundo aqui parece ser bacana. Isso acontece sempre? Encontros tipo este?

— Antigamente, costumávamos nos encontrar bastante para caçar e pescar, mas nos últimos tempos esses rapazes aí têm se casado bastante. Primeiro foi Jack, uns dois anos atrás. Depois, Preacher no ano passado. Mike se casou há uns meses. E agora é a vez de Paul. Um bando de solteiros que ninguém conseguia laçar, todos demorando muito a encontrar a mulher certa, então, de repente, veio tudo de uma vez. O único que encontrou sua amada bem cedo foi Zeke... Eles estão casados desde que ele tem uns 17. Quatro filhos. Agora, parece que eu sobrei.

— Eles são todos homens bonitos. Quero dizer, vocês todos são muito bonitos... É muito impressionante que vocês não tenham sido fisgados mais cedo.

— Esse acabou sendo meu erro fatal. — Ele deu uma gargalhada.

— Você está divorciado há quanto tempo?

— Há mais de dez anos.

— Acho que você já recuperou sua solteirice.

— É — disse ele. — Também acho. Posso pagar alguma coisa para você? Quem sabe uma bebida?

— Não, obrigada. Vou ficar aqui, apenas admirando as estrelas.

— Você se incomoda se eu admirar as estrelas um pouquinho com você? — perguntou ele.

Ela olhou para Joe e inclinou ligeiramente a cabeça. A pergunta dele enfim arrancou um sorriso dela, um sorriso de verdade, e ele pensou: *droga, essa garota é linda.*

— Seria ótimo, Joe.

Jack foi o primeiro a ir embora, assim que reparou que Mel estava com uma aparência cansada. Ele pegou o filho, se despediu dos rapazes e levou a esposa para a varanda. Eles passaram por Joe e Nikki e deram boa-noite ao ir embora. Depois, foi a vez de Brie, dando um beijo de boa-noite em Mike, ali na varanda, antes de atravessar o quintal e seguir para o motor home deles. Paige desapareceu de vez ao ir colocar Christopher para dormir — a gravidez avançada exigia descanso. A próxima foi Vanessa, que foi até a varanda em busca de Nikki.

— Ei, você pode ficar o quanto quiser... tem bastante gente para levar você para casa.

— Eu posso fazer isso — ofereceu Joe. — Ficaria feliz.

— Não — respondeu Nikki. — O trabalho de uma madrinha de casamento nunca acaba.

Finalmente, foi a vez do general e de Tom. Rick os acompanhou até o lado de fora. Tom apertou a mão do outro jovem e disse:

— Apareça lá em casa amanhã. Traga sua namorada.

— Obrigado, pode ser. Mas só depois do casamento. Eu não posso deixar que Lizzie veja um casamento de jeito nenhum.

Quando Rick voltou para o salão, alguém já tinha juntado as mesas, as cartas estavam distribuídas e os charutos se encontravam a postos, já com as pontas cortadas.

— Chega mais, garoto — chamou Zeke. — Pode passar o dinheiro.

Rick deu uma gargalhada. Alguém colocou um charuto na mão dele e ele disse:

— Meu Deus, eu tenho que fumar esta coisa horrorosa?

— Desde que você passe a grana, pode fazer o que quiser.

— Eu não tenho tanto dinheiro assim, rapazes — reclamou ele, mas mesmo assim se sentou.

— Não se preocupe com isso, garoto. Nós vamos rapar você, não importa quanto tenha no seu bolso.

# *Capítulo 15*

A casa do general estava agitada no sábado. A cerimônia estava marcada para as quatro da tarde e, logo depois, aconteceria a festa. A noite de domingo seria de Tom, sua família e sua namorada, já que ele partiria bem cedinho na segunda.

A equipe do bufê chegou pela manhã, montou uma treliça com um tecido branco pendurado no jardim na parte de trás da casa. Cinquenta cadeiras dobráveis foram descarregadas, o champanhe foi colocado para gelar, flores decoravam a casa e o jardim. A família de Paul chegou logo depois do meio-dia e sua mãe aceitou de bom grado a tarefa de tomar conta de Mattie para que o casal pudesse se arrumar. O general ficou feliz em receber os homens da família Haggerty e Tom no deque enquanto os preparativos de arrumação da casa e do jardim os mantinham afastados daquelas áreas.

A próxima a chegar foi Shelby. Ela veio de Bodega de carro. Não fazia muito tempo que sua mãe tinha falecido, mas ela já tinha mudado: emagrecera alguns quilos, o cabelo estava brilhante e cor de mel, solto, descendo pelas costas, e, pela primeira vez em alguns anos, ela passara maquiagem. Shelby estava tão linda que, quando Tom a viu, ele a abraçou, tirando-a do chão, e a girou, o que provocou risadas na jovem.

— Olha só para você! — exclamou ele. — O que foi que você fez?

— Nada de mais — disse ela, sorrindo. — É que tenho um pouco mais de tempo para mim agora, só isso.

— É mais do que isso. Você está muito *linda*.

— Obrigada, querido — agradeceu ela. — Isso é bom. Eu nunca fui assim.

Depois, foi a vez de Paul erguê-la do chão e fazer um estardalhaço sobre a aparência dela e, finalmente, Shelby foi tragada para dentro da roda de mulheres com Vanni exclamando como ela estava maravilhosa. O único que não ficou surpreso com aquilo foi Walt, que vinha fazendo visitas regulares à sobrinha em Bodega Bay desde que a irmã falecera. Conforme eles começaram a colocar a casa de volta aos eixos, ele assistiu a uma transformação lenta e grandiosa tomar conta de Shelby à medida que ela passava a se sentir confortável com a nova realidade, dando início a sua nova vida.

Paul já estava de banho tomado antes do meio-dia, assim ele pôde liberar o banheiro, e às três já estava vestindo o terno, assim como seu padrinho e Walt. Quando os convidados começaram a chegar, recebiam uma taça de champanhe gelado e eram direcionados às cadeiras no jardim. O pastor, Harry Shipton, de Grace Valley, ficou mais do que feliz em aceitar o champanhe enquanto o restante das pessoas se reunia para a cerimônia. Exatamente às quatro, Vanessa e Nikki saíram de casa e colocaram o pé no deque, atravessando o jardim até o local onde o casal trocaria os votos.

Paul sentiu os joelhos quase falharem ao ver Vanessa. Ele sabia que Vanni era uma mulher lindíssima e, como havia sido o padrinho no último casamento dela, não era como se nunca a tivesse visto vestida de noiva. Mas parecia a primeira vez. Ela costumava usar calça jeans ou vestidos leves e simples, e arrumada daquele jeito era quase demais para o coraçãozinho dele. Vanessa estava muito resplandecente em um vestido verde em um tom tão claro que quase parecia branco. Era uma peça de seda brilhosa e justa no corpo, e seu cabelo dourado-avermelhado descia em cachos por cima dos ombros e até as costas. Os olhos turquesa estavam vivos, repletos de amor, brilhando bastante, e os lábios cor de pêssego estavam curvados em um sorriso.

— Puta merda — disse Tommy. — Olha só para a minha irmã, cara.

— Eu estou vendo — comentou Paul, com a voz rouca. — Deus pai.

Tom gargalhou.

— Ora, vá lá buscá-la — disse ele, dando um cutucão nas costelas de Paul. — Meu Deus, espero que eu fique mais calmo do que você quando me casar.

— Sim — disse Paul, sem força na voz.

Ele desprendeu o pé que não queria sair do lugar e foi buscar sua noiva para trazê-la até onde todos se reuniam. Vanni foi cumprimentada com muitos beijos e abraços e alguém colocou uma taça em sua mão. O braço de Paul envolveu a cintura dela e ele não conseguiu soltá-la. O peito dele estava inchado de orgulho por tê-la a seu lado. Como havia conquistado uma mulher maravilhosa como aquela? E, ainda assim, ela era toda dele; ela não conseguia nem sequer olhar para ele sem confirmar tal fato com os olhos.

— Vamos começar, pode ser? — perguntou Harry, posicionando-se em frente à treliça.

Paul e Vanni ficaram de pé em frente ao pastor, seguidos por Nikki e Tom.

Os olhos de Paul estavam fixos em sua noiva, mas ela não era a única mulher bonita ali. Mel estava com uma aparência ótima, com as bochechas coradas de novo e exibindo aquele brilho no olhar. Paige estava deslumbrante em seu último trimestre de gravidez, um halo luminoso ao redor enquanto dava as mãos ao marido. Brie enchia os olhos com seu vestido lavanda, seu marido relutante em permitir que houvesse sequer alguns centímetros separando o casal. Shelby estava muitíssimo bonita em um terninho bem acinturado e um par de saltos que lhe deixavam com um pouco menos de um metro e setenta, além de exibir seu cabelo solto em toda sua glória e um sorriso luminoso.

E havia ainda Nikki. Aquela linda mulher de cabelo escuro usava um vestido justo cor-de-rosa-claro com uma fenda modesta em uma das laterais, que só se tornava visível quando uma brisa acertava a seda e levantava o tecido. O cabelo preto descia pelas costas em um contraste de tirar o fôlego com o tom pastel de sua roupa. Durante os votos da melhor amiga, ela mostrou um belo sorriso e não fazia ideia de como estava sendo cuidadosamente observada.

Os noivos trocaram os votos rapidamente, sem cometerem um único erro e, enfim, chegou a hora de Paul tomar Vanni nos braços e cobrir sua boca com um beijo ardente que sugeria que eles desejavam estar sozinhos. Os convidados comemoraram e aplaudiram os noivos até que eles não tiveram mais escolha a não ser parar de se beijar.

Enquanto o casal caminhava devagar em meio aos convidados, indo em direção à casa, onde a festa tinha sido montada, Joe viu sua chance surgir. Ele pegou uma taça de champanhe que estava em uma bandeja e seguiu abrindo caminho até chegar a Nikki. Então, ofereceu a bebida à mulher e falou:

— Você está muito bonita hoje.

— Obrigada — disse ela, aceitando a taça.

— Espero que as pessoas dancem nesta festa — reclamou ele. — Caso contrário, como vou conseguir envolver você em meus braços?

— Você está dando em cima de mim? — perguntou ela.

— Estou. Acho que é culpa do vestido.

Ela riu.

— É um vestido incrível — continuou ele.

— Não sabia que você se interessava por moda.

Ele balançou a cabeça, negando.

— Não me interessava, até hoje. — Joe estendeu a mão, para conduzi--la. — Deixe-me levá-la para uma festa.


Pouco depois de a comida ser servida, Walt percebeu que tinha perdido Shelby de vista. Ele procurou pela sobrinha na casa, no jardim e, enfim, em um impulso, foi até o estábulo. Lá estava ela, toda bem-vestida e elegante, fazendo carinho no pescoço de Pura. Ela olhou para o tio por cima do ombro e sorriu.

— Tem alguns anos que eu não via esta garota.

Ele deu um passo na direção da sobrinha.

— Parece que ela se lembra de você.

— Não sei se lembra mesmo, mas Liberdade continua o egocêntrico de sempre. E com certeza eu adorei esse rapaz novo, Chico. Mal posso esperar para voltar a montar em um cavalo.

— Você sabe onde eles estão — disse o general. — Venha nos visitar quando puder. Venha cavalgar. Aproveitar o verão junto ao rio. É maravilhoso.

— Tudo aqui neste lugar é maravilhoso, tio Walt. Supera todas as fotos que você me mostrou.

— Eu sou um homem de sorte.

Ela se virou e se encostou na baia. Pura enfiou o nariz no cabelo da jovem, o que a fez rir.

— Você vai ter um quarto sobrando quando Tom for para o treinamento e para West Point — observou ela. — Eu vou ter que ocupar esse espaço durante os fins de semana.

— Eu adoraria que você fizesse isso, querida.

— Vanni disse que Paul está construindo uma casa para eles. As obras já vão começar... Eles querem se mudar até o Natal, mesmo que ainda tenha muito trabalho a ser feito.

— Acredito que esse seja o plano dele, sim. — Walt deu uma risadinha. — Acho que Paul está ansioso para tirar a esposa dele de debaixo do meu teto.

Shelby deu um passo na direção do tio.

— Eu não sei bem o que vou fazer agora. Provavelmente vou voltar para a faculdade, mas já é tarde demais para que eu consiga entrar no próximo semestre. Além disso, preciso de um pouco mais de tempo para me desestressar. Para pensar que direção eu quero tomar.

— Felizmente, você tem muito tempo pela frente.

— Um tempo que eu gostaria de passar aqui...

Os olhos de Walt se arregalaram de incredulidade. Cheio de esperança na voz, ele perguntou:

— O que você quer dizer com isso, querida?

— Você vai ficar muito sozinho sem o Tom por aqui. Eu posso ajudar com os cavalos.

Ele estendeu o braço e fez um carinho no cabelo brilhante da jovem.

— E quanto a Bodega Bay? — perguntou ele com delicadeza.

— Eu decidi me desapegar — explicou ela. — Vou cuidar para que o trabalho na casa seja finalizado, mas já conversei com um corretor. Vou vender a casa, tio Walt. Quero seguir em frente. Acredito que não demore mais que alguns meses para achar um comprador. É um bom imóvel.

— Tem certeza de que não quer só alugar a casa por uns tempos? Manter a propriedade, caso decida que é lá o seu lugar? Aquele foi seu lar a sua vida inteira…

— Eu sei. Mas é hora de ter uma vida nova, não concorda? — Ela sorriu. — Enquanto eu estou pensando onde essa vida nova vai ser, eu gostaria de ficar aqui com vocês, com a minha família. Se estiver tudo bem por você.

— Shelby, nada me faria mais feliz. Querida, eu nem sequer ousei ter esperança de que você fosse querer vir para cá, para passar uma temporada.

— Eu espero que você ainda se sinta assim quando eu estiver no seu pé por um tempo. Vou embora amanhã cedo, tio Walt. Fazer algumas compras no caminho de volta a Bodega Bay. Há muitos anos que eu não me preocupo com coisas tipo roupas novas. — As lágrimas brotaram em seus olhos. — Tem ideia de como minha mãe ficaria feliz com isso?

Walt puxou a sobrinha para abraçá-la.

— Shelby, querida, tenho muitas coisas das quais me orgulhar, mas acho que ninguém nunca me deixou mais orgulhoso do que você. Minha sobrinha amada, você é uma mulher incrível.

Joe tentou ficar de olho em Nikki ao longo da festa, muito embora ela tenha passado uma boa parte do tempo se misturando entre os convidados. Quando parecia que ela não estava engajada em nenhuma conversa, ele dava um jeito de se aproximar, de perguntar se ela estava se divertindo, quanto tempo ficaria em Virgin River, quando teria de voltar a trabalhar — qualquer coisa que prendesse a atenção da moça, que mantivesse uma conversa. Ao que tudo indicava, ele não tinha perdido o jeito; ela parecia estar gostando do flerte.

Ele se perguntou que diabos estava acontecendo com ele — Nikki não era o tipo de mulher que costumava atraí-lo. Não, ele gostava de loiras com pernas compridas, e ela era pequena e com um longo e sedoso cabelo preto. A cintura dela era tão estreita que ele pensou que talvez conseguisse fazer os dedos de suas mãos se encontrarem ao envolvê-la. Aquela boca rosa tinha o mesmo tom do vestido. Os tornozelos eram finos. Panturrilhas magras, porém, firmes; um pezinho com dedinhos rosados. Quando foi que ele começou a ligar para tornozelos e dedos do pé? Ele a observou rir, vendo como ela inclinava a cabeça para trás, um gesto que provocava pequenas ondas em sua cortina de cabelo.

Joe estava um pouco confuso. Quando ele sentia esse tipo de atração física, não conseguia tirar os olhos da bunda, dos seios ou das coxas da mulher. Isso, então, era completamente novo para ele — o jeito como ela ria, seus pezinhos. Aquilo era uma loucura. Parecia um adolescente apaixonado.

Ele ficou de olho, esperando por uma oportunidade para levá-la para fora da casa, sob a luz das estrelas, quem sabe roubar um beijo ou algo do tipo, ao mesmo tempo que se perguntava por que estava se dando ao trabalho. Logo de manhã ele iria para Grants Pass e ela partiria para São Francisco. Mesmo assim, observava cada movimento dela. Quando Joe a viu seguir pelo corredor e esgueirar para dentro do quarto em que estava hospedada, ele desistiu brevemente da vigília e foi até o bar para pegar uma bebida.

Ainda era cedo quando alguns convidados começaram a ir embora e ele precisou se despedir de alguns amigos.

— Eu vou abrir o bar para os rapazes que vão ficar em Virgin River — disse Preacher a ele.

— Obrigado, mas vou dormir no trailer aqui em frente e amanhã bem cedinho vou embora. Tenho alguns assuntos de trabalho para terminar antes de segunda — explicou Joe.

Os fuzileiros começaram a ir embora, voltando para a cidade, talvez pensando em uma partidinha de pôquer. A família de Paul — os pais, irmãos e suas respectivas esposas — iriam de carro até Fortuna, onde passariam a noite antes de voltar para Oregon pela manhã. Vanni e Paul passariam a noite de núpcias bem ali, assim conseguiriam ficar o máximo de tempo possível com Tom antes de o jovem partir.

*Não tenho mais chances com Nikki*, constatou Joe. Os convidados estavam começando a esvaziar a casa, a noite estava escura, a não ser por um fiapo de lua e um bilhão de estrelas, e a garota que ele tinha seguido a noite inteira não estava ali. Ele olhou ao redor no salão, na cozinha e, então, encarando uma possível rejeição, seguiu pelo corredor até chegar ao quarto dela. Ele bateu de leve à porta, mas ninguém respondeu. Aquele não era um gesto cavalheiresco, mas ele abriu a porta, pois precisava encontrá-la. Nikki não estava ali. Como foi que ela passou por ele? Não havia ninguém no banheiro do corredor; a porta estava aberta. Joe precisava, pelo menos, conseguir o telefone dela. Ele pressentiu uma viagem para Bay Area.

— Você viu Nikki? — perguntou à Vanessa.

— Não. Eu achei que ela tivesse ido dormir.

— De repente ela foi — mentiu ele. — Eu só queria dar boa-noite a ela... Amanhã eu provavelmente vou embora bem cedinho.

Que droga, ele não estava preparado para desistir daquela mulher. Já fazia tempo que ele não se sentia atraído daquela maneira por alguém, mas Nikki parecia tê-lo fisgado de jeito. Ele não tinha muita certeza do porquê, mas era uma atração forte.

A festa tinha se reduzido a umas poucas pessoas — Rick e Tom com suas namoradas, a noiva e o noivo, o general, Mike e Brie e Shelby. A equipe do bufê guardava as coisas e limpava a cozinha. Joe foi para fora, no deque que agora estava escuro. Tirou um charuto, cortou a ponta, acendeu um palito de fósforo no sapato — e a chama iluminou Nikki. Ela estava de pé na outra extremidade do deque, fora do alcance da vista, fora da luz que irradiava de dentro da casa, de costas para ele.

Ele começou a ficar animado por tê-la encontrado, sentindo uma palpitação insana no peito. O fósforo queimou até chegar a seus dedos e ele sacodiu o palito resmungando um xingamento. Então, respirou fundo e caminhou até se aproximar dela.

— As estrelas de novo? — perguntou ele, baixinho.

— Tipo isso — respondeu ela, com a voz chorosa.

Ele guardou o charuto dentro do bolso da camisa e, com gentileza, segurou o braço dela.

— Qual o problema? — sussurrou ele.

— Nada. Estou bem — desconversou Nikki.

Então, deu uma fungada.

— Nada? Está bem, a não ser por esse choro, né? — Joe deu um apertão delicado nos braços dela. — Não chore. Eu não consigo lidar com uma mulher chorando. Fico arrasado.

— Volte lá para dentro — murmurou ela. — Vá.

— Não posso — disse ele, se inclinando um pouco na direção dela, inspirando seu aroma. — Eu estou meio que preso aqui agora.

— Apenas vá, certo? Isso é meio constrangedor.

Joe a virou devagar. Ele olhou para baixo, para dentro daqueles olhos escuros, líquidos, com rastros de lágrimas em cada um deles.

— Toda essa porcaria de casamento, né?

— Eu não quero que Vanni pense que não estou feliz por ela.

— Ela não pensaria isso. Ela entenderia.

— Alguém contou para você.

— Eu perguntei a Paul por que uma mulher tão bonita quanto você parecia triste. Ele disse que você teve um término difícil. Eu não conheço os detalhes, mas sinto muito que isso tenha acontecido. Ele é completamente insano, esse cara que te deixou.

Joe pressionou os lábios em um dos rastros de lágrimas, depois em outro, na outra bochecha.

— O que você está fazendo?

— A única coisa em que consigo pensar é em beijar suas lágrimas para tirá-las do seu rosto. Eu não quero que você chore mais, mas, se você chorar, posso cuidar disso.

— Você não deveria. Nós nem nos conhecemos direito.

— Sabe, eu passei o dia todo pensando… que nós deveríamos nos conhecer melhor. — Ele colocou as mãos na cintura dela. — Eu passei o dia todo me perguntando isso — confessou ele. — Se consigo dar a volta na sua cintura com as minhas mãos. — Ele levou os lábios até os dela, mal os tocando. — Acho que tinha uma lágrima bem pequena aqui — sussurrou ele.

— Não tinha.

— Tinha, sim — insistiu ele. E pousou os lábios ali de novo. Mal tocando a boca de Nikki. E, então, ele passou a língua no lábio superior dela. — Uma lágrima — repetiu ele. — Tenho certeza.

Os olhos dela se fecharam e outra lágrima caiu e rolou bochecha abaixo. Ele não perdeu tempo, e a beijou também. Ele precisou dar muitos beijos delicados.

— Ninguém deveria fazer você chorar assim. Me diga quem ele é que eu mato esse homem para você.

— Eu perdi tanto tempo com ele — admitiu ela, dando um soluço emocionado.

Ele a beijou nos olhos.

— Ele é um babaca — afirmou ele. — Pior. Ele é um babaca estúpido.

Ela respondeu com uma risadinha que também parecia um choramingo.

Joe a puxou para mais perto de si, abraçando-a, e baixou a cabeça para beijar seu pescoço.

— Não tem lágrimas aí — disse ela, em um sussurro.

— Agora eu sei disso — respondeu ele. — Você tem alguma ideia do quanto seu cheiro é bom?

— Claro que tenho. Eu escolhi esse cheiro — disse Nikki. As mãos dela estavam nos braços dele. Não o abraçava, mas também não tentava afastá-lo. — Você faz muito isso?

— Eu *nunca* fiz isso antes — disse ele.

— Você é um tremendo mentiroso — rebateu ela, baixinho. — Aposto que é um pegador.

Ele levantou a cabeça.

— Eu tento — admitiu. — Mas nem sempre consigo ser. E juro que nunca encontrei uma mulher tão linda chorando por causa de um babaca e a beijei até as lágrimas dela secarem. Nunca. Mas acho que gostei disso. E estou me aperfeiçoando.

— Não está nada mal — comentou ela, dando um suspiro, repousando a cabeça no ombro dele. — Para um amador.

Ele deu uma risadinha.

— Nikki, você é linda e sexy. E engraçada. Não deveria ser maltratada. Ninguém deveria fazer você chorar. Nunca.

— Pode acreditar em mim: eu quero que você esteja certo.

— Ah, mas estou. — Ele tocou os lábios dela de novo, com um pouco mais de firmeza. E o beijo que pousou ali foi dado com movimentos carinhosos. — Acho que você está começando a se sentir um pouco melhor.

— Ainda não — disse ela, seus olhos se fechando ao mesmo tempo que ela se inclinava para receber o beijo dele mais uma vez.

Alguma coisa aconteceu dentro da cabeça de Joe, dentro do peito dele. Havia, ao mesmo tempo, uma leveza e uma sensação de completude. Ele abriu os lábios enquanto a beijava, provando o gosto delicioso da boca de Nikki. Na verdade, o gosto daquela mulher era ainda melhor do que o aroma que ela exalava, e ele estava caindo cada vez mais fundo. *Uau*, pensou ele. *Eu quero essa menina, essa mulher. Eu quero a madrinha da noiva.* Ela abriu os lábios para Joe e permitiu que a língua dele entrasse, o que provocou um gemido entusiasmado e cheio de desejo no homem. Ele a envolveu mais firme, sondando o interior daquela boca. Ele não a deixaria ir embora de jeito nenhum, não agora, que ela estava, enfim, em seus braços. Ela lançou os braços ao redor do pescoço dele, entregando--se ao beijo, dando pequenos gemidos que não tinham qualquer relação com um choro. Ele se pegou pensando: *Paul vai me matar. Eu estou tendo pensamentos impuros sobre a madrinha de casamento dele, quero muito tirar esse vestidinho rosa. Paul vai me matar.*

*Mas eu vou morrer feliz*, completou ele.

Joe se afastou dela só um pouquinho, murmurando sobre aqueles lábios:

— É disso que você precisava: ser beijada.

— Provavelmente — sussurrou ela.

— Precisamos, então, ter certeza disso — disse ele, retomando a boca de Nikki.

E, de novo, as línguas brincaram uma com a outra, seus lábios se moveram. Ele foi descendo a mão pelo cabelo da mulher e descobriu que ele era tão macio quanto parecia; pura seda. A coisa mais macia que ele jamais tocara. Ele agarrou uma parte desse cabelo, apertando-o contra a nuca dela.

— Meu Deus — murmurou ele, maravilhado com a textura. — Meu Deus.

— Nós mal nos conhecemos — repetiu ela, mas dessa vez falou enquanto os lábios ainda estavam pressionados nos dele.

— Pois é... mas esse é um problema de curto prazo. Nós vamos nos conhecer muito melhor.

Como se fosse a resposta a uma oração, ela avançou com voracidade sobre os lábios de Joe, enfiando aquela pequena língua dentro da boca dele, gemendo baixinho enquanto fazia isso. Ele desceu a mão até o arco das costas de Nikki e a puxou para mais perto. Ele devorou aqueles lábios durante um, dois minutos inteiros. Três. A luz que vinha da sala da casa se apagou, deixando o deque muito mais escuro, e ele se embriagou do gosto daquela mulher, da sensação daquele corpinho colado ao seu. A mão de Joe, agindo por vontade própria, roçou um dos seios de Nikki e, salvo engano, ela o beijou com mais intensidade, mais profundidade. Ele conseguia sentir um mamilo ereto sob a seda, então passou o polegar ali, provocando um suspiro. Ela não afastou a mão dele, e Joe se permitiu descer os lábios até o pescoço dela.

— É. Acho que você está começando a se sentir melhor.

— Talvez. Só um pouquinho.

Ele não conseguia mais se segurar, estava excitado. Com uma ereção. Droga. Isso ia deixá-lo em uma posição complicada, porque esse tipo de reação sempre dificultava muito quando o assunto era pensar com clareza. Era um verdadeiro desafio manter a sensatez. A lógica. A ideia de que Paul o mataria por fazer amor com a madrinha de casamento dele se esvaíra da mente de Joe e fora substituída por pensamentos obsessivos sobre qual seria a sensação de colocar a boca naquele mamilo. Ele baixou a cabeça, então, para experimentar. E estava absolutamente certo: a sensação era perfeita. Mesmo por cima do vestido.

— Talvez a gente deva diminuir o ritmo — disse ela, num sussurro.

— Como você quiser — respondeu ele, mas, para sua total angústia, ele não se sentia capaz de levantar a cabeça dali. Ele estava ocupado em dar beijinhos no seio, no pescoço, no ombro de Nikki. Ele correu a mão pelas costas, sobre o bunda dela, descendo pela coxa. Por acaso, ele descobriu aquela fenda na lateral do vestido dela e logo sua mão deslizou para dentro do tecido. — Ai, meu Deus, Nikki. Eu sou um homem morto.

— Você não está indo tão mal assim para um cadáver — retrucou ela.

— Nikki, você está sem calcinha, e eu sou um homem morto, mortinho da silva.

— Então tire a mão daí — aconselhou ela, sem fôlego.

— Eu. Não. Consigo.

Joe voltou a colocar seus lábios sobre os dela e eles deram um beijo longo, profundo e molhado, que durou pelo menos dois minutos. Mas, com certo orgulho, ele tinha conseguido, de algum modo, evitar que sua mão fosse além daquela nádega nua. Uma mão grande naquela curva pequena, redonda e perfeita. E Joe evocou a imagem mental de umas gotas de Superbonder segurando-o ali, porque, se descesse um pouco mais a mão, todo o sangue do seu cérebro seria drenado e ele desmaiaria. E, então, chegou à zona de perigo. Ela pressionou o corpo contra o dele, se esfregando ali. Ela girou os quadris e gemeu baixinho. Ela sabia que ele estava ereto e prestes a explodir. Ela sabia que ele sabia que ela sabia. Ele levantou a cabeça.

— Nikki. Vamos — disse ele.

— Ai, meu Deus — respondeu ela. — Não deveríamos.

— Vamos fazer amor.

— Que cafona: uma madrinha de casamento fazer sexo com um fuzileiro no deque da casa!

Ele não conseguiu conter uma risadinha.

— Eu vou levar você para outro lugar.

— À essa altura, vou ter recobrado o juízo — argumentou ela.

— Não é muito longe daqui. Trago o meu quarto comigo quando viajo.

— Uau, isso é que é estar preparado...

Ele a beijou de novo. Foram beijos ardentes e intensos, que duraram uma eternidade.

— Não é exatamente meu. Paul me emprestou. Não existem quartos para alugar por aqui...

— Aquele trailer engraçadinho? — perguntou ela.

— A porta tem tranca — argumentou ele, ainda com os lábios sobre os dela. — É muito confortável.

— Escuta — começou ela, empurrando-o só um pouquinho. — Eu nunca... quero dizer, não sou uma santa, mas nunca fiz uma coisa dessas antes. Isso de sexo casual. Nunca.

— Mas acho que não é esse o caso — disse ele.

— Não? — disse ela, avançando nos lábios dele outra vez.

Ele achava que nem valia a pena dizer uma coisa que mais parecia uma fala ensaiada, muito embora fosse a pura verdade. Joe sentiu alguma coisa. E vinha sentindo desde o instante em que viu Nikki no bar com

Vanni, havia algum tempo, e sentiu de novo na segunda vez em que a viu, e esse sentimento estava ali ao longo de todo o dia, embora não fizesse a menor ideia do que fosse. Mas com certeza não parecia que apenas um dia curaria aquilo.

— É só a primeira noite — disse ele, enfim.

— Me convença — implorou ela.

— Não. De jeito nenhum — respondeu ele, se afastando um pouco. — A decisão é sua. Se você me quiser, eu vou fazer amor com você. Se você não me quiser, posso sair de perto agora mesmo. — Ele a beijou de novo. — Não vai ser fácil, mas eu me afasto de você.

— Mas o que as pessoas vão pensar…

— Shhh, as pessoas não precisam ficar sabendo, se você não quiser contar para elas. Isso… só diz respeito a nós dois. Só importa o que você pensa, o que você quer. Não faça nada que não queira. — Um som ridículo e grave saiu de sua garganta. — A propósito, esse foi um conselho muito difícil de dar.

Em resposta, ela o beijou profundamente, pressionando o corpo contra o dele, e ele simplesmente se sentiu mais fraco. Ou, talvez, ele tenha se sentido mais forte, porque estava cada vez mais convicto de que precisava ter aquela mulher perto dele, em seus braços, em sua vida. Havia algum tipo horroroso de maldição naquele lugar que transformava homens solteiros legais, respeitosos e convictos em homens desesperados que tropeçavam em mulheres lindas e começavam, na mesma hora, a pensar que a vida não poderia continuar se eles não as tivessem por perto para sempre. Os dois nem tinham tido nenhuma intimidade e ele já não conseguia pensar em deixá-la ir embora. Joe tentou se convencer de que aquele sentimento, aquela compulsão já teria amainado pela manhã, mas ele não conseguia se lembrar de sentir tanto desejo assim por mais ninguém. Era como se estivesse drogado. Como se tivesse ficado hipnotizado, totalmente fora de si por aquela única pessoa.

Ela se afastou.

— Eu quero — afirmou Nikki.

— Tem certeza?

— Tenho. — E deu um suspiro entrecortado. — Tenho certeza, sim.

Joe sorriu para Nikki, tomou a mão dela na sua e eles desceram os degraus até o quintal e deram a volta na casa, parando por todo o caminho para se abraçarem, se beijarem e trocarem carícias. E, então, ele abriu a porta daquele trailer engraçadinho.

Foi um pouco esquisito no começo, entrar naquele trailer pequenininho, porque Joe estava colocando o lugar abaixo em busca de uma camisinha. Nikki perguntou se ele não tinha nenhuma. Ele lhe disse que nunca imaginou que uma coisa daquelas pudesse acontecer enquanto ele estivesse em Virgin River.

— Geralmente, a gente só caça. Joga pôquer. Bebe um pouco além da conta. — E, então, ele achou uma caixa de camisinhas na gaveta embaixo do micro-ondas e disse: — Ah! Que Deus abençoe o Paul!

Depois de fazer essa descoberta, o constrangimento foi passando à medida que os dois entraram em um jogo de sedução. Não havia qualquer coisa sob aquele vestido rosa, a não ser Nikki, e ela era lindíssima — pequena, firme, bonita e sexy. Apesar de estar tão excitado e cheio de desejo a ponto de temer passar vergonha, Joe conseguiu estudar o corpo dela e fazer amor de um jeito longo, devagar e delicioso. Um ato de amor que ele teve certeza de que foi tão satisfatório para ela quanto para ele.

A seguir, os dois se deitaram, um nos braços do outro, e conversaram um pouquinho.

— Não fale nada sobre ele, não quero saber. Mas me conte mais sobre você. De onde você veio, o que gosta de fazer, como quer passar o resto da sua vida.

Ele descobriu que Nikki tinha crescido na cidade, frequentado escolas particulares, decepcionado os pais ao escolher voar como comissária de bordo em vez de se tornar uma neurocirurgiã, astronauta ou qualquer outra coisa do tipo. Ela gostava de viajar, andar a cavalo e ler. Era boa na cozinha. Seu sonho era ter uma família, e tinha sido por isso que ela terminara com o tal cara, pois ele deixou bem claro que era completamente contrário à ideia. Ela nem imaginara que acabaria daquele jeito.

— Opa — disse ela. — Acho que acabei falando sobre ele.

— Tudo bem — perdoou ele. — Vamos deixar esse homem de lado agora.

E os dois fizeram amor mais uma vez.

Havia alguma coisa ali que superava o sexo. Ele conseguia movê-la para onde quisesse, pois ela era bem leve, e ao fazer isso ele se esquecia do quanto estava sedento por experimentá-la. A única coisa que importava era o prazer daquela mulher, era tudo que ele tinha. Empenhar-se para satisfazê-la, deixá-la louca de desejo a ponto de ela implorar. Estocadas longas, demoradas e profundas, que faziam com que Nikki suspirasse e gemesse. E, quando ela mostrava a Joe que tinha chegado a hora, espasmos profundos e intensos faziam-na arfar e apertá-lo bem forte contra o corpo. Quando o orgasmo dela vinha, ele se sentia orgulhoso, como se tivesse cuidado bem dela. Talvez fosse pelo jeito como Nikki respondia a ele, o modo como ela se deixava levar, o alívio que a deixava ofegante. Se dependesse dele, aquilo continuaria para sempre, e ela jamais ficaria decepcionada enquanto estivesse nos braços dele, na vida dele.

Joe, porém, não tinha se preparado para a maneira como ela se mostraria amorosa e sensual, agindo como se o prazer dele também fosse a coisa mais importante. Sem querer simplesmente se deitar e receber carícias sexuais, ela pousou os lábios em cada centímetro do corpo dele; ela o empurrou de novo para cima daquela cama tão pequena e o torturou tão maravilhosamente que ele quase chorou. Nikki era uma mulher capaz de devolver o prazer na mesma proporção que o tomara, e isso o encheu de uma emoção tão forte, uma que ele tinha certeza de que jamais sentira antes.

E, novamente, eles conversaram — dessa vez sobre Joe e sua cidadezinha ao norte, sobre as casas que ele desenhou, o Corpo de Fuzileiros e os amigos que ele tinha feito por lá e que seriam para o resto da vida. Ele contou sobre tudo o que vivera em Virgin River, inclusive a primeira vez que Jack chamou os rapazes para ajudar a livrar a floresta de homens perigosos e a vez em que ele veio ajudar Paul a enterrar seu melhor amigo.

Depois, houve mais uma sessão de amor. Profundamente satisfatória, maravilhosa e fenomenal. Sinceramente, Joe não sabia se ele, de repente, tinha melhorado na arte de fazer amor e não reparara, ou se aquela mulher era simplesmente tão incrível que fazia com que ele parecesse um ótimo amante. Ela respondia tão bem a ele, era tão doce. Mas não importava saber o que havia acontecido — ele se sentia muitíssimo grato por cada orgasmo que ela atingia, e ainda mais grato por ele poder lhe dar mais do que estava recebendo.

— Nikki — sussurrou ele. — Acho que o dia mais sortudo da minha vida foi aquele em que encontrei você.

Então, eles conversaram sobre outros relacionamentos que tiveram. Não sobre aquele que estava provocando lágrimas em Nikki, porque Joe não queria que ela chorasse mais. Desde que eles entraram naquele trailer pequeno e pitoresco, nenhuma lágrima havia sido derramada. Risadas baixinhas, sussurros, suspiros profundos, sim, mas nada de lágrimas. Eles conversaram sobre relacionamentos passados que não deram certo, começando com o casamento que durou um ano quando Joe tinha 25 anos.

— *Ela* deixou *você*? — perguntou Nikki, chocada.

— Deixou — disse ele. — Isso acabou comigo.

Joe contou a Nikki que sempre esteve de certo modo preparado para se casar e constituir uma família, graças ao casamento duradouro dos pais e dos irmãos, que tinham sido bem-sucedidos. E talvez tivesse ficado traumatizado, já que não tinha se apaixonado de novo após o divórcio. Ele se surpreendeu ao se descobrir velho e ainda solteiro; achou que estaria casado e que teria dois filhos. Mas quando viu alguns de seus amigos encontrando o amor já tarde, renovou as esperanças de que um dia, quem sabe, aquilo não estivesse longe do campo de possibilidades de sua vida.

Nikki, por sua vez, tinha tido um ou dois relacionamentos que fracassaram antes de ficar com o homem que a fizera chorar. Ela saiu durante um tempo com um comandante da empresa aérea antes de descobrir que, na verdade, ele era casado. E, para seu grande constrangimento, ela continuou com ele por mais um tempo depois de ter descoberto tudo.

— Eu não sei no que estava pensando — disse ela, embora fosse bastante jovem naquela época. — Eu me arrependo daquilo, você nem imagina o quanto. Desde então, ele tem saído com algumas mulheres solteiras, mas continua casado.

Eles tiveram muitas conversas íntimas e fizeram muito amor, que sempre foi maravilhoso, cheio de ternura e vigor. O sol estava começando a nascer por trás das montanhas quando Joe dormiu abraçado a Nikki. E, quando o sol já estava bem alto no céu, ele escutou o som de um motor sendo ligado e se levantou em um salto, encontrando a cama vazia a seu lado. Joe não conseguia acreditar que ela tinha escapulido sem se despedir dele. Depois, pensou que ela poderia ter escapado para dentro da casa, para o quarto onde estava hospedada, para não expor sua privacidade a seus anfitriões.

Ele se vestiu, fez a barba, passou um pente no cabelo e torceu para encontrá-la junto ao bule de café na cozinha do general. Joe precisava vê-la mais uma vez para planejar o próximo encontro, para pedir o telefone dela, conversar com ela, descobrir quando ela permitiria que ele lhe fizesse uma visita na Bay Area. Ele já estava sentindo saudade do som da voz de Nikki. Do perfume de sua pele.

Quando ele entrou na casa, encontrou Vanni na cozinha e o bebê em sua cadeirinha de balanço acomodada em cima da mesa.

— Bom dia — disse ele, indo até o bule de café. Ao voltar para a mesa e se sentar, ele encontrou o olhar de Vanni. — O que foi? — perguntou ele, perplexo.

— Eu não acredito que você fez isso — disse ela.

— Fiz o quê? — perguntou ele.

— A minha melhor amiga. Você sabia que ela estava passando por um momento difícil.

Ele olhou ao redor, um pouco desesperado.

— Vanni, o quê? Cadê a Nikki?

— Foi embora — respondeu ela com um tom de voz que não demonstrava qualquer emoção.

— Embora? — perguntou ele, se levantando da cadeira. — *Embora*?

— Isso — confirmou ela. — No que você estava pensando?

Ele deu a ela uma risadinha, sem achar qualquer graça na situação.

— Eu estava pensando que tinha encontrado a mulher dos meus sonhos — respondeu ele. — Ela foi *embora*?

— Chorando — completou Vanni, com tanta seriedade que sua boca era uma linha austera.

— Chorando? Vanni, eu *não* fiz Nikki chorar!

— Você não transou com ela a noite toda naquele motor home ali fora? — perguntou ela, agora com um tom de raiva na voz.

Oh-oh. Não dava para conversar sobre essas coisas, principalmente quando o sexo significou alguma coisa.

— Vanni, juro que não fiz nada para machucá-la.

— Você não a encontrou ali no deque, chorando, depois a beijou e a seduziu e a levou para aquele trailer?

— Bom... Sim... Isso eu fiz...

Mas Joe estava pensando: qual é o crime nisso? Porque, ao longo de toda a noite, a única coisa que ele tinha tentado fazer fora mostrar que ela poderia ser amada. E isso era maravilhoso; *Nikki* era maravilhosa, espontânea, animada. E ela definitivamente tinha ficado satisfeita. E *feliz*. Ele a escutou suspirar, ele a escutou rir. Não houve qualquer tipo de choro.

— Você não pensou que, depois de ela ter ficado magoada como estava, essa provavelmente não era uma boa ideia?

Joe ficou com um pouco de raiva. Apoiou as mãos em cima da mesa, se aproximou um pouco do rosto de Vanessa e disse:

— Não, achei que fosse uma ideia maravilhosa, e ela também achou. Eu quis ser bom para ela, e fui. Eu tratei Nikki com total respeito, e ela consentiu cem por cento. Agora, me dá o telefone dela. Tenho que conversar com ela o quanto antes.

— Ela disse que de jeito nenhum.

— O quê? Não, preciso falar com ela. Vanni, isso não tem graça.

— Não, não tem mesmo. Eu só não sei o que passou pela sua cabeça.

— Espera aí, eu não a convenci de nada! Eu fui um perfeito cavalheiro, juro por Deus!

— Você não sabe nada sobre as mulheres? — perguntou ela.

— Pelo visto, não! — respondeu ele, irritado.

— Ela acabou de passar cinco anos com um cara que não assumiu o relacionamento. O que você imagina que ela acha que você vai fazer depois de uma noite?

— Ela pode me dar a porcaria de uma chance!

A boca de Vanni se transformou em uma linha reta e firme.

— Ela disse que de jeito nenhum.

— Ah, pelo amor de Deus. Vanni, isso é cruel e inesperado. Escuta, sinto alguma coisa por ela. De verdade.

— Depois de uma noite? — perguntou Vanessa, com um tom de superioridade.

— Desde *antes* dessa noite — respondeu ele. — Você pode pedir para ela me ligar? Por favor?

— Você conhecia a Nikki há quanto tempo? Dez minutos?

— Merda — disse ele. — Tá bom, foi rápido. Tudo bem? Eu admito. Mas, quando nós passamos a noite juntos, parecia...

Parecia que eles se conheciam havia muitos anos! Jesus, a voz de Joe estava trêmula. Ele estava ficando louco. Ele deveria estar falando: "Beleza, se é assim que ela quer, ótimo". Mas em sua cabeça, em seu coração, em sua alma, ele estava se sentindo desesperado. Determinado. Não deixaria essa mulher escapar.

O bom senso de Joe disse para ele desistir. Nikki, aparentemente, era doida. Uma noite inteira de sexo magnífico, conversa íntima, uma coisa profunda e significativa acontecendo entre eles, e ela cai fora? Assim? Nunca mais querendo saber dele? *Desista. Deixe isso para lá. Esqueça. Ela provavelmente é louca.* Joe tinha se relacionado com uma ou duas mulheres loucas durante um tempo curto, porém excruciante, e ele não queria mais uma.

No entanto, em vez disso, ele falou:

— Vanni, preciso falar com ela. Eu não vou fazer com ela o que aquele cara fez. Não vou fazer nenhuma promessa que eu não possa cumprir e nunca fiz ou falei qualquer coisa que não fosse cem por cento sincera.

— Rá — disse ela.

— Ah, caramba — respondeu ele. — Cadê o seu marido?

— Isso não vai ajudar você — argumentou ela. — Ele está avisado.

— Cadê ele?

Ela inclinou a cabeça na direção do estábulo.

Joe deixou o café em cima da mesa e foi correndo até o estábulo. O casamento e a festa não foram perfeitos? Ele não fazia ideia do que tinha dado errado. Aquele tinha sido o maior golpe de sorte da sua vida — aquela mulher linda, sexy, suave e doce que era Nikki tinha estado na festa. E ela tinha se aberto para ele de maneiras que o levaram a crer que a festa tinha sido um golpe de sorte para ela também. Na cabeça de Joe, tudo tinha dado certo, e podia muito bem levar a muitos dias, meses e anos de mais coisas boas. Ele sabia que precisava investir tempo no relacionamento antes de conseguir ter uma visão clara do futuro — já havia se machucado tanto quanto Nikki —, mas ninguém desaparecia assim quando as coisas estão dando *certo*. E Joe mal podia esperar para investir tempo naquele relacionamento, nada além disso. Investir tempo com ela.

Ele encontrou Paul e Tom escovando os cavalos no estábulo. Ele parou um pouco antes de chegar e respirou fundo algumas vezes.

— Ei, rapazes — disse ele. — Tom, você se incomoda de me dar licença? Posso ter um minuto a sós com Paul? Eu posso assumir sua escovação, se quiser.

Tom olhou para ele bem sério, embora, talvez, seus olhos possam ter brilhado um pouquinho.

— Ouvi falar que você transou com a madrinha de casamento.

— Você sabe — disse Joe um tanto irritado. — Eu estava ocupado tentando manter as coisas privadas. Pensei que ela gostaria que eu fizesse isso.

Tommy sorriu.

— Eu lhe daria os parabéns, cara, mas acho que você estragou tudo.

— É o que tenho ouvido por aí. Mas se você estivesse lá…

— Safadinho — disse Tom. — Tem certeza de que não posso ficar? Você pode considerar isso como parte da minha educação.

— Cai fora — disse Paul.

— Estraga-prazeres — respondeu ele, passando a escova para Joe e saindo do estábulo.

— Você tem que me ajudar, cara — pediu Joe a Paul. — Eu não fiz nada com Nikki. Quero dizer, eu só fiz com ela o que ela… Ela *não* deveria ter ido embora chorando. Juro por Deus!

— É mesmo? Mas foi isso que aconteceu. Ela estava muito abalada. Vanni ficou preocupada de ela dirigir naquele estado… toda perturbada.

— Não, você precisa entender. Eu…

Joe parou. Não estava gostando do tom de desespero na própria voz. Ele não faria isso; ele não diria a Paul que ele a abraçou e fez amor com ela durante a noite toda e ele foi delicado e ela foi doce. Que eles também tinham sido um pouco selvagens, lindamente selvagens. Que seus corpos tinham se encaixado perfeitamente, assim como suas palavras. Que, além do sexo ainda mais quente do que ele poderia imaginar, eles também trocaram palavras carinhosas, suaves e amorosas demais para explicar. Joe não poderia contar isso para um *homem*. Estava além de sua capacidade.

— Paul, mas que porcaria, você precisa me ajudar com isso. Tenho que falar com ela.

— Ela disse que não quer saber de você.

— Eu preciso ouvir isso da boca dela. Jesus, nem sei o sobrenome dela.

Paul parou de escovar o cavalo e olhou para Joe por cima do lombo do cavalo.

— Se eu fosse você, não admitiria isso de novo. — Ele gemeu. — Jesus, Joe. Você transou com a madrinha do nosso casamento sem nem saber o *nome* dela?

Joe se descontrolou. Ele deixou a escova cair, agarrou Paul pela camisa e o bateu com força contra a parede do estábulo, o que provocou um grande ruído. Paul conseguiria ter acertado o amigo com facilidade se não estivesse completamente chocado.

— Eu não fiz isso — disse Joe, em um sussurro áspero e furioso. — Eu não *transei* com ninguém! Eu fiz amor de excelente qualidade com ela e ela fez amor comigo de um jeito incrível também, e foi quase bom demais para acreditar. Eu usei seis camisinhas suas e… — Ele parou. Soltou Paul e se afastou do amigo. — Isso não pode estar acontecendo comigo.

— Eu acho que você está um pouquinho fora do controle — observou Paul.

— Ah, qual é! Me ajude nessa!

— Sério, no seu lugar eu realmente não admitiria de novo que sequer sabe o sobrenome dela.

— Mas qual é o sobrenome, afinal, seu babaca?

— Jorgensen, mas não fui eu que contei para você, certo? Eu gostaria de fazer sexo de novo na minha vida.

— Sexo. Sexo. Tudo gira em torno disso.

Joe balançou a cabeça.

— Mas não é? — perguntou Paul.

— Só metade do tempo — disse Joe. — Paul, você pode me escutar por um segundo? Foi perfeito... o tipo de perfeição que não acontece sempre. Você está me ouvindo? Foi maravilhoso. Não foi só sexo, mas não me entenda mal...

— Você está indo pelo caminho errado de novo, amigo. As mulheres não querem saber que são maravilhosas na cama.

— Ah, agora você é um expert? Está casado há doze horas e já sabe tudo? — Ele deixou a cabeça tombar. — Eu preciso encontrar Nikki, cara. Ela tem duas chances... ela tem que me dizer duas vezes que isso não foi nada. Duas vezes. Aí eu vou embora quietinho. Não vou ficar atrás dela, não é o meu feitio. Mas, cara...

— Nossa. Você está mal — comentou Paul. — Ela pegou você de jeito.

— Só não venha me dizer que não sei do que estou falando, Paul. Logo você, de todas as pessoas.

Paul ficou quieto por um minuto.

— Infelizmente, eu te entendo.

— Me ajude nessa. Ela... Não me faça falar mais nada, por favor. É um assunto particular, certo? Me ajude.

— Bom, eu faria o seguinte: escreveria uma carta para ela — sugeriu Paul. — Vou pedir a Vanni para enviá-la. Mas não posso dar nenhuma garantia — acrescentou.

— Você é tão pau-mandado.

— Ah, é? E você é o que neste exato momento?

— Sou uma pessoa fora de si, isso é o que sou.

Paul levantou as sobrancelhas.

— Seis?

— Ah, não enche!

Antes de ir embora de Virgin River, Joe se sentou no motor home emprestado e escreveu uma carta em um bloco pautado de folhas amarelas. Uma carta em que cada palavra o deixava constrangido. Mas ele se forçou a continuar. Já tinha feito uns cinquenta rascunhos até chegar a uma versão que achasse passável, e mesmo assim considerava o resultado terrivelmente inadequado.

*Nikki,*

*Eu passei um ótimo fim de semana com você. Você foi embora cedo demais e partiu meu coração. Eu quero falar com você de novo, vê-la novo e, de acordo com Vanni, você não quer falar comigo. Não sei o que houve de errado. Da minha parte, tudo correu bem, e eu achei que da sua parte também tivesse ficado tudo bem. Sei que ainda está se recuperando de um término difícil, mas isso não parecia ter nada a ver com nós dois. Ligue para mim. Peça a Vanni para me dar o seu número para que possamos conversar. Espero que eu não tenha feito ou dito alguma coisa que tenha te machucado, tenha feito com que você se sentisse mal. Se eu fiz, pelo menos me dê uma chance de me desculpar. Nikki, este foi um dos melhores fins de semana da minha vida. Por favor, querida. Eu estou desesperado.*

*Com amor,*
*Joe*

Ele entregou a carta para Paul, porque ainda não confiava em Vanni. De todo modo, quando ele abraçou e beijou Vanessa para se despedir, disse:

— Acredite em mim. Eu não machuquei a sua amiga. Quero ter notícias de Nikki. Por favor, diga isso a ela.

— Eu vou dizer. Mas não sei se isso vai mudar alguma coisa.

— Só diga a ela. Por favor.

# Capítulo 16

No domingo de tarde, Tom já tinha empacotado tudo que era seu. Ele levou Brenda para dar um longo passeio a cavalo e ela se segurou muito bem. A jovem ficou para jantar com o general, Vanni e Paul. O pai levaria Tom para pegar o ônibus às cinco da manhã. Ele levou Brenda para casa por volta das oito da noite, mas não voltou até as quatro do dia seguinte. Ele encontrou o pai ainda acordado.

— Você não ficou na rua com Brenda até essa hora, ficou, filho?

— Não, pai. Nós estávamos na casa dela. Os pais de Brenda estavam em casa.

— Ela está bem?

— Sim, ela vai ficar bem. Você não passou a noite acordado, passou?

— Dormindo e acordando.

— Espero que não tenha ficado preocupado — disse Tom.

— De jeito nenhum, filho. Eu sabia que você ficaria com a sua namorada até o último minuto. Infelizmente para você, não dá tempo de dormir.

— Eu não quero dormir.

— Você vai querer. — Ele passou um dos braços sobre os ombros do filho, deu um abraço meio de lado nele e disse: — Eu também teria feito isso. Ela é uma garota maravilhosa.

— Ela é mesmo — concordou Tom, uma nota da tristeza transparecendo em sua voz.

— Vamos providenciar um café da manhã para você. Quem sabe um banho. Depois, partimos.

— Vanni e Paul vão acordar para isso?

— Ah, com certeza. Vamos lá, garoto.

Walt preparou ovos mexidos com bacon frito e o barulho na cozinha fez com que os outros moradores aparecessem. Uma hora depois, todos foram até a frente da casa para se despedir. Tom beijou a irmã e o pequeno Mattie. Enquanto o pai aguardava no carro, ele abraçou Paul.

— Cuide do meu pai, Paul — pediu Tom. — Ele gosta de fingir que isso não é nada demais. Só cuide para que ele lide bem com a minha partida.

— Pode deixar, vou cuidar dele — garantiu Paul. — Eu vou cuidar da sua família, garoto. Vai lá e acaba com eles no treinamento.

— Vou dar o meu melhor.

Rick passou o tempo com as quatro pessoas mais importantes de sua vida: a avó, Lydie, a namorada, Liz, Jack e Preacher. Liz passou dez dias em Virgin River enquanto ele estava de folga e, em algumas tardes, Jack o levou para pescar.

Ali com Jack, na beira do rio que dava nome a cidade, vendo as linhas de pesca traçarem um arco ao serem lançadas, Rick sentiu que sempre pertencera àquele lugar. Foi ali, no rio, que todas as conversas importantes ao longo de seu amadurecimento aconteceram, e sempre com Jack. Foi ali que ele e Jack tinham tido uma conversa importante sobre sexo, que de nada adiantou — Rick acabou engravidando a namorada. Aquela tinha sido uma época muito difícil. Mais tarde, enquanto Rick estava fazendo o seu melhor para apoiar Lizzie, como um homem faria, foi Jack quem o encorajou, quem o incentivou, quem tentou mantê-lo no caminho certo, para evitar um desastre ainda maior. E, depois que o bebê do jovem casal nasceu morto, Jack e Preacher lhe deram apoio, ajudaram-no a suportar a dor.

— Obrigado por tudo que você fez por mim, Jack — disse ele.

— Eu não fiz nada. As pessoas costumam vir para prestigiar os amigos.

— Eu não estava me referindo a esta semana, que, a propósito, tem sido maravilhosa. Estava falando dos últimos anos. Você foi como um pai para mim. Meio que sempre pensei em você como meu pai. Espero que não se importe com isso.

Jack sentiu o peito se apertar.

— Me importar? Pô, isso me encheria de orgulho, Rick. Se eu pudesse ter outro filho, escolheria você.

— Você tem que fazer uma coisa por mim, Jack. Se algo der errado lá...

— Rick. Nós não gostamos de falar assim...

— Jack! Nós sabemos como as coisas são. Agora me escuta. Se alguma coisa der errado, você vai cuidar para que a minha avó e Lizzie superem isso, ok?

Jack olhou para ele, para o perfil do rapaz, porque Rick estava olhando para a frente.

— Você sabe que não precisa nem pedir. Nós tomamos conta das famílias uns dos outros.

— Eu sei. E, Jack? Eu só não quero deixar de falar nenhuma coisa importante, então: eu te amo, cara. Você é o meu melhor amigo de toda a vida. Você me ajudou a crescer. Nada teria dado certo sem você.

Jack engoliu em seco. Quando falou, sua voz estava um pouco fraca.

— Ainda temos muitas pescarias pela frente, Rick. Estou contando com isso. — Ele colocou a mão no ombro do jovem. — Eu também te amo, filho.

Mas ele ficou pensando: *Se você não voltar, quem é que vai* me *dar apoio para superar a sua perda?*

— Eu quero contar para você uma coisa que fiz. Eu sei que só tenho 19 anos, e Liz, 17... nós dois ainda somos muito novos. Mas eu comprei para ela um colar com um diamante, bem grande até. E disse a ela que essa era a minha promessa, mas também disse que o colar não era para deixá-la presa a nada.

Jack ergueu uma sobrancelha.

— Um grande passo — comentou ele.

— Um meio passo, na verdade — respondeu Rick. — Diria que é um primeiro passo. Eu amo aquela garota, disso não tenho dúvida. Eu amo Lizzie desde que ela tinha 14 anos... Isso foi minha desgraça. Mas tivemos tantas complicações, momentos tão dolorosos. Se existir um cara melhor para ela, eu não quero que ela fique presa a mim. Mas se não tiver ninguém melhor...

— Então o quê, Rick?

— Eu estou a deixando louca, falando com ela sobre a escola o tempo todo. Ela precisa terminar o ensino médio... só falta mais um ano. E eu realmente gostaria que ela fosse para uma faculdade pequena... eu pedi para que ela pelo menos tentasse. Quando eu terminar esse trabalho, vou para a faculdade. Eu não estou dizendo que vou desistir do Corpo de Fuzileiros, isso ainda não sei, mas vou para a faculdade. Se as coisas derem certo para nós, se nos casarmos, quero que sejamos um casal inteligente, com educação. Eu quero muito ter uma família... provavelmente por causa do bebê que nós perdemos, entende?

— Acredito que isso pode provocar um desejo bem forte, sim — concordou Jack.

— Bom, se eu tiver a chance de ter outro filho, gostaria que nós dois tivéssemos os recursos para ganhar um salário decente e dar uma boa educação à criança. — Rick se virou e sorriu para Jack. — Eu acho que esse tipo de conversa chamou a atenção dela... Ela garantiu que tentaria tirar boas notas na escola neste último ano e que iria, pelo menos, para uma faculdade pequena. — Ele ficou sério. — Ela disse que faria isso porque assim eu teria orgulho dela. Cara, já tenho tanto orgulho daquela mulher... Olha só a barra que ela aguentou, né? Ela enterrou a filha e se despediu de mim, e ainda assim não desmoronou. Ela tem ficado bem firme. Tem sido muito corajosa, forte de verdade.

— Vocês dois, Rick. Um diamante, hein? Como foi que você conseguiu guardar tanto dinheiro para comprar um diamante?

Rick riu.

— Eu não vou fazer mais isso, comprar coisas feito essa com o meu soldo... Vou guardar o dinheiro para algo mais prático, como dar entrada em uma casa ou um carro. Mas Liz merecia ter uma coisa bonita e que mostrasse que eu a amo, que acho ela o máximo. Você não concorda?

Isso fez Jack sorrir.

— Você acha que ela foi leal enquanto você esteve longe?

— Todos os dias — respondeu ele. — Ela ficava muito sozinha às vezes, e ela perdeu várias coisas que se costuma fazer com o namorado: bailes da escola, formatura, esse tipo de coisa. Eu disse para ela ir... eu conseguiria lidar com a situação. Mas ela disse que não conseguia. Poderia dar uma impressão errada a alguém. E ela disse que se, no fim de tudo, nós acabarmos juntos, essas coisas nem terão importância. Ela escreveu cartas para mim quase todos os dias… sendo que as maiores foram quando todo mundo estava indo ao baile de formatura, menos ela. Que droga… Várias vezes, eu quis estar em uma situação mais parecida com a sua… Totalmente livre e sem ligar para mulher nenhuma até ter a chance de viver para valer, ver o mundo, experimentar o mundo… e, então, Liz apareceria mais tarde, quando eu tivesse tipo uns 30, 40…

Jack deu uma risadinha.

— E em vários momentos eu gostaria de ter conhecido Mel muito antes de ela ter se casado com o primeiro marido dela, gostaria de ter começado a nossa família quando nós dois éramos muito mais novos, antes de eu começar a ficar todo grisalho. Acho que, se você teve sorte o bastante para encontrar a pessoa certa, você não tem o direito de reclamar sobre quando ou como isso acontece. — Ele colocou a mão no ombro do garoto mais uma vez e deu um apertão carinhoso. — Eu espero que dê tudo certo para vocês dois, filho. Vocês enterraram um bebê juntos. Vai ser bom se conseguirem trazer para a vida de vocês crianças saudáveis e bem fortes. Mas digo uma coisa: acho que você foi bem inteligente em dizer para ela dar um tempo no compromisso de vocês. Acredite em mim, quando você se compromete com uma mulher, você quer que ela esteja absolutamente certa.

— Também penso assim.

Um peixe enorme saltou no rio e eles ficaram em silêncio; era imenso.

— É um rei — disse Rick, enfim. — Eu não vejo um desse tamanho faz muito tempo.

— Ele deve ter se perdido — observou Jack, jogando a linha naquela direção.

Rick caminhou alguns passos corrente abaixo, mudou a mosca que usava e jogou a linha. Eles brincaram um pouco com o peixe e, então, Rick o fisgou e gritou:

— Uhul!

— Vem conduzindo, dê linha para ele, para cansá-lo um pouco antes de você…

Rick deu uma gargalhada.

— Eu sei como pegar um peixe.

— Não estrague tudo nem fique muito ansioso, ou você vai perdê-lo — disse Jack.

— Quem é que está pescando mesmo, hein? — perguntou Rick.

Ao longo de quase uma hora, Rick brincou com o peixe, dando linha para ele, deixando que ele corresse, depois puxando-o de novo, subindo e descendo a parte rasa do rio enquanto o bicho nadava rápido, e o tempo todo Jack ficava repetindo:

— Esse filho da mãe é grande. Dê mais linha. Não perca ele, o bicho é um lutador. Ele está saindo muito do seu controle, puxe-o de volta. — E continuou falando, falando.

Rick finalmente conseguiu pegar o peixe, um rei salmão de mais de quinze quilos. E aquela pescaria foi mais do que o suficiente; as orelhas de Rick estavam apitando de tanta azucrinação de Jack.

Quando eles voltaram para o bar, Preacher assobiou, admirado, e colocou o peixe na balança.

— Dezesseis quilos e novecentos gramas. Você pegou esse peixe sozinho, Rick?

Rick fez uma careta para Jack.

— Não exatamente.

Quando Jack levou Rick para Garberville, eles ficaram dentro da caminhonete por alguns minutos, esperando que as pessoas embarcassem no ônibus.

— Tem algum conselho de última hora? — quis saber Rick.

— Tenho. Confie no seu coração. Siga as ordens, mas confie nos seus instintos.

— Eu quero que você saiba que não estou com medo. Não estou. Na verdade, talvez esteja até um pouco animado. É a coisa certa, Jack. Para mim.

— Acredito em você.

— Você vai cuidar bem da Mel e das crianças, não vai?

— Pode apostar que sim. E vou escrever toda semana — prometeu Jack. — Você vai ficar sabendo de tudo que acontecer em Virgin River.

— Uhul — disse ele, e deu uma gargalhada. Jack foi bagunçar o cabelo do jovem, do jeito que costumava fazer, mas o cabelo estava raspado tão rente que acabou esfregando o couro cabeludo de Rick. — Estou indo agora.

Jack saiu da caminhonete e eles se encontraram em frente ao veículo. Eles trocaram um abraço apertado.

— Cuide-se, filho. Mantenha-se em segurança.

— Pode deixar. Agora, cai fora. Não fique aqui, olhando para o ônibus, como você fez da última vez.

Jack não conseguiu se conter: puxou Rick para mais um abraço.

— Até ano que vem, Rick. Eu vou chamar os rapazes para virem também. Traga seus amigos.

— Claro — disse o jovem.

Então, ele se virou e caminhou até o ônibus, com a postura ereta e a cabeça erguida, a sacola de viagem pendurada no ombro. Ele nunca se virou para olhar para trás.

Junho avançou e a temperatura ficou mais quente. Pequenos incêndios pontilhavam a paisagem montanhosa que permaneceu seca e perigosa, enquanto no Arizona, em Nevada, no Colorado e em Utah vários incêndios robustos ameaçaram fugir do controle. Como ainda era o começo da estação, o prognóstico não era muito bom. A região norte da Califórnia tinha escapado por pouco de alguns incêndios grandes, mas a perspectiva era assustadora, já que não havia previsão de chuva. O Departamento Florestal e o Departamento de Incêndios da Califórnia estavam patrulhando intensivamente os acampamentos, para garantir que as fogueiras só fossem acesas nas áreas designadas para tal e com permissão do Estado; em muitos casos, eles acabavam proibindo que as pessoas acendessem qualquer tipo de fogo.

Mel estava muito atenta ao marido. Nos primeiros dias depois que Rick foi embora, Jack ficou um pouco quieto, mas agora já estava melhorando. Ele falava muito sobre o garoto, lia os jornais e instalou uma TV via satélite no bar para que ele e Preacher pudessem acompanhar as atualizações sobre a guerra pela CNN. Ele empalhou e emoldurou o rei salmão, tirando da parede aquele esturjão feio e grande que ele tinha pegado e substituindo-o pelo peixe de Rick. Também já tinha escrito umas dez cartas, e deixou que ela lesse algumas delas enquanto ainda estava escrevendo.

— Jack — disse ela, rindo. — Você acha mesmo que Ricky se importa com o que Preacher fez para o jantar ou quantas vezes David deu escândalo hoje?

— Eu acho que ele quer saber de tudo. Eu me lembro de como era.

Claro que ele se lembrava, pensou Mel. Ele se lembrava de cada longa noite que passou nas zonas de conflito, na mesma paisagem e no mesmo país em que Rick estava servindo naquele exato instante. Ele se lembrava de cada rosto de jovem fuzileiro, de cada homem ferido, de cada carta que recebera de casa. Na percepção de Mel, Jack era o homem mais forte do mundo, pois tinha passado por aquilo e mesmo assim deixara que Rick partisse com tanto orgulho e confiança.

— Eu tive uma ideia — disse ela ao marido. — Vá perguntar à sua irmã e ao seu cunhado se eles têm alguma novidade para contar para Rick.

Os olhos de Jack se arregalaram por um breve instante, então ele saiu a passos ligeiros pela porta do bar, atravessou o quintal até o motor home e bateu à porta com força. Mel assistiu da janela enquanto Brie saía do veículo. Seguiu-se então uma breve conversa e, enfim, ela pôde ouvir seu marido dar um grito animado enquanto segurava a irmã no colo e a rodopiava sem parar. Então, ele voltou e também pegou Mel no colo, até que o rosto dela ficasse na mesma altura do seu. Ele a beijou com ímpeto e paixão — mas ela se pegou rindo contra os lábios do marido.

— Jack, é *ela* quem está grávida, não eu!

— É quase tão bom quanto — disse ele. — Eles queriam tanto um bebê. Que notícia maravilhosa. — Então, franziu a testa só um pouquinho e disse: — Você acabou de vazar uma informação médica confidencial?

— Não — respondeu ela. — Brie disse que eu podia contar para você.

— Então por que você simplesmente não me contou?

— Assim foi mais divertido. Você já acabou com esse beijo?

— Meu amor, quero muito mais do que beijar você. Eu serei cuidadoso. O que acha?

Ela brincou com o cabelo na têmpora dele. Não eram muitas mulheres que sabiam como era ter um homem feito aquele. Um homem potente e vigoroso como Jack. Ele sempre colocava as necessidades e os sentimentos dela à frente dos dele, sempre querendo cuidar de Mel de todos os jeitos, mantendo-a segura, garantindo que ela soubesse o quanto era amada. Desejada. Em seu amor, em seus braços, ela sempre se sentia linda e sexy. Adorada. Ela o beijou e disse:

— Mais tarde. E você não precisa ser tão cuidadoso assim... eu já estou bem.

— Mas o seu corpo passou por tanta coisa — argumentou ele.

— John Stone acabou de passar aqui hoje de manhã e ele deu uma olhada em mim. Acabei de receber minha licença de voo.

— Ah, querida — vibrou ele, baixinho.

— Mas, Jack, você não vai escrever contando isso para Rick!

Ele sorriu e disse:

— Que bom, então, porque eu jamais conseguiria colocar em palavras o que sinto por você.

Aquele era o tipo de relacionamento que Mel nem sequer tinha ousado fantasiar. O grau de intimidade, tanto física quanto emocional, era tão profundo e intenso que era impossível para qualquer um dos dois dizer onde um começava e o outro terminava. Ela conseguia ler os pensamentos dele; ele conseguia sentir os sentimentos dela. Eles antecipavam um ao outro de tantas maneiras. Era como se o coração dele batesse no peito dela. Mel jamais conhecera outro ser humano da forma como conhecia seu Jack. E ela se abria a ele do mesmo modo, sem esconder nada.

A hora de Paige dar à luz se aproximou conforme julho chegava. Mel estava examinando a amiga toda semana e ela estava progredindo normalmente, pronta para entrar em trabalho de parto a qualquer momento. Paige tinha decidido ter o bebê na clínica do dr. Mullins porque o apartamento pequeno em que vivia não era muito prático para um parto domiciliar. E também havia Christopher, que só tinha 4 anos. Muitas pacientes que Mel atendia na área rural tinham crianças presentes durante o nascimento dos irmãos; essas pessoas vinham de famílias que tinham partos domiciliares havia muitas gerações e aquilo fazia parte do ciclo da vida para elas. Quanto a Paige e Preacher, no entanto, tudo era muito novo. Na verdade, Mel achara que ela escolheria ter seu parto no Hospital Valley, em uma ala asséptica de maternidade. Contudo, Paige estava bastante determinada em sua escolha: a pessoa que faria o parto era Mel.

Joe Benson estava finalizando os projetos da casa de Brie e Mike e da ampliação do apartamento de Paige e Preacher. Ele também tinha terminado os esboços preliminares para a casa de Paul, mas se sentia hesitante. Desde o incidente com Nikki, o relacionamento deles estava estremecido. Vanni parecia ter superado a raiva, mas Joe não estava nem perto de superar a decepção que todos eles lhe provocaram. Mas sabia que era apenas uma questão de tempo.

Ele queria ter recebido um pouco mais de apoio. Talvez eles pudessem ter saído em sua defesa junto a Nikki. Garantindo que Joe era um cara bacana, que ele não usava ou abusava de mulheres. Talvez pudessem tranquilizá-la. Encorajando-a a pelo menos entrar em contato com ele. Ou, de repente, a dar uma chance para ele.

Já fazia algum tempo que Joe não conversava com Paul ou Vanni a respeito de Nikki. O que ele tinha feito, porém, foi mandar mensagens para Nikki, por intermédio de Vanessa, dia sim, dia não, esperando que isso pudesse derrubar a barreira que existia naquele momento entre eles. Eram bilhetes curtinhos, com uma ou duas frases. "Nikki, me ligue, por favor. Eu quero poder mostrar a você que eu sou um cara legal." Ou: "Me liga ou me escreve dizendo que você não quer me ver de novo de jeito nenhum, mas não me ignore assim". "Eu me importo com você. Achei que havia deixado claro nas minhas ações que estou sendo sincero." Joe levou um tempo até parar de fazer isso; ele começou a se sentir um idiota. E, quanto mais idiota ele se sentia, pior ficava o seu humor. Ele não mandava bilhetes daquele jeito desde o quarto ano de escola, quando ficou total, insana e ridiculamente apaixonado por Jodie Ferguson. A loira, brilhante e inalcançável Jodie — a primeira garota a ter peitos na sala dele.

Embora tenha conseguido debelar o hábito de escrever bilhetes, ele descobriu uma Nicole Jorgensen nos registros telefônicos de São Francisco e, quando telefonou para o número, a voz na secretária eletrônica era, sem dúvida alguma, de Nikki.

— Ah, Nikki, aqui é o Joe. De Grants Pass. Eu adoraria falar com você. Não, *preciso* muito falar com você. Por favor. Estou tentando entrar em contato com você desde o casamento. Qual é, Nikki, nós precisamos conversar. Estou muito confuso.

Claro que ela não telefonou. Felizmente, ele deixou somente uma mensagem. Joe precisou reunir uma grande força de vontade para não ligar para o número várias vezes, só para escutar a voz dela. A voz doce e atraente que tinha afagado sua alma com cada palavra saíra daquela boca. Mas, como o identificador de chamadas mostraria as repetidas ligações, fazendo-o parecer um descontrolado, ele se refreou.

Tudo acontecera havia algumas semanas. Ele já estava determinado a pôr um fim naquilo. Nada de bilhetinhos, nada de telefonemas. Nem Joe sairia com uma pessoa que estivesse com aquele nível de desespero. Começaria a parecer um perseguidor, mesmo que, na verdade, fosse apenas um cara apaixonado por Nikki. Como é possível se apaixonar por alguém que você encontrou duas vezes na vida, e que só conhece por mais ou menos vinte e quatro horas? Era impossível. Devia ter alguma outra explicação para ele ficar sonhando com ela, evocando seu aroma, provando seu gosto, ouvindo sua voz, sentindo uma mecha daquele cabelo contra o rosto quando ele acordava pela manhã. Algum tipo de mania ou alucinação. Um transtorno obsessivo-compulsivo.

Ele telefonou para Paul.

— É, oi. Se você estiver pronto, posso levar o projeto que fiz para as suas duas propriedades neste fim de semana. Nós podemos discutir sobre eles com os donos, dar uma olhada no terreno, fazer uns ajustes, tocar o projeto.

— Seria ótimo — disse Paul, animado. — Quer ficar com a gente enquanto estiver por aqui?

— Obrigado, mas tenho outros planos.

— E quanto ao trailer? Quer emprestado?

Joe deu uma risada, desconfortável.

— Com certeza não. Mas obrigado pela oferta. Acho que vou ficar na casa do Jack dessa vez.

— O que for melhor. Estou ansioso para te ver, meu chapa.

— É, eu também — respondeu Joe.

Joe perguntou a Jack se o chalé no meio da floresta ainda estava disponível, e o amigo confirmou que sim. Jack mencionou sua preocupação com os pequenos incêndios que pareciam estar surgindo pelo interior de cinco estados diferentes graças à seca e à umidade relativa do ar extremamente baixa. Joe teve a oportunidade de testemunhar o que o amigo relatara ao fazer sua viagem para o Sul. Ele avistou alguns pequenos focos de incêndio que chegaram perigosamente perto das estradas pelas quais estava passando. Não havia muitas queimadas controladas quando o clima estava tão seco assim, mas ele supôs que algumas das pequenas nuvens de fumaça que ele viu ao longe pudessem ser obra do Departamento de Incêndio da Califórnia para manter a paisagem sob controle — aumentando o espaçamento entre os agrupamentos florestais para que, em caso de incêndio, eles pudessem ter essa vantagem e, assim, evitar que o fogo se espalhasse.

Ele era um voluntário no Departamento de Incêndio de Grants Pass, mas só tinha sido acionado uma única vez, alguns anos antes. Não havia nada mais sinistro do que dirigir em meio à exuberância de encostas verdejantes repletas de pinheiros imponentes e não conseguir enxergar muito longe por causa da fumaça. Ou pior, dirigir por uma estrada ladeada pelos esqueletos carbonizados e pretos daquelas que outrora foram árvores majestosas. Depois que um fogo lambia uma encosta, o local poderia ficar daquele jeito por muitos e muitos anos.

Joe ficou feliz ao chegar à floresta de sequoias que seguiam imaculadas e intocadas ao passar pelo rio Virgin, amplo e selvagem, transbordando sobre as rochas e descendo em cascatas naturais. Dentro de mais alguns meses seria época da caça aos cervos, e isso também traria os caçadores. A pescaria começaria a ficar muito boa. Os rapazes iriam até lá dali a poucos meses para pegar o fim da temporada de caça; Mel ficaria furiosa, mas não adiantaria de nada. E ela choraria se eles acertassem algum cervo. Essa lembrança provocou-lhe um sorriso — ela era tão sentimental, e Jack tão carinhoso com ela. Mas caçava mesmo assim.

Ele entrou no bar com os projetos enrolados debaixo do braço. Preacher esperava por ele, mas o local estava vazio, como costumava ficar no meio da tarde. Joe recebeu o abraço apertado de sempre daquele homem enorme.

— Pronto para ser papai, cara? — perguntou Joe.

— Nossa, você não sabe o quanto. Paige está enorme e... — Ele se conteve. — Mel disse que o bebê está pronto para sair.

— Vá lá buscar sua garota — disse Joe. — Vocês vão amar a casa.

— Sim, eu vou lá buscá-la. E vou dar uma ligada para Brie... eles estão animados para ver o projeto deles. E quanto a Paul?

— Eu avisei que chegaria no começo da tarde. Tenho certeza de que já, já ele vai aparecer.

Quando Paige veio dos fundos do bar, os olhos de Joe se enterneceram com aquela visão. Ela estava madura feito um melão. Roliça, rosada e enorme.

— Ah, querida — disse ele. — Você está tão linda.

— Obrigada, Joe — respondeu ela, esticando os braços na direção dele. Joe a abraçou e, naquele exato momento, o bebê chutou.

— Eita — disse ele. — O que temos aqui? Um time de futebol?

— Uma garotinha bem delicada — respondeu ela. — Dana Marie.

— Ela tem um pé e tanto, isso eu garanto — observou ele. — Você quer ver sua casa nova?

— Não vejo a hora.

Ele mal tinha aberto os projetos quando Brie e Mike entraram no bar. As pessoas trocaram mais abraços e saudações calorosas.

— E fiquei sabendo que vocês estão com uma certa pressa nessa construção, não é? — provocou Joe. — Para abrir espaço para uma pessoinha que vai chegar.

— Bem na época do Natal — confirmou ela.

— Já dá para ver em seus olhos.

— O que você está vendo sou eu chegando ao final do primeiro trimestre. É um alívio, Joe. Nós não somos mais tão jovens.

— Eu me sinto mais jovem, sem dúvida — comentou Mike e, se Joe não estava enganado, o peito do amigo estufou um pouquinho.

— Certo, o projeto da casa de vocês está quase pronto, e Paul e eu vamos analisar o terreno da propriedade neste fim de semana. Vem aqui.

Joe fez com que Paige e Preacher se sentassem em uma mesa, analisando os planos, e Mike e Brie em outra. Enquanto isso ele circulava entre os dois casais com um lápis, respondendo perguntas, rabiscando alguns ajustes necessários.

Para Preacher, ele aumentou o apartamento já existente. O andar térreo da construção seria ampliado e transformado em um sala com lareira, sem necessidade de haver uma cozinha, mas dispondo de uma área com pia, bancada, máquina lava-louças e armários que ficavam de frente para uma grande sala de jantar. Eles usariam a cozinha do bar para preparar as refeições da família, mas teriam uma área privada para saboreá-las. Joe projetou uma suíte principal enorme e aumentou o banheiro existente. Um andar térreo amplo serviria de suporte para mais dois quartos na parte superior, um banheiro partilhado e um loft, que se conectava com o quarto de Christopher por um pequeno corredor. Havia uma escada larga ligando o salão ao loft. O projeto transformou aquele pequeno apartamento em uma casa com quatro quartos e três banheiros de verdade, capaz de acomodar a família e os amigos.

Para Mike e Brie, ele planejou mais de duzentos metros quadrados de área comum, com mais cinquenta metros quadrados de um anexo à casa que seria o escritório de Brie, com acesso pelo lado de fora e pelo lado de dentro. Quatro quartos, uma sala, cozinha espaçosa, três banheiros, incluindo o da suíte principal, e alguns lindos elementos decorativos, como um pé-direito bem alto, um chuveiro de mármore sem portas, bancadas de granito, lareiras de pedra no salão e na suíte principal, pisos de ardósia e de madeira, além de um deque bem amplo.

Depois que eles já tinham se familiarizado com os projetos, Paul chegou. Joe se sentiu meio estranho até ver o velho amigo, e então foi um gesto natural abraçá-lo, em uma calorosa saudação que incluiu uma troca de tapinhas nas costas.

— Eu senti saudade, cara — disse Paul.

— Eu também. Ei, trouxe uns desenhos para você e Vanni olharem. De repente alguma coisa vai servir. Eu fiz o projeto baseado no que você disse que ela gostou da sua casa em Grants Pass.

— Traga tudo para o jantar.

— Eu não quero incomodar…

— Você está de brincadeira, né? Joe… A gente tem que superar isso. Sério. Não foi culpa de ninguém.

— Talvez tenha sido minha — disse ele, deixando a cabeça tombar por um instante. — Bom, isso já é passado. Acabou. A gente precisa tentar seguir em frente.

Paul olhou para Brie, Mike, Paige e Preacher. Ao reparar que eles estavam absortos nos projetos de suas casas, ele perguntou baixinho:

— E você seguiu em frente, meu irmão?

— Sim — respondeu Joe, dando uma risada que mesmo ele sabia que não era sincera. — Claro.

— Venha jantar com a gente — insistiu Paul. — Por favor.

— Tudo bem — disse ele. — Mas você vai ter que levar os desenhos para casa, para que Vanni possa dar uma olhada neles antes de eu chegar. Assim ela já pode pensar nas perguntas e nas reclamações.

— Nós já escolhemos onde vamos construir — disse Paul. — Podemos fazer a casa do outro lado do pasto, perto do rio. Pensamos em dividir o estábulo.

— Você já inspecionou o lugar?

— Já.

— Quando nós tivermos um projeto do qual vocês gostem, nós conversamos. Talvez amanhã, antes de eu ir embora.

A porta dos fundos do bar se abriu, e pôde-se ouvir o som de alguém carregando materiais até a cozinha.

— Deve ser Jack. Ele foi comprar mantimentos, para que eu pudesse ficar por aqui com Paige — explicou Preacher, se levantando.

— Vamos lá — disse Joe, e todos os homens no estabelecimento atravessaram a cozinha para ajudar Jack a esvaziar a caminhonete.

Quando o trabalho acabou, eles entraram para beber uma cerveja e colocar o papo em dia. Por volta das quatro, Joe empurrou Paul porta afora, dizendo que ele levasse os projetos e desenhos para casa, para Vanni, e que os encontraria dentro de algumas horas.

Não demorou muito para chegar a hora do jantar, o que trouxe Mel e os bebês para o bar. Joe segurou Emma um pouco, teve uma rápida conversa com o dr. Mullins, disse oi para Hope McCrea enquanto ela tomava o seu uísque, passou um tempo com Doug e Sue Carpenter, os familiares de Brenda que moravam logo adiante. Ele olhou para o relógio em seu pulso, pediu uma caneca de café a Jack e se sentou no balcão.

— Os negócios estão indo bem? — perguntou Jack.

— Muito bem — respondeu Joe. — Tenho estado ocupado.

— Essas coisas por aqui... são um extra?

— Sim, mas é bom. É ótimo que os meus amigos queiram projetos meus. Faz bem para o meu ego — explicou ele.

— Então, o que está pegando? — perguntou Jack.

— Nada, meu irmão.

Ele se acomodou no banco com as costas mais retas e respirou fundo.

— *Quem* que está pegando? — insistiu o amigo.

— Você está viajando, cara. Eu estou bem.

Jack ergueu a caneca de café.

— Como quiser.

Joe sabia o que Jack estava vendo. Joe sempre fora tranquilo. Um camarada sorridente, de riso fácil, que contava muitas piadas, nada no mundo o incomodava. Ele tinha uma boa família, uma boa empresa, mulheres para quando queria companhia, bastante dinheiro e amigos de uma vida inteira, como os rapazes. Ele sabia que havia uma mancha em sua personalidade, uma tristeza que agora ocupava seus olhos e que não estivera ali durante muito tempo, pelo menos por uns bons dez anos.

— É só que parece que tem alguma coisa incomodando você — explicou Jack.

— É, pode ser. Mas não é nada demais. Vai passar.

— Se quiser conversar, sabe onde estou.

Joe sorriu.

— Obrigado, amigo.

Jack deu de ombros.

— Talvez ela mude de ideia.

— Quem? — perguntou Joe, um pouco aturdido.

Ele ficaria chateado de verdade se Paul tivesse comentado sobre a situação.

— Quem quer que ela seja. Os homens têm um monte de expressões, cara. Eles têm uma para preocupações com o trabalho, outra para preocupações com a família, questões de ego. Preocupações sobre combates... eu sou muito bom de reparar nessa. E tem uma expressão muito particular que os homens fazem quando querem uma mulher que não podem ter.

Isso provocou uma risada em Joe.

— É mesmo?

Jack tomou o café.

— Eu mesmo já fiquei com essa expressão no rosto algumas vezes.

— Eu provavelmente não estava por perto — observou Joe.

— Provavelmente estava, sim. Mel não facilitou as coisas para mim. Foi muito doloroso. Com licença… Tenho que colocar as coisas da família no carro. Fico aqui até mais tarde agora que está pertinho de Paige dar à luz. Mel tem que levar as crianças para casa, colocar todo mundo na cama.

— Eu ajudo — ofereceu-se ele.

Eles acomodaram Mel e as crianças na caminhonete. Jack se inclinou na janela para beijá-la e Joe foi arrebatado pelo desejo de ter o mesmo. Aquilo era uma tortura, assistir aos melhores amigos, seus irmãos, com as esposas. No final de uma caçada, eles conversavam sobre chegar em casa, onde estariam suas lindas mulheres, ardentes e grávidas, dando a eles filhos e amor. Joe não tinha se preocupado muito com o fato de não ter encontrado nada disso até pouco tempo, até ele ter abraçado uma mulher que o fez se sentir completo, apaixonado, e ele a perder em um instante.

Vanni amou o projeto da casa. Ela estava animada, muito vivaz, e se mostrou muito afetuosa com Joe. Se ele estava fazendo uma leitura correta, estava perdoado pelo rolo com a melhor amiga dela. O general se juntou ao grupo, dando sugestões, discutindo com a filha sobre o que ela deveria estar fazendo de diferente. Joe era bom nisso — ele escutava enquanto eles debatiam as ideias e esperava até que a poeira baixasse. Então, poderia entrar na conversa, sugerir um pequeno ajuste e resolver a história.

Para Vanni e Paul, Joe projetou uma versão maior da casa de Paul, mas com alterações que, embora fossem pequenas, davam uma aparência geral bem diferente, assim a casa não pareceria uma cópia da outra e seria mais adequada para uma família que ainda cresceria. Os detalhes que eles amavam estavam lá: os corredores amplos, cômodos espaçosos, pé-direito bem alto, uma garagem grande. E era preciso acrescentar mais quartos: Paul queria encher todos eles de filhos.

Ele passou a noite na cabana; depois, pela manhã, pegou o carro e foi até a propriedade de Jack — até o lote que ele tinha cedido para Brie e

Mike. Não ficava longe da casa atual de Jack e Mel — eles prolongariam a estradinha por mais uns metros até o local onde ficaria a casa. Paul já tinha organizado a compra dos materiais e estava tendo sucesso na contratação de mão de obra. Ele já tinha o trailer para montar seu escritório e um banheiro químico para a equipe. Com o projeto aprovado, Paul poderia fazer as fundações. A fossa séptica ficaria bem enterrada. Depois, viria a parte hidráulica e, então, a estrutura e a parte elétrica.

— Aí, a brincadeira começa — disse Joe. — Vamos dar uma olhada na sua propriedade lá no terreno do general.

Esse projeto também estava pronto para começar. A primeira coisa a ser feita era a terraplanagem da estrada, que teria um quilômetro de extensão, mas não seria necessária nenhuma grande escavação nem seria preciso derrubar árvores. De boné azul e usando uma calça jeans, Joe andou pelo terreno medindo o perímetro das fundações e já fixando algumas estacas temporárias com bandeirinhas vermelhas. Ele levou uma lata de tinta em spray e traçou o contorno da casa no solo, trazendo-a para perto o bastante da margem do rio para que, a partir do deque, eles tivessem uma bela vista do quintal, mas mantendo-a a uma distância segura, para evitar problemas com uma possível inundação.

— Eu projetei a casa com sistema de controle de incêndios, pensando na instalação de sprinklers dentro dos cômodos, o que eu recomendo que seja mantido, mas entendo que, caso haja um incêndio florestal, eles não vão dar conta do recado. É uma precaução contra incêndios domésticos.

— Entendi — disse Paul.

— É possível fazer as duas fundações mais ou menos ao mesmo tempo. Primeiro você faz a da casa de Brie e Mike, já que eles têm um bebê a caminho, depois traz a equipe aqui para fazer a sua. Você pode começar a trabalhar na ampliação do bar assim que o bebê de Preacher tiver umas semanas, assim a gente pode colocar a família temporariamente na cabana. Nós vamos derrubar umas paredes… e você deve ser rápido nessa etapa, para que o bar não pare de funcionar. Sugiro que alterne com as equipes: trazer o pessoal que está cuidando das estruturas na propriedade dos Valenzuela para cá, essas coisas.

— Eu já construí mais de uma casa ao mesmo tempo — disse Paul, sorrindo.

— Eu sei. Só estou falando — respondeu Joe, devolvendo o sorriso.

— Vamos ter que terminar os projetos antes — disse Paul.

— Duas semanas? — perguntou Joe.

— Perfeito — disse Paul, estendendo a mão ao amigo. — Já vou encomendar o concreto.

Joe aceitou o cumprimento.

— É um prazer fazer negócio com você. Vou embora.

— Quer se despedir de Vanni?

— Diga a ela que eu deixei um beijo e um obrigado, pode ser?

— Sabe, isso provavelmente não é da minha conta, mas essa coisa sobre a qual não estamos falando? Talvez ajude o seu lado se você simplesmente falar para a Vanni que sente muito.

Joe balançou a cabeça e deu uma risada silenciosa, olhando para baixo. Enfiou as mãos no bolso.

— Eu não poderia fazer isso, meu chapa — disse ele. — Não de um jeito sincero. — Ele respirou fundo. — A única coisa pela qual eu sinto muito é a forma como tudo terminou.

Paul ficou em silêncio por um longo momento. Então, disse:

— Entendi.

Vanni tinha amamentado o bebê e o colocado para dormir. Ela escutou o pai caminhar pelo corredor e ir para o quarto por volta das nove e meia da noite, mas o marido não veio para a cama. Finalmente, ela foi até a sala para ver se ele estava vidrado em algum programa da televisão, mas o encontrou sentado na beirada da poltrona, com os cotovelos apoiados nos joelhos e uma bebida nas mãos.

— O que você está fazendo? — perguntou ela.

Ele se recostou e bateu de leve na poltrona a seu lado.

— Pensando.

— O que está tirando o seu sono? — perguntou ela, sentando-se ao lado dele.

Paul deu um sorriso débil.

— Você sabe o quanto a minha vida é maravilhosa? Como eu sou feliz? Ela pousou a mão no joelho do marido.

— Você fez um excelente trabalho deixando isso bem claro para mim, Paul. Eu também sou feliz assim.

— Quero te contar uma coisa. Quero que você volte uns meses. Já faz um tempo, naquela primeira noite que você me surpreendeu entrando no bar do Jack. Quando os rapazes se reuniram para caçar e eu não fazia ideia de que você estava aqui, em Virgin River. Você se lembra?

— Lembro — confirmou ela. E sorriu.

— Exatamente naquela noite, abalado só por ter te visto, eu bebi um pouco demais.

— Acho que você já me contou sobre isso, Paul — disse ela.

— Eu fiquei bêbado. E fiz uma confissão a Jack, sobre como vi você primeiro, mas Matt chegou em você antes. Ninguém mais me ouviu, graças a Deus. Mas Jack sabia o que estava acontecendo. Mais tarde, então, depois que Matt morreu e o bebê nasceu e um certo pediatra começou a dar em cima de você, Jack me ligou e me disse para deixar de ser idiota. Ele falou que, se eu queria ter você, era melhor vir para cá e dar um jeito de me declarar.

— Ele fez isso? Eu não sabia.

— E eu vim o mais rápido que pude. Porque, se não, perderia você. E eu te amava. Meu deus, como eu te amava. — Paul respirou fundo e continuou: — Antes de sequer abraçar ou beijar você, eu já estava tão apaixonado que às vezes era horrível. Eu fico tentando imaginar como teria sido a sensação se nós tivéssemos ficado juntos, mesmo que só por uma noite, e depois você não me quisesse mais.

— Você não precisa mais ficar pensando nisso, meu amor — disse ela.

— Eu tenho o que todos os homens querem: uma mulher por quem eu morreria. Uma mulher que é dona de cada pedacinho meu. Realmente nunca achei que fosse ter tanta sorte assim...

— Pare — pediu ela. — Não dê uma de louco. — Ela colocou uma das mãos no rosto dele. — Basta colocar sua cueca suja no cesto como um bom menino e eu vou lhe recompensar de muitos jeitos incríveis.

Mas Paul não riu da brincadeira.

— Você viu o meu amigo Joe? O cara está sofrendo. Ele está morrendo. Ele passou uma noite com uma mulher que claramente correspondeu a cada desejo que ele trazia enterrado no seu inconsciente. Ela o enfeitiçou e depois o rejeitou. Você viu como ele está?

Vanni respirou fundo.

— Paul, o timing dele foi ruim. Nós não temos como...

— O dela também foi. Eu conheço aquele homem há quinze anos. Ele pode ser um pegador, mas não é um canalha. Ele não levaria uma mulher para a cama se ela não quisesse ir. Se Nikki tivesse dado qualquer sinal de hesitação, ele não teria nem tocado nela. Eu o conheço. Eu o conheço tão bem quanto eu conhecia Matt.

— E daí? Ela cometeu um erro. A que ponto você quer chegar?

— Ela não deveria cometer um erro ainda maior, então — observou ele. — Ela simplesmente não vai encontrar ninguém melhor que Joe. Ela deve ter tido alguma razão para ter dito sim naquela noite.

— Eu tenho mandado os bilhetinhos que ele escreve para ela. Ela não mudou de ideia. Você quer que eu converse com Nikki?

— Não, querida. Eu vou conversar com ela.

— Eu não sei se você deve fazer isso — disse ela, nervosa.

— Mas é o que vou fazer. Eu estive pensando nisso o dia todo e vou telefonar para ela. Agora mesmo. Você vai querer escutar ou prefere colocar a cabeça debaixo do travesseiro?

Ela prendeu a respiração por um instante.

— Eu quero escutar — disse ela. — Mas, por favor, finja que não estou aqui. Me sinto bem desconfortável com isso.

— Eu quero que você confie em mim — pediu ele, pegando o telefone. Ele digitou o número de Nikki. — Eu preciso fazer isso.

Nikki sem dúvida viu o número no identificador de chamadas, porque atendeu dizendo:

— Oi, querida.

— Não é a querida — disse Paul. — É o Paul.

— Ah. Oi.

— Precisamos conversar. Sobre o Joe.

— Eu achei que tivéssemos encerrado essa história — disse ela.

— É, acho que está bem encerrada para você — disse Paul. — Mas não muito para mim. Só por desencargo de consciência, Nikki, tenho que te perguntar uma coisa. Sabe, conheço Joe há muito tempo e coloquei a minha vida nas mãos dele. Literalmente. Eu fui para a guerra com o cara. Vi como ele age com as mulheres, e esse homem... ele sempre teve classe. Nunca fiquei sabendo de ele ter tratado uma mulher mal...

— Ele não me tratou mal, Paul — disse ela, baixinho.

Paul deixou escapar um suspiro.

— Ora, graças a Deus. Que alívio. Eu fiquei com medo, sei lá... Fiquei com receio de, na verdade, não conhecer Joe tão bem quanto eu achava. Quero dizer, você ficou muito chateada... e então eu soube que Joe ficou igualmente chateado quando descobriu que você saiu daqui aos prantos. Ele não me contou o que aconteceu entre vocês dois, mas insistiu que não tinha feito nada que pudesse machucar você.

— Está tudo bem, Paul. Você pode deixar isso para lá.

— Que bom. Porque eu não estava suportando a possibilidade de ele ter tratado mal uma mulher. Ele não é esse tipo de cara. Você vai ficar feliz de saber, então, que parece que ele está, finalmente, deixando essa coisa toda para trás. A história o deixou arrasado por um tempo, mas acho que ele está melhorando agora.

— Melhorando?

— Sim, um pouquinho. Está tentando superar. Superar você. Ele esteve aqui neste fim de semana. Trouxe uns projetos para que eu desse uma olhada... Eu vou construir três casas projetadas por ele. Vanni me contou que ele vem escrevendo alguns bilhetes, deixando recados. Acho que ele ficou bem mal, mas Joe não é o tipo de cara que perturba uma mulher que não quer ser perturbada. Você, provavelmente, vai se livrar dele já, já. Talvez até já tenha se livrado.

— Ah — disse ela, baixinho. — Que bom, então.

— Eu não sei exatamente o que está deixando ele tão perturbado. Tenho certeza de que ele já entendeu o recado a esta altura do campeonato. Que você não quer nada com ele. Nunca mais. Na vida.

— Talvez ele quisesse pedir desculpas. Mas não precisa fazer isso — disse ela.

Paul fez *hmm* e continuou:

— Não, não acho que seja isso. Eu sugeri que ele poderia ganhar uns pontos com a Vanni se pedisse desculpas a você. Ele disse que não podia fazer isso… porque não estava arrependido. Só decepcionado pela forma como a situação se desenrolou.

— Eu achei que fosse melhor assim — disse ela. — Afinal, foi só um…

— É. Deus nos livre de alguma coisa dessas acontecer de novo…

— Paul, eu dei cinco anos da minha vida para um homem que estava mentindo para mim o tempo todo. Ele ficava falando que precisava de mais tempo antes de se comprometer e, finalmente, admitiu que nunca se casaria, nunca teria filhos. Foi como se eu não o conhecesse nem um pouco.

— Eu sei, Nikki. Isso foi horrível, eu sinto muito. Mas meu amigo Joe? Ele não é esse tipo de cara. Uma mentira seria como ácido na boca dele. Se ele não fosse querer um relacionamento sério, ele diria.

— É melhor assim. É melhor deixar ele ir embora agora, antes… Eu não ia querer passar por nada disso de novo.

— Suponho que você saiba o que está fazendo. Joe ainda está um pouco machucado, mas vai superar essa. Você, talvez melhor do que ninguém, sabe como é isso, certo? Tentar esquecer uma pessoa.

Ele levantou a sobrancelha para a esposa.

— Sei — confirmou Nikki.

— Então, pronto. Ele disse que todos nós precisamos superar essa história, deixar o que aconteceu para trás. É isso que você quer, né? Que ele esqueça você.

— Sim — disse ela, com a voz fraca e um pouco trêmula.

— Meu Deus, espero que você tenha certeza disso, Nikki — disse ele. — De que você quer deixar esse homem para trás. Eu já fiz isso uma vez, sabe. As circunstâncias eram diferentes… Eu tive que competir com Matt. Mas eu me apaixonei tão rápido pela Vanni que chegou a ser ridículo. Ninguém acreditaria que bastou olhar para ela só uma vez e, nossa, eu fui fisgado. Quando Matt entrou na jogada, eu saí na mesma hora. Perdi Vanni, porque eu não competiria por uma mulher com o meu melhor amigo. Mas tenho que te dizer uma coisa: comecei a me arrepender da minha decisão dez minutos depois. Durante anos, só pude me perguntar por que diabo eu não fui até eles e disse: "Sai da minha frente, amigo... eu vi essa mulher primeiro!"

A resposta que recebeu foi o silêncio.

— Mas acho que nossas histórias não são parecidas, né? Não tem competição aqui, a não ser que Joe esteja competindo com a lembrança corroída de alguém. Se existisse qualquer coisa nele que você achasse que tem algum valor, você nunca o deixaria ir embora. Então, só espero que você esteja certa...

Ela gemeu um pouquinho.

— Foi apenas uma noite...

— Temo que talvez aquele doido ame você — disse Paul.

— Isso é impossível — respondeu ela, mas sua voz estava chorosa.

— Nikki — disse Paul, baixinho. — Você consentiu, certo?

— Claro que sim — confirmou ela, fungando. — Ele não me *forçou* a nada. Ele nem sequer insistiu. Ele não é esse tipo de cara.

— Pois é, é esse o meu ponto. Sabe, isso provavelmente não é da minha conta, mas simplesmente não faz sentido para mim... Duas pessoas tentando esquecer uma à outra porque aconteceu uma coisa boa, uma coisa que vocês dois queriam que acontecesse. Mas você deve saber o que quer. E o que não quer. Certo?

— Eu não quero me machucar de novo.

— Eu entendo, Nikki. De verdade. Você vai ter a força necessária para arriscar de novo algum dia. E, quando isso acontecer, sem dúvida você vai achar um bom homem. Provavelmente existem milhares deles por aí. Eu só queria ter certeza de que nada de ruim tinha acontecido.

Ela levou um minuto para responder.

— Nada de ruim aconteceu.

— Isso é o suficiente para mim. Se cuida, Nikki.

Ele desligou o telefone e olhou para a esposa. E sorriu.

— Isso foi bem ardiloso — comentou Vanessa.

# Capítulo 17

O calor seco de julho trouxe consigo algo que vinha sendo ansiosamente aguardado pela família Middleton: o trabalho de parto. Preacher ficava indo e voltando, passando da cozinha ao seu apartamento, no mínimo a cada dez minutos.

— E como é que está agora? — perguntou ele a Paige.

Paige estava lendo para Christopher.

— John, se não conseguir relaxar um pouco, vai ser um longo dia para você. As contrações ainda estão vindo de dez em dez minutos.

— Mas vai nascer hoje, não vai?

— Pode durar vinte e quatro horas — respondeu Paige. — E elas não estão muito fortes. — A seguir, ela se virou para Chris: — Por que você não lê esta página, querido? Você consegue.

— Tá bom — disse ele, e começou a ler, mas era difícil dizer se estava de fato identificando as palavras ou recitando-as de cabeça.

Preacher voltou para a cozinha, a cabeça baixa.

— Ainda dez minutos — comentou com Jack.

— Eu tive uma ideia, amigo. Vamos preparar a comida para o jantar de hoje e de amanhã também, caso você não queira cozinhar mais tarde. Vou segurar as pontas por aqui.

— Será que a gente deve ligar para a Mel de novo? — perguntou ele.

— Não — respondeu Jack. — Devemos deixá-la descansar, para o caso de ela precisar ficar acordada a noite toda.

— Certo — concordou ele.

Jack deu uma risadinha contida. Sua experiência com o nascimento do filho mais velho não teve, definitivamente, aquela ponta de ansiedade, já que tudo aconteceu muito rápido. Quem sabe aquele avanço lento do processo não fosse tão maravilhoso assim, afinal de contas. Quando chegasse a hora de o bebê finalmente nascer, Preacher estaria um caco.

Conforme a tarde se arrastou e o tempo entre as contrações não diminuiu, Jack deu um aviso a Brie assim que a viu.

— Tenho a impressão de que vou precisar de ajuda com as crianças hoje — disse ele. — Se a Paige precisar da Mel durante a noite, será que você e Mike podem ir lá para casa, para ficar com as crianças? Assim posso ficar aqui com Christopher. Quando Mel está trabalhando na clínica, gosto de ficar por perto.

— Claro. Como é que Paige está?

— Ainda na fase inicial. Ela está tentando descansar para ter forças mais tarde, mas acho que Preacher está deixando-a louca — explicou Jack.

— Ah, ele está animado.

— Animado não chega nem perto.

Jack estava escrevendo tudo isso em uma carta para Rick no espaço de tempo entre servir uma bebida ou refeição para seus clientes. Ele achava que seu relato sobre o estado de nervos de Preacher, o trabalho de parto de Paige avançando lentamente e a crescente irritação dela em relação ao marido estava ficando muito engraçado. A hora do jantar chegou e Preacher, que jamais mantinha longas ou frequentes conversas com os clientes, contou para todos que entravam no bar que as contrações da esposa já estavam vindo a cada oito minutos.

Mel chegou carregando Emma e segurando a mãozinha rechonchuda de David enquanto ele entrava pela porta com seus passos incertos de bebê. O menino avistou Jack e disse: "Papa!". Quando Jack viu Melinda, seus olhos arderam. Nada tinha mudado para ele desde o primeiro dia em que ela entrou no bar. Ela estava tão linda, tão sensual, mesmo com um bebê em seu ombro e uma criancinha em sua mão. E embora ela ainda reclamasse da própria aparência desde o nascimento de Emma, a calça jeans que ela estava usando parecia, na opinião de Jack, perfeita — o suficiente para atiçar seu fogo. Jack tinha certeza absoluta de que, quando Mel estivesse velha e de cabelo grisalho, ele ainda não conseguiria manter as mãos longe da esposa.

Jack deu a volta no balcão do bar e se agachou para pegar David, estendendo as mãos na direção do menino.

— Vamos lá, caubói. Venha com o papai.

Mel soltou a mão do filho e assistiu enquanto Davie, literalmente, voava para os braços do pai. Ela riu do afã com que o menino fez aquilo, e também de como era desajeitado, e seus olhos cintilaram quando ele caiu nos braços do pai.

— Então — disse ela. — Ouvi dizer que alguém está tentando ter um bebê por aqui.

— Eu espero que você tenha conseguido tirar uma sonequinha — respondeu Jack.

— Eu dormi umas horinhas. Foi ótimo. Você pode ficar com ele para eu dar uma olhada em Paige? — pediu ela.

— Claro. Pode ir sem pressa.

Quando Mel chegou ao pequeno apartamento, encontrou Paige andando de um lado para o outro.

— Como está indo? — perguntou a enfermeira.

— Estou tentando aumentar o ritmo das contrações, para que elas venham de cinco em cinco — respondeu. — Mas eu não estou indo muito rápido. Com Christopher também foi assim. Uma fase inicial comprida, sentindo todas as contrações nas minhas costas.

— Algumas mulheres gostam de fazer assim — comentou Mel. — Você está desconfortável?

— Não muito. Eu consigo andar e falar durante as contrações. Se elas estiverem do mesmo jeito depois do jantar, vou para a cama cedo para tentar dormir um pouco, mas, com John me perguntando como estão indo as coisas de cinco em cinco minutos, vai ser difícil.

Mel sorriu.

— Por favor, tome uma sopa de cor clara no jantar. E nada pesado. Só para o caso de você ficar enjoada durante o parto. Isso acontece com algumas mulheres durante a fase de transição.

— Eu pedi para o John preparar uma canja e gelatina.

— Boa ideia. Que a Força esteja com você. — Mel deu uma gargalhada.

Pressentindo que aquele poderia ser um evento que aconteceria de madrugada, Mel foi para a cama cedo com as crianças. Por volta das dez da noite, acordou rapidamente quando sentiu o marido se deitar ao lado dela. Instintivamente, ela se virou e entrou naquele abraço que a aguardava, aconchegando-se no corpo dele. Ele deslizou uma das enormes mãos por dentro da camiseta que ela usava, e Mel disse:

— Você tem que me deixar dormir. Você sabe que Preacher vai me acordar já, já.

— Eu vou deixar você dormir — disse ele, beijando-a na testa e puxando-a mais para perto de si.

— Você teve mais notícias enquanto fechava o bar?

— Ah, sim — disse ele. — Ainda estão vindo de oito em oito minutos. E Preacher está ficando fraco com todo o esforço.

Ela não conseguiu conter um riso.

— Meu Deus, esse parto vai ser engraçado — comentou. — Agora, me abrace forte e me coloque para dormir.

A ligação veio à meia-noite. Quando ela escutou o telefone tocar, rolou na cama e gemeu.

— Eu sabia que ela ia fazer isso. Algumas mulheres não ficam satisfeitas até ficarem em trabalho de parto a noite toda. — Jack pegou o telefone e passou para a esposa. — Boa noite, Paige.

— Desculpe, Mel — disse ela. — O intervalo entre as contrações está entre cinco e sete minutos agora.

— Como é que você está se sentindo?

— Muito bem, mas elas estão ficando boas e fortes, durando um minuto.

— Hum. Parece que eu ainda tenho tempo de amamentar Emma enquanto espero Mike e Brie chegarem aqui.

— Claro — concordou Paige. — Eu encontro você do outro lado da rua daqui a meia hora. Que tal?

— Combinado. Se alguma coisa mudar, me liga. Eu posso me apressar e chegar em dez minutos.

Eles entraram em ação: a enfermeira obstétrica e seu parceiro. Enquanto ela foi para o quartinho de Emma, Jack telefonou para a irmã e trocou a roupa de cama, assim Brie e Mike, que cuidariam das crianças, poderiam dormir ali. Não tinha por que eles passarem a noite acordados. E, embora ninguém esperasse que Jack passasse a noite acordado também, ele preferia ficar à disposição sempre que Mel estava ajudando em um parto na clínica do dr. Mullins. Cerca de meia hora mais tarde, eles pararam o carro em frente ao bar. Despediram-se com um beijo e Mel foi para a clínica enquanto Jack foi para o bar, que estava aceso como se fosse uma igreja.

Preacher estava andando de um lado para o outro.

— Por que vocês demoraram tanto? — perguntou ele.

Jack conferiu seu relógio de pulso.

— Nós chegamos na hora, Preach.

Paige se levantou da mesa onde estava.

— Jack, eu gostaria que você servisse uma dose de alguma coisa para John.

— Não, meu amor, eu quero estar alerta.

— John, você já passou do estado de alerta. E acho que não consigo aguentar mais um minuto assim. Faça o que estou mandando!

Jack foi para trás do balcão.

— Meu amigo, quando uma mulher está tendo um bebê, você a obedece, e rapidinho. — Ele tirou uma garrafa da prateleira. — Só uma coisinha, para diminuir o nervosismo.

— Eu não sei... — disse Preacher.

— Preach, você tem mais de um metro e noventa e pesa pelo menos cento e dez quilos. Uma dose não vai fazer nem cosquinha. Mel provavelmente deveria te dar um calmante.

Ele virou a garrafa do uísque favorito do amigo em cima de um copo. Com relutância, Preacher pegou a bebida e virou o copo de uma vez.

— Certo — disse ele. — Vamos lá.

— Christopher está dormindo direitinho? — perguntou Jack.

— Está. Ele vai ficar bem até umas sete da manhã.

Jack deu a volta no balcão do bar. Então, inclinou-se para beijar a cabeça de Paige.

— Tenha um bom parto, querida — disse.

Ela olhou para cima e sorriu para ele.

— Vou fazer o meu melhor.

Então, voltou a se recostar na cadeira, segurando a barriga enquanto a contração chegava. Ela começou a respirar devagar, depois, quando o limiar da dor aumentou, passou a arfar e seu rosto assumiu aquela expressão. Ela estava começando a ter dificuldades. Jack sorriu, assistindo àquilo. Conforme a contração se dissipou, a fisionomia dela relaxou e, enfim, respirando fundo, ela sorriu para ele.

— As contrações estão ficando bem fortes.

— Você está indo muito bem — incentivou Jack, estendendo a mão para ajudá-la a se levantar.

— Ah, cara — gemeu Preacher.

Ele foi para junto de Paige e a pegou no colo, com a intenção de carregá-la até a clínica.

— Ah, Preach, não faça isso — disse Jack. — Assim que ela colocar os pés na clínica, aposto que Mel vai mandar Paige caminhar. Isso ajuda o bebê a vir mais rápido.

— Certo — disse ele. — Mel vai fazer do jeito dela e eu vou fazer do meu.

E ele saiu porta afora, carregando a esposa para dar à luz a filha deles.

Jack riu a ponto de sacudir os ombros. Ele estava torcendo para que Mel não acertasse a cabeça de Preacher com um porrete antes do amanhecer.

O trabalho de parto de Paige não foi rápido, mas foi eficiente e perfeito em muitos aspectos. Ela demorou até as três da manhã para chegar a seis centímetros de dilatação, mas então a coisa engrenou. Mel rompeu a bolsa de Paige e às cinco da manhã ela já estava quase completamente dilatada. Paige lidou muito bem com o desconforto.

Preacher, no entanto, ficou mais pálido e mais fraco a cada contração. Antes de permitir que Paige começasse a fazer força, Mel trouxe uma cadeira para a sala.

— John — disse ela. — Eu quero que você se sente e, se começar a se sentir um pouquinho tonto, coloque a cabeça entre os joelhos. Se desmaiar, eu não vou poder fazer nada por você... estou ocupada com Paige.

— Eu não vou desmaiar — insistiu ele. — Estou esperando por isso desde sempre.

— John, você não precisa ficar aqui — disse Paige a ele. — Eu vou ficar bem.

— Eu vou ficar — insistiu de novo.

Para um homem como Preacher, ver a esposa sofrendo e sentindo dor era, obviamente, uma tortura. Ele ficava muito mais confortável no papel de protetor. Mel soube na mesma hora que ele não ajudaria muito.

Quando a cabeça do bebê finalmente saiu de dentro do corpo de Paige, às seis da manhã, Preacher se inclinou sobre a esposa, deu uma olhadinha e caiu na cadeira, soltando um grunhido. Então colocou a cabeça entre os joelhos.

— Ok, Paige, hora de arfar. Preciso apenas de um segundo, nós temos uma questão aqui com o cordão. Eu vou conseguir resolver. Prontinho... Respiração cachorrinho, querida. — Mel escorregou o cordão por cima da cabeça do bebê com facilidade. — Certo, agora faça força, mas de leve. Estamos quase lá.

— Tem certeza? — perguntou Paige.

O bebê, que ainda não tinha saído por inteiro, começou a chorar.

— Está escutando? Eu tenho certeza. Traga ela para fora, Paige, não precisa de muita força. — O bebê escorregou perfeitamente para as mãos de Mel e berrou com muito vigor. — Jesus amado, ela é forte! Ouça só a força desses pulmões! E ela é grande!

A enfermeira colocou a bebê em cima da toalha e, a seguir, acomodou a criança na barriga de Paige, para secá-la. Feito isso, ela clampeou e cortou o cordão umbilical. Preacher se levantou com as pernas trêmulas, assistiu enquanto Mel cortava o cordão e voltou sem forças para a cadeira, gemendo. Mel tentou não rir.

Ela enrolou a criança de novo em uma toalha e a entregou a Paige. Depois de as duas se abraçarem um pouco, Mel ajudou Paige a colocar a bebê em seu seio, já que Preacher não conseguiria fazer isso.

— John, quero que você fique olhando bem aqui, para a sua esposa e para a bebê. Tudo bem?

— Por quê? — perguntou ele.

— Porque eu ainda tenho coisas para fazer relacionadas ao parto, vai ter sangue, e eu não quero que você desmaie.

— Eu não vou desmaiar — assegurou ele.

— Faça como eu estou falando — advertiu Mel.

— Aqui, John — disse Paige, baixinho. — Olha para a sua menininha. Ela não é linda?

Mel estava massageando o útero de Paige quando escutou um som. Ela olhou por cima dos joelhos levantados de Paige e viu uma coisa muito impressionante. O bom e velho Preacher estava com os lábios pousados na cabeça da bebê enquanto chorava com vontade. Lágrimas imensas desciam pelo rosto do homem e pingavam na cabeça da recém-nascida. Ele deslizou um braço musculoso sob os ombros da esposa, segurando Paige e a bebê como se fossem uma só, e soluçou.

Memorável. Paige apenas sorriu e acarinhou o rosto do marido com um toque gentil e amoroso. Mel quase chorou de tão comovida que ficou ao ver a emoção daquele homem imenso. Ele venerava a esposa, a pequena família que eles haviam construído, e se sentia tão grato que a emoção foi demais. Era muito gratificante ajudar a trazer ao mundo uma criança fruto de uma união com tamanha devoção. Era para isso que Melinda vivia.

Mas seu trabalho ainda não tinha terminado; a placenta ainda não havia saído. Uma amiga enfermeira obstétrica, vinte anos mais velha, deu, certa vez, uma dica a Mel que parecia pura magia, mas que mesmo assim funcionava. Mel olhou para Paige e disse:

— Paige, hora de deixar a placenta sair, por favor.

A seguir, ela reassumiu a posição em que estava, fez mais um pouco de massagem e, extraordinariamente, o trabalho acabou. Ela sacodiu a cabeça e deu uma risadinha consigo mesma. As pessoas que não lidavam com partos o tempo todo simplesmente jamais acreditariam.

Mel terminou o que tinha de fazer, deixou o bebê mamar por um tempo, para ajudar o útero a contrair e estancar o sangramento. Ela examinou a paciente — não era preciso dar pontos —, então cobriu Paige e pegou a bebê.

— Vamos limpar essa menina — disse ela, baixinho. — As pessoas vão querer vê-la daqui a pouco.

Preacher fungou, segurando as lágrimas, e limpou o rosto. Mas, quando falou, sua voz ainda estava fragilizada pela emoção.

— Meu Deus, Mel... obrigado. Muito obrigado. Você cuidou tão bem dela. Delas.

— Elas fizeram quase tudo. Venha me ajudar, Preach. Venha me ajudar a dar banho na bebê.

Ela desenrolou a toalha que cobria a recém-nascida e a colocou nas mãos de Preacher; nas palmas daquelas mãos grandes, macias e gentis. Mel foi dizendo a ele o que fazer enquanto ele abaixava a bebê dentro da banheira e, com cuidado, passava um pano morno naquele corpinho, limpando-a.

— Olha só esses pezões! — comentou Preacher. — E essa cabecinha.

— Ela é linda. — Mel estendeu a toalha. — Bem aqui, Preach — indicou.

Preacher deitou a bebê na toalha limpa e Mel fechou o tecido em torno da menina.

— Leve-a lá para o corredor, para mostrá-la ao dr. Mullins. Mas, por favor, fique aqui no andar de cima, por enquanto. Eu vou dar uma limpada nas coisas e você pode levá-la de volta para a sala.

Mel não queria que Preacher ficasse na sala enquanto ela limpava a esposa dele e trocava os lençóis sujos de sangue. E não queria que ele descesse as escadas carregando a bebê, porque tinha medo de que ele se sentisse tonto de novo. Ela fez um trabalho mais rápido do que o normal.

— Como é que você está se sentindo? — sussurrou para Paige.

— Como se eu tivesse passado a noite toda acordada.

Mel apalpou o útero da paciente.

— Seu útero já está se contraindo feito um louco. Está ficando ótimo e firme. — Ela sorriu para Paige. — Seu marido também vai ficar bem e firme agora.

— Pobre John. Foi mais difícil para ele do que para mim.

— Quanto maiores eles são... — Mel deu uma gargalhada.

Ela concluiu o trabalho de vez às sete da manhã. Preacher estava sentado ao lado de Paige, segurando sua filhinha. Mel desceu as escadas e saiu porta afora, encontrando a manhã fresca e iluminada. Ela ficou na varanda da clínica e ouviu o som que adorava: *Tchac tchac tchac*. Jack estava rachando lenha atrás do bar. Ela atravessou a rua.

Mel se encostou na lateral do bar, observando o marido. Sua mente vagou até o passado, no primeiro parto que ela ajudou ali naquela cidade

— um nascimento completamente bem-sucedido, muito parecido com o parto que ela acabara de assistir. Então, exatamente como agora, ela havia atravessado a rua e ficado observando Jack enquanto ele erguia o machado acima da cabeça e o abaixava. Havia observado aqueles músculos nos braços e ombros dele trabalhando e admirado sua beleza bruta.

Quando ele a viu, encostou o machado no toco de madeira e foi até ela. Mel sorriu e caminhou para os braços do marido. Ele a enlaçou na altura das nádegas e a pegou no colo, trazendo-a até junto de seu rosto.

— Foi perfeito — disse ela.

— Eu amo o jeito como esses bebês deixam você iluminada.

Ela o beijou profundamente e ele estreitou o abraço.

— Como é que eles estão?

— Preacher está com as pernas um pouco bambas, mas Paige e a bebê estão ótimas.

— Ele vem esperando por isso há tanto tempo — comentou Jack.

— Pode ser que ele tenha ficado um pouco animado demais. Talvez tenha dado uma espiadinha antes da hora — observou ela. — Você dormiu? — quis saber Mel, fazendo um carinho no cabelo dele.

— Eu não durmo quando você está trabalhando — respondeu ele, tocando os lábios da esposa mais uma vez. — Você quer alguma coisa? Café da manhã?

— Seria ótimo. Nossos filhos vão estar acordados quando eu chegar em casa.

— Foi difícil, meu amor? — perguntou ele. — Depois da histerectomia?

Ela balançou a cabeça, dizendo que não, e sorriu.

— Essa não é a parte difícil. Não existe qualquer tristeza em trazer uma vida nova para um casal tão apaixonado quanto esse. — Ela o beijou de novo. — Eu confesso, eu estava pensando em termos mais um, um pouco mais para a frente. Costumo pensar assim depois que os nossos filhos estão dormindo e em silêncio…

— Nós temos muito mais do que qualquer um de nós achávamos que teríamos — comentou ele.

— Estou lidando muito bem com essa situação. Digo a mim mesma para não ser gananciosa. Desde que eu tenha você…

Jack gargalhou, e sua risada foi um som retumbante, profundo e intenso.

— Como se você pudesse se livrar de mim.

Joe costumava ansiar por suas idas a Virgin River — elas eram uma pausa bem-vinda em meio a seu trabalho exigente. Geralmente, ele ia até lá com um propósito que incluía visitar os amigos — para uma reunião com os rapazes em busca de diversão ou porque alguém precisava de ajuda. Na verdade, se não fosse por algumas lembranças difíceis de serem esquecidas, esta viagem seria uma comemoração. A filha de Preacher tinha nascido e Joe adorava bebês — ele havia sido tio cinco vezes. A ideia sempre fora, a essa altura da vida, ele mesmo já ter um ou dois filhos.

A viagem pareceu durar mais do que o de costume, mas ele chegou à cidade antes da tarde de sábado. Foi direto para o bar de Jack e, uma vez lá, a primeira coisa que fez foi entregar um grande buquê de flores para Paige. Não havia ninguém no bar e ele nem parou na cozinha, indo direto para o apartamento. A porta estava aberta, então ele bateu de leve e entrou. Encontrou Paige sentada no sofá, com o bercinho por perto, dobrando roupas em pilhas bem arrumadas.

— Joe! — disse ela, o rosto se iluminando ao vê-lo. — Ai, meu Deus, essas flores são para mim?

— Claro que sim, querida. Não foi você que acabou de ter uma bebê? — Ela abriu os braços e eles se abraçaram por um longo momento. — Você está maravilhosa para alguém que acabou de ter uma filha.

— Eu tenho sido muito mimada ao longo desta semana. Tenho recebido muita ajuda. Quando você precisar de alguma coisa, qualquer coisa, este é o melhor lugar para estar.

— Você está se sentindo bem?

— Fantástica. E ela é uma menina boazinha.

Ele espiou dentro do bercinho.

— Ah, e onde é que ela está?

— Você tem três chances para adivinhar. Eu não consigo fazer John largar essa menina.

Ele deu uma risadinha.

— Ele está segurando a filha com uma das mãos e mexendo a panela com a outra? — perguntou Joe.

— Senhor, espero que não. Ele disse que ia ver se conseguia colocar Christopher para tirar uma soneca e levou Dana junto, mas quem precisa de uma soneca é John. Ele com certeza está exausto.

Joe deu uma risada.

— Aqui, querida... sente-se. Conte para mim. Você teve um parto tranquilo?

— Eu tive um parto muito demorado. Não teria sido tão difícil se não tivesse levado uma eternidade. Eu estava começando a achar que ela nunca nasceria. E John quase me enlouqueceu. Depois de umas vinte horas de trabalho de parto, eu fiquei com medo de que ele fosse entrar para buscá-la dentro de mim.

— Ele deve ter ficado bem estressado — comentou Joe. — Ele já está te perturbando para ter mais um?

— Ah, ainda não. Acho que meu marido vai reduzir a quantidade de filhos que ele achou que fosse ter. O parto foi meio difícil para John.

— Sério? — perguntou Joe, surpreso.

— Pois é, ele não gosta de me ver sentindo dor. E, no fim das contas, parece que esse homem enorme, que atira em animais e depois os tempera, ou que carrega soldados feridos para fora do campo de batalha, não lida muito bem com uma gota de sangue a menos de dois metros da esposa.

— Ele é meio protetor — confirmou Joe. — Você acha que vão conseguir se mudar para a cabana em breve? Assim que fizerem isso, nós colocamos a sapata para reforçar a fundação e começamos a derrubar as paredes.

— Ah... eu estou pronta — disse ela. — Mal posso esperar para começar a obra. Nós só vamos levar para lá as roupas, os brinquedos e o computador. Paul vai cobrir tudo, não vai?

— Tudo vai ficar protegido... Ou vamos guardar, ou vamos empurrar para perto de uma parede segura e manter a salvo, mas vocês vão conseguir acessar o que precisarem.

Alguns minutos mais tarde, Preacher entrou na sala. Ele estava segurando a bebê na dobra do braço e ela parecia ser pequena o bastante para caber na palma de sua mão. Seu cobertorzinho cor de rosa estava enrolado bem direitinho em volta do corpo, só a cabeça careca de fora, e o pai a manuseava como se ela estivesse presa à parte interna de seu braço.

— Joe! — disse ele, mas com um entusiasmo contido. — Que bom ver você, cara.

Joe se levantou e esticou as mãos na direção do bebê.

— Minha vez, amigo. Vamos ver o resultado do seu trabalho aqui.

Preacher entregou a bebê ao amigo e Joe a colocou nos braços.

— Meu Deus, ela é linda. Eu acho que você deu sorte, Paige. Acho que ela vai ficar a sua cara.

— John tem estado preocupado de que ela fique com um metro e noventa e cento e trinta quilos. Eu tentei explicar que ela precisaria de muito mais testosterona do que vai ter.

— Eu quero que ela seja doce e linda como a mãe — disse Preacher.

— Com quantos quilos ela nasceu?

— Três e setecentos. Grande e forte.

— Ela parecia pesar menos de dois nos braços do seu marido — disse Joe. — Vocês dois fizeram um bom trabalho.

— Cara, foi o trabalho mais difícil que eu já fiz — comentou Preacher.

— Hum, John — disse Paige.

— Eu não quero dizer que você não trabalhou pesado, querida, você sabe disso. O que quis dizer foi que fiquei tão preocupado que quase tive um treco. Mel quase teve que me dar alguma coisa.

— E foi tudo o que você esperou que fosse ser? — perguntou Joe.

— Foi muito mais do que eu esperava. Chorei feito um bebê.

*Esses dois*, pensou Joe. Ele se perguntava se eles faziam ideia de como eram fofinhos.

— Precisamos ligar para Paul, para contar que estou aqui. E para Brie e Mike. Acho que temos o projeto final e eu gostaria de visitar as propriedades hoje, porque assim consigo voltar para casa amanhã de manhã.

— Você tem que ir embora tão cedo assim? — perguntou Paige.

— Infelizmente, sim — respondeu ele. — Eu poderia ter mandado alguém entregar os projetos, mas não queria perder a oportunidade de ver a bebê. E se o cronograma de construção de Paul sair conforme o planejado, vocês estarão no novo apartamento rapidinho. Não passarão nem seis meses na cabana de Jack, o que significa que voltariam para casa antes do Natal. Além disso, se Preacher puder cozinhar durante o dia, apesar do barulho, as equipes vão embora antes da hora do jantar. Eu acho que o bar não vai precisar ficar muito tempo fechado, não.

— Mal posso esperar — comentou Paige.

Depois de alguns telefonemas, todo mundo se reuniu no bar para olhar os projetos das casas. Quando todos pareceram estar de acordo com o que foi apresentado por Joe, ele e Paul seguiram até a casa do general para que Vanessa pudesse analisar as plantas baixas, o que acabou levando algumas horas.

— Certo, vamos inspecionar a sua propriedade primeiro — disse Joe a Paul. — Depois, você está liberado. Passamos na propriedade da família Valenzuela quando estivermos voltando para a cidade. A concretagem está pronta?

— Vai ficar pronta esta semana. Você vai voltar para o jantar? — perguntou Paul ao amigo.

— Vai ficar para a próxima — respondeu Joe. — Quero dar uma passadinha na casa de Jack e Mel hoje à noite, então vou jantar no bar. E aí pego a estrada amanhã de manhã, bem cedinho.

— Ah, achei que fosse passar mais tempo com você — disse Vanni.

— Fica para a próxima, pode ser? Esta será uma viagem rápida para mim.

— Joe — disse ela, pousando a mão no braço do amigo. — Não consigo parar de pensar que tudo isso foi um grande mal-entendido. E que afetou a nossa amizade. Cinco minutos antes de Paul me pedir em casamento, ele me disse que eu tenho o pior temperamento... e que é bem difícil para mim calar a boca. Acho que exagerei com você.

Ele não pôde conter uma risadinha.

— O mal-entendido deve ter sido entre mim e a mulher. — Ele deu de ombros. — Eu ainda não consigo entender o que houve de errado. Está tudo bem com a nossa amizade, Vanni. Seja paciente comigo. Isso vai passar.

— Espero que sim, Joe. Sinto muito que você tenha se machucado. Sinto muito por ter tirado conclusões precipitadas.

— Ei — disse ele, dando uma risada para acabar a tensão. — O que você poderia fazer? Não darei nenhum detalhe do que houve, o que não vai ajudar você. O que quer que ela fale é problema dela, mas eu já contei mais do que queria ter contado. Não quero expor a intimidade de Nikki.

Às cinco da tarde, Joe tinha deixado os projetos nas mãos muito competentes de Paul e estava de volta ao bar de Jack, onde encontrou Mel e as crianças esperando por ele. Não demorou muito para que todo mundo, menos Vanni e Paul, se reunisse ali. Houve um relato bem-humorado do parto de Paige que deixou todos às gargalhadas enquanto saboreavam a truta grelhada com arroz que Preacher tinha preparado.

Pouco depois de Mel ir embora com as crianças, um grupo de Hot Shots, bombeiros federais ligados ao Ministério da Agricultura dos Estados Unidos, entrou no bar — uma brigada de mais ou menos dez pessoas, em vez dos dezoito que geralmente formavam o grupo —, chamando a atenção de todos os presentes. A maioria dos bombeiros da região eram presidiários ou condenados, mas, como não era o caso desse grupo, Jack e Preacher juntaram umas mesas e serviram cerveja e o jantar em troca de informações. Havia um incêndio em Trinity Alps e aqueles rapazes vinham trabalhando nele há dois dias. Agora, parecia que o fogo tinha sido contido, e os bombeiros foram liberados para voltar para casa. Ao que tudo indicava, não seriam chamados de novo. Eles estavam famintos e desesperados por uma boa refeição e uma cerveja gelada.

— Não dá para acreditar que nem fiquei sabendo disso — comentou Jack. — Eu consigo ver muitos quilômetros de floresta do meu quintal da frente.

— Os ventos têm soprado do Sudoeste, é lá no alto da montanha e nós conseguimos diminuir a velocidade e a intensidade dele por vinte e quatro horas. Acho que agora nós conseguimos controlar o fogo. Não podemos atender a um novo chamado por pelo menos vinte e quatro horas, então acredito que, da nossa parte, já acabamos com aquele incêndio. Estamos indo para Mogollon Rim, no Arizona, se ainda estiver quente nos próximos dois dias.

— Onde foi exatamente que aconteceu este último incêndio? — perguntou Jack.

— Uns quarenta quilômetros lá para trás. Logo depois da montanha.

Quarenta quilômetros era uma distância desconfortavelmente pequena; Jack e Preacher fizeram várias perguntas para eles a respeito dos ventos, da previsão do tempo e de incêndios controlados na região.

— Não existe qualquer incêndio controlado perto da floresta de sequoias no momento — disse um deles.

Jack serviu mais bebida aos bombeiros, já que eles estavam indo para casa e não voltariam para a floresta. Óbvio que ele não cobraria um centavo deles.

— Vocês mantêm as nossas cidades seguras... A comida e a bebida são por conta da casa sempre que estiverem trabalhando em um incêndio. É o mínimo que podemos fazer. Desde que vocês tenham um motorista da rodada...

Todos eles riram e alguns deles deram tapas nas costas de um deles.

— Nós sempre tentamos manter pelo menos um mórmon na equipe... A boa influência oficial.

Conforme as horas passaram, Jack manteve o bar aberto até um pouco mais tarde para que os bombeiros pudessem relaxar. Joe se sentou ao balcão, de frente para o amigo.

— Você pode me servir uma saideira, então vou largar do seu pé.

— Tem certeza de que você está bem naquela cabana? — perguntou Jack, servindo a dose de bebida. — Tem espaço lá em casa.

— Ah, Jack... A cabana é ótima. Eu vou lavar os lençóis e refazer a cama de manhã, antes de ir embora. Então, nós vamos acomodar a família de Preacher por lá e começar a derrubar as paredes do apartamento deles.

— Você não precisa lavar nada, sério. Tem um monte de gente na cidade que gosta de fazer serviço doméstico e...

— Não, eu cuido disso. Agradeço a hospitalidade.

— E o outro assunto?

— Que outro assunto?

— A mulher. Aquela que deixou você arrasado.

Joe deu uma risada.

— Nada mudou — respondeu. — Continuo arrasado. Mas vou superar. Tenho experiência em superar mulheres. Uma vez, tive uma esposa que amei... e ela me deixou em mil pedaços.

— Sinto muito, Joe. Não tem outra pessoa que eu queria ver mais feliz do que você...

— Sabe, esse é um dos problemas com este lugar — comentou Joe. — Vocês, rapazes. Quando você abriu este bar, havia cinco de nós livres, leves e soltos, e não tínhamos a intenção de mudar isso. Os únicos que estavam em relacionamentos sérios eram Zeke, Corny, Phillips e Stephens. O restante de nós tinha 30 e tantos anos e estava bem feliz com a solteirice. Havia um monte de mulher por aí para nos deixar ocupados por um tempo. Então, vocês, caras... Jesus. Vocês não só se casaram, vocês encontraram essas mulheres incríveis...

Jack serviu uma dose para si, para se juntar ao amigo em sua comiseração.

— Nós demos sorte — disse ele.

— Isso é muito mais do que sorte — argumentou Joe. — Algum deus está sorrindo para vocês. — Ele olhou para o próprio copo. — Eu não passo de um idiota. Tive essa mulher em meus braços por uma noite longa e inacreditável e pensei que... tinha esperado a vida inteira por ela. E então ela escapuliu de mim assim, ó — disse ele, estalando os dedos. — Eu acordei sozinho.

Joe levou a bebida à boca.

Eles ouviram o som de cadeiras sendo arrastadas no chão quando os homens do Hot Shots se levantaram para ir embora. Todos eles gritaram agradecimentos, alguns foram apertar a mão de Jack, depois saíram porta afora.

Sozinho no bar, já que Preacher estava nos fundos, com sua família, Jack disse:

— E que tal ir atrás dela?

— Eu tentei. Já era.

Jack se debruçou sobre o balcão.

— Sinto muito, cara. Eu achei que isso fosse acontecer comigo e com Mel. No segundo em que ela botou os pés na cidade, ela disse que estava indo embora.

— Quando você soube? Ou achou que sabia? Com Mel?

— Ah, cara — disse Jack, e deu uma gargalhada. — Foi bem devagar. Eu levei uns cinco ou dez minutos. Foi a calça jeans. Você já reparou no corpo da minha esposa quando ela está usando calça jeans? Talvez você não deva responder isso...

— Comigo foi um vestido rosa...

Os olhos de Jack se arregalaram.

— Uau, eita...

— Você não devia me dar álcool — disse Joe. — Me faz falar.

— Nikki — constatou Jack, e aquilo não soou como uma pergunta. — É, amigo. Eu vi. E acho que notei você vendo também. — Ele balançou a cabeça. — Entendo a sua dor.

— Vanni ficou furiosa comigo. Paul foi compreensivo, mas também ficou pê da vida. Bom — acrescentou ele —, eles estão superando agora. Mas a garota não quer falar comigo. Não retorna as minhas ligações. Eu não consigo entender o que foi que eu fiz. Eu fui o melhor que poderia ser para ela.

— Nossa, essa doeu — comentou Jack. — Mas, amigo, isso não significa que não tem outra pessoa por aí esperando para ser encontrada por você. Eu tinha 40 anos, cara. Eu achei que já tinha passado e muito da época de ter esse tipo de coisa na minha vida. Mel... Ela faz eu me sentir como um adolescente.

— É, de repente isso vai acontecer. Mas não enquanto eu estiver assim. Estou arrasado. Preciso superar essa situação antes de poder voltar para o jogo, sabe?

— Aguente firme, camarada. Vai ficar tudo bem.

— Sim — concordou Joe. E bebeu o que restava em seu copo de um gole só, se levantando a seguir. — É melhor você ir para casa, ficar com a família. Eu vou pegar sua varanda emprestada para fumar um charuto, já que você tem o cinzeiro com areia ali fora, depois vou para a cabana, dormir um pouco.

— Tudo bem. Eu vou trancar o bar e sair pelos fundos. Tem café na geladeira da cabana, mas é só isso que tem. Quer levar uma cerveja ou outra bebida?

— Não, estou bem. Bem e cansado — completou ele. — E estou planejando partir cedinho.

— Claro. E, amigo? Não fique futucando essa ferida por muito tempo, certo?

Ele trocou um aperto de mão com Jack.

— Eu vou ficar bem.

Joe foi até a varanda do bar de Jack e olhou para cima, para o céu. Ele escutou a porta sendo trancada atrás de si; o letreiro que dizia "Aberto" foi apagado. As estrelas eram poucas, diáfanas, e ele esperava que isso não fosse sinal de fumaça no céu. Joe puxou o charuto do bolso da camisa, cortou a ponta e riscou um fósforo no sapato. A chama acendeu.

E iluminou o rosto dela.

Ela estava usando uma calça jeans justa e sandálias de salto alto, uma camisa de tricô azul, um colar dourado. Ela se encostou no balaústre do canto da varanda, de pernas e braços cruzados, aquele cabelo preto e brilhante repousando sobre os ombros. Joe deu um passo em sua direção, aturdido, e o fósforo queimou até chegar nos dedos dele.

— Ah! — exclamou ele, sacudindo o palito para apagá-lo.

Ele, então, pisou com a bota no fósforo, para ter certeza de que não existia mais fogo ali. A seguir, acendeu outro fósforo e deu mais um passo na direção dela.

Não havia muita iluminação além da chama do fósforo, mas ele conseguiu ver claramente os rastros de lágrimas nas bochechas dela, os olhos grandes e escuros reluzindo com o brilho do fogo. Ele apagou o segundo fósforo. E recolocou o charuto no bolso da camisa.

— Foi mais ou menos assim que a gente começou — disse Joe, sem chegar muito perto.

— Eu sei. Você me odeia?

— Claro que não — respondeu ele, embora mantivesse uma distância segura.

— Eu fiquei constrangida — disse ela. — E com medo.

— Constrangida? — repetiu ele. — E com medo?

Ela respirou fundo.

— Eu não fazia ideia do que você achava de mim. Fui para a cama com você tão rápido...

— Você poderia ter me perguntado. Eu fui para a cama com você bem rápido também.

— Os homens se safam desse tipo de coisa.

— Eu não — rebateu ele. — O meu castigo foi pesadíssimo.

— É — disse ela, baixinho. — Acho que foi. E sinto muito por isso.

— Tudo bem — disse ele. — Mas não entendi a parte do medo.

— Ah, Joe... Eu fiquei com tanto medo. Pensei na manhã chegando e em você me dando um pé na bunda e dizendo: "Obrigada, meu bem."

— O que foi que eu disse ou fiz para te fazer pensar que isso aconteceria? — perguntou ele.

— Não foi você, Joe. Fui eu. Acho que eu simplesmente ainda não estava pronta para seguir em frente.

— O pânico veio com o amanhecer? — quis saber ele.

— Sim. Foi uma noite ótima. Uma noite que eu gostaria de repetir, e pensei em como seria ansiar por isso e não estar... — Ela ergueu o queixo e fungou. — Predestinada a ela.

Ele deu uma risada sem demonstrar qualquer humor.

— Então, você terminou para evitar que eu terminasse? Meu Deus, Nikki, tudo que eu queria era fazer você se sentir como se estivesse prestes a viver uma coisa boa. Mas o que foi que aconteceu entre nós para que você pensasse isso?

— Foi o meu passado — explicou ela, balançando a cabeça. — Você foi tão maravilhoso comigo.

— E então... você não quis mais falar comigo? — perguntou Joe, totalmente perplexo. — Você não quis nem descobrir se tinha alguma coisa a mais ali? Ficou com medo disso também?

— Eu estava com medo de dar qualquer passo adiante. Nós nem sequer nos conhecemos! Eu quero um relacionamento duradouro, quero uma família.

— Você não estava me escutando? Não faço a menor ideia se é isso que vai acontecer com a gente, comigo e com você... É tudo muito novo. Mas eu não deixei bem claro? Não estou evitando essa possibilidade.

— Joe, acho que, quando o assunto é amor, não tenho a menor ideia das coisas. Acho que eu não reconheceria um amor verdadeiro nem se ele me mordesse.

Ele não conseguiu conter uma risadinha.

— Aconteceu comigo — disse ele. — Bem recentemente, na verdade.

— Achei que eu deveria estar enganada. Na hora, parecia que você estava me mostrando alguma coisa boa. Sincera. Gentil. Mas também poderia ser só... você sabe: sexo.

— Então, nenhuma reclamação sobre a parte do sexo — comentou ele.

— Foi muito mais do que isso. Para mim, foi muito mais do que isso.

Joe se sentiu muito aliviado ao escutar Nikki dizer aquilo, tanto que ele expirou bem devagar. A seguir, estendeu a mão e enxugou uma lágrima do rosto dela.

— E você não achou que pudesse ter sido mais do que isso para mim também?

— Eu apenas não sabia.

— Mas você voltou para cá?

— Bom, Paul me ligou.

— Paul? — perguntou ele, atônito.

— É, eu acho que ele me manipulou.

— Como assim?

— Ele me ligou e disse para não me preocupar com você... que, embora você admitisse que ficou bem mal por minha causa, já estava superando tudo e que, provavelmente, eu me veria livre logo, logo. Disse que você não incomodaria uma mulher que não queria ser incomodada.

— Ele fez isso? Por que ele faria uma coisa dessas?

— Para fazer com que eu pensasse que você estava desistindo, talvez. — Ela enxugou o outro lado do rosto. — Então. Você já me esqueceu?

— Nem um pouco — disse ele. — Ainda estou tentando fazer isso. — Joe olhou para baixo por um instante, pensativo. — O que você veio fazer aqui? Amenizar o clima? Colocar um ponto-final nisso tudo? Transar? Para depois ir embora antes de eu acordar?

— Então, Vanni me ligou. Ela me contou que vinha pensando sobre a situação, e concluiu que eu deveria estar doida. Ela me disse uma porção de coisas que você já tinha dito: sobre vir ajudar os seus amigos, sobre estar lá para apoiar Paul quando ele enterrou Matt. Vanessa sabia que, se precisasse da sua ajuda, por qualquer motivo que fosse, você viria. E eu pensei: mas qual é o meu problema? Eu sempre quis alguém que pensasse assim, que agisse assim. — Nikki o encarou com aqueles olhos imensos e cheios d'água. — Ela me contou que você estaria aqui... que traria os projetos para Paul. Eu deveria ter continuado longe? Teria sido melhor?

— Não sei, Nikki — disse Joe, balançando a cabeça. — Não vou mentir... o jeito como você fugiu de mim... Aquilo foi horrível. Depois, escrevi que você me deixou em mil pedaços e mesmo assim você não me respondeu. O que espera que eu pense, hein? Você não é a única que acha que vai se machucar de novo.

— Sei que não dava para perceber pelo jeito que eu tratei você, mas eu sou inexperiente. Eu nunca fiz isso antes. Acontece que sou péssima com essa coisa de sexo casual. Fico toda paranoica e assustada.

— É? Eu também — disse ele. — Eu nunca pensei naquilo como sexo casual. Nem mesmo naquela noite. Eu fiquei arrasado quando descobri que você tinha ido embora. E mais ainda quando as pessoas disseram que eu fiz você chorar. Eu não conseguia acreditar que tinha acontecido alguma coisa entre a gente que fizesse você chorar. Ainda estou tendo dificuldades nesse quesito.

— Olha, foi isto que aconteceu comigo: ele disse que me amava. Nós moramos juntos por anos. E eu ficava dizendo para ele que eu precisava de compromisso, que eu queria uma família. E ele me dizia que talvez precisasse de mais tempo. E, então, finalmente me contou que fez uma vasectomia sem que eu soubesse alguns anos atrás, porque tinha medo de que eu o enganasse, parasse de tomar a pílula e engravidasse sem ele querer. Foi quando eu descobri que não existia amor, não existia confiança. Ele era um mentiroso e só estava me usando. Foi horrível encarar isso.

— Meu Deus — disse Joe, em um suspiro, quase sem palavras.

— Eu achei que ele me amasse e que estava tentando aceitar toda essa coisa de "para sempre" — disse ela. — Ele tinha passado por um divórcio turbulento uns dez anos antes. Fazia sentido para mim que ele estivesse nervoso. Eu não sabia que, na verdade, estava mentindo.

— Nikki, eu sinto muito. O que ele fez foi horrível. Ele deveria ter sido honesto.

— Pois é. E então veio você. Em cinco minutos eu já sabia que você era mais honesto e direto do que ele jamais havia sido, mas duvidei dos sinais. Eu queria me apaixonar por você... mas eu não te conheço.

Ele estendeu a mão na direção do cabelo preto e brilhante dela. Tão macio.

— Pela manhã, não tinha um centímetro de mim que você não conhecesse.

— Você tem uma verruga bem grande na bunda — disse ela. — É melhor você ir ao médico dar uma olhada nisso. E tem uma cicatriz no ombro. E acho que você tirou o apêndice.

Joe sorriu. Então ela havia prestado atenção. Ele não tinha sido o único, afinal.

— Eu tinha 12 anos.

— O que aconteceu aqui? — perguntou ela, tocando no ombro dele.

— Levei um tiro em Faluja. Mike Valenzuela cuidou para que ficássemos todos vivos até Jack conseguir nos tirar dali. Seis de nós estávamos sangrando muito, *snipers* para tudo quanto era lado, mas nós saímos. Paul perdeu o baço. Foi feia a coisa. E foi ali que o Corpo de Fuzileiros acabou para mim: eu agora estou na reserva. Para Paul também. — Ele sorriu. — Está vendo? Você sabe coisas sobre mim.

— Não o suficiente — disse ela, baixinho.

Joe se inclinou na direção dela e beijou a trilha de uma lágrima em sua bochecha direita. Ele envolveu o pescoço dela com a mão e beijou sua têmpora.

— Aqui — sussurrou ela, tocando os próprios lábios com o dedo. — Tem uma lágrima aqui.

Ele levou os lábios até os dela e mal os tocou, usando a língua para percorrer o lábio superior dela.

— Não, não tem lágrima nenhuma — constatou ele. — Acho que você já parou de chorar.

Ele colocou as mãos sobre a cintura minúscula de Nikki e a puxou para junto de si, beijando-a com profundidade e ternura. Ela respondeu com desejo, um desejo forte e ardente, abrindo seus lábios sob os dele. Ele achou que dava para sentir as lágrimas em seus próprios olhos, pois a sensação de tê-la nos braços era maravilhosa, o gosto dela em seus lábios era magnífico. Joe se perguntou se aquilo era real, se ela desapareceria mais uma vez antes que ele conseguisse segurar aquele relacionamento.

Sentindo o corpo daquela mulher contra o seu, a língua dela em sua boca, as mãos dela subindo e descendo por suas costas, ele torceu, cheio de esperança, para que ela fosse real e que ele não acordasse e descobrisse que fora apenas outro sonho.

— Eu achei que você tivesse ido embora para sempre — disse ele contra os lábios dela.

— Eu queria não ter ido embora. Queria ter ficado…

Ele cobriu a boca de Nikki com um beijo profundo, desesperado e infinito, abraçando-a tão forte que teve medo de esmagá-la. Joe queria dizer algumas coisas a ela, mas isso significaria se afastar daqueles lábios, e ele não tinha forças para fazer isso. Todas aquelas semanas, todas aquelas longas noites em que ele pensava que gostaria de que as coisas tivessem sido diferentes para eles. Todo aquele arrependimento, por pensar que, se ele não tivesse ido tão rápido, poderia ter conseguido que eles ficassem juntos, poderia ter feito isso de um jeito diferente. Ele deveria não ter tido pressa, deveria tê-la cortejado, tê-la impressionado. Foi um idiota por não pegar o telefone dela, nem perguntar o sobrenome antes de tocá-la. Ele deveria ter atraído Nikki para junto de seu coração devagar e com confiança, apagando todas as suas dúvidas. E mesmo assim não conseguia imaginar como aquilo teria sido diferente — eles dois estando tão excitados. Tão prontos.

E Joe estava pronto mais uma vez.

— Nikki — sussurrou. — Você está fazendo de novo. — Ele a beijou novamente, um beijo longo e intenso. E tocou o seio dela. — Meu Deus — murmurou.

— Me leve para algum lugar — pediu ela.

— Não — respondeu ele, em um sussurro. — Não até você entender algumas coisas.

— Vai logo, então. Diz o que preciso entender.

— Eu não estou interessado em apenas uma noite. Eu quero tudo. Se isso for demais para você, preciso que me diga agora. Se isso for assustá-la, quero saber.

— Tudo?

— Eu quero ir para a cama com você e acordar com você. — Ele a beijou. — Depois, quero repetir a dose. — Ele a beijou. — E de novo. Várias vezes.

— Tudo bem — disse ela sem fôlego.

— Eu sou um idiota, mas estou apaixonado por você.

— Como sabe disso?

— Porque eu nunca fiquei tão mal assim antes.

— Mas não era para você se sentir bem?

— E eu me sinto bem quando você está nos meus braços. Quando não está, é simplesmente horrível.

— Tudo bem — disse ela. — Eu entendi.

— Você vai me dar uma chance?

— Vou — concordou ela, reforçando com um gesto de cabeça.

— Eu percebi que, às vezes, as coisas não funcionam do jeito que a gente quer. Eu já passei por isso, e você também. Mas não vou te enganar. Nunca vou mentir para você. Acredita em mim?

— Acredito. Você acredita em mim?

— Você não vai fugir de mim de novo, sem dar qualquer explicação?

— Não vou fazer isso de novo, não.

— Você pode fazer qualquer outra coisa, tá? Você pode dizer que se enganou. Pode me contar que mudou de ideia e que não sente mais nada. Qualquer coisa, menos desaparecer sem dar notícias. Se, para você, estiver tudo terminado, você precisa colocar um ponto-final. Fechado?

— Fechado — repetiu ela, com os lábios colados aos dele.

— Onde é que Vanni e Paul acham que você está? — perguntou ele, com um sussurro rouco.

— Com você — disse ela.

— E você está?

— Estou, sim, Joe. Eu estou com você.

Ele a pegou no colo enquanto a beijava.

— Se você quer fazer amor, vamos fazer. Mas só se você quiser. E só se você achar que isso pode ser o começo de alguma coisa, não o fim.

Ela prendeu as mãos na nuca dele e sorriu.

— Você não existe, sabia? Não é um cara comum. Geralmente, é mais ou menos nessa hora que o homem diz algo do tipo: "Não tente me prender, querida". Não costumam gostar de falar assim, logo de cara, que eles querem um relacionamento duradouro.

— É? — Joe sorriu. Depois, deu de ombros, pensando em seus rapazes, seus amigos. Houve um tempo em que quase todos eles foram aquele outro tipo de cara; o tipo que fica se esquivando de compromissos. E olha onde estavam agora. — Você já superou aquele idiota que a deixou escapar?

— Já, já superei a ponto de conseguir dar risada disso.

— Que bom. — Ele deu uma risadinha. — Vamos para algum lugar onde a gente possa acordar juntos.

Joe ficou impressionado por conseguir dormir. Ter Nikki em seus braços, sentindo aquele corpo doce e quente contra o seu, fez com que ele ficasse em paz. Quando ele acordou ao lado dela, foi como seu o futuro já estivesse determinado. Ele estava perdidamente apaixonado, embasbacado pelo jeito como bastava apenas um toque ou beijo para que Nikki se abrisse para ele, desejando-o com a mesma intensidade com que ele a desejava. Agora, era apenas uma questão de ela decidir o que queria daquele relacionamento. Mas ele confiava no pacto que eles firmaram — eles seriam honestos um com o outro. Sem mais fugas.

Joe saiu da cama no comecinho do dia, quando o sol mal havia se levantado. Ele pensou que poderia começar a preparar o café, fazer amor com ela enquanto o café era coado e, então, poderiam assistir ao nascer do sol juntos. Poderiam combinar quando se veriam de novo. Ele começou a preparar o café. E ficou olhando para a cafeteira à medida que a água começou a passar pelo coador. O cheiro que saía da cafeteira era suspeito, e ele se perguntou se era um café velho. Então, levantou a cabeça. E olhou para o relógio do micro-ondas. Nove e meia. Joe cheirou o ar. *Ai, merda.* Na mesma hora, tirou a cafeteira da tomada e saiu correndo até a varanda, nu. Ele achou que o dia estava amanhecendo porque o sol que se infiltrava pelas janelas estava muito fraco — mas a luz estava daquele jeito por causa da fumaça que pairava no ar.

— Nikki — berrou ele, correndo de volta para dentro da cabana. — Nikki! Acorde! Fogo!

# Capítulo 18

Virgin River havia se tornado um acampamento de base para os bombeiros e o cheiro acre da fumaça pairava no ar. Quando Joe chegou, precisou parar o carro bem antes da igreja. Ele segurou a mão de Nikki e correu com ela até o centro da cidade. Havia muitos caminhões de bombeiros da Califórnia, carros de transporte dos Hot Shot, bombeiros do Departamento de Incêndio da Califórnia e dezenas de bombeiros que Joe reconheceu, logo de cara, que eram presidiários treinados para o ofício. Havia caminhões carregados com equipamentos, caminhões-pipa e caminhões para levar os bombeiros, além dos materiais de paramédicos e dezenas de homens vestindo capacetes, macacões amarelos, botas e com mochilas de equipamentos nas costas. Havia, ainda, uma tenda armada no meio da rua e, ao lado, uma ambulância. A rua era larga o bastante para que um helicóptero pudesse pousar para fazer um resgate aéreo.

Na varanda do bar, em meio a muitos homens que Joe nunca tinha visto antes, estavam seus amigos. Jack vestia um macacão amarelo, escorregando as alças por cima de seus ombros.

— Joe — disse ele. — Eu não sabia se você ainda estava por aqui. Pensei que você pretendia ir embora para Oregon assim que o dia nascesse.

Jack deu uma olhada para Nikki e não conseguiu conter um sorrisinho. E deu a ela um breve aceno de cabeça.

— Ainda estou por aqui. O que está acontecendo?

— O vento mudou. Está vindo para cá.

— O que vamos fazer?

Zeke deu um passo adiante e entregou a ele alguns equipamentos, que Joe aceitou.

— Nós vamos entrar lá, meu chapa.

— O que você está fazendo aqui?

— Eu estava observando o incêndio lá de Fresno. Logo depois da meia-noite parecia que ele ia pôr em risco a minha região de caça preferida, então enchi a caminhonete e vim pra cá.

Stephens saiu de dentro do bar, já todo paramentado e com um donut enorme na mão.

— Mas não sem antes arrancar todo mundo da cama — acrescentou.

Joe começou a vestir a roupa especial e se aparamentar na mesma hora. Ele puxou as alças do macacão para os ombros. Zeke e Josh eram bombeiros profissionais e paramédicos, os demais eram voluntários treinados — estavam à serviço do Departamento de Incêndio da Califórnia. Havia muita coisa para pegar e carregar, muito o que cavar, muita vegetação para ser removida, e cada mão seria útil.

— O que você está fazendo? — perguntou Nikki a Joe.

— Eu vou fazer o que eu puder para ajudar. Você quer ir para casa? Quer ir para a casa de Vanni?

Antes que ela pudesse responder, Mel chegou na varanda. Ela estava usando um jaleco branco, coisa que Joe nunca a tinha visto fazer. Ela trazia um estetoscópio ao redor do pescoço.

— O que é isso? — perguntou ele à enfermeira, erguendo o queixo enquanto Mel tirava do bolso luvas grossas.

— Estamos ajudando a armar a estação de primeiros socorros. Como esses caras não conhecem nem a mim, nem ao dr. Mullins, nós temos que usar uniformes para que eles possam nos identificar.

— Cadê as crianças? — perguntou ele.

— Os pequenos estão tirando a soneca da manhã nos fundos — disse Jack. — Acho que Christopher está montando guarda. Paige está responsável por cuidar das crianças enquanto Mel trabalha no atendimento médico e Brie tenta manter o estoque de comida e água.

— Vou ajudar Brie — anunciou Nikki. Ela deu um beijo rápido na bochecha de Joe e sussurrou na orelha dele: — Eu também te amo. Por favor, tome cuidado.

Então, sem demora, ela foi para o bar enquanto ele a seguia com o olhar, um sorriso idiota no rosto.

— O Departamento de Incêndio da Califórnia pode ajudar, se Brie e Nikki não estiverem dando conta — avisou Jack. — Se for preciso, eles vão evacuar a cidade. Esperamos que isso não seja necessário.

Pouco depois, Preacher estava na varanda, já todo paramentado. Paige estava a seu lado, segurando a bebê recém-nascida deles. Ele se abaixou, beijou a esposa e a filha e desceu da varanda, indo em direção à caminhonete que aguardava ali. Jack foi atrás dele, segurando o braço do amigo.

— Talvez você devesse ficar, Preach. Para o caso de as mulheres e as crianças precisarem ser levadas embora daqui.

— Outras pessoas podem levá-las. Eu não vou deixar você ir a lugar algum sozinho.

— Eu já sou grandinho — disse Jack.

Preacher se endireitou, uma expressão séria no rosto.

— Eu também.

Mel saiu da varanda e foi até a caminhonete que transportaria os voluntários. Ela ficou assistindo enquanto os fuzileiros embarcavam no veículo: Zeke, Phillips, Stephens. Mike, Paul, Preacher, Joe e Jack os seguiram. Uma caminhonete chegou a toda velocidade na cidade, buzinando. Corny, outro bombeiro profissional, saiu dela e gritou:

— Ei! Não se esqueceram de ninguém, não?

Os gritos entusiasmados cortaram o ar.

— E o bebezinho recém-nascido?

— Ah, ela não é mais tão novinha assim. Ela nasceu já faz dois dias.

— E sua esposa o deixou sair da cidade?

— Você está de brincadeira, né? Ela me *mandou* levantar a bunda do sofá e vir até aqui para ajudar. — Ele deu um sorriso, tirando o próprio equipamento da caçamba da caminhonete. — Minha esposa está com a mãe... Estou só atrapalhando neste momento. Eu vou ter anos com aquelas crianças.

— Mais uma menina, hein? — observou Jack.

— É, mas eu sei que existe um menino dentro de mim. Eu sei disso.

— É melhor guardar essa certeza para você mesmo por um tempo, amigo — aconselhou alguém.

Havia também as pessoas da região: Doug Carpenter, Fish Bristol, Buck Anderson e dois de seus filhos. Todos eram bombeiros voluntários certificados.

Todo mundo, menos Jack, já estava dentro da caminhonete. Ele foi até a esposa, se abaixou um pouco e a beijou na boca.

— Quando eles disserem para você que chegou a hora, junte as crianças e saia da cidade.

— Não vai chegar a esse ponto, Jack. Não pode chegar. Não sei se conseguiria ir embora deste lugar...

— Você vai conseguir. Mantenha as crianças em segurança. E peça para alguém tirar a avó de Rick da cidade também.

— Vou ficar de olho em Lydie, mas vou esperar por você — disse ela. — Vou esperar bem aqui. Vou estar aqui quando você terminar, e Virgin River vai ficar bem.

— Melinda, não ouse se arriscar.

— *Você* não ouse fazer isso — devolveu ela. — Volte assim que puder. Ele sorriu para ela.

— Você sabe que não vai conseguir se livrar de mim. — Ele deslizou o braço ao redor da cintura dela e a puxou para junto de sua boca. — Como o seu gosto é bom. — E sorriu. — Comporte-se.

Jack subiu na caminhonete e se sentou ao lado de Joe.

— Parece que você conseguiu resolver as coisas — sugeriu Jack.

— Talvez eu tenha começado a fazer isso. Como foi que você chamou todos esses velhos rapazes?

— Cinco de nós já estavam por aqui — explicou Jack. — Não consigo acreditar nesses outros. Eles não devem ter que trabalhar nunca.

— "Os poucos. Os orgulhosos" — disse Phillips. — Os futuros desempregados se a gente não apagar essa porcaria de fogo.

Levaram meia hora para chegar à área designada, com o fogo se espalhando na direção deles. Lá havia escavadeiras, caminhões e caminhões-pipa estacionados ao longo da estrada. Todos os bombeiros, inclusive os voluntários, traziam seus equipamentos nas costas — comida, água, equipamento de sobrevivência. Eles tinham tarefas designadas, como operar motosserras para derrubar árvores ou remover galhos, usar pulaskis ou ser o responsável por dar ordens ou manejar uma pá. Eles foram agrupados em uma velha estrada abandonada de escoamento de madeira com o restante da equipe de combate a incêndios. Quanto mais longe eles iam, mais denso ficava o ar, mais fagulhas voavam. O grupo foi organizado em uma fila, com alguns deles derrubando grandes árvores enquanto os brigadistas cortavam galhos dos imensos pinheiros caídos para reduzir a oferta de combustível para o fogo. Havia ainda aqueles que cavavam uma vala maior para separar a linha das árvores da floresta em chamas, removendo a vegetação, jogando terra em pequenos focos de incêndio. Os caminhões-pipa estavam se dirigindo ainda mais para trás, para jogar água nos pequenos incêndios que começavam a partir de fagulhas e brasas que se desprendiam do fogo. Jack caminhou até o final da fila e começou a revirar a terra.

— Eu estou ficando velho demais para essa porcaria — disse ele, jogando terra para cobrir as árvores caídas e os galhos cortados.

— Todos nós estamos, cara — comentou Paul, e olhou para cima. — Você acha que a gente vai ter uma droga de nuvem nesse céu?

— Vá em frente e reze — sugeriu Jack.


O general pegou o carro, foi até o bar e entrou no estabelecimento de Jack. A primeira coisa que viu foi Brie, com a sobrinha presa à parte da frente de seu corpo por um *sling*, arrumando garrafas de água no bar para os bombeiros. Ele escutou um bebê chorar nos fundos, no apartamento de Preacher. Então foi para trás do balcão e começou a se ocupar.

— Eu tenho uma ideia — começou Walt. — Que tal você e Paige levarem as crianças para o rancho? A propriedade é rodeada por planícies e o rio, não tem perigo lá. Eu cuido do bar.

— Mel não pode ir e ainda está amamentando a filha dela — explicou Brie. — Ela está cuidando de ferimentos leves com os paramédicos e precisa ficar a postos para atender mais casos.

— O ar não está dos melhores para estas crianças. Eu conheço uma pessoa para quem posso ligar e pedir ajuda. Você devia tirar os pequenos daqui.

— Bom... Vou perguntar a ela.

Brie levou a sugestão do general para Mel, que ponderou por menos de um minuto, assentindo a seguir.

— As crianças vão estar mais seguras por lá. Será que você, Paige e Nikki podem ajeitá-las no carro?

— Claro. Mas detesto a ideia de levar seus filhos para longe de você.

— As crianças devem sair daqui, ele tem razão. Você pode montar um berçário lá, com Vanni. Vamos ficar bem com a ajuda de Walt.

Mel, da estação de primeiros socorros, assistiu enquanto as mulheres, com a ajuda de Walt, carregaram as crianças até as caminhonetes de Preacher e Jack, transferindo as cadeirinhas de um veículo para o outro e acomodando todo mundo. O cercadinho, o berço portátil, as cadeirinhas de bebê e as cadeiras de balanço, as bolsas de fraldas e todo o resto das parafernálias foram colocados na caçamba dos carros. Davie e Emma, Christopher e Dana Marie. Então, eles saíram lentamente da cidade.

Mel esperava que Paige ou Vanni tivessem a ideia de amamentar a pequena Emma; a menininha precisava de leite materno, pois era novinha e vulnerável, e Mel não hesitaria em amamentar o bebê de uma amiga em um momento como este. A enfermeira sentiu uma lágrima escorrer pelo rosto conforme os veículos partiam. Ela enxugou o rosto, impaciente. Havia uma emergência; eles precisariam dar um jeito. Vanni, Brie, Nikki e Paige manteriam os bebês e Christopher seguros. Isso era o mais importante.

*Daqui a pouco Jack estará de volta e nós vamos buscá-los*, disse a si mesma.

A manhã passou rápido com caminhonetes repletas de bombeiros perambulando para lá e para cá, parando para primeiros socorros, comida ou água. Eles saíam e outra equipe chegava. Às vezes, os bombeiros tinham acabado de chegar e estavam usando roupas e equipamentos limpos, às vezes eram homens sujos, exaustos, mortos de sede e de fome. A maior parte deles era composta de presidiários, condenados que receberam treinamento para o combate a incêndios com muitos agentes da lei por perto dando apoio ao Departamento de Incêndio da Califórnia. Mel havia se perguntado quantos deles tentavam fugir enquanto cumpriam aquele tipo de missão. Mas, se muitos tivessem tentado de fato, o programa provavelmente teria terminado.

Ela fez uma pausa para entrar no bar. Para sua surpresa, encontrou o general e Muriel trabalhando atrás do balcão. A mulher lhe deu um sorriso radiante.

— Ei, garota — disse Walt. — O que posso servir para você?

— Água com gelo, se vocês ainda tiverem gelo. Obrigada. Eu estou seca. Acho que é a fumaça no ar. Não está densa, mas incomoda o nariz e a garganta.

— Como é que você está, Mel? — perguntou Muriel.

— Um pouco tensa hoje. Obrigada por ter vindo ajudar.

— Isso não é nada — disse ela, dando de ombros. — Fico feliz por fazer isso. Vocês têm um circo e tanto armado ali fora.

Mel bebeu metade da água de uma vez só, grata.

— Temos, sim, com certeza — disse ela.

— Eu vou voltar para a cozinha. Estou fazendo sanduíches, que é tudo o que sei preparar. Estou quase terminando de montar uma bandeja para levar lá para fora. O Departamento de Incêndios da Califórnia tem a própria comida, mas o estoque está baixo e nós podemos dar um reforço. Que tal se a gente colocar os sanduíches na varanda, com a água?

— Perfeito — disse Mel. — Só segurem as garrafas de água mineral até o poço esvaziar… nós podemos precisar delas mais tarde. Eu vou telefonar para o rancho, para saber como as crianças estão.

Ela foi até o telefone. Enquanto Vanni lhe assegurava que todos estavam bem, ela pôde ouvir Emma chorando no fundo. *É incrível*, pensou ela, *como você conhece o choro do seu bebê*. E aquilo quase a fez chorar também. Pior do que isso, fez com que seus seios começassem a produzir leite e ela foi obrigada a sair correndo para o banheiro, abrir a camiseta e se inclinar sobre a pia. *O corpo de uma mulher*, ela se pegou pensando.

Era um milagre como ele funcionava. *Volte, Jack*, pensou ela. *Nós temos que voltar para os nossos filhos!*

— Mel — chamou Muriel, batendo à porta. — Você está bem?

— Tudo bem — respondeu ela. — Já estou saindo.

Quando ela abriu a porta, encontrou a senhora parada ali, esperando, com uma expressão de preocupação estampada no rosto.

— Eu vi você sair correndo para o banheiro e pensei que estivesse passando mal. Toda essa fumaça no ar...

Mel deu uma risadinha.

— Eu liguei para a casa de Walt, para ver como as crianças estavam, e escutei o choro de Emma. E já faz um bom tempo desde a última vez que ela mamou. Em questão de segundos, meu leite já estava vazando — explicou ela, puxando o jaleco de lado para exibir uma mancha redonda e molhada sobre o seio. — Eu espero que eles controlem esse incêndio antes que eu exploda.

Muriel sorriu.

— Eu não tive filhos. E acho que você precisa voltar para junto dos seus.

— Tenho certeza de que já, já estarei com eles. Sério, isso tem que ser resolvido logo. Você não acha? — perguntou Mel.

— Eu não sei, Mel — disse ela, balançando a cabeça. — Tem muita floresta lá fora. É assustador.

— É — disse Mel, com a voz fraca. — Com certeza.

Walt estava preparando os sanduíches com Muriel.

— Sabe, venho frequentando a sua casa, andando a cavalo com você, jogando gravetos para os seus cachorros, e nunca perguntei sobre os seus maridos. Tipo, quantos foram? E por que você acha que os casamentos não deram certo?

— O que faz você achar que quero conversar sobre isso com você? — devolveu ela.

— Ah, você vai me contar — afirmou ele. — Você é esse tipo de mulher. E eu te contei sobre a minha esposa.

— Tudo bem — disse ela, fechando os sanduíches. — Vamos ao resumo. O primeiro era quinze anos mais velho do que eu, era meu agente. Ele ainda é o meu agente... e se casou com o talento que eu tinha, não com a pessoa que eu era. Era ambicioso demais para mim, aliás, para nós dois. Ele ainda acha que pedi o divórcio por causa da idade dele, mas fiz isso porque ele só se importava com a minha carreira. Acho que ele nem sabia qual era a minha cor favorita...

— Amarelo — afirmou Walt.

Muriel se virou na mesma hora e ficou olhando para ele.

— Amarelo — repetiu ela.

— Essa foi fácil — disse ele. — Está por todos os cantos e você usa várias roupas dessa cor. Gosta muito de vermelho também.

— Certo — disse ela, chocada. E balançou o corpo para se recompor. — Ok, o número dois me batia, o número três me traiu, o número quatro teve um filho fora do casamento e não me contou, o número cinco...

— Tudo bem, espera — interrompeu Walt. — Essa lista é muito longa?

Ela sorriu para ele.

— Você não procurou na internet?

— Não — respondeu ele, quase se sentindo insultado.

— Nós vamos parar no número cinco. Ele tinha um problema de abuso de substâncias. Que eu não sabia de antemão, é claro. Tentei ajudar, mas acabei atrapalhando e me metendo no caminho... Ele precisava fazer isso sozinho. Foi quando decidi, de verdade, que eu deveria parar com isso. De me casar. Mas, por favor, entenda, a culpa não é toda minha... Hollywood não tem exatamente uma boa reputação quando o assunto são relações sólidas e duradouras. Eu fiz o melhor que pude.

— Não tenho a menor dúvida — disse ele.

— Você diz isso porque não tem dúvida mesmo? Ou você está sendo sarcástico com uma pobre mulher que precisou lidar com cinco maridos horrorosos?

Ele deu uma risadinha. Então, enlaçou a cintura dela com um dos braços e a beijou na bochecha. Foi a primeira vez que ele foi corajoso assim. Ele vinha andando a cavalo com ela, aparecendo na casa de Muriel para beberem vinho sentados nas espreguiçadeiras em frente à edícula e até mesmo conversando com ela por telefone quase que diariamente, mas nunca tinha tentado qualquer contato físico.

— O Exército também é difícil para as famílias. Eu tive sorte.

— Hum — disse ela. — Talvez você seja melhor nisso do que eu.

— Pode ser — respondeu Walt.

E, então, sorriu para ela.

Os homens que estavam combatendo o fogo ficaram cada vez mais sedentos e cansados. Eles abriram caminho pela floresta ao longo de uma fileira de árvores que havia ficado mais larga e profunda. Jack se apoiou na pá enquanto Mike Valenzuela passava com uma motosserra, para cortar os galhos de mais algumas árvores caídas. Ele parou para beber um pouco de água e respirar fundo algumas vezes antes de voltar ao trabalho de revirar e jogar terra em uma pilha cada vez mais alta e que formava um pequeno dique junto à floresta. Mike seguiu pela fileira de homens, saindo do campo de visão do amigo. Jack limpou a testa e recolocou a pá no solo.

Então, algo muito sutil aconteceu. A brisa bem suave que Jack vinha sentindo soprar em sua nuca se transformou em um vento quente que o atingiu bem no rosto. Franzindo a testa, ele começou a seguir pela fileira, para além da curva, na direção que Valenzuela tinha tomado, procurando a fonte daquele calor súbito. Conforme a estrada de toras se aprofundava em meio às árvores, o número de voluntários diminuía e eram os profissionais que chegavam mais perto do fogo.

Um murmúrio correu entre aqueles que estavam ali e faíscas encheram o ar. Uma fileira de homens que tinha contornado a colina à esquerda de Jack começou a se mover na direção dele, depois o ultrapassaram. Jack não viu Mike em lugar algum, então avançou um pouco mais. Logo reparou que não havia mais ninguém por lá. Atrás dele, vindo do lugar onde ele estivera, ele escutou:

— Sai daí! Sai daí! Sai daí!

Os bombeiros atrás dele estavam começando a correr pela estradinha. Ele escutou uma espécie de rugido e mais fagulhas encheram o ar. O fogo que eles vinham perseguindo estava vindo na direção deles, com força e bem rápido. Em frente a ele, havia uma fumaça densa; atrás dele, a estrada de toras de onde ele viera; e, à sua esquerda, uma ravina profunda. Ele se virou para sair da estradinha quando houve uma explosão — uma árvore incendiada que vinha queimando explodiu cerca de três metros floresta adentro e soltou sobre a estrada, com um clarão imenso, uma chuva de faíscas e pedaços de madeira. Uma sequoia de sessenta metros de altura também pegava fogo a menos de um metro e meio do lugar onde Jack estava. Ele saltou para o lado, na direção da ravina, e começou a rastejar feito um louco, indo até ela, quando a árvore que pegava fogo caiu e as chamas passaram por cima de sua cabeça.

Tendo recebido ordens para saírem da área, os bombeiros e voluntários começaram a descer a colina rumo à estrada, onde as caminhonetes os aguardavam para começar a evacuação do local. Paul esticava o pescoço, à procura de Jack. Tinha visto o amigo se mover por entre as árvores, mas ainda não tinha voltado de lá. Então, fagulhas começaram a voar e um som parecido com o de um rugido foi ouvido. Mike Valenzuela saltou para dentro da caminhonete, ao lado de alguns dos rapazes.

— Cadê Jack? — perguntou Paul.

— Eu não o vi. — Mike olhou ao redor antes de continuar: — Será que ele está em uma das outras caminhonetes?

Paul saltou para fora da caminhonete e começou a subir a estradinha, mas foi impedido pelo chefe da equipe e empurrado na direção do automóvel.

— Um dos nossos rapazes está lá dentro — disse ele.

— Não tem ninguém lá dentro — disse o chefe. — Todo mundo foi evacuado.

— Eu vi ele seguindo naquela direção!

— Não tem ninguém lá, cara.

— Eu vi ele!

— Se tem alguém lá, eles vão achá-lo — disse o homem, apontando para uma longa fileira de bombeiros que abriam rotas em meio à floresta em chamas.

Logo atrás da coluna deles houve uma explosão, que mandou lascas de madeira e faíscas pelo ar, voando acima da cabeça de todos. Paul foi empurrado para dentro da caminhonete, aterrissando sobre um amontoado de coisas, enquanto o capitão berrava:

— Vamos! Vai embora!

E, arrancando de maneira brusca, o veículo partiu.

Paul se sentou na caçamba e assistiu enquanto todos aqueles homens de capacete e roupas amarelas entravam aos tropeços na próxima caminhonete e, então, em outra. Conforme cada uma delas se enchia, saíam de maneira desordenada pela estradinha até chegarem ao asfalto. O amigo tinha que estar em uma daquelas caminhonetes, pensou Paul. Ele tinha que estar.

Dois aviões deram rasantes, despejando substâncias que retardavam o fogo, um pó vermelho-vivo. As chamas lambiam o ar em direção às aeronaves conforme elas desapareciam em cima da floresta.

Quando eles chegaram à zona de segurança, os fuzileiros começaram a procurar por Jack, indo de caminhonete em caminhonete, mas não conseguiram encontrá-lo em lugar algum. Paul relatou ao capitão o que tinha visto e que Jack poderia ainda estar por lá.

— Amigo, se ele não saiu com a última equipe, ele pode não ter conseguido escapar.

Em pânico, Paul disse a Joe:

— Nós temos que encontrá-lo, cara.

— E onde é que nós vamos procurar, hein? O fogo está vindo para cá.

— Ele tem que estar em algum lugar por lá. — Paul agarrou o braço do bombeiro. — Tem alguma outra saída?

O homem balançou a cabeça.

— Sinto muito, cara.

— Tem que ter outra saída. Ele não faria isso... ele não entraria lá se estivesse quente demais. Jack é esperto demais para fazer isso!

— Camarada, o vento mudou e arrasou vários metros em questão de minutos. Nós só podemos esperar e ver se ele aparece. Ele não é o único desaparecido. A equipe de Busca e Resgate está trabalhando nisso.

— Ai, *porra* — disse Paul. Havia lágrimas em seus olhos. — Isso não pode acontecer. — Ele olhou para Joe. — Depois de tudo pelo que passamos? Isso não pode acontecer, pode?

— Não. Não pode.

Os bombeiros e voluntários moveram a fileira para outro local, mas agora que o fogo seguia em uma nova direção, para longe de Virgin River, as equipes da região noroeste estavam assumindo a operação. Algumas horas mais tarde, com o sol se pondo, o chefe estava pronto para deixar a cidade, reposicionar seu acampamento de base em outro lugar e mandar os voluntários para casa.

— Não posso ir embora — disse Preacher. — Não até descobrir onde ele está.

— Ninguém saiu pelo outro lado, Preach. E ele não está aqui. Acho que, talvez...

— Não — interrompeu Preacher. — Não. Ele conseguiu escapar, nós só não conseguimos encontrá-lo. Vamos continuar procurando. Vamos voltar até onde vimos ele pela última vez, o mais perto que conseguirmos chegar com segurança, vamos estabelecer um perímetro, procurar por uma trilha. Vamos continuar procurando. Ficou claro?

O silêncio reinou por um instante, até que alguém disse:

— Sim, Preach. É isso que vamos fazer.

Por volta das cinco da tarde, os bombeiros estavam deixando Virgin River, mas os homens ainda não tinham retornado. O odor acre da fumaça estava se dissipando, finalmente se movendo para a outra direção. Às seis, o lugar estava assustadoramente quieto e, às sete, as nuvens começaram a chegar, vindas do mar.

Paige, Brie e Nikki levaram as crianças de volta à cidade e Mel finalmente pôde amamentar Emma e abraçar David um pouquinho. Ela colocou os filhos em cercadinhos e em camas improvisadas no apartamento de Paige. Walt e Muriel continuaram a trabalhar na cozinha e no bar, sempre de olho em qualquer notícia local que aparecesse na televisão, convencidos de que os fuzileiros logo voltariam famintos. Às dez da noite, ainda sem qualquer notícia dos homens da cidade, Mel viu as primeiras gotas de chuva caírem na rua coberta de poeira do lado de fora do bar. Ela se debruçou na varanda, com o braço esticado, e sorriu quando a mão começou a ficar molhada. Ficou ali, assistindo à chuva cair, aquele cheiro característico parecendo uma resposta às preces das pessoas.

Ela se sentou em uma das cadeiras na varanda do bar de Jack e se lembrou do início do relacionamento deles, antes de se casarem, antes de os filhos chegarem. Naquela época, quando ela se sentia sozinha e tinha certeza de que jamais experimentaria o amor novamente, Jack, tão grande e poderoso, poderia tê-la tomado em seus braços e a devorado, mas ele tinha sido paciente, muito gentil. Ele havia esperado que Mel indicasse que tinha chegado a hora, que ela estivesse pronta para sentir alguma coisa que não doesse. E, então, as mãos dele em seu corpo, os lábios, tudo tinha provocado nela a resposta mais incrível que ela já sentira na vida. Um amor tão certo, tão seguro, tão estável. Jack não fazia nada pela metade. Ele tinha sido um solteirão sem quaisquer amarras, o amante de muitas mulheres, até conhecer Mel. E, desde então, pertencia somente a ela. Um parceiro comprometido.

*Você nunca deve ter medo de nada enquanto for a minha esposa. É o meu trabalho garantir que você nunca tenha medo.*

*Eu estou sentindo um pouco de medo agora, Jack,* pensou ela.

À meia-noite, ela enfiou a cabeça para dentro do bar e encontrou Muriel largada sobre uma cadeira, com a cabeça pousada em cima da mesa enquanto Walt ainda estava de pé atrás do balcão, assistindo ao noticiário na televisão nova. Em prontidão. Aguardando.

— Vai se deitar, Mel — disse ele. — Eu aviso assim que eles voltarem.

— Você ouviu alguma coisa no noticiário? — perguntou ela.

— Estão dizendo que o fogo foi contido. E agora, com a chuva, já, já vão controlar tudo.

— Então, por que eles ainda não voltaram? — quis saber ela.

— De repente ficaram por lá porque as pessoas ainda precisam de ajuda — respondeu ele. — Talvez para limpar ou algo assim. Vá. Vá dormir.

Jack nunca dormia quando Mel trabalhava, para o caso de ela precisar dele — o que, algumas vezes, de fato aconteceu. Ela balançou a cabeça, dizendo que não.

— Eu não vou dormir até o meu marido voltar — afirmou ela. — Ele está chegando.

Por dentro, ela conseguia sentir cada passo que ele dava em direção a ela, embora seu coração estivesse batendo rápido, de maneira suspeita. Mas Mel tinha certeza. Ele estava chegando. Talvez estivesse lá fora, procurando alguém.

Ela se lembrou da primeira vez que conheceu aqueles homens notáveis, aqueles fuzileiros que nunca abandonavam os companheiros. Na mesma hora se sentiu sob o feitiço de coletividade deles — o humor, a camaradagem, o puro deleite de viver, aqueles homens que amavam suas mulheres e a vida que eles levavam. Eles eram divertidos e fortes, corajosos e leais. Jack tinha mandado Rick para se tornar um deles.

Jack tinha sido como um pai para Rick de todas as formas possíveis, demonstrando a mesma devoção e força que ele demonstrava com seus filhos de sangue. Ela se lembrou de como o marido tinha dado apoio ao garoto durante o luto após perder a filha, com seu coração se partindo em mil pedaços. O homem dela tinha tanto amor dentro de si, era incrível que o peito dele não explodisse.

*Eu nunca vou deixar você, Mel. Quero que confie em mim. Você sabe que estará bem comigo.*

— Eu confio em você — disse ela em voz alta, embora não houvesse ali qualquer pessoa para escutá-la. — Eu te amo. Eu confio em você. E conheço você... Você nunca desiste.

Jack a tinha salvado quando a própria vida de Mel se esvaía depois do nascimento de Emma. Mel estivera em um estado de mera semiconsciência, mas conseguira escutar as palavras desesperadas dele, implorando: *Você é a minha vida toda, Mel! Fique comigo. Não me deixe!*

— Não me deixe — sussurrou ela. — Não ouse fazer isso!

*Como se você fosse conseguir se livrar de mim agora.*

O amanhecer encontrou Mel ainda sentada na varanda, alerta. Ela passara uma noite bem longa pensando no marido. Ele tinha tantos rostos: uma expressão forte e perigosa para um inimigo ou uma ameaça; uma suave e delicada quando voltava os olhos para ela; um doce orgulho ao segurar seus filhos no colo; um brilho de alegria quando estava com os amigos.

Melinda se lembrou da primeira vez que ele a convenceu a dar aqueles beijos roubados, profundos, significativos e cheios de paixão. Tinha sido difícil resistir a ele, pois o encanto daquele homem era muito penetrante. E que fortuito, porque aquele mesmo desejo tinha dado a ela os filhos — ela não conseguia dizer não a Jack. Seu amor cegava, de tão brilhante.

Finalmente, *finalmente*, um veículo parou na cidade: era uma caminhonete de fazenda. Os homens estavam sentados na caçamba, imundos e exaustos. Ela ficou em pé na varanda e observou enquanto eles, um a um, desciam do veículo, arrasados. Mike veio até a escada da varanda. A camada preta de cinzas em seu rosto estava riscada pelos rastros úmidos de lágrimas.

— Cadê o Jack? — perguntou ela.

— Mel — começou ele. — Nós não conseguimos encontrá-lo, Mel. Procuramos a noite toda.

— Do que você está falando? — perguntou ela, dando uma risadinha nervosa. — Vocês o perderam?

— Eles evacuaram a área, mas Jack não saiu da floresta. Alguma coisa explodiu de repente. O fogo se alastrou pela estrada. — Ele segurou firme no braço da enfermeira. — Mel, ele pode ter ficado preso. Nós perdemos três bombeiros na explosão que aconteceu quando o vento mudou.

— Mas não Jack — disse ela, balançando a cabeça. Seus olhos estavam perfeitamente límpidos. — Não, Jack está chegando.

— Querida, eu não sei. — Ele a puxou para dentro de um abraço, mas ela continuou com os braços pendendo na lateral do corpo. — Eu acho que não.

Preacher subiu a escada. Seus olhos estavam injetados de cansaço e tristeza. Seu rosto se encontrava coberto de fuligem, assim como o macacão que vestia. Ele ficou de pé na frente de Mel e deixou a cabeça pender, como se estivesse envergonhado. Ela o conhecia tão bem… Ele não conseguiria viver com a culpa se achasse que tinha decepcionado Jack.

— Está tudo bem. Ele está chegando — repetiu ela. — Ele vai estar pê da vida, mas está chegando.

Um a um, todos os homens se aproximaram dela, tocando-a, abraçando-a, alguns com lágrimas escorrendo. Não demorou muito para o que general viesse até a varanda. Ao ver todos os homens, voltou para acordar Muriel e as mulheres mais jovens. Mel, porém, permaneceu impassível.

— Não — repetia ela diversas vezes. — Vocês não entendem. Se tivesse acontecido alguma coisa com ele, eu saberia. Eu sentiria. Ele está chegando.

— Nós vamos voltar lá depois de bebermos um pouco de água e descansarmos — prometeu Paul. — Nós vamos descobrir o que aconteceu. Não importa o que tenha sido, nós vamos trazer Jack de volta.

Então, de cabeça baixa, ele entrou no bar. Não demorou para que o som do choro de Brie rompesse o amanhecer, fazendo com que Mel se endireitasse, tensa. Mas ela agarrou o braço de Joe quando ele ia passando e disse:

— Diga a ela. O irmão dela está bem. Ele está chegando. Diga isso a ela.

Joe puxou Mel e a abraçou.

— Querida, eu não tenho tanta certeza disso.

— Você não está entendendo — disse ela.

Ninguém entendia. Se Jack tivesse morrido, Mel sentiria. Haveria um buraco escuro, fundo e vazio dentro dela. Durante apenas um segundo, ela se lembrou de que, quando o primeiro marido, Mark, morrera assassinado, ela não tinha experimentado qualquer tipo de premonição. Não houvera nenhum aviso ou sentimento profundo. Mas ela afastou este pensamento: era diferente com Jack. Sempre tinha sido diferente com Jack.

— Ele está a caminho.

# Capítulo 19

Ao amanhecer, Jack estava sentado ao lado de uma estrada vicinal abandonada, com o tornozelo muito machucado e o rosto chamuscado. Ele estava desidratado, fraco. Seu macacão estava coberto da substância retardadora de chamas e salpicado de buraquinhos provocados pelas fagulhas que voaram, e ele se perguntava durante quanto tempo deveria descansar antes de voltar a caminhar. Na verdade, voltar a mancar, pois o tornozelo dele estava bem feio. A área tinha sido completamente evacuada e seria bem pouco provável que alguém dirigisse por aquela estrada até que o pessoal do Departamento de Incêndios da Califórnia ou os agentes florestais passassem por ali. A essa altura, ele já poderia estar desmaiado, ou até mesmo morto.

Então, contrariando todas as probabilidades, ele viu a nuvem de poeira que um veículo em movimento levantava atrás de si. Ele se colocou de pé com muito esforço, mas estava tonto e instável, já que seu estado de desidratação era agravado pela secura que a fumaça causava no ar. Ele se colocou bem no meio da estrada, achando melhor ser atropelado do que não ser visto. Quem não pararia para ajudar alguém com um macacão de bombeiro? Só o diabo em pessoa faria uma coisa dessas.

Foi quando o diabo em pessoa, dentro de uma picape escura e de vidros fumês, parou a poucos centímetros de Jack.

— Filho da mãe — murmurou Jack para si mesmo, a boca tão seca quanto algodão.

O plantador de maconha que tinha cruzado seu caminho vezes demais nos últimos anos abriu a porta do motorista e saiu do veículo.

— Jesus. Você está parecendo um pesadelo — disse o cara a Jack. — Você está péssimo.

— É mesmo? Você não é exatamente a minha pessoa favorita no mundo — devolveu Jack, amargo.

— Qual a gravidade dos seus machucados?

— Sede — respondeu Jack. — Só sede. Me deixa só beber um pouco da água do radiador e pode ir embora — disse ele, embora a ideia fosse insana. Ele estava fora de si de tanta sede.

O cara, sem o chapéu de caubói e um pouco sujo com o que talvez fossem cinzas, suspirou fundo e deu a volta na caminhonete pela frente. Ele abriu a porta do carona e disse:

— Entre.

— Você tem água?

— Sim! Eu tenho água! É só entrar! — Jack foi mancando na direção da caminhonete. — Você disse que não estava machucado — reclamou o Chapéu de Caubói, olhando enquanto Jack mancava.

— Eu basicamente só estou com sede — respondeu Jack, caminhando com muitíssima dificuldade.

— Está quebrado?

— Não. Você já ouviu dizer por aí que torcer é pior que quebrar? Nós vamos descobrir se é verdade…

Chapéu de Caubói não conseguiu conter uma gargalhada.

— Jesus Cristo, você é osso duro de roer. Entre.

Jack conseguiu se colocar dentro do carro com dificuldade — a caminhonete era alta, ele estava fraco e o tornozelo estava muito ruim. Ele tinha se ferido logo no começo, ao se jogar na direção da ravina.

Quando o motorista se acomodou atrás do volante, ele esticou o braço e, da parte da cabine estendida que ficava atrás de Jack, tirou uma garrafa d'água, que entregou ao ex-fuzileiro.

— Beba devagar ou você vai vomitar no meu carro.

— Eu sei como é que se faz — respondeu Jack, então bebeu a água em goles imensos e rápidos e transformou a preocupação do homem em realidade. Na verdade, ele teve ânsias e soluçou algumas vezes, então baixou o vidro da janela. Mas ficou tudo bem; a água continuou em seu estômago. Ele inclinou a cabeça para trás e disse: — Ai, cara, que noite longa.

— Como é que você acabou indo parar ali?

— Eu me separei da equipe. O vento mudou, uma árvore explodiu, eu tive que me jogar no chão e sair correndo. Mas não tinha estrelas no céu, por causa da fumaça, então eu não faço ideia de onde estou. Andei a noite toda. — Ele engoliu mais água. — O que você está fazendo aqui?

O cara riu.

— Estou dando o fora. Escuta, vou deixar você perto da rodovia do condado, onde alguém vai pegar você. Vou deixá-lo com água, mas não posso voltar para a cidade. Já deu para mim.

— Já ouvi isso antes...

— Bom, dessa vez é para valer. Então, estou vazando. Vai ficar tudo bem com você. Ninguém vai passar reto por um bombeiro, mesmo que você pudesse muito bem ser um presidiário fugindo. Principalmente do jeito como se coloca no meio da estrada... Mandou bem.

Eles seguiram a viagem em silêncio durante um tempo; Jack se reidratou e Chapéu de Caubói apenas dirigiu perigosamente em alta velocidade pela estrada deserta. Demorou cerca de quinze minutos para que ele chegasse a uma interseção com a rodovia do condado; Jack teria levado praticamente o dia todo para chegar até ali com o tornozelo machucado, isso se ele não caísse desmaiado ou morto primeiro.

— Não se preocupe, algum carro vai passar por aqui. — Chapéu de Caubói esticou a mão para pegar algumas garrafas de água. — Não force o tornozelo, vá devagar, economize a água...

— Eu já estive no deserto — disse Jack, irritado.

— É, eu sei. Apenas espere por uma carona. Eu tenho que ir, cara. É só isso mesmo.

Jack estreitou os olhos.

— Por que você não pode ser cem por cento bom ou cem por cento ruim? Por que é que você tem que me deixar o tempo todo confuso?

O homem riu.

— Essa é a minha especialidade: confusão. Escuta... Alguém começou aquele fogo. Eu não tenho como provar, mas a única coisa que me falta é isso. Pessoas morreram. Até onde sei, morte é contra as regras.

— Eu não sei o que você é, cara — disse Jack. — Metade das vezes que vejo você, eu fico muito pê da vida. Na outra metade, você chega junto. E você é um fuzileiro... Eu vi o buldogue tatuado no seu braço. Só que existem alguns fuzileiros de merda por aí, então eu não deixei isso me influenciar...

— Só cai fora — disse Chapéu de Caubói. — Evite forçar a perna o máximo que conseguir, e garanto que vai aparecer uma carona. Já que a gente não vai mais se ver, seria bom para mim se você não falasse por aí que te dei essa carona. Eu realmente gostaria de sumir como se fosse feito de fumaça neste momento. Por assim dizer.

— Eu devo contar à polícia o que você me disse, essa coisa de alguém ter começado o fogo...

— Quer saber? Quando descobrirem o foco inicial do incêndio, vão achar um corpo. Eu não tenho nada a ver com isso. Você vai fazer o que tiver que fazer... Mas, se você der muitos detalhes sobre essa carona que te dei, se falar que eu estive lá, vai acabar fazendo com que alguns cultivadores da região venham atrás de mim, e eu vou morrer. E, como eu disse, acho que isso é contra as regras.

Jack sorriu. *Certo...* Ali estava um cara que era um cultivador ilegal de maconha, mas que não perdia a oportunidade de salvar uma vida e que não se importava que a polícia soubesse no que ele estava metido, mas ao mesmo tempo não queria que os outros cultivadores da região soubessem disso... Ele devia ter se metido numa bela furada com alguns cultivadores. E que tipo de pessoa ele teria que ser para ter mais medo dos cultivadores do que dos policiais?

— Eu não tenho motivo para falar nada, camarada. Agradeço a carona. Que tal ir um pouco mais devagar, hein? Você está indo numa velocidade muito perigosa.

— Estou com pressa.

— Estou vendo. Mas você quer chegar lá, não quer? Obrigado pela carona. Tente ficar longe de confusão.

Assim que Jack fechou a porta da caminhonete, Chapéu de Caubói arrancou em alta velocidade, deixando uma nuvem de poeira em seu rastro.

\* \* \*

A garoa continuou a cair, esquentando o solo; ainda muito quente. Era o verão mais quente de todos, e o calor só aumentou com o fogo na floresta.

Mel não saía da varanda. Doutor Mullins veio até o bar, tocou a testa dela e perguntou se ela não gostaria de se deitar só por alguns minutos.

— Não — respondeu ela. — Estou esperando Jack.

— Os rapazes disseram que a equipe de Busca e Resgate está vasculhando a área e eles estão se preparando para sair de novo, para procurar Jack. Nós podemos acordar você no segundo em que encontrarem alguma coisa.

— Doutor, está tudo bem. Eu não conseguiria dormir mesmo.

Muriel tentou colocar um copo de conhaque na mão dela, mas Mel balançou a cabeça. Ela queria ter certeza de que sentiria tudo, porque ela ainda conseguia *sentir* Jack. Ela poderia muito bem estar envolvida pelos braços do marido. E, então, lembrou-se da primeira noite que passou em Virgin River, da cabana horrorosa, da chuva torrencial e do conhaque do bar de Jack que a esquentou. Ela tinha falado de maneira ríspida que não o achava engraçado, que tinha tido um dia terrível. E ele apenas sorriu para ela e disse: "Ainda bem que abri a garrafa de conhaque, então".

E mais tarde, quando ele a abraçou enquanto ela chorava pela morte do marido. Depois, ele a despiu, a secou, deu a ela aquele conhaque. Mel tinha tido uma tremenda crise emocional. *Foi um colapso e tanto... Mas, se é para ter um, que seja de verdade, não acha? Você deveria se orgulhar.*

O orgulho que Jack sentia dela era o maior presente de todos. Ele lhe dizia com frequência como sentia orgulho dos cuidados que ela oferecia, do compromisso em ajudar quem quer que estivesse precisando de ajuda. Quando um homem feito Jack sente orgulho de você, isso significa tudo. Mel abriu um sorriso.

A televisão estava ligada, com o volume alto. Ela jamais assistiria à televisão com o volume tão alto assim. Ela sabia que os rapazes de Jack não estavam descansando, mas sim vidrados no noticiário, na esperança de escutar alguma informação sobre os bombeiros desaparecidos. Eles se revezavam para ficar com ela na varanda, com medo de a deixarem sozinha, porque achavam que ela estava ficando louca. Silenciosamente e de maneira um tanto estoica, mas ainda assim ficando louca.

— Eu estou bem — garantia ela a eles. — Sério, estou bem.

Do lado de dentro, os homens estavam juntando os equipamentos para partirem de novo, engolindo sanduíches para terem energia e tomando água para se reidratarem. Mel aceitou beber água, alguém levou a bebê para mamar, ela segurou o filho enquanto ele tomava mamadeira, mas ela seguia determinada e permaneceu na varanda. Não perguntou nem uma vez se havia qualquer notícia de Jack.

O noticiário da manhã confirmou a morte de três bombeiros no incêndio, mas seus nomes não foram divulgados, pois os familiares ainda não tinham sido notificados. Conversando baixinho entre eles, os homens concluíram que alguma notificação poderia chegar em breve, e que eles ficariam em Virgin River quanto tempo fosse preciso, estariam ao lado de Mel. Eles a ajudariam a enterrá-lo e depois, por quanto tempo mais ela precisasse deles, alguém estaria ali.

Os homens fizeram uma pausa de algumas horas, comeram e beberam água, telefonaram para a família para contar que não estavam feridos e que estavam prestes a levar os próprios veículos de volta à área para continuarem as buscas. Joe e Paul se sentaram um de cada lado de Mel, de vez em quando segurando a mão dela. E ela apenas olhava para a frente.

O som de um veículo se aproximando fez com que ela se levantasse e ficasse em pé na varanda. A chuva tinha parado, o chão estava molhado e uma velha picape entrou na cidade, parando no meio da rua em frente ao bar.

— Puta merda — murmurou Paul, ficando também de pé.

Joe foi correndo, aos tropeços, para dentro do bar.

Jack saiu da parte de trás do veículo, com uma enorme mancha vermelha de substância retardante de fogo em seu corpo. Ele se equilibrou em um pé só, pois a outra perna parecia machucada de alguma forma. Enquanto ele alcançava seus equipamentos na parte de trás da picape, Mel desceu os degraus da varanda serenamente e seguiu na direção do marido. Ele jogou as coisas no chão e a picape foi embora, dando uma buzinadinha de despedida. O rosto dele estava escurecido pela fuligem, os olhos, vermelhos e lacrimejantes, seus lábios rosados e rachados com a secura. O macacão que vestia estava salpicado de furos feitos por fagulhas.

Mel foi direto para dentro dos braços abertos dele.

— Você está atrasado — disse ela, levantando a cabeça para olhar para ele.

Ele olhou para baixo e a beijou com delicadeza na testa.

— Desculpe. Fiquei preso. A maldita caminhonete foi embora sem mim. — Ele sorriu para ela. — Você tem alguma ideia de como você fica dentro de uma calça jeans? Melinda, sério, o jeito que essa calça jeans me deixa…

— Todo mundo pensou que você estivesse morto e você está aqui, falando sobre a minha bunda de novo.

Ele fez uma careta.

— Eles vão lamentar que eu não esteja morto. Eu estou andando há vinte e quatro horas e estou num mau humor desgraçado. — E então afastou o cabelo do rosto dela. — Você ficou com medo, meu amor?

— Não — disse ela, balançando a cabeça. — Eu sabia que você estava chegando.

— Sabia?

Ela tocou o próprio peito.

— O seu coração bate aqui dentro. Se tivesse parado, eu saberia. Às vezes ele bateu um pouco mais rápido. Foi por pouco, Jack?

Ele deu uma risadinha, apertando-a ainda mais em seus braços.

— Foi tão por pouco que estou com bolhas na minha bunda.

— Eu passei a noite toda me lembrando de cada vez que você me tocou. Cada uma delas.

— Você não tem que se valer de lembranças. Eu vou tocá-la por muitos anos ainda.

— Eu sabia que você jamais me deixaria.

— Meu amor, eu voltaria do inferno para ficar com você.

— Eu sei, Jack. Você se machucou.

— Meu tornozelo. Eu caí em uma vala. Não sou tão ágil quanto costumava ser. Talvez eu tenha ferrado com ele bem feio, depois de correr com esse pé assim. Isso me deixou muito mais lento… e eu mal podia esperar para sentir o seu corpo junto do meu.

— O que é isso? — perguntou ela, limpando a geleca vermelha que estava na camisa dele.

— Substância retardante de fogo. Jogaram bem em cima de mim. Me derrubou, mas tinha uma saída. Então, tive que correr com esse maldito tornozelo. Foi horrível. E, então, eu me perdi. É mais fácil se perder de noite sem as estrelas por causa das árvores e da fumaça. Acho que vou desistir dessa coisa de ser bombeiro.

Mel tocou o rosto do amado, que parecia estar queimado pelo sol por debaixo da fuligem e das cinzas. Ele estremeceu de dor. Então, se abaixou um pouco, segurou-a pela parte de baixo da bunda e a levantou até que ela ficasse na altura de seu rosto.

— Me beija. Me dá um gostinho da sua boca.

Ela baixou os lábios até encostar nos dele e o beijo que eles trocaram foi profundo e forte.

Atrás dele, os fuzileiros, que estavam reunidos na varanda, deram gritos de comemoração. Mas Jack não se apressou, movendo-se com ternura contra os lábios da esposa, grato por mergulhar naquele amor tão doce mais uma vez. Ele tinha passado vinte e quatro horas desejando o beijo dela, por isso não seria apressado. Não por eles, não por nada. Ele detestava a ideia de ter que deixá-la, estava tão apaixonado por ela hoje quanto tinha se sentido no primeiro dia. Ainda mais.

— Você está com gosto de fuligem — comentou Mel.

— Eu sei — respondeu ele. — Seu gosto é tão bom. — Ele indicou a cabeça na direção do bar, dos seus rapazes. — Eu odeio quando eles fazem isso.

Mel sorriu.

— Eu acho que estou começando a me acostumar.

E o beijou de novo.

Por mais que Jack estivesse ansioso para chegar em casa, ele precisava de alguns minutos sozinho com Mike Valenzuela. Eles foram para o motor home atrás do bar. Jack contou apenas para Mike os detalhes de seu resgate, e ficou ali enquanto Mike telefonava para o xerife, repetindo a história e também a placa do veículo. Quando desligou, virou-se lentamente para olhar para Jack.

— Bom, eles estavam na sua frente nessa história. Alguns cultivadores… parceiros… tiveram uma briguinha amorosa. Um deles foi baleado, o outro ateou fogo no corpo para ocultar a evidência, então houve o incêndio. Eles estão investigando um assassinato relacionado a drogas que foi ocultado por um incêndio culposo. Um suspeito foi preso tentando escapar — disse Mike.

Jack engoliu em seco.

— Foi o nosso cara?

— Eu estou especulando aqui, mas, se tivesse sido o nosso cara, ele não teria parado para ajudar você. Na verdade, provavelmente teria enfiado uma bala na sua cabeça para evitar que você falasse com a polícia. Esse homem, definitivamente, não teria contado nada sobre o incêndio. Jack, aquele cara não é o que a gente pensa que ele é.

— O que é que a gente pensa? — perguntou Jack.

— Que ele é um cultivador qualquer. Ele pode até fazer parte da força policial e, se for isso mesmo, eles o retiraram daqui, realocaram-no e nós nunca mais teremos notícias dele.

Jack se levantou.

— Bom, acho que é isso, então. Pelo jeito como ele estava dirigindo, provavelmente enfiou o carro em alguma árvore por aí antes de sair do condado. Eu vou para casa.

— Durma bem.

— Vou dormir muito. E, Valenzuela. Obrigado. Por ter ido me procurar.

— É só o que a gente faz. O que você faz. Eu estou feliz por não termos precisado trazer um churrasquinho para Mel.

— Eu também.


Jack, Preacher, Mike e Paul foram para casa, ficar com suas esposas, tomar banho em seus chuveiros e, depois, se deitar em suas camas para uma longa noite de sono pesado. Os outros nem podiam pensar em descansar depois de vinte e quatro horas acordados, pois ainda tinham uma longa viagem pela frente. Phillips e Stephens estavam indo para Reno e atravessaram a montanha com uma garrafa térmica bem grande cheia de café forte que eles levaram do bar e dois pares de olhos para manterem na estrada. Zeke e Corny passaram a noite na casa de hóspedes de Jack antes de partirem. Joe levou Nikki de volta para o chalé.

Isso deixou Walt e Muriel sem qualquer instrução e um bar inteiro nas mãos.

— Acredito que acabamos por aqui — comentou Walt. — Nós não fizemos uma grande limpeza, mas guardamos a comida e lavamos a louça. Fizemos a nossa parte.

— Eu fiz a minha parte — retrucou Muriel. — A essa altura, Buff já explodiu dentro do canil e, embora Luce seja um anjo, provavelmente já tivemos alguns acidentes e ela deve ter comido a minha casa de tanto tédio. Ela é uma labradora. Essas coisas são da raça.

— Preacher deixou as chaves. Que tal a gente trancar o bar e entregar os pontos?

— Vamos lá — disse ela. — Eu estou um caco.

— Aposto que você está cansada.

— Um caco — repetiu ela. — Isso é um nível além do cansaço.

Walt colocou a mão na parte de baixo das costas de Muriel e a conduziu até o lado de fora, trancando a porta atrás deles. Ele permaneceu de pé na varanda por um instante, olhando para o céu.

— Eu não sei como agradecer a você por ter vindo à cidade e ajudado desse jeito.

— Agora esta é a minha cidade também, Walt. E valeu a pena. Esses também passaram a ser os meus rapazes. Não são só seus.

Ele deu uma gargalhada.

— Verdade. Se você der comida, eles são seus. — Ele baixou o queixo. — Sabe, ao longo dos anos eu estive em alguns lugares bem perigosos. Vim para cá em busca de paz e tranquilidade, mas hoje não tive nenhuma das duas coisas.

— Eu cresci nessas montanhas — informou ela. — Às vezes a situação é meio imprevisível. Não é uma vida fácil o tempo todo. É um lugar lindo, mas tem lá seus problemas. E, no fim das contas, geralmente vale a pena. Mas, Walt, não pense que é simples. Porque não é. Pode ser complicado.

— Você está dizendo que a beleza nem sempre é fácil? — perguntou ele. Ela sorriu.

— Eu não sei se entendi exatamente qual é a mensagem, mas acho que sim.

— Eu vou me lembrar disso.

— Sem dúvida você vai — disse ela. — Eu passei um tempo longe e quase esqueci. Esse pode ser um país difícil. Mas acho que o fogo é o pior. Nós moramos no meio de um monte de madeira.

— Você se perguntou, só por um segundo, se valia a pena?

— Hum?

— Quando Jack voltou, todo arranhado, queimado e pegou a mulher dele no colo daquele jeito, foi quase como se ele tivesse se atrasado depois de ter ido a uma loja ou algo do tipo. Isso fez com que eu me lembrasse do que eu amo neste lugar... Essas pessoas encaram tudo como se simplesmente fizesse parte do pacote. Eles apenas criam casca, inclusive as mulheres. Todo mundo entra de cabeça, faz o que tem que ser feito. Isso me faz lembrar de que, se vou fazer parte de um grupo de pessoas, quero fazer parte de um grupo como esse. Eles são fortes e resilientes. Não desistem logo de cara. Podem contar uns com os outros e aguentam firme. Era por isso que eu amava o Exército.

— Walt — disse ela, colocando a mão no peito dele. — Nós somos apenas gente da montanha. Estamos aqui para o que der e vier. E daí que o que acontece não é fácil? Não existe muito mistério nisso além do fato de que não desistimos. Nós lutamos. Tem muita coisa por que lutar por aqui.

Ele baixou a cabeça para olhar para aquela estrela de cinema. E sorriu.

— Eu vou dormir hoje à noite. Então, amanhã, que tal se eu levar umas coisas para a sua casa e preparar um jantar decente para você?

Ela devolveu o sorriso para ele.

— Está com medo de comer aipo com pastinha de grão de bico se simplesmente aparecer por lá?

— Eu acho que nós merecemos um bom jantar, só nós dois. E pode ser que eu fique até mais tarde. — E, então, Walt sorriu de novo.

— Talvez eu deixe você ficar. Eu cuido do vinho. Você vai contar para a sua filha onde vai estar?

— Não sei. Eu estou me divertindo muito com essa coisa de não contar nada sobre nós dois.

Ela levantou uma das sobrancelhas.

— O que tem para contar sobre nós dois?

Ele se inclinou e a beijou na testa.

— Vamos voltar a essa pergunta depois do jantar de amanhã.

— Ora, Walt — provocou ela, sorrindo.

Ele deu um tapinha de leve na bunda dela.

— Descanse — disse ele. — Porque, pensando bem, eu com certeza vou ficar até tarde.

Este livro foi impresso pela Lisgrafica, em 2022, para a
Harlequin. A fonte do miolo é Minion Pro. O papel do miolo é
pólen natural 70g/m$^2$ e o da capa é cartão 250g/m$^2$.